Chapitre 1

Vivian Delcour s'avança vers sa sœur et la serra dans ses bras.

— Au revoir, et encore merci pour tout, V.

— Arrête de me remercier, Liv. Tu sais bien que je ferais n'importe quoi pour toi.

— Idem.

Liv… C'était le surnom dont elle avait hérité en tant que petite sœur de Vanessa. Son surnom d'origine, Little V, s'était transformé en Liv alors qu'elle n'avait pas encore six ans, et ne l'avait jamais quittée depuis. Elle ne s'en plaignait pas, cela dit : Liv lui allait mieux que Vivian et elle était fière d'être la petite sœur de Vanessa.

Elle balaya du regard la salle du restaurant, privatisée pour l'occasion, où elle se trouvait en compagnie d'une douzaine d'autres personnes. Elle ne les avait rencontrées que récemment, mais elle avait l'impression de les connaître depuis des années. C'étaient des amis de sa sœur qui lui avaient offert leur aide lors de la kermesse qu'elle avait organisée au profit du centre dont elle s'occupait. L'événement avait eu lieu deux mois plus tôt, à la fin de l'été, et elle n'en revenait toujours pas de tout ce qu'ils avaient fait pour elle, et ce simplement parce que sa sœur le leur avait demandé.

C'était pour les remercier qu'elle avait organisé cette soirée : elle les avait invités à assister au match des Glaciers, avant ce dîner au restaurant.

— Je ne comprends toujours pas pourquoi tu ne m'as pas présenté tes amis plus tôt, dit-elle.

Vanessa haussa les épaules et tourna la tête vers Holden Hauke, son petit ami. Il était joueur de hockey professionnel et ailier droit de l'équipe des Glaciers du Minnesota. Encore une relation que Vanessa lui avait cachée jusqu'à récemment. Cela lui avait fait de la peine qu'elle ne lui en parle pas plus tôt, mais elle s'était efforcée de ne pas y attacher plus d'importance que ça. Après tout, les secrets étaient monnaie courante avec V et le plus important, c'était qu'elle ait enfin laissé des gens entrer dans sa vie. Liv s'en réjouissait sincèrement.

— L'occasion ne s'est jamais présentée, tout simplement.

— En tout cas, je les trouve tous formidables. Je n'arrive pas à croire que tu ne m'aies jamais dit qu'un de tes amis était en couple avec Quinn Norton, murmura-t-elle, tout en jetant un coup d'œil admiratif à la jolie femme blonde et menue qui se tenait à quelques mètres d'elles. Ma grande sœur prend le café avec des stars du sport *et* de la télé… J'hallucine !

— Quinn et Marcus préfèrent rester discrets, expliqua Vanessa.

— Je comprends. Même si tu sais bien que je n'en aurais jamais parlé à qui que ce soit.

— Bien sûr, mais ce n'était pas à moi de divulguer leur secret.

Liv acquiesça. Elle ne pouvait pas en vouloir à sa sœur de protéger la vie privée de ses amis.

Holden s'approcha d'elles, et Vanessa lui prit la main.

— Tu es sûre que tu ne veux pas qu'on te ramène ? demanda-t-il à Liv.

— Certaine.

Il fronça les sourcils, l'air contrarié, et elle retint un sourire. Il avait passé la plus grande partie de l'été à faire du bénévolat au centre et était devenu un peu comme un grand frère pour elle.

Elle regarda autour d'elle et finit par repérer celui qu'elle cherchait de l'autre côté de la salle : Noah Bakker, un grand brun athlétique aux cheveux légèrement bouclés. Elle hocha la tête dans sa direction.

— Noah me raccompagne. Il m'a gracieusement proposé de jouer les chauffeurs pour moi, ce soir.

— D'accord, mais préviens-nous quand tu seras disposée à acheter une nouvelle voiture, dit Holden.

— Prends soin de toi, se contenta-t-elle de lui répondre, en le prenant dans ses bras.

Parfois, il était plus simple d'ignorer une offre que de la refuser. Son vieux tas de ferraille, qui portait le doux nom de Bessie, avait rendu l'âme la semaine précédente. Ça faisait des années que V la bassinait pour lui acheter une nouvelle voiture, mais elle était trop fière pour accepter, et ça n'allait pas changer de sitôt ! Elle prendrait le bus jusqu'à ce qu'elle trouve un véhicule dont le prix serait compatible avec son budget.

— Et encore merci pour tout, ajouta-t-elle. Les enfants ne ratent pas un seul de tes matchs, tu sais.

— Je passerai les voir bientôt.

Les enfants du centre étaient tous des fans inconditionnels des Glaciers, surtout depuis qu'ils avaient rencontré la plupart des joueurs à la kermesse. Les dirigeants de l'équipe avaient promis qu'ils leur offriraient des places pour un match, et Liv espérait de tout son cœur qu'ils tiendraient parole.

— Vous partez ? demanda Marcus, qui tenait Quinn par la main.

Il était aussi immense qu'elle était petite et ses cheveux d'un noir d'encre contrastaient fortement avec la peau diaphane de la jeune femme.

— Oui, j'ai un autre match demain soir, répondit Holden.

— On va y aller aussi, dit Marcus, en faisant un clin d'œil à Quinn. Blake doit avoir faim.

Blake, leur fils, était âgé de tout juste trois mois, et ils essayaient de ne pas s'absenter trop longtemps pour ne pas décaler ses heures de tétée.

Tout le monde se dit au revoir, et Liv acquiesça en silence lorsque Vanessa lui conseilla de garder ses distances avec Noah. Comme si elle avait besoin d'une mise en garde contre un homme pour qui elle était parfaitement invisible ! Il ne lui avait rien témoigné d'autre qu'une politesse courtoise depuis qu'il avait commencé à faire du bénévolat au centre, en juillet. Il venait deux fois par semaine afin d'aider les plus âgés à faire leurs devoirs. Son aide lui était précieuse, et elle n'avait pas l'intention de tout gâcher en le draguant, d'autant moins qu'il n'était manifestement pas intéressé.

— Je peux me joindre à vous ? demanda-t-elle aux trois femmes encore assises à table.

Les hommes s'étaient agglutinés devant un écran plat, et se disputaient à propos de statistiques de base-ball.

— Je t'en prie, répondit Cali, en lui désignant une chaise vide. On était en train de discuter des avantages de devenir fans de hockey.

Avec sa longue chevelure blonde, elle était vraiment

jolie, songea Liv. Le pull rose qu'elle portait ce soir-là dévoilait un délicat ras-de-cou en argent qui semblait ne jamais la quitter.

— Comment ça se passe, au centre ? s'enquit Kendra.

Kendra était conseillère d'orientation et la plus réservée des trois. Liv avait immédiatement été séduite par la patience dont elle faisait preuve avec les enfants et, depuis, elle n'hésitait pas à lui demander conseil chaque fois qu'elle en avait besoin.

— Ça va. C'est plus calme maintenant que l'école a repris.

— Pour moi, c'est tout le contraire ! s'esclaffa Kendra.

En voyant sa bague scintiller dans la lumière, Liv regarda Deklan, le fiancé de la jeune femme. Il pouvait être intimidant avec ses cheveux rasés et ses manières un peu brusques, mais son expression se radoucissait toujours dès qu'il posait les yeux sur sa fiancée.

— Tu as toujours mes cartes ? voulut savoir Allie.

— Oui, répondit Liv. J'en ai même distribué quelques-unes.

Elle avait vraiment été touchée lorsqu'Allie, avocate, lui avait donné des cartes de visite pour les familles susceptibles d'avoir besoin d'une aide juridique.

— Ah bon ? Personne ne m'a contactée pour le moment.

— Dans ce quartier, dès que quelque chose est gratuit, les gens ont tendance à se méfier.

— Peut-être que je pourrais venir au centre pour les rencontrer ? Comme ça, ils verraient que mon offre est sincère.

Décidément, la générosité de ses nouveaux amis la laissait sans voix… Elle en était presque gênée, mais elle n'avait pas l'intention de refuser cette offre pour autant, puisqu'elle était dans l'intérêt du centre.

— Ce serait génial ! Je peux t'appeler la semaine prochaine pour convenir d'une date ?

Leur petite soirée se termina une heure plus tard. Quand elle découvrit que V avait réglé l'addition avant de partir, Liv s'efforça de ne pas montrer son agacement. Sa sœur n'accepterait jamais qu'elle la rembourse. Tout comme Holden avait refusé qu'elle paie les places pour le match de hockey.

Cette soirée était un cadeau qu'elle avait voulu offrir à tout le monde, et ils lui avaient ôté ce plaisir. Elle savait que leur geste partait d'une bonne intention, mais c'était terriblement frustrant, même si les autres n'étaient pas au courant. Enfin… Il était minuit passé et elle mit sa susceptibilité sur le compte de la fatigue et de l'heure tardive.

— On a passé une excellente soirée, dit Cali, tandis qu'ils se dirigeaient tous vers leurs voitures. Merci d'avoir tout organisé.

— Tu plaisantes ? C'était la moindre des choses, et ce n'est rien du tout comparé à ce que vous avez fait pour le centre !

Liv enfonça les mains dans ses poches pour les protéger du froid de cette fin de mois d'octobre.

— On devrait s'organiser une soirée filles un jour de match, proposa Allie, passant un bras autour des épaules de Cali.

— Dis donc, toi, intervint Tyler, s'interposant entre elles. Deux hommes, ça ne te suffit pas ?

— Ça me suffit largement, lui assura Allie, avant de déposer un baiser sonore sur ses lèvres.

Tout le monde rit joyeusement et Liv les imita. Allie, Seth et Tyler lui avaient expliqué, un peu crispés au début, qu'ils formaient un ménage à trois, comme s'ils s'attendaient à une réaction négative de sa part. C'était mal la connaître. Elle avait acquis une grande ouverture d'esprit grâce à ses études et à son travail. Elle n'avait aucune idée préconçue et, surtout, leur bonheur sautait aux yeux, tout comme celui des autres couples d'ailleurs. Elle, qui venait d'une famille où toutes les relations se soldaient par des échecs, ne pouvait s'empêcher de ressentir une pointe d'envie.

— Par ici, mesdames !

C'était Jake, qui guida le trio légèrement pompette jusqu'à un énorme 4x4 noir.

— Encore merci, Liv, dit-il.

Il embrassa Cali avant de lui ouvrir la portière et Allie la poussa dans la voiture, tout en tirant Kendra derrière elle. Les trois amies pouffèrent et Liv sourit.

— Elles ont l'air de vraiment bien s'entendre, dit-elle à Noah.

Elle l'observa discrètement. Il n'avait pas dit un mot depuis qu'ils avaient quitté le restaurant.

— Elles sont très proches, oui.

Elle s'efforça d'ignorer la pointe de jalousie qui la transperçait de nouveau. Elle connaissait beaucoup de monde, mais personne qu'elle aurait pu qualifier de confident. Seule sa sœur faisait figure d'exception, et encore…

Seth leur fit un petit signe de la main avant de s'installer au volant du 4x4. Elle s'attendait à ce que Noah enchaîne sur un autre sujet de conversation mais, comme d'habitude, il s'en tint au minimum syndical.

— Bonne nuit, vous deux ! s'exclama Carter.

— Bonne nuit ! Rock, je t'appelle dans la semaine, j'ai quelques trucs à te demander.

Rock avait été une vraie bénédiction : il avait entièrement remanié le site Internet du centre et lui avait expliqué une foule de choses. Elle avait encore beaucoup à apprendre, mais il répondait à toutes ses questions avec une patience d'ange.

Il hocha la tête pour lui signifier son accord. Noah ouvrit à Liv la portière de sa voiture de luxe. Elle s'installa sur le siège passager et attacha sa ceinture en frissonnant. L'arrivée de l'hiver était imminente.

— Merci de me raccompagner, dit-elle.

— Pas de quoi.

Il fit marche arrière, puis suivit le 4x4 qui transportait le reste de leur petit groupe.

Elle inspira profondément et l'odeur de Noah vint lui titiller les narines. De toute évidence, le prix de son parfum était du même ordre que celui de ses costumes ou de sa voiture. Elle avait beau savoir qu'il était trop bien pour elle, elle ne pouvait s'empêcher d'être attirée par son côté sombre et autoritaire. C'était bien plus séduisant que l'arrogance dont faisaient preuve la plupart des athlètes que Vanessa représentait.

Elle l'observa à la dérobée : les yeux fixés sur la route, il tenait le volant d'une main, tout en tapotant l'accoudoir de l'autre. Elle profita de la lumière des réverbères qui l'éclairait par intermittence pour étudier son profil. Il avait un nez élégant, une mâchoire puissante et un front haut dissimulé en partie par les boucles de ses cheveux impeccablement coiffés.

Est-ce qu'elles s'enrouleraient autour de mes doigts si je les touchais ?

Oh là… Stop ! Elle ferma les yeux et laissa échapper un soupir. Penser à ce genre de chose ne la mènerait nulle part.

Quand elle rouvrit les yeux, le feu auquel ils étaient

arrêtés était en train de passer au vert. Elle réfléchit à un sujet de conversation. Ils avaient déjà parlé du centre pendant le trajet jusqu'à la patinoire. De quoi d'autre pouvait-elle bien discuter avec lui ?

— Dans quel domaine es-tu spécialisé ? demanda-t-elle finalement.

— Dans le droit des affaires et des PME. Je gère surtout des contrats.

Elle faillit écarquiller les yeux de surprise. C'était bien la première fois qu'il lui adressait une phrase aussi longue.

— Et qu'est-ce que ça… Mon Dieu, non !

Un pick-up vert foncé lancé à pleine vitesse brûla une priorité et percuta avec violence le 4x4 devant eux dans un bruit assourdissant de métal et de verre brisé. Noah écrasa la pédale de frein et Liv tendit les bras en avant pour ne pas heurter le pare-brise. Sa ceinture la ramena brusquement en arrière, tandis que l'accident continuait à se dérouler devant ses yeux, comme au ralenti.

La collision projeta le 4x4 de l'autre côté de l'intersection dans un crissement de pneus qui lui déchira les tympans. Des klaxons retentirent, tandis que d'autres véhicules tentaient d'éviter d'entrer eux aussi en collision, au milieu de projectiles qui volaient dans les airs sous son regard impuissant.

Le véhicule dans lequel se trouvaient ses amis finit brutalement sa course dans un lampadaire, de l'autre côté de la rue. Le pick-up était encastré sur un côté du 4x4, son habitacle complètement plié. De la fumée s'échappait des vitres brisées et du capot ; un feu indicateur de direction clignotait à intervalles irréguliers.

Ce fut soudain le silence.

— Nom de Dieu ! jura Noah.

— Ce n'est pas possible, murmura Liv, tandis que la réalité prenait doucement le pas sur l'incrédulité.

Le vacarme odieux du métal froissé continuait à résonner à ses oreilles. Petit à petit, elle prit conscience de certains détails. Les battements rapides de son cœur. Son épaule qui la faisait souffrir. Ses mains qui tremblaient. Son cerveau qui refusait d'accepter ce qui venait de se passer.

Elle tourna la tête en sentant un souffle d'air frais sur son visage. La portière de Noah était grande ouverte et il était en train de traverser la rue en courant, son portable à la main. Il ne lui fallut que quelques secondes pour atteindre le 4x4 accidenté. Rock et Carter le suivaient de près.

Des cris indistincts perçaient l'obscurité, et la voix de Rock s'éleva dans la nuit tandis qu'il regardait à travers les vitres cassées. Carter essaya d'ouvrir le coffre, sans succès, et Rock fit le tour de la voiture.

Liv prit une grande inspiration et un mélange d'essence, de liquide antigel et de caoutchouc brûlé lui emplit les narines. Même de là où elle se trouvait, elle ne pouvait ignorer la gravité de l'accident. Elle remarqua du sang sur la vitre arrière fendue du 4x4 et un brusque haut-le-cœur la fit se plier en deux. Hélas, ce n'était sans doute rien comparé à ce qu'ils allaient trouver à l'intérieur...

Son mouvement pour détacher sa ceinture éveilla une vive douleur dans son cou, mais c'était insignifiant face à l'angoisse et à la peur qui l'étreignaient avec une violence inouïe. Elle prit une autre inspiration, ouvrit sa portière et se lança dans la nuit pour leur venir en aide.

Chapitre 2

— Par ici !

— Reculez, laissez-les passer !

— Dépêchez-vous !

— Là !

— Il me faut des pinces !

C'était le chaos le plus total.

Le bruit perçant d'une sirène retentit, venant s'ajouter au concert de cris, puis s'éloigna rapidement. Un feu d'artifice de lumières rouges et bleues, annonciateur de mauvaises nouvelles, brillait dans la nuit, au milieu des nombreux spots installés autour du périmètre de l'accident.

Noah était accroupi auprès de Deklan. A moitié inconscient, ce dernier était étendu sur un brancard à quelques mètres de l'épave. Les secouristes lui avaient placé une minerve et avaient rapidement évalué l'état de ses blessures, puis ils avaient accepté l'offre de Noah de rester à ses côtés pour leur permettre de s'occuper des autres victimes. L'odeur du sang, de l'essence et du liquide antigel flottait autour d'eux, tandis que résonnaient les cris des pompiers et les ordres des ambulanciers.

— Qu'est-ce qui s'est passé ? demanda faiblement Deklan.

Du sang s'échappait d'une plaie béante au niveau de son cuir chevelu, imprégnant progressivement la compresse que Noah tenait fermement appuyée contre sa tête. Il parcourut de nouveau la scène du regard et avala péniblement sa salive. Il y avait tellement de sang… Trop de sang. Dans la voiture, sur la route, et surtout sur les corps de ses amis. Son estomac se souleva et il retint son souffle, dans la crainte d'être malade.

Deklan essaya de se redresser, mais Noah lui étreignit l'épaule de sa main libre pour l'en empêcher.

— Reste tranquille.

— Va te faire foutre, grommela Deklan dans une grimace de douleur.

Néanmoins, il se laissa retomber sur le brancard. Il était blanc comme un linge, le regard voilé par la souffrance et l'inquiétude.

— Il faut que j'aille voir Kendra, dit-il avec une pointe de désespoir dans la voix.

Noah se passa la main sur la bouche, impuissant. Tout ce sang…

— Je prends le relais, annonça alors une urgentiste, en se mettant à genoux de l'autre côté du brancard. Merci.

Elle plaça la main sur la compresse. Noah se redressa. Il allait s'éloigner, mais Deklan l'attrapa par le bras.

— Je veux savoir ce qui se passe !

La clarté de sa voix surprit autant Noah que la force de sa poigne. A son regard perçant et acéré, il comprit que l'ancien militaire qu'était Deklan avait besoin de connaître la vérité. Pour le meilleur et pour le pire.

— Monsieur, vous devez rester calme, dit l'urgentiste.

Noah se pencha sur lui, ignorant l'air courroucé de la jeune femme.

— Votre voiture a été percutée, expliqua-t-il sans détour. C'est grave. Kendra et Tyler sont en route pour l'hôpital. Seth est le seul à s'en être sorti indemne.

Les lèvres pincées, Deklan inspira bruyamment et serra le bras de Noah plus fort.

— Il y a des morts ?

— Non.

Noah ne bougea pas jusqu'à ce que Deklan se rallonge et ferme les yeux. Puis, enfin, il reprit son souffle.

Pas encore, du moins.

— Monsieur ?

Un autre urgentiste venait d'arriver, et le secouait doucement par l'épaule.

— J'ai besoin de la place.

Noah acquiesça et s'écarta immédiatement. Son cœur battait à tout rompre, en proie à une montée d'adrénaline alimentée par la peur panique qui ne le quittait pas depuis la collision. Il avait beau serrer les poings, il était incapable d'empêcher ses mains de trembler.

— On y va !

Il fit volte-face et vit d'autres urgentistes soulever un brancard pour le glisser dans une ambulance. C'était Jake. Et merde… Où était Cali ?

Il regarda autour de lui et finit par repérer sa cascade de cheveux blonds au milieu d'un groupe de soignants. Du sang maculait sa chevelure au niveau de la tempe.

— Monsieur ?

Une nouvelle sirène d'ambulance se fit soudain entendre. Noah tourna la tête dans sa direction. D'après ses calculs, les victimes étaient au nombre de cinq. Alors où étaient les deux dernières ? La bouche desséchée par l'angoisse, il finit par localiser Seth, agenouillé à côté d'Allie. Elle était dans la même position que Deklan quelques instants auparavant : allongée sur un brancard, le cou emprisonné dans une minerve, un urgentiste à côté d'elle.

— Monsieur ? insista la personne qui l'avait interpellé quelques secondes plus tôt.

— Quoi ? cria-t-il, en se retournant brusquement.

L'homme qui essayait d'attirer son attention portait un manteau épais, orné du blason de la police de Minneapolis.

Et merde !

— Excusez-moi, dit-il à l'officier.

Il ferma les yeux un instant pour reprendre son calme, mais cela ne fit que raviver la vision d'horreur qu'il avait eue en regardant à travers les vitres brisées du 4x4. Il secoua la tête, comme pour se débarrasser de cette image atroce.

L'officier lui tendit un chiffon qu'il fixa sans comprendre, jusqu'à ce qu'il se rende compte que ses mains étaient pleines de sang.

— Merci, dit-il d'une voix blanche, tentant d'ignorer la sensation poisseuse dont il avait à présent terriblement conscience.

Il s'essuya du mieux qu'il put et respira à fond plusieurs fois. Ce n'était pas le moment de flancher.

Un drap recouvrait à présent ce qui restait du pare-brise du pick-up. L'avant du véhicule était compressé jusqu'au niveau de la cabine. Il n'avait fallu à Noah qu'un seul regard sur la cage thoracique complètement écrasée du conducteur et sur son visage mutilé pour comprendre que l'homme était mort. En dépit de l'horreur de la situation, Rock avait tout de même pris son pouls avant l'arrivée des premiers secours, mais ça n'avait fait que confirmer leurs craintes.

Au moins, aucun de ses amis n'était décédé sur place.

— Monsieur ? fit de nouveau l'officier.

— Pardon. Que puis-je faire pour vous ? demanda-t-il, tentant de dissimuler son trouble.

L'homme extirpa de sa poche un carnet et un stylo, et l'inquiétude et la compassion que Noah avait lues sur son visage un instant plus tôt furent remplacées par une expression des plus professionnelles.

— Avez-vous été témoin de l'accident ?

— Oui, j'ai tout vu.

Malheureusement.

— Dans ce cas, j'ai quelques questions à vous poser.

Noah examina une fois de plus la scène, repérant l'emplacement de chacun. Rock se dirigeait vers le brancard de Deklan, que des urgentistes transportaient vers une des ambulances. Carter se tenait à l'écart et parlait avec un autre policier. Quant à Cali, Seth et Allie, ils étaient regroupés au même endroit. Seule Liv restait introuvable. Son cœur se remit à battre aussi vite que lorsqu'il avait couru hors de sa voiture. Il n'avait vraiment pas la force de s'angoisser pour une personne supplémentaire.

— Est-ce qu'on peut faire ça à l'hôpital ? demanda-t-il à l'officier.

Sans attendre sa réponse, il lui tourna le dos et se dressa sur la pointe des pieds pour mieux voir. L'anxiété qu'il avait un instant dissimulée était de retour et le rongeait un peu plus à chaque instant. Où est-ce que Liv était allée se fourrer, bon sang ? Il avait la gorge tellement sèche que déglutir lui faisait mal.

Il se faufila au milieu des différents groupes pour rejoindre un homme qui tenait une radio et gesticulait en direction de curieux qui se rapprochaient de plus en plus.

— Faites-les reculer ! hurla-t-il.

Plusieurs personnes s'empressèrent de mettre son ordre à exécution et l'homme se remit à vociférer dans sa radio. Tandis qu'il s'approchait de lui, Noah tapota ses poches. Où diable était passé son téléphone ? Il avait appelé les secours, puis Rock lui avait demandé son aide pour ouvrir la portière de Seth, puis…

— Excusez-moi, dit-il au policier, un commandant, manifestement.

— Qui êtes-vous ? demanda l'autre d'un ton peu amène.

Puis il l'inspecta brièvement des pieds à la tête avant de lui tourner le dos.

— Vous devriez être de l'autre côté des barrières.

En dépit de la moutarde qui lui montait au nez, Noah décida d'adopter des manières aussi courtoises que possible. Etre désagréable ne l'aiderait pas à obtenir les informations dont il avait besoin.

— Je suis l'avocat des occupants du 4x4, ainsi qu'un ami proche. J'aimerais savoir à quel hôpital on les emmène afin de pouvoir prévenir leurs familles.

L'homme se tourna de nouveau vers lui et l'observa en plissant les yeux, mais Noah ne cilla pas. Il n'était peut-être pas en costume trois pièces et ses vêtements étaient peut-être couverts de sang, mais ça n'affectait en rien sa détermination, ni l'autorité qui émanait de lui.

— D'accord, finit par dire le commandant.

Un éclair de compassion illumina son visage, tandis qu'il consultait le porte-bloc posé sur le capot d'une ambulance.

— Les trois premiers sont partis à l'hôpital du comté, et les autres vont être envoyés à l'hôpital universitaire, rive ouest.

Deux hôpitaux différents ? Il fronça les sourcils,

perplexe, puis comprit : les blessés étaient trop nombreux pour être tous dirigés vers un seul service d'urgences. Il remercia le commandant d'un hochement de tête et rejoignit Rock, sans cesser de regarder autour de lui à la recherche de Liv. L'ambulance qui transportait Deklan se mit en route et le bruit de la sirène le fit frissonner. C'était le quatrième à partir, sur sept au total, et ceux que les véhicules de secours emmenaient étaient vivants.

Du moins pour ce qu'il en savait.

Noah appela Rock tout en se dirigeant de lui et, pour la première fois de la soirée, sa voix se brisa. Il dut s'éclaircir la gorge à plusieurs reprises pour ne pas craquer. Rock le serra contre lui. Son expérience en tant qu'ancien militaire ne s'était jamais autant manifestée qu'aujourd'hui. Son calme, son efficacité et sa rapidité les avaient tous aidés à ne pas paniquer jusqu'à l'arrivée des secours. La seule trace d'émotion sur son visage était la petite contraction qui déformait par moments la cicatrice qui lui allait d'un sourcil à la joue.

— Il nous faut un plan.

Rock hocha la tête.

— Effectivement.

Voyant qu'il n'ajoutait rien, Noah soupira. Il avait l'impression qu'un énorme poids menaçait de le faire s'écrouler d'un instant à l'autre. Quelle heure pouvait il bien être ?

— Quel merdier ! grogna Rock.

Noah fut incapable de trouver un meilleur qualificatif.

Et dire que l'imprudence d'un seul conducteur allait avoir des répercussions sur la vie de dizaines de personnes !

— Il faut qu'on se sépare et qu'on appelle les autres. On va devoir contacter les familles des blessés aussi.

— Et merde ! dit Rock, se passant la main sur le visage.

Apercevoir une faille dans l'armure de son ami rassura Noah. Au moins, ça prouvait qu'il n'était pas le seul à avoir du mal à sauver les apparences, même si c'était une réaction immature de sa part.

— Je n'en suis pas sûr, reprit Rock à voix basse, mais je crois que c'était cet enfoiré de Harcourt au volant du pick-up.

Noah chancela. Il repensa à la façon dont le pick-up avait déboulé dans l'intersection, sans même faire mine de freiner. Si le conseiller municipal, jadis respecté avant de tomber en disgrâce, était bel et bien le chauffard, ils allaient au-devant de tout un tas de problèmes dont ils auraient vraiment pu se passer. Il secoua énergiquement la tête.

— On ne peut pas envisager cette hypothèse en plus du reste. Pas maintenant.

Il dévisagea Rock pour s'assurer qu'il avait bien compris ce qu'impliquaient ses paroles.

— Mais, si c'est le cas, on doit être prêts, répondit Rock.

Il avait raison. Faire comme si cette possibilité n'existait pas ne la ferait pas disparaître ; cela ne ferait que retarder le moment où ils devraient affronter la réalité.

Noah serra les poings et remarqua pour la première fois qu'il avait les mains gelées.

— Jake, Kendra et Tyler ont été conduits à l'hôpital du comté. Les autres à l'hôpital universitaire, rive ouest.

Rock expira longuement, puis son visage afficha de nouveau un air imperturbable.

— D'accord. Va à l'hôpital du comté, Carter et moi, on fonce à l'autre.

Noah inspira une grande bouffée d'air froid et passa mentalement en revue tout ce qu'il y avait encore à faire.

Liv était toujours perdue dans la nature, et l'inquiétude que provoquait son absence ne lui facilitait vraiment pas les choses. Il vérifia encore une fois ses poches à la recherche de son portable.

— Bon sang, impossible de mettre la main sur mon téléphone ! Et sur Liv non plus, d'ailleurs.

— Elle est en train de déplacer nos voitures. C'est elle qui a ton portable, elle s'en est servi pour appeler Marcus. Elle a aussi contacté V.

Noah le dévisagea, à la fois soulagé qu'il soit au courant et agacé de ne pas avoir été lui-même informé.

— Et ?

— V attend de savoir à quel hôpital on les emmène et Marcus est en route pour le club. Il va prévenir le personnel et récupérer les numéros des personnes à contacter en cas d'urgence pour tout le monde.

Malin. Très malin, même. Il aurait dû y penser.

— Parfait.

Quelqu'un les tira en arrière afin qu'ils libèrent le passage pour le brancard d'Allie. Elle était consciente et ses larmes se mêlaient au sang qui lui maculait le visage. Seth avançait à côté d'elle et la douleur et le désespoir que Noah lut dans ses yeux lui brisèrent le cœur.

Seth hésita tandis que les médecins mettaient le brancard dans l'ambulance. Ses cheveux lui tombaient dans les yeux, son pull était plein de sang et des bleus se formaient déjà autour des plaies qu'il avait à la joue et à la lèvre. Noah se dirigea vers lui et le serra dans ses bras.

— Accompagne-la, je m'occupe de Tyler. Ils l'ont emmené à l'hôpital du comté.

Seth s'accrocha à lui comme s'il avait peur de s'effondrer.

— Je ne veux pas choisir !

Il semblait si malheureux, si torturé que Noah sentit les larmes lui monter aux yeux.

— Ne t'en fais pas, ça va aller, lui assura-t-il, en dépit de l'odeur du sang qui lui retournait l'estomac. Je vais rester avec Tyler, d'accord ? Toi, monte avec Allie. Elle a besoin de toi.

Il l'attrapa par les épaules et le regarda dans les yeux.

— Et tu dois voir un médecin, toi aussi.

Seth secoua la tête et tenta de se dégager, mais Noah ne le lâcha pas.

— Il faut que tu te fasses examiner, insista-t-il. Fais-moi confiance, je t'appelle à la seconde où j'ai des nouvelles. Je te le promets.

Seth le fixa sans répondre, puis se dirigea finalement vers l'ambulance. Il marqua une pause sur le marchepied pour le regarder une dernière fois et s'engouffra à l'intérieur. Les portes se refermèrent derrière lui et le véhicule se mit en route. Six partis. Il en restait encore une.

Il rejoignit Cali à grandes enjambées et se faufila entre les personnes qui l'entouraient.

— Cali…, appela-t-il, en lui caressant doucement la joue.

Elle ouvrit les yeux. La même peur que celle qu'il avait lue dans le regard des autres assombrissait ses iris verts.

— Jake ? demanda-t-elle.

— Il est à l'hôpital du comté. Je vais le rejoindre.

Des larmes se mirent à couler sur le visage de Cali. Ses lèvres tremblaient et le poids de l'incertitude les écrasa tous les deux. Que pouvait-il lui dire qui puisse la réconforter ? Il avait la gorge douloureusement serrée à force de retenir les platitudes qui menaçaient de sortir de sa bouche. Elle méritait mieux.

— Rock va t'accompagner. Dès que quelqu'un a des nouvelles, il prévient tous les autres.

— Il ne peut pas mourir. C'est impossible !

Noah lui serra faiblement la main. Il aurait tellement aimé lui transmettre de la force, mais il en avait si peu…

— Tu as raison. Concentre-toi là-dessus.

Il recula pour laisser les urgentistes la placer dans l'ambulance. Elle était tellement calme… Sûrement parce qu'elle était sous le choc. Qu'est-ce qui se passerait quand elle ne le serait plus ? Qu'est-ce qu'ils feraient, tous ?

Il observa les gens agglutinés autour du périmètre de sécurité. Qu'est-ce qu'ils fabriquaient là, à une heure pareille ? La vue des caméras de chaînes de télévision qui se battaient pour avoir la meilleure place le dégoûta.

En entendant les dernières sirènes s'éloigner, il eut comme un déclic. Ses sept amis étaient en route pour l'hôpital et tous étaient vivants.

Il ne lui restait plus qu'à prier pour qu'ils le restent.

Chapitre 3

Liv enfonça les mains dans les poches de sa veste et enfouit le nez dans son col, mais rien ne semblait venir à bout des frissons qui la parcouraient. Le bruit d'une nouvelle sirène transperça la nuit, tel un avertissement plein de tristesse.

Qui était dans cette ambulance-là ? Deklan ? Allie ? Elle avait arrêté de compter.

Ceux qui étaient dans un état critique avaient été emmenés les premiers. Elle était sur les lieux à ce moment-là. Il y avait tant d'images qu'elle aurait aimé effacer définitivement de sa mémoire ! Des images qui la hantaient déjà avec une vivacité et une précision insupportables.

Les os brisés de Tyler et ses hurlements de douleur, lorsque les secours l'avaient sorti de la carcasse... A l'inverse, le silence et la mollesse du corps de Kendra, dont le visage pâle était couvert de sang... La fracture ouverte de Jake, au niveau de la cuisse, cet os apparent qui rappelait à quel point le corps humain était fragile...

Elle eut un haut-le-cœur si violent qu'elle parvint à peine à se contrôler. Elle toussa et ravala la bile qui lui remontait le long de la gorge. Elle ne pouvait pas se permettre d'être malade, il y avait beaucoup trop de choses à faire. Elle n'aurait pas dû s'arrêter, réfléchir ou essayer de digérer ce qui venait de se passer car, à présent, elle était incapable de bouger. Retourner au milieu des odeurs et des bruits, au milieu du chaos organisé et de tous ces gens était soudain au-dessus de ses forces.

Elle se concentra sur sa respiration et sur les battements de son cœur. Sur tous les signes qui indiquaient qu'il y avait encore de la vie.

Soudain, une vibration la fit sursauter. Elle sortit le portable qui se trouvait dans sa poche et fronça les sourcils en voyant le nom qui s'affichait sur l'écran. Comment Marcus avait-il eu son numéro ? Puis elle se rappela que ce n'était pas son portable mais celui de Noah.

L'appel suffit à la sortir de sa torpeur. Noah avait certainement besoin de son téléphone, et ils devaient aller à l'hôpital. Les gens voudraient être informés de la situation, avoir des nouvelles des blessés.

Elle n'avait rien de nouveau à communiquer à Marcus, aussi laissa-t-elle le téléphone sonner. Il avait déjà été assez difficile de l'appeler pour lui annoncer l'accident… Appeler V avait été pire encore. Ils avaient tous deux posé tellement de questions auxquelles elle n'avait pas de réponse !

Elle retourna dans la zone illuminée par les spots. La foule des curieux avait augmenté en son absence et des barrières avaient été installées pour les empêcher d'approcher. On se serait cru à l'entrée d'une soirée privée, et non pas sur les lieux d'un accident mortel.

Elle chancela en songeant au chauffeur du pick-up. Il était mort sur le coup. Et tout ce sang…

Arrête !

Il ne fallait pas qu'elle pense à ça.

Elle redressa les épaules et ferma les yeux pour ravaler ses larmes. Si elle commençait à pleurer, elle serait incapable de s'arrêter.

— Excusez-moi…

Elle rouvrit les yeux en reconnaissant la voix de Noah. Elle ne tarda pas à le repérer. Il se faufilait entre les badauds, Rock et Carter à ses côtés. Elle se précipita vers eux et il la prit dans ses bras, la serrant de toutes ses forces. La joue écrasée contre sa veste en cuir, le nez enfoui dans son cou, elle respira son parfum mêlé aux odeurs de l'accident.

Mais lui était vivant. Il était vivant et il respirait, comme elle. Elle aurait pu rester contre lui pendant des heures, mais il la relâcha avant qu'elle ait eu le temps de passer les bras autour de lui.

— On y va !

Le Noah qu'elle connaissait était de retour. Son autorité était exactement ce dont elle avait besoin à cet instant. Elle les guida jusqu'à leurs voitures.

— Tiens, Rock, dit-elle, en lui rendant ses clés.

Noah tendit la main pour récupérer les siennes ; elle secoua la tête.

— C'est moi qui conduis.

Elle lut un juron sur ses lèvres, mais poursuivit, sans lui laisser le temps de protester :

— Tu dois passer des coups de téléphone.

— C'est toi qui as mon téléphone, lui fit-il remarquer.

— En effet, et tu le récupéreras quand tu seras installé sur le siège passager.

— Appelle-moi dès que tu as du nouveau, dit Rock en montant dans sa camionnette.

— Toi aussi. Je vais d'abord appeler Marcus pour qu'il me donne les numéros des familles, puis je les contacterai.

Liv profita de ce qu'il était distrait par sa conversation pour déverrouiller les portières et s'installer au volant. Elle n'était pas stupide : elle avait bien compris qu'il détestait ne pas être aux commandes. Mais elle était tout à fait capable de conduire sa grosse voiture de luxe.

Elle avait déjà mis le contact lorsque la portière côté passager s'ouvrit. Noah prit place en soufflant et claqua violemment sa portière.

— Mon téléphone ! ordonna-t-il sèchement, la main tendue.

— Marcus a appelé et V attend de savoir dans quels hôpitaux chacun a été transporté, lui indiqua-t-elle, ignorant son geste.

Dans un autre contexte, le regard assassin de Noah l'aurait paralysée mais, là, il ne lui fit ni chaud ni froid. Elle n'avait que faire de sa petite crise d'autorité. Elle ajusta soigneusement les rétroviseurs et la position de son siège avant de lui rendre son téléphone.

— On va où ?

— A l'hôpital du comté.

Un instant plus tard, ils étaient en route. Le trajet fut ponctué par des fragments de discussions agrémentés de détails concernant l'accident. Liv serrait le volant de toutes ses forces et, si Noah remarqua les jointures blanches de ses doigts, il ne fit aucun commentaire.

A leur arrivée, ils furent accueillis par l'odeur caractéristique de tous les hôpitaux du monde. Noah franchit à grands pas les quelques mètres qui les séparaient de l'accueil des urgences, tandis que Liv prenait le chemin de la salle d'attente.

Les peintures aux couleurs vives accrochées aux murs jaune pâle échouaient à donner la moindre touche de gaieté à la pièce et la lumière crue des néons ne faisait qu'accentuer la tristesse de l'ensemble. L'inquiétude et la peur flottaient dans l'air, si vives qu'elles en étaient presque palpables. Dans un coin, quatre personnes fixaient le lino fatigué, perdues dans leurs pensées.

Un coup d'œil en direction d'une horloge indiqua à Liv qu'il était 2 h 30 du matin. Ce qui expliquait la tranquillité relative du service. Elle songea qu'elle devait leur trouver du café pour lutter contre la fatigue. Elle se rendit compte alors qu'elle avait la gorge complètement desséchée. Elle devait trouver de l'eau, aussi.

Malheureusement, aucun distributeur ne proposait de boissons chaudes. Elle revint donc avec trois bouteilles d'eau et trouva Noah qui faisait les cent pas dans la salle d'attente, l'air furieux.

— Qu'est-ce qui t'arrive ? demanda-t-elle.

— Toi ! répondit-il, en se précipitant vers elle. Tu vas arrêter de disparaître comme ça ?

— Je suis juste allée chercher de l'eau. Je mourais de soif et je me suis dit que toi aussi. Tu n'en veux pas ?

Il fixa la bouteille qu'elle lui tendait et baissa la tête. L'espace d'une seconde, l'émotion se lut sur son visage et elle fut prise d'une envie irrésistible de le réconforter. Mais, quand il se redressa, son expression était de nouveau indéchiffrable.

— Merci, dit-il, en s'emparant de la bouteille.

Il n'y avait qu'avec les enfants du centre qu'elle le voyait parfois baisser la garde. Autrement, il était constamment sur la réserve. Peut-être que maintenir ses distances lui permettait de garder le contrôle ? Parfois, il suffisait d'un simple contact pour s'effondrer, et il n'avait pas l'air d'être du genre à se donner en spectacle. En tout cas, certainement pas en ces lieux.

Elle se laissa tomber dans l'un des fauteuils verts

délavés qui meublaient la salle. La tête penchée en avant, elle se massa les tempes, soudain consciente de la grande lassitude qu'elle éprouvait.

— Qu'est-ce qu'ils t'ont dit ?

Noah s'assit à côté d'elle et le sentir tout proche la réconforta un peu. Il but la moitié de la bouteille d'eau, puis la reboucha avec soin. Le stress se lisait dans les ridules autour de ses yeux bleus, dans le froncement de ses sourcils, et sur ses lèvres pincées.

Lorsqu'il tourna la tête vers elle, il semblait si perdu qu'elle tendit la main pour la poser sur son genou. Même si lui n'en voulait pas, elle avait besoin de sa chaleur pour chasser les frissons qui la parcouraient sans cesse.

Il fixa sa main, puis la prit dans la sienne et la serra. Ses doigts étaient étonnamment froids, mais elle ferma les yeux à son contact. La peur et la tristesse menaçaient de la faire pleurer, sa gorge était douloureusement nouée et ses lèvres se mirent à trembler à cause de son effort pour retenir ses larmes. Un énorme poids s'était abattu sur ses épaules, et elle était en proie à une angoisse qu'elle était incapable de contrôler.

— Liv, ça va ? demanda-t-il, en lui pressant affectueusement la main.

Elle laissa échapper un petit rire morose.

— Aussi bien que toi.

Elle rouvrit les yeux, renifla discrètement et se redressa sur son siège. Cette fois encore, elle avait résisté, mais combien de temps allait-elle tenir ?

— Ils ne m'ont pas dit grand-chose.

Elle apprécia qu'il change de sujet. Il y avait des personnes dont ils devaient s'occuper. Sa crise de nerfs pouvait attendre.

— Apparemment, ils n'en ont rien à faire qu'un des

proches des blessés soit avocat… Enfin, sauf quand ceux-ci menacent de leur faire un procès, j'imagine.

Il renifla d'un air tellement agacé que Liv ne put s'empêcher de sourire.

— L'administratrice est en train d'appeler l'hôpital universitaire pour en savoir plus, continua-t-il.

— Elle ne t'a donné aucun détail ?

— Elle m'a simplement dit que les trois blessés étaient en train d'être soignés.

— Rien d'autre ?

Il répondit par un long soupir.

— Et merde ! s'exclama-t-il soudain.

Elle écarquilla les yeux. Ce genre de réaction ne l'aurait pas étonnée venant de n'importe qui d'autre, mais de lui… C'était surprenant de le voir réagir comme le commun des mortels, pour une fois.

— Monsieur Bakker ? appela la femme à l'accueil.

Il bondit sur ses pieds. Liv n'eut pas eu le temps de se mettre debout qu'il avait déjà traversé la salle d'attente, d'une démarche plus assurée que jamais.

Elle fourra les bouteilles d'eau dans son sac et se passa la main dans les cheveux, agacée qu'ils lui tombent dans les yeux. Elle s'empara d'un des élastiques qu'elle avait toujours sur elle et les ramena en une rapide queue-de-cheval. Elle les avait laissés détachés pour sortir, mais ils lui tapaient vraiment sur les nerfs à présent.

Elle prit une grande inspiration et rejoignit Noah, qui venait de finir de parler à l'administratrice.

— Tyler est déjà au bloc, lui annonça-t-il avant qu'elle ne lui pose la question, et ils sont en train de préparer Jake. Kendra est encore aux urgences, mais on nous conseille d'aller attendre en chirurgie.

Il était déjà en train de remonter le couloir. Elle le rejoignit et l'attrapa par le bras.

— Est-ce que tu veux que je reste ici au cas où ?

— Non, répondit-il aussitôt d'un ton à la fois protecteur et autoritaire.

Elle hocha la tête, mais il était déjà reparti. Le temps qu'elle se mette en route, il était plusieurs mètres devant elle et avançait sans se retourner, comme s'il partait du principe qu'elle le suivait à la trace. Elle soupira, agacée, mais lui emboîta néanmoins le pas comme un gentil petit chien. Se disputer avec lui ne la mènerait pas bien loin dans l'état actuel des choses.

Arrivée devant l'ascenseur, elle attrapa son téléphone et envoya un bref message à V pour lui indiquer où ils se trouvaient. La réponse lui parvint avant que les portes de l'ascenseur ne s'ouvrent.

— V est dans le parking, l'informa-t-elle.

Elle n'obtint qu'un bref hochement de tête en guise de réponse. De toute évidence, la tendance de Noah à l'impassibilité était de retour, mais cela ne la dérangeait pas. Pour un peu, elle en aurait même soupiré de satisfaction. Si elle arrivait à adopter la même attitude que lui, alors elle pourrait peut-être se concentrer sur ce qu'il y avait à faire.

Elle n'allait certainement pas laisser tomber ses nouveaux amis ! Pas après la générosité dont ils avaient fait preuve et le temps qu'ils avaient consacré au centre. Ce qu'elle faisait pour eux, à savoir attendre dans un couloir d'hôpital, n'était vraiment pas grand-chose en comparaison !

Après tout, cet accident horrible ne serait pas arrivé si elle ne les avait pas tous invités au match puis au restaurant. En quelques secondes, ils étaient passés du statut de simples connaissances à celui d'amis. En quelques secondes de plus, ils étaient devenus des membres de sa famille. Le poids de la culpabilité pesa davantage sur sa poitrine et renforça sa détermination : elle allait faire tout ce qui était en son pouvoir pour les soutenir.

Chapitre 4

Ils oscillèrent, au cours des heures qui suivirent, entre fébrilité et résignation. Les nouvelles circulaient entre les deux groupes, mais les informations dont ils disposaient n'apaisaient en rien la tension qui s'était emparée du moindre muscle de Noah.

Le cou et les épaules noués à l'extrême, il s'asseyait, se relevait, faisait les cent pas, allait s'informer à droite à gauche, tout en buvant toutes les tasses de café qui passaient à portée de sa main. Le liquide lui tordait un peu plus l'estomac à chaque gorgée, mais il lui donnait aussi l'énergie dont il avait cruellement besoin. Il ne voulait pas prendre le risque de laisser passer le moindre détail.

Le petit matin pointait. Sous peu, il allait devoir appeler son bureau, annuler ses rendez-vous de la journée, se mettre en relation avec la police, décider de ce qu'il convenait de faire concernant le club…

Il leur faudrait aussi mettre au point une stratégie vis-à-vis des médias. Des images de l'accident avaient été diffusées, mais aucun nom n'avait été communiqué pour le moment. Peut-être qu'ils auraient de la chance et que ça n'irait pas plus loin.

Peut-être. Mais il n'était pas dans ses habitudes de se contenter de « peut-être ».

Son regard se posa sur Vanessa, assise entre Holden et Liv. Jusqu'à récemment, elle avait vécu de manière aussi indépendante et isolée que lui. Mais à présent, outre sa sœur, elle avait un homme auprès d'elle. En décidant de se donner une chance avec Holden, elle s'était ouverte aux autres par la même occasion. Il admirait son courage, car laisser des gens entrer dans sa vie n'était pas exempt de risques. Il lui suffisait de regarder les personnes présentes dans la salle pour en avoir la preuve.

A cette pensée la douleur revint en force et il s'obligea à détourner les yeux. A regarder à droite, à gauche, n'importe où, tant que les souvenirs cessaient de s'insinuer dans son esprit.

Il se passa la main sur la nuque et appuya à l'endroit où ses muscles étaient noués.

— Tiens…

Il leva la tête. Liv lui tendait une bouteille d'eau et deux cachets.

— Ça devrait te faire du bien.

Elle désigna son cou. Il laissa retomber son bras le long de sa jambe. Depuis quand laissait-il les autres voir ses faiblesses ?

La personnalité de Liv ne manquait pas de paradoxes. Elle était généreuse et douce, mais possédait également une détermination et une volonté à toute épreuve quand il s'agissait du centre et des enfants. Ses cheveux bruns lui arrivaient aux épaules et étaient presque toujours ramenés en queue-de-cheval. Ses yeux marron étaient emplis de gentillesse et de chaleur, sans parler des nombreux sourires qu'elle prodiguait autour d'elle. Son visage rond et sa bouche pulpeuse adoucissaient son menton volontaire, lui conférant une beauté subtile qui l'aurait sûrement intrigué s'il s'était autorisé à se laisser séduire. Mais c'était hors de question.

Il prit ce qu'elle lui offrait en bafouillant des remerciements. L'eau fraîche atténua le goût acide qu'il avait dans la bouche et l'aida à mettre un semblant d'ordre dans ses idées.

Soudain, la porte de la salle d'attente s'ouvrit avec fracas, et un Deklan couvert de bandages fit irruption dans la pièce.

— Noah, tu sais quelque chose ?

Tout le monde s'immobilisa.

— Qu'est-ce que tu fais là ? lui demanda Noah en guise de réponse. Ne me dis pas qu'ils t'ont laissé sortir dans ton état !

— Je vais très bien, grogna Deklan.

Son bras droit en écharpe et le bandage épais qui enveloppait son crâne fraîchement rasé semblaient pourtant indiquer le contraire, sans parler de l'hématome violet qui allait de son front à sa joue.

— Je veux savoir comment va Kendra.

Il fit deux pas en avant, puis chancela. Noah et Holden se précipitèrent vers lui mais Carter, qui entrait sur ses talons, fut le premier près de lui. Il secoua la tête et échangea un regard consterné avec Noah, tout en aidant Deklan à s'asseoir.

— Merde, murmura ce dernier.

Il pressa la main sur son bandage, et un masque de douleur figea son visage.

— Il n'a rien voulu entendre, expliqua Carter dans un effort évident pour garder son calme, tout en fusillant Deklan du regard. Et encore, heureusement que Rock s'en est mêlé, il ne voulait même pas que je le conduise jusqu'ici !

— Je pouvais très bien prendre un taxi, protesta Deklan.

Son jean et sa veste en cuir étaient pleins de taches sombres, comme autant de souvenirs douloureux de l'accident. Carter leva les yeux au ciel.

— Alors ? insista Deklan.

— Elle est toujours au bloc, lui apprit Vanessa. On n'en sait pas plus.

Kendra avait été emmenée au bloc opératoire deux heures plus tôt. En plus d'une clavicule et de plusieurs côtes cassées, elle avait un hématome cérébral qui nécessitait d'être drainé.

Vanessa s'assit à côté de Deklan et le prit dans ses bras. Noah ne put s'empêcher d'être choqué en voyant que son ami se laissait faire. L'abattement qui s'était emparé du dom fort et solide qu'était Deklan ne fit que renforcer sa conviction que certains risques ne valaient pas la peine d'être pris.

Il fourra la main dans sa poche et sentit son porte-clés sous ses doigts. Il joua un instant avec la vieille clé qui y était toujours accrochée. Le souvenir de l'agonie qu'il avait traversée à une époque lui étreignit la poitrine ; son cœur paraissait pris dans un étau.

Tout le monde garda le silence jusqu'à ce que Deklan s'écarte de Vanessa. Noah détourna le regard en le voyant renifler et s'essuyer les yeux. La douleur qu'il éprouvait à l'idée de perdre Kendra était bien pire que toutes ses blessures corporelles.

Un léger reniflement, près de lui, attira son attention. C'était Liv, qui battait des paupières à toute vitesse. Personne ne lui en aurait voulu si elle s'était mise à pleurer. Ça faisait même un moment qu'il s'attendait à ce qu'elle fonde en larmes. Pourtant, elle semblait déterminée à ne pas craquer et à aider les autres, en dépit des horreurs dont elle avait été témoin. Sa personnalité était peut-être radicalement différente de celle de sa sœur, mais toutes les deux étaient animées d'une force intérieure qu'il trouvait réellement admirable.

— Des nouvelles des deux autres ? demanda Deklan d'une voix pleine de tristesse.

— Pas récemment, lui répondit Vanessa. Est-ce que tu as parlé à la famille de Kendra ?

— Oui. Ses parents n'arriveront pas avant 8 ou 9 heures. Ils viennent en voiture depuis Chicago ; ils auraient dû attendre sinon le premier avion du matin.

— Tu as pu parler à Seth ou à Cali ?

Carter éclata de rire, et tout le monde se tourna vers lui.

— Tu parles ! C'est à peine s'il a parlé aux médecins avant de se sauver des urgences.

Deklan lui lança un regard assassin qui, en temps normal, leur aurait donné à tous la chair de poule, mais Carter se contenta de secouer la tête.

— Allie attendait de se faire plâtrer le bras, sinon Seth et elle vont bien. Quant à Cali, le médecin pense qu'elle souffre juste une élongation au cou, mais il préfère faire quelques examens supplémentaires pour s'assurer qu'il n'y a rien d'autre.

Un soupir de soulagement collectif retentit dans la salle. Quatre d'entre eux allaient bien ou, du moins, n'étaient pas grièvement blessés. Et les autres étaient vivants. C'était déjà ça.

— Ils se fichaient pas mal de leurs propres blessures quand je leur ai parlé, ajouta Carter. C'est surtout pour les autres qu'ils sont inquiets.

— Parce que tu crois que tu réagirais différemment ? lança Deklan.

— Je n'ai jamais dit ça.

Ils s'affrontèrent du regard jusqu'à ce que Vanessa se lève.

— Holden, il faut que tu te reposes. Si, insista-t-elle quand il secoua la tête. Tu as un match ce soir, ça ne sert à rien que tu restes assis ici à attendre.

— Mais je veux être avec toi, argua Holden.

La simplicité de sa réponse atteignit Noah en plein cœur. Sur la glace, Holden était un hockeyeur qui ne craignait rien ni personne mais, ailleurs, il était le soumis de Vanessa. Et son dévouement était évident pour tous ceux qui comprenaient leur dynamique.

Elle prit son visage entre ses mains et se pencha sur lui pour l'embrasser, ses longs cheveux noirs constituant un rideau qui les protégeait des regards.

— Et je t'en suis reconnaissante, mais il faut que tu dormes. Je n'ai pas envie que tu te blesses. Je t'appelle dès que j'ai des nouvelles.

— Tu en es sûre ?

— Certaine.

— Je te ramène chez toi, proposa Liv, puis, tendant la main à Deklan, elle ajouta : tu n'as qu'à me donner tes clés, je ferai un saut chez toi pour te prendre des vêtements propres. Pareil pour toi, dit-elle en s'adressant à Noah. Et je vais avoir besoin de ta voiture.

Carter se leva et s'étira.

— Je vous emmène, proposa-t-il. Comme ça, on passera par l'autre hôpital pour prendre les clés des autres. Ça m'étonnerait qu'ils rentrent chez eux une fois qu'on leur aura signé leur autorisation de sortie.

Deklan ouvrit la bouche pour protester, mais Noah ne lui en laissa pas le temps.

— Très bonne idée, dit-il, cherchant ses clés dans sa poche.

— Tu m'appelles dès qu'il y a du nouveau, d'accord ? demanda Holden en serrant Vanessa dans ses bras.

— Promis.

— Ça vaut pour nous aussi, dit Liv, en collectant les différents trousseaux. Noah, tu as besoin de quelque chose à part des vêtements ? Ordinateur portable, tablette, dossiers ?

Décidément, elle pensait vraiment à tout.

— Mon attaché-case. Il est sur mon bureau, tu devrais le trouver facilement.

Il baissa la tête et fronça les sourcils en voyant l'état de ses mocassins. Ils étaient bons pour la poubelle.

— Et une paire de chaussures aussi.

Le trio venait à peine de quitter la pièce que Vanessa se tourna vers lui.

— Il faut qu'on parle.

Devant son regard perçant, il s'écarta du mur contre lequel il s'était adossé. En toute sincérité, il se sentait bien plus apte à affronter cette crise-là que la tragédie qui se déroulait derrière les portes closes du bloc opératoire. Il roula les épaules et remarqua que les anti-inflammatoires avaient fait effet. Puis il hocha la tête.

— Je t'écoute.

Chapitre 5

Coincée entre Carter et Holden sur la banquette du fourgon de Rock, Liv regardait par la fenêtre, tout en tripotant machinalement l'ourlet de son jean. Au-dehors, la vie suivait son cours, avec son flot de gens pressés qui se rendaient au bureau, à l'école ou Dieu savait où.

Un silence total régnait dans l'habitacle. L'inactivité forcée l'avait plongée dans une espèce de torpeur qui l'empêchait de réfléchir. Et ça n'avait pas que des mauvais côtés, de ne pas penser. Elle flottait dans une autre dimension, loin des six dernières heures. Loin des heures, des jours et des semaines à venir, qui apporteraient sans nul doute leur lot de douleur. Mais, avec un peu de chance, ces semaines seraient aussi synonyme de rémission pour chacun de ses amis. Peu importe combien de temps prendrait leur convalescence tant qu'ils retrouvaient la santé.

La voix de Carter la fit sursauter.

— Ça devrait partir en machine. Tu n'auras qu'à mettre un peu de prédétachant en rentrant chez toi.

Elle ne comprit pas tout de suite de quoi il parlait, jusqu'à ce qu'elle suive son regard. Elle vit alors que ce qu'elle grattait depuis plusieurs minutes n'était pas la couture de son jean mais une tache de sang séché. Elle retira brusquement sa main.

— Désolée, murmura-t-elle, en serrant le poing.

Holden allongea le bras et couvrit sa main de la sienne, comme Noah l'avait fait plus tôt. La sensation était différente : sa paume était un peu calleuse comparée à celle, beaucoup plus douce, de Noah et ses doigts étaient chauds quand Noah les avait glacés. Elle s'étonna d'avoir remarqué des détails aussi insignifiants.

— Comment ça va ? lui demanda-t-il.

Il lui serra la main et elle lui rendit son étreinte, comme s'ils se donnaient des forces l'un l'autre.

— Je fais aller. Comme tout le monde, je pense.

Carter grogna son assentiment.

— Quelle poisse !

— Je ne te le fais pas dire, acquiesça Holden.

Elle avait encore le plus grand mal à concevoir que tout ça n'avait duré qu'une seconde. Il n'en avait pas fallu plus pour changer leur vie à tous.

— On doit tenir le coup. Il faut qu'on soit là pour eux, murmura-t-elle.

— Tu as raison, approuva Carter.

Une partie de son visage était cachée par ses lunettes de soleil, mais les rides de contrariété autour de sa bouche étaient bien visibles.

— On doit les soutenir. Peu importe ce qu'il advient.

Il pouvait y avoir tellement de complications, d'imprévus… Ils avançaient vers l'inconnu le plus total.

— Est-ce que tu dois aller au centre aujourd'hui, Liv ? demanda Holden.

— Non. Shelly me remplace.

— Tu vas avoir assez de monde ?

Pour des raisons légales et de sécurité, le ratio adulteenfant était très strict, et elle détestait ne pas avoir assez d'effectifs quand tant d'enfants avaient besoin d'aide. Elle serra la main de Holden plus fort, touchée qu'il soit conscient de ce genre de détails.

— Ça devrait aller. J'ai appelé quelques personnes qui me devaient un service, répondit-elle avec un faible sourire.

— Tu as parlé avec la police ?

Elle se tourna vers Carter et cligna des yeux, aveuglée par le soleil. Ça lui semblait inapproprié qu'il resplendisse dans le ciel alors qu'elle était d'une humeur aussi sombre.

— Très brièvement. Pourquoi ?

Carter haussa les épaules et lui jeta un bref regard avant de reporter son attention sur la route.

— Ils voudront sûrement t'interroger à nouveau. Est-ce que Noah t'a dit quelque chose à ce sujet ?

Elle fronça les sourcils, tandis qu'une foule de questions lui venait déjà à l'esprit.

— Non.

Des images de l'accident lui revinrent, et elle secoua la tête pour les chasser. Mieux valait reporter son attention sur le paysage.

— Marcus était encore là quand tu es allé chercher les clés ? demanda Holden à Carter.

— Oui. Il refuse de rentrer chez lui. Rock a lourdement insisté pourtant.

Liv examina tour à tour les deux hommes.

— Pourquoi ?

Holden lâcha sa main et tourna la tête vers la fenêtre.

— Pour rien du tout, assura-t-il, tout en évitant son regard.

— Pourquoi faudrait-il que Marcus rentre chez lui ?

Elle lança un regard perçant à Carter, mais il fit mine de l'ignorer.

— Il y a un problème avec Quinn et Blake ?

— Non, tout va bien, répondit Carter d'une voix où perçait la fatigue.

Son désir de le pousser à bout pour savoir ce qu'on lui cachait fut contrarié par leur arrivée chez Vanessa. En dépit de la gratitude qu'elle éprouvait à leur égard et de l'amitié qui s'était forgée au cours des derniers mois, elle devait se rendre à l'évidence : ils ne lui devaient rien. Et ils n'avaient sûrement pas besoin ou envie qu'elle se mêle de leurs affaires.

— Bonne chance pour ce soir, dit Carter.

— Tu parles ! répondit Holden en baissant la tête, abattu.

Il ouvrit sa portière et un souffle d'air frais s'engouffra dans la voiture. En dépit du soleil qui brillait haut dans le ciel, il ne faisait pas chaud dehors.

— Assure-toi que V mange quelque chose, d'accord ? demanda Holden à Liv.

Elle hocha la tête. Il soupira, et son souffle forma un petit nuage de buée en sortant de sa bouche.

— Prends soin de toi, toi aussi.

— Ne t'en fais pas, on va passer chez elle également, décréta Carter.

— Pourquoi faire ? Ce n'est pas la peine, je n'ai besoin de rien, protesta Liv.

Ils avaient mieux à faire de leur temps que de se tracasser pour elle !

— Ça te fera du bien de prendre une douche et d'enfiler des vêtements propres, comme nous tous. Si nous voulons être en mesure de prendre soin d'eux, nous devons commencer par prendre soin de nous-mêmes, expliqua calmement Carter.

— Il a raison, acquiesça Holden.

Il la serra dans ses bras et l'embrassa sur le front.

— On doit être là pour eux, même s'ils sont convaincus qu'ils sont tout à fait capables de s'en sortir seuls.

Il referma la portière et emprunta l'allée qui menait au perron de Vanessa. Quelques fleurs subsistaient encore dans le jardin, mais elles ne tiendraient pas le coup bien longtemps. Une fois Holden dans la maison, Liv s'enfonça dans son siège et Carter fit marche arrière.

— Je suppose que c'est inutile d'essayer de te faire changer d'avis ? demanda-t-elle.

— Tu as tout compris.

Elle ravala la dizaine de piques qu'elle mourait d'envie de lui envoyer. Il était peut-être de nature plus ouverte et détendue que Rock, mais il pouvait être aussi têtu que ce dernier quand il l'avait décidé.

Elle soupira et lui donna l'adresse de son appartement à contrecœur. Dans le fond, elle savait que les garçons avaient raison, mais ça ne l'empêchait pas de se sentir affreusement frustrée. Enfin, c'était toujours mieux de se concentrer sur sa mauvaise humeur que sur la peur qui lui vrillait l'estomac.

Agir était le meilleur des remèdes.

Occupe-toi, ne réfléchis pas.

Elle irait bien tant qu'elle s'occuperait des autres.

— Je peux savoir ce qui se passe entre Liv et toi ?

Vanessa irradiait de colère, et Noah s'efforça de rester calme, même si son attitude l'irritait passablement.

Il savait qu'elle n'agissait ainsi que parce qu'elle était fatiguée et inquiète.

— Il ne se passe rien du tout, répondit-il d'une voix parfaitement égale.

Vanessa le dévisagea, l'air plus incrédule que méprisant.

— Je te faisais confiance.

Alors ça, c'était le comble ! Il n'avait rien fait de mal et elle était là, à l'accuser de haute trahison !

Il se rapprocha d'elle, prenant sur lui pour maîtriser le ton de sa voix.

— Je n'ai rien fait qui soit susceptible de trahir ta confiance. J'aurais même tendance à dire que je la mérite encore plus qu'avant.

— Vraiment ? dit-elle, croisant les bras sur la poitrine. Et qu'est-ce qui te fait croire ça ?

— V !

La voix de Deklan retentit, mais Noah l'ignora. Pour une fois, il se moquait bien de laisser transparaître ses émotions. Tant mieux si elle voyait à quel point il était furieux ! La colère qui bouillonnait dans ses veines s'ajouta à la frustration contre laquelle il luttait depuis des heures. Il ne méritait pas cette attaque en règle, de la même manière qu'aucun d'eux ne méritait ce qui était en train de leur arriver.

Qui a veillé sur elle toute la nuit, à ton avis ? Qui s'est assuré qu'elle allait bien après avoir été témoin de l'accident ? Qui…

— Ça suffit ! ordonna Deklan, en s'interposant entre eux. Vous vous disputez pour des conneries, et vous le savez.

Son intervention apaisa un peu Noah. S'il y en avait un qui avait le droit d'être en colère, c'était lui. Soudain, Deklan chancela et Noah l'attrapa par le bras.

— Viens t'asseoir.

Il l'entraîna vers une chaise, ignorant son regard assassin, de même que sa tentative de dégager son bras.

— Pas la peine de me materner ! grogna Deklan.

Il prit tout de même place sur la chaise, et appuya sa tête dans ses mains.

— Arrêtez de vous sauter à la gorge pour des trucs aussi débiles. Ce n'est vraiment pas le moment !

La culpabilité frappa Noah comme un coup de poignard. Le regard plein d'excuses de Vanessa croisa le sien, et il hocha la tête. Quel que soit le différend qui les opposait, il n'avait, comparativement, aucune importance. Il attrapa une bouteille vide et traversa la pièce pour aller la mettre à la poubelle.

— Désolée, dit Vanessa quand il passa près d'elle.

L'instant d'après, elle s'assit à côté de Deklan et lui entoura les épaules de son bras pour le réconforter.

Il fallut encore quelques instants à Noah pour recouvrer totalement son calme. Il devait garder les idées claires, et ne pas se laisser emporter pour quelque chose d'aussi insignifiant que ses intentions vis-à-vis de Liv. D'autant qu'il n'en avait aucune… Il n'en avait plus eu envers qui que ce soit depuis que la femme qu'il aimait s'était suicidée.

A cette évocation, et en dépit des quatre années qui s'étaient écoulées depuis sa mort, un coup de poignard l'atteignit en pleine poitrine. Il se passa la main dessus, dans l'espoir de soulager un peu la douleur qu'il ressentait. Ses problèmes personnels et son passé n'avaient rien à faire ici. Pas quand il y avait tant de choses à gérer.

Rock lui avait écrit une heure plus tôt pour le prévenir que la police venait d'arriver à l'hôpital. Il lui renvoya un message pour lui demander ce que les enquêteurs lui avaient dit, et son portable ne tarda pas à vibrer dans sa main.

Ils sont en route pour venir te voir.

Génial !

Est-ce qu'il y a quelque chose que je devrais savoir ? Comme : est-ce que le chauffard était bel et bien Harcourt ?

Ce à quoi Rock répondit aussitôt :

Aucune confirmation pour le moment. Marcus va bientôt se mettre en route avec Seth et Allie.

Noah ne savait donc toujours pas s'il devait partager les soupçons de Rock avec les autres. Est-ce que ça valait la peine de les inquiéter davantage alors qu'il n'avait aucune certitude ?

D'accord, merci. Rien de neuf ici pour l'instant.

Le contenu des messages qu'il lui envoyait était resté inchangé depuis les trois dernières heures. C'était plus facile, d'un certain côté. Au moins, ils pouvaient faire de l'espoir un moteur.

Il glissa son téléphone dans sa poche, prit une grande inspiration, et rejoignit Vanessa et Deklan. La matinée avait attiré à l'hôpital son lot de familles, qui attendaient des nouvelles de patients ayant à subir une opération. Un signe que la vie continuait, même si leur monde à eux semblait s'être arrêté.

Il s'assit en face des autres, rongé par le doute. C'était un sentiment auquel il n'était pas habitué et cela le mettait terriblement mal à l'aise. La réceptionniste appela quelqu'un au micro, le bruit de son annonce se mêlant à celui de la télévision. Vanessa l'examinait avec une intensité qui ne lui était pas inconnue, et il dut se retenir pour ne pas s'agiter sur son siège comme un enfant pris en faute.

— Qu'est-ce que tu nous caches ?

En tant que chargée de relations publiques et dominatrice, elle était experte dans l'art de déceler les non-dits. Depuis qu'elle était devenue l'une des propriétaires du Red Room, chacun des associés avait eu droit à son fameux regard au moins une fois. Mais il n'allait pas se laisser impressionner aussi facilement. Lui aussi pouvait jouer à ce petit jeu. Ça faisait partie intégrante de son métier d'avocat.

— Qu'est-ce que tu veux dire ? Je vous ai répété tout ce que les médecins m'ont dit.

— Je n'en doute pas, fit-elle d'une voix douce qui ne le rassura pas du tout. Mais tu nous caches quelque chose. Tu n'arrêtes pas de gigoter et de regarder la porte.

Elle haussa les sourcils, le défiant de la contredire, mais il ne se donna pas cette peine. Il aurait voulu être agacé qu'elle l'ait percé à jour aussi facilement, mais il trouvait presque ça drôle, en réalité.

— Alors, de quoi s'agit-il ?

— Eh bien, en fait… Il est possible qu'il ne s'agisse pas d'un simple accident.

Deklan amorça le mouvement de se lever, et Noah lui fit signe de rester assis.

— Attends, laisse-moi vous expliquer.

Il attendit que Deklan soit de nouveau installé sur son siège en plastique pour reprendre la parole.

— Ce n'est pas mon genre de diffuser des informations erronées ou de lancer des rumeurs…

— On le sait, le coupa Deklan, alors accouche !

Noah fit un effort pour ne pas protester vertement. Il n'avait pas l'habitude non plus de devoir se concentrer autant pour ne pas perdre patience.

— D'après Rock, le chauffeur du pick-up ressemblait beaucoup à Harcourt.

— Quoi ?

— Fils de…

— Et tu comptais nous le cacher longtemps ? demanda Vanessa.

L'incrédulité se lisait sur son visage. Il retint un soupir.

— On n'a aucune certitude pour le moment. Le pick-up était pour ainsi dire en pièces détachées. Personnellement, j'ai seulement jeté un coup d'œil dans l'habitacle. Tout ce que je sais, c'est qu'il n'y avait qu'une seule personne à bord. C'est Rock qui a vérifié si le conducteur respirait encore avant l'arrivée des secours.

— Si c'était vraiment lui, intervint Vanessa d'une voix tendue, alors il y a à peu près une chance sur un million pour que ce soit un accident.

— C'est ça.

— Espèce de sale…

Plusieurs personnes se tournèrent vers eux et Deklan ferma la bouche. Il agrippait si fort ses accoudoirs que ses jointures en étaient blanches. Epuisé comme il l'était, Noah n'arrivait pas à comprendre comment il trouvait encore la force d'être assis là avec eux.

L'année précédente, Remington Harcourt était parti en croisade contre l'industrie sexuelle, et notamment les clubs BDSM. Ironie du sort : il était lui-même un dominateur connu dans la communauté. Elu député après son passage à la mairie, il s'était alors lancé dans une vendetta personnelle déguisée en action politique, afin de se venger du Red Room. Le club l'avait en effet banni de ses membres, après qu'il s'en fut pris à Tyler. Ils avaient révélé qu'il abusait de tous les subs qui avaient le malheur de croiser sa route, et il avait été mis au ban de la communauté. Puis, une vidéo le montrant en pleine séance avait atterri entre les mains d'une chaîne de télévision locale, et sa carrière avait été anéantie.

— On doit se préparer au pire, reprit Vanessa. Si les médias fourrent leur nez là-dedans…

— Je sais, l'interrompit Noah. J'ai passé la nuit à chercher une solution.

— Et tu l'as trouvée ? demanda Deklan.

— J'en ai trouvé tout un tas.

Sans doute beaucoup trop mais, au moins, réfléchir à ça l'avait occupé.

— Ce qu'on doit faire dans un premier temps, c'est protéger ceux qui peuvent l'être. Ce qui signifie que Marcus et toi devez garder vos distances.

Il n'avait pas terminé sa phrase qu'elle était déjà en train de secouer la tête.

— Hors de question ! Je peux m'occuper des journalistes, c'est mon domaine. Je ne vais pas vous laisser en plan.

— Tu as pensé à Holden ? A sa carrière ? Le nom du Red Room va forcément finir par sortir. Combien de temps penses-tu que ça prendra aux médias pour faire le lien entre toi et la nature des activités du club ?

Vanessa ne répondit pas et pour cause. Elle savait aussi bien que lui que la société ne faisait pas preuve d'une grande tolérance à l'égard de la communauté BDSM. La majorité des gens de l'extérieur ne comprenait pas ce que ce mode de vie avait à offrir, ni ce que recherchaient ses adeptes.

— Par chance, seuls les noms des propriétaires d'origine apparaissent sur les statuts.

Il attendit une réponse de la part de Vanessa, mais elle se contenta de détourner le regard.

— Pourquoi aurait-il fait une chose pareille ? marmonna-t-elle.

Noah ne savait pas si c'était une vraie question ou si elle réfléchissait à haute voix, mais il décida de lui répondre quand même.

— Je me suis posé la même question toute la nuit, et je ne vois qu'une seule réponse possible.

— La vengeance ! lâcha Deklan.

Un motif bête et méchant qui était hélas à l'origine d'une quantité incalculable d'actes de violence. Vanessa secoua lentement la tête, aussi incrédule que si on lui avait annoncé que la Terre était plate.

— Ça n'a pas de sens. Comment quelqu'un pourrait faire quelque chose d'aussi abject et destructeur dans le simple but de se venger ? Je sais bien que le monde est rempli de gens méchants, mais là…

Tout ce qu'elle disait reflétait exactement les pensées qui avaient agité Noah durant la nuit.

— On n'est pas encore absolument certains que c'est lui. Mais je propose qu'on parte du principe que c'est le cas, jusqu'à ce qu'on ait la confirmation du contraire. Je préfère qu'on soit prudents… ce qui veut dire que tu ferais mieux de rentrer chez toi avant l'arrivée de la police, V.

— Non.

— Si, Vanessa. Officiellement, rien ne permet de faire le lien entre l'accident, les victimes et toi, et il faut que ça continue. Je comprends pourquoi tu veux rester, je serais dans le même état à ta place, mais c'est une très mauvaise idée.

Elle recommença à secouer la tête. Heureusement, Deklan jugea bon d'intervenir avant qu'elle ne se mette à argumenter.

— Je suis d'accord avec Noah. Vous avez d'autres chats à fouetter, Marcus et toi.

— Et vous, alors ? Vous ne croyez quand même pas qu'on va rentrer chez nous en faisant comme si on ne vous connaissait pas. Et le club ? continua-t-elle, en se tournant vers Noah. Il faut bien que quelqu'un s'en occupe. Si vous nous mettez hors-jeu avec Marcus, ça veut dire qu'il ne reste que Rock et toi pour tout gérer.

— Pas nécessairement, répondit Deklan.

— Arrête, Deklan ! Jake, Seth et Noah ont mieux à faire en ce moment que de s'occuper du bon fonctionnement du club. Je ne dis pas ça méchamment. C'est la réalité, tout simplement.

— Justement, j'y ai réfléchi et je me suis dit qu'on pourrait peut-être fermer pendant quelques jours, proposa Noah. Le temps de redistribuer les responsabilités. Rock et moi pouvons mettre ça en place avec les employés. Vous nous aiderez pour autre chose, mais il est hors de question que qui que ce soit vous voie traîner près du club.

— Ou ici, ajouta-t-elle.

— Ou ici, répéta-t-il tristement.

Ça lui déplaisait autant qu'à elle, mais ils n'avaient pas le choix.

— Si tu veux, tu peux rédiger quelques communiqués de presse et écrire une lettre ouverte à la communauté BDSM. On va en avoir besoin. Quant à Marcus, il peut nous aider à distance pour la réorganisation des équipes au club.

— Ça ne va pas lui plaire, l'avertit Vanessa.

— Sans doute pas, concéda Noah, mais il n'y a pas trente-six solutions.

Entre le métier d'actrice de Quinn et leur bébé de trois mois, il aurait préféré de loin envoyer Marcus et sa petite famille en vacances sur une île déserte… Une option que Marcus n'aurait pas appréciée davantage, cela dit.

— Et toi ? demanda Deklan. Ta réputation aussi pourrait en pâtir.

— Ne t'en fais pas pour moi. Ça ira.

— Comment peux-tu en être aussi sûr ?

— Ça fait plus de quinze ans que j'appartiens à la communauté BDSM locale et dix que j'ai ouvert mon cabinet. Où crois-tu que je trouve la majorité de mes clients ?

— D'accord, d'accord, grogna Deklan. Mais si ça tourne mal, il faudra que tu te mettes en retrait, toi aussi.

— Certainement pas ! Je suis l'avocat du club, ce qui signifie que c'est mon travail de le défendre et de protéger ses intérêts. Et c'est aussi mon travail de vous défendre et vous protéger, vous.

— Mais tu trouves normal que Marcus et moi disparaissions dans la nature ! riposta Vanessa.

— C'est pour protéger vos associés. Ça ne veut absolument pas dire que vous les laissez tomber.

Il soutint son regard jusqu'à ce qu'elle tourne la tête. Il comprenait son entêtement, mais sa frustration ne changeait rien à la donne.

— Je sais que vous nous aiderez par tous les moyens possibles, dit-il pour la consoler.

A cet instant, les portes du couloir qui menait au bloc opératoire s'ouvrirent, et une femme en blouse bleue en émergea. Tout le monde retint son souffle.

— Madame Surgeon ?

Une dame âgée se leva, flanquée de deux personnes qui étaient vraisemblablement ses enfants. Un soupir collectif fit se soulever la poitrine des autres personnes présentes.

Les moments d'espoir avaient souvent succédé aux moments de déception depuis leur arrivée, et chaque épisode épuisait Noah un peu plus. Il avait envie de laisser sa tête basculer contre le dossier de son siège et de fermer les yeux, mais se reposer n'était pas à l'ordre du jour.

Il se frotta les mains et se força à reprendre la conversation là où ils l'avaient laissée.

— Rock m'a prévenu que la police n'allait pas tarder à arriver, dit-il en regardant Vanessa.

Il détestait jouer le mauvais rôle, mais il n'avait pas le choix.

— Je ne bouge pas d'ici tant qu'on n'a pas eu des nouvelles de tout le monde. Non négociable !

Pas étonnant qu'elle soit une dominatrice hors pair, avec cette assurance impérieuse qui était la sienne… Il s'attendait à cette réaction.

— Dans ce cas, il vaut mieux que tu ailles t'asseoir de l'autre côté de la pièce. Comme ça, ils ne sauront pas que tu es avec nous.

— Qu'est-ce que ça change ?

— A priori, rien du tout, mais tu es sûre de vouloir prendre ce risque ? Ils n'ont pas besoin d'être au courant de certains détails tant que je ne suis pas dans l'obligation de les leur révéler. Et ta présence ici fait partie des détails en question.

— Qu'est-ce que Marcus a fait, lui ? Il ne sait pas que la police est en route. Il est sur place avec les autres.

Décidément, elle était tenace…

— Rock l'a convaincu d'aller faire un tour.

Elle se laissa aller contre son siège, visiblement frustrée d'avoir perdu la bataille.

— Ça ne me plaît pas du tout, commenta-t-elle, fronçant les sourcils.

Il ne put que hocher la tête. Deklan se tortilla sur sa chaise et fit la grimace en effleurant son bras. Un mélange de douleur, d'angoisse et de tristesse déformait ses traits davantage d'heure en heure.

— Ils t'ont donné quelque chose contre la douleur ?

— Non, grommela-t-il. C'est contre-indiqué à cause de ma blessure à la tête. Ça pourrait masquer des syndromes post-commotionnels.

Noah se mordit la langue pour ne pas répliquer. Deklan n'aurait pas dû être là pour commencer, mais ça ne servait rien d'entrer dans ce genre de débat avec lui.

Juste au moment où les portes du couloir s'ouvraient à nouveau, deux hommes en costume franchirent la porte d'entrée de la salle d'attente, et la tension monta en flèche.

C'étaient des enquêteurs, ça ne faisait aucun doute et, pourtant, Noah n'avait d'yeux que pour le médecin. Son cœur se mit à battre à tout rompre tandis que l'homme retirait son masque chirurgical. Il jeta un coup d'œil au porte-bloc qu'il avait à la main, puis parcourut la pièce du regard.

— Monsieur Bakker ?

Noah sauta sur ses pieds. Deklan et Vanessa l'imitèrent aussitôt. En une fraction de seconde, il avait oublié les policiers en civil et le reste de ses préoccupations. Plus rien n'avait d'importance, à l'exception de ce que le médecin s'apprêtait à lui annoncer.

Chapitre 6

Liv poussa la lourde porte en bois à l'arrière de la maison de Noah et pénétra à l'intérieur. Une odeur de cannelle et de clou de girofle lui chatouilla les narines, tandis qu'elle admirait les boiseries du plafond dont la couleur s'accordait à celle du plancher. Le salon et la cuisine étaient si impeccablement ordonnés qu'elle se serait presque crue dans une maison témoin.

Tout était rangé au millimètre. Il n'y avait pas de courrier ou de chaussures qui traînaient dans l'entrée. Pas de journal oublié sur le comptoir ou sur la table basse, de vaisselle sale dans l'évier ou de torchon abandonné sur un dossier de chaise. Même le portemanteau, derrière la porte d'entrée, était vide.

Elle se sentit un peu mal à l'aise, presque effrayée à l'idée de déplacer quelque chose ou de mettre le bazar. Puis son appréhension la fit rire et elle secoua la tête. La pointe de ses cheveux, encore mouillée de sa douche, lui effleura la nuque et elle frissonna. Pour gagner du temps, elle avait fourré des affaires dans un sac et s'était douchée chez Rock et Carter avant de passer chez les autres.

Carter lui avait expliqué que Deklan, Kendra, Cali et

Allie vivaient tous dans le même immeuble en copropriété, là où lui-même avait vécu avant d'emménager dans le loft de Rock. Elle avait trouvé une telle proximité étonnante et ça avait dû se voir sur sa tête, car Carter avait pouffé de rire. D'un autre côté, un tel mode de vie n'était pas si surprenant que ça, si l'on considérait le lien quasi familial qui les unissait tous.

Carter entra à son tour et referma la porte derrière eux. Lui aussi avait encore les cheveux humides et ses joues étaient rosies par le froid.

— Tu es déjà venue là ? lui demanda-t-il, tout en s'essuyant les pieds sur le paillasson.

— Non, et toi ?

— Moi non plus.

Il regarda autour de lui, puis emprunta le couloir.

— Je suppose que sa chambre est en haut, lança-t-il par-dessus son épaule.

Ses chaussures couinaient à chacun de ses pas. Elle le suivit dans l'escalier en bois, en dépit du sentiment d'intrusion qu'elle éprouvait. C'était pourtant la troisième fois qu'ils passaient chez quelqu'un pour prendre des affaires, mais elle n'arrivait pas à se débarrasser de l'impression tenace d'être indiscrète.

Elle remarqua qu'un cadre n'était pas droit, mais résista à l'envie de le redresser. Peut-être que Noah ne l'aurait pas remarqué ? Un petit sourire naquit sur ses lèvres. Bien sûr qu'il s'en serait rendu compte !

Ils trouvèrent rapidement sa chambre, qui se situait effectivement au fond du couloir du premier étage.

— Je prends ses affaires de toilette, déclara Carter. Occupe-toi des vêtements.

Le gris ardoise des murs était accentué par le tapis sombre et la couette noire qui recouvrait le lit. L'absence d'objets sur les tables de chevet ne la surprit pas, et elle eut du mal à ne pas céder à la curiosité d'ouvrir l'un des tiroirs.

Le dressing se trouvait dans ce qui avait dû être les combles, car il fallait monter quelques marches pour y accéder depuis la chambre. Là encore, tout était recouvert de boiseries et l'odeur du bois de cèdre lui évoqua immédiatement Noah, mais aussi une malle qui se trouvait chez sa grand-mère. Deux éléments qui la réconfortaient lorsqu'elle y pensait.

Elle resta un instant sur le seuil, trop occupée à admirer ce qui l'entourait pour songer à se mettre à l'œuvre. Des rangées de vestes de costumes, de pantalons et de chemises parfaitement repassés et classés par couleurs se trouvaient le long des murs. Des pulls étaient pliés en piles nettes sur des étagères qui surplombaient les portants, tandis que tout un pan de mur était réservé aux chaussures. Elle n'aurait jamais cru qu'il existait un tel éventail de mocassins noirs et marron ! Comment pouvait-on avoir besoin d'autant de chaussures ?

Elle se décida enfin à entrer et effleura du bout des doigts les tissus délicats. Des noms de créateurs plus chic les uns que les autres figuraient sur les étiquettes, ce qui confirma ses hypothèses quant à la situation financière de Noah. Cette garde-robe avait certainement coûté plus cher qu'un an de loyer pour son petit appartement.

Est-ce qu'il avait ne serait-ce qu'un jean, au moins ? Elle examina chaque portant et chaque étagère, sans succès. Aucun jean, pantalon de jogging ou autre bas décontracté en vue. Il avait même mis un pantalon de costume pour se rendre au match de hockey, la veille. Si c'était l'idée qu'il se faisait de la relaxation, il allait avoir besoin de bien plus que de simples vêtements de rechange !

— Tu es prête ?

La voix de Carter la sortit de sa rêverie. Elle choisit un pantalon noir et une chemise blanche, auxquels elle ajouta un pull gris — en cachemire, naturellement —, au cas où il aurait froid. Elle trouva un sac de sport noir dans un coin, dans lequel elle glissa une paire de chaussures et les vêtements soigneusement pliés.

— Tu as tout ce qu'il faut ? lui demanda Carter, quand elle sortit du dressing.

— Presque. Il me manque juste des chaussettes et des sous-vêtements.

Son regard se posa alors sur une colonne de tiroirs qui s'étendait du sol au plafond. Peut-être que Noah y gardait ces choses-là ? Elle en examina rapidement le contenu jusqu'à trouver ce qu'elle cherchait. Rangés en piles bien nettes, des caleçons occupaient une partie d'un premier tiroir. Elle remarqua aussi une collection de boxers, à choisir en fonction de l'humeur de monsieur. Qu'est-ce qu'il pouvait bien avoir envie de porter, aujourd'hui ?

— Je prends quoi, à ton avis ?

Carter la rejoignit pour inspecter le contenu du tiroir et fronça les sourcils.

— Aucune idée. Ça ? proposa-t-il en attrapant un boxer au hasard.

Le tiroir suivant abritait les chaussettes. Elle en sélectionna une paire noire qu'elle fourra dans le sac avec le reste.

Carter était déjà redescendu et elle le retrouva dans la cuisine, en train de rassembler des bouteilles d'eau et des barres de céréales. Elle posa le sac sur le comptoir et Carter y glissa les provisions. Ils en avaient fait autant pour Deklan, Allie et Cali : chacun son kit comprenant vêtements propres, biscuits, eau et affaires de toilette. Tout ce qui était susceptible de leur être utile et de les réconforter un peu après ces longues heures d'attente.

— Je vais chercher son attaché-case, dit Liv.

Le bureau, à l'image du reste de la maison, était sobre mais raffiné. Tout y était propre, rangé, organisé dans le moindre détail. Elle s'était attendue à y trouver des indices sur la personnalité du vrai Noah… sauf que c'était ça, le vrai Noah.

Elle repéra immédiatement l'attaché-case, posé en évidence sur le grand bureau en bois. Elle mourait d'envie d'explorer la pièce, certaine qu'elle y trouverait des informations sur l'homme qui se cachait derrière l'avocat, mais elle n'en avait pas le temps. Elle s'empara de la mallette et retourna dans la cuisine.

— Il ne reste plus que Seth, c'est ça ?

Carter passa la bride du sac à son épaule et se dirigea vers la porte.

— Euh… oui, c'est ça, répondit-il d'un air gêné.

Liv ferma la porte à clé derrière eux et ils se dirigèrent vers la voiture. Le jardin n'était pas très grand mais parfaitement entretenu. Des feuilles mortes éclairaient la pelouse de touches rouges et jaunes, et on pouvait facilement imaginer des enfants en train de jouer sous le regard bienveillant de leurs parents, à l'abri, sous le porche. Le côté chaleureux et accueillant de l'extérieur contrastait fortement avec l'atmosphère à l'intérieur. Sans doute parce que c'était un jardinier, et non Noah lui-même, qui s'occupait de l'entretien du jardin.

— Tu sais où vit Seth ? demanda-t-elle à Carter, une fois qu'ils furent en route. Ou est-ce qu'il faut que je demande à quelqu'un ?

Elle le surprit qui fronçait les sourcils.

— Quoi ? Ça ne peut pas être pire que mon appart' deux étoiles.

Elle vivait dans un trois pièces qu'elle partageait avec une colocataire qui n'était pour ainsi dire jamais là. Son appartement n'était pas un taudis, mais un mouchoir de poche comparé aux maisons qu'ils venaient de visiter. Comme pour la voiture, Vanessa lui avait offert à de nombreuses reprises de lui trouver un autre appartement, mais elle avait toujours refusé. Réussir par ses propres moyens était une question d'amour-propre et un principe qui lui était cher.

Carter lui lança un bref regard embarrassé.

— Qu'est-ce que tu sais sur eux tous, exactement ?

Ce fut au tour de Liv de lui jeter un coup d'œil perplexe.

— Qu'est-ce que tu veux dire ? Ce sont des amis de Vanessa, qu'elle a rencontrés dans le cadre de son travail.

— Donc tu ne sais pas que Seth vit au-dessus du club dont il est propriétaire ?

— Un club ? Je croyais que c'était un restaurant ?

Du moins, c'était ce qu'elle avait supposé, quand il avait proposé de fournir la nourriture pour la kermesse.

— Ils servent aussi à manger, oui.

— Bon, il est propriétaire d'un club, et alors ? Qu'est-ce que ça peut faire ? Oh ! mais... Est-ce qu'il a quelqu'un pour le faire tourner pendant son absence ? Il va avoir besoin d'aide si ça se trouve. Et les autres ? Qu'est-ce qui va se passer pour eux professionnellement ? Ils vont être en arrêt maladie pendant un bon bout de temps... J'ai entendu Noah passer plusieurs coups de fil, j'imagine que...

— Doucement ! s'exclama Carter en riant. Tu réfléchis beaucoup trop vite pour moi !

— C'est vrai, reprit-elle, poursuivant sur son idée, aucun d'eux ne va pouvoir reprendre tout de suite le travail. Ceux qui ne sont pas gravement blessés vont rester au chevet de ceux qui le sont.

Le silence s'installa dans l'habitacle, tandis que chacun songeait à ce que ça impliquait. Liv jeta un coup d'œil sur son portable : ils étaient partis depuis plus de deux heures et n'avaient toujours pas la moindre nouvelle de qui que ce soit. L'absence de notification sur son écran l'agaça tout en la soulageant.

— Tu as eu des nouvelles de Rock ? Tu sais où ils en sont, à l'autre hôpital ?

— Aucune idée, répondit Carter dans un soupir.

Ils effectuèrent la suite du trajet en silence, puis quittèrent le périphérique pour se diriger vers la zone industrielle. Ils passèrent devant plusieurs entrepôts et quelques usines, avant de s'arrêter devant un bâtiment en brique de quatre étages. A l'exception de la haute clôture en fer forgé et de l'énorme portail, l'endroit semblait plutôt quelconque… Alors pourquoi le barricader de la sorte ? Peut-être que le quartier n'était pas sûr la nuit ?

Carter envoya un texto à quelqu'un et le portail s'ouvrit quelques secondes plus tard.

— Tu parles d'une forteresse ! plaisanta-t-elle.

Néanmoins, elle trouvait ça bizarre. Elle n'avait peut-être pas dormi, mais tant de précautions lui paraissaient bien exagérées pour une simple boîte de nuit.

Ils arrivèrent dans le parking, et Carter gara la voiture sur un emplacement qui portait la mention « Réservé à Rock ». Liv ne tarda pas à se rendre compte que des plaques similaires au nom de Seth, Deklan, Jake, Marcus, V et Noah marquaient d'autres places.

Vanessa lui avait caché des choses, c'était évident… Pourquoi ?

Une odeur d'essence la prit à la gorge lorsqu'elle ouvrit la portière et elle plaqua la main sur la bouche. Elle eut un haut-le-cœur qu'elle maîtrisa difficilement et elle sentit sa peau se couvrir de sueur. En une fraction de seconde, c'était comme si elle se retrouvait sur les lieux de l'accident.

— Tout va bien, Liv ? s'enquit Carter.

— Oui, j'arrive tout de suite.

Elle expira bruyamment et sortit de la voiture. Une autre inspiration lui indiqua que c'était tout simplement l'odeur qui flottait dans tous les parkings souterrains. Pourvu qu'elle n'ait pas cette réaction à chaque fois qu'elle sentirait des gaz d'échappement ! Elle n'était pas au bout de ses peines sinon…

Quand elle entra dans l'ascenseur avec Carter, elle n'avait presque plus la nausée, et il ne fit aucun commentaire sur le fait qu'elle avait le nez enfoncé dans le col de son manteau.

Ils arrivèrent sur un palier lumineux, au dernier étage du bâtiment, et Carter se dirigea sans hésiter vers la porte de gauche.

Une fois dans l'appartement, ils répétèrent les mêmes gestes que dans les précédents, sans même avoir besoin de se parler. Elle ne connaissait pas les trois occupants si bien que ça, mais déterminer quel côté de la penderie appartenait à Seth ne fut pas compliqué. Elle choisit un jean et un pull, d'une qualité bien supérieure à celle des vêtements qu'elle pouvait s'offrir. Les éternels sous-pulls et T-shirts de Tyler étaient empilés en tas informes qui menaçaient de s'écrouler à tout moment. Les vêtements d'Allie se trouvaient là aussi, et elle s'interrompit en les voyant.

Elle n'avait aucune idée de la façon dont leur ménage à trois fonctionnait, mais ce qui la surprenait surtout, c'était que chacun avait trouvé deux personnes à aimer. C'était déjà tellement difficile d'en trouver une seule… Trois personnes vivaient heureuses ici et, à présent, leur destin était en suspens.

Elle attrapa une paire de chaussures en soupirant et fourra le tout dans un autre sac de sport. Ils avaient déjà des vêtements pour Allie et son instinct lui disait que Tyler n'allait pas avoir besoin des siens avant un bon bout de temps. Ses cris de douleur lorsque son corps avait été extirpé de l'épave risquaient de hanter ses cauchemars pour longtemps.

Un frisson la parcourut tandis qu'elle éteignait les lumières de la chambre et retournait dans la pièce principale. Il n'y avait pas de cloisons entre la cuisine, la salle à manger et le salon, ce qui créait un immense espace. Des poutres apparentes ornaient le plafond et de grandes baies vitrées occupaient tout un pan de mur. La cuisine équipée de marbre, le grand canapé en cuir, la décoration, tout était très sophistiqué. Néanmoins, l'endroit était bien plus vivant que la maison de Noah : des jeux vidéo étaient éparpillés sur le tapis du salon et la table basse était recouverte de magazines. Une veste pendait au dossier d'une chaise à côté du comptoir, sur lequel le courrier s'empilait.

Ce n'était pas juste un appartement. C'était leur chez eux.

Carter ajouta des biscuits et de l'eau dans le sac, et ils se remirent en route. Liv avait envie de lui poser une foule de questions quant à la nature exacte de ce club, mais elle se mordit la langue. Elle avait remarqué qu'il n'avait pas d'emplacement réservé dans le parking, contrairement à sa sœur et à Noah.

Elle les connaissait depuis des mois et, pourtant, rien ne lui avait laissé supposer qu'ils travaillaient ensemble. Quel type d'activité pouvait bien exiger qu'ils lui cachent la vérité ?

Elle renonça à y réfléchir ; elle avait déjà trop de choses en tête et elle était trop fatiguée. Peu importait le type d'établissement dont il s'agissait, ce ne pouvait pas être quelque chose de répréhensible. Ces gens étaient venus au centre, ils avaient passé des heures à faire du bénévolat et fait des dons d'une incroyable générosité ! Et tous étaient des amis de sa sœur. Ils l'avaient aidée, avaient ri avec elle pendant le match de hockey… Il était impensable de les imaginer se prêtant à des activités illégales.

Mais alors pourquoi tant de mystères ? Pourquoi ne pas lui en avoir parlé ? Elle sentit des larmes lui monter aux yeux, mais se convainquit que c'était uniquement à cause de la fatigue. Après tout, rien ne lui donnait le droit d'être vexée ou peinée.

Elle se concentra sur les bâtiments et les arbres qui défilaient derrière la vitre, et laissa le monde se dérouler devant ses yeux sur le chemin de l'hôpital.

Chapitre 7

Carter venait de couper le contact quand le téléphone de Liv sonna. Ils avaient fait le trajet en silence et le bruit aigu de la sonnerie la fit sursauter. Elle fouilla sa poche pendant ce qui lui sembla des siècles avant de mettre la main sur son portable. Le nom de Noah clignotait sur son écran fendu, et elle nota que sa main tremblait tandis qu'elle approchait le combiné de son oreille.

— Noah ?

— Salut, Liv.

En entendant sa voix dénuée d'expression, le cœur de Liv se mit à battre à tout rompre et elle ferma les yeux. Pourvu que ce soit positif… Elle sentit la main de Carter serrer la sienne et elle rouvrit les yeux pour le regarder. Toutes les émotions qui se déchaînaient en elle semblaient se refléter en temps réel sur le visage de son ami.

— Attends, je te mets sur haut-parleur. C'est bon, je t'écoute. Quelles sont les nouvelles ?

— Jake vient de sortir du bloc. Il a perdu beaucoup de sang, mais ils ont réussi à sauver sa jambe.

Liv serra les dents, mais ça ne suffit pas à stopper les larmes qui perlaient au coin de ses yeux. C'était un tel soulagement ! Elle dut faire un effort surhumain pour chasser de son esprit l'image du fémur de Jake lui transperçant la chair.

— Tant mieux, dit Carter.

Sa voix était éraillée mais, au moins, il arrivait à parler, contrairement à elle.

— Il est encore en réanimation, mais ils le transféreront en soins intensifs dès qu'il ira un peu mieux.

Un silence s'installa pendant quelques instants, et Liv essuya ses joues baignées de larmes en reniflant aussi discrètement que possible.

— Des nouvelles des deux autres ? demanda Carter.

Liv lui adressa un sourire qu'elle espérait reconnaissant. Heureusement qu'il était là, autrement, Noah aurait eu l'impression de parler dans le vide. Il fallait absolument qu'elle se reprenne ! Noah poussa un soupir.

— Kendra aussi est sortie du bloc.

Elle attendit la suite mais rien ne vint, et un énorme nœud d'angoisse se forma dans son ventre.

— Et ? parvint-elle à articuler.

— Ils lui ont immobilisé la clavicule et ont réparé son poumon, qui était perforé. Mais l'œdème cérébral est assez important.

Ils auraient dû sortir de la voiture et le rejoindre pour qu'il leur annonce tout cela de visu, mais la conversation était déjà trop engagée.

— C'est grave à quel point ? demanda Carter d'une voix blanche.

— Ils ont réussi à réduire l'hématome, mais elle est dans le coma.

— Qu'est-ce que ça veut dire ? demanda Liv.

Elle passait peut-être pour une idiote, mais elle n'y connaissait rien en traumatismes crâniens. Tout ce qu'elle savait, c'était que coma et œdème ne rimaient pas avec bonne nouvelle.

— Ça veut dire qu'il faut attendre. On ne peut rien faire de plus pour le moment.

— Mais elle est en vie ? insista Liv.

— Oui, répondit fermement Noah.

— Tu es où ? demanda Carter, en fourrant les clés de la voiture dans sa poche. On vient juste d'arriver sur le parking, en face du bâtiment rouge.

— Je vous retrouve à l'entrée, si vous voulez. Tyler est encore au bloc, mais Allie et Seth sont là avec Marcus, et Cali ne devrait pas tarder à arriver avec Rock.

— Je sais, Rock m'a envoyé un message, répondit Carter.

— Au moins, on sera tous au même endroit. Je vous explique le reste dans deux minutes.

Il raccrocha, sans laisser à Liv le temps de lui demander ce qu'il entendait par « le reste ». Carter lui serra une dernière fois la main avant de la lâcher et désigna l'écran de son portable.

— Il te faut vraiment un nouveau téléphone !

Elle haussa les épaules et envoya un texto à V pour la prévenir qu'ils étaient de retour à l'hôpital. Puis ils attrapèrent les sacs et se dirigèrent vers le bâtiment.

Même depuis le bout du parking, elle reconnut Noah dès qu'il sortit. Elle le vit mettre les mains dans ses poches et lever le nez vers le soleil, comme pour se réchauffer. La matinée était plutôt douce et annonçait une journée idéale pour aller chercher des citrouilles ou faire une longue promenade dans le parc. Elle décida que c'était bon signe. Personne ne pouvait mourir quand il faisait aussi beau.

En le regardant mieux, elle s'aperçut qu'il avait les cheveux en bataille. Il avait remonté les manches de sa chemise, sans doute pour dissimuler les taches qui en maculaient les poignets. Sa chemise et son pantalon étaient froissés et, pour la première fois, elle eut le sentiment qu'il était aussi perdu et épuisé qu'eux.

Elle fut soudain prise d'une envie irrésistible de le serrer dans ses bras, pour lui montrer qu'il n'était plus seul. Pour lui montrer qu'il n'avait pas besoin de jouer à l'homme fort qui contrôlait la situation.

Aussi, lorsqu'ils arrivèrent à côté de lui, et avant même qu'il ait eu le temps d'ouvrir la bouche, c'est ce qu'elle fit. Elle lâcha les sacs, qui s'écrasèrent au sol dans un bruit sourd, puis l'enlaça. Elle se hissa sur la pointe des pieds et le serra contre elle. D'abord raide comme un piquet, il finit par pousser un petit soupir et la prendre dans ses bras à son tour. La pointe de ses cheveux bouclés vint lui chatouiller la joue lorsqu'elle enfouit son visage dans son cou. Son parfum, dont elle reconnaissait les notes de bois de cèdre, la réconforta instantanément.

Elle eut toutes les difficultés du monde à s'écarter de lui, surtout quand elle sentit une caresse délicate dans son cou. Elle n'aurait su dire s'il l'avait embrassée ou simplement effleurée sans le vouloir, mais sa peau lui brûlait. Paradoxalement, ce fut son envie de presser son corps contre le sien qui la poussa à reculer. Il la dévisagea un instant et elle lut un tas de choses dans ses yeux bleus, sans toutefois comprendre ce que son regard tentait de lui dire.

— Tu avais l'air d'en avoir besoin, se justifia-t-elle, soudain terriblement mal à l'aise.

— Merci.

Il attrapa plusieurs sacs et elle ne lui demanda pas s'il voulait qu'elle l'aide à les porter. Il aurait refusé, de toute façon.

Chevaleresque. Le mot était un peu démodé, mais il lui allait à la perfection. Noah lui tenait toujours la porte et l'aidait toujours à porter les cartons ou déplacer les meubles, au centre. Il s'adressait à tout le monde avec amabilité et traitait les femmes avec un respect cultivé qu'il n'avait pas laissé se perdre dans les récriminations des féministes. Elle était indépendante et ravie des libertés dont elle jouissait, mais ça ne l'empêchait pas d'être touchée quand il faisait preuve envers elle de ce genre d'égards.

— De quoi d'autre voulais-tu nous parler ? demanda Carter, en soulevant les deux sacs restants.

Noah regarda autour de lui avant de répondre, comme pour s'assurer que personne d'autre qu'eux ne pouvaient l'entendre.

— La collision n'était pas accidentelle, annonça-t-il platement.

Liv s'immobilisa, estomaquée, et faillit lui demander de répéter sa phrase. Pas accidentelle ? Ce qui voulait dire que… Impossible !

— Nom de Dieu, souffla Carter. Rock avait raison, alors ?

— On dirait bien. Il y a deux enquêteurs à l'étage qui attendent de vous parler. J'ai tellement insisté qu'ils ont fini par me confirmer que les soupçons de Rock étaient justifiés. Ils ont trouvé une lettre dans le pick-up à côté du corps du conducteur.

Il pinça les lèvres et une vague de colère déforma momentanément ses traits.

— Quoi ? Attends une seconde ! lui ordonna Liv en le prenant par le bras, alors qu'il n'avait pas encore bougé. De qui tu parles ? Qui était le type au volant ? Et pourquoi aurait-il voulu leur faire du mal ?

Tout ça n'avait aucun sens ! Elle ne pouvait pas concevoir qu'un être humain puisse en blesser un autre intentionnellement, encore moins quand il s'agissait de gens aussi adorables ! Son estomac se souleva une fois de plus, et elle crut encore qu'elle allait être malade.

Carter les dévisagea à tour de rôle avant d'échanger avec Noah un regard lourd de sens.

— Maintenant, vous allez arrêter la télépathie et me dire ce qui se passe ! tonna-t-elle. Si vous ne vouliez pas que je sois au courant de toute l'histoire, il fallait commencer par ne rien me dire du tout.

Pour une raison qu'elle ignorait, elle ne parvenait pas à dépasser ce sentiment infantile d'être laissée pour compte.

Noah attendit qu'un couple qui venait d'arriver les dépasse, puis il désigna la porte d'un geste.

— On ferait mieux de leur apporter leurs affaires.

— Non !

Elle n'allait pas abandonner aussi facilement. Il se passait quelque chose, et elle en avait assez que ses questions restent sans réponse.

— Arrête de faire comme si je n'existais pas. J'ai été témoin de l'accident, moi aussi, et je m'inquiète pour eux. Ce n'est pas à toi de décider ce que j'ai ou non le droit de savoir, dit-elle, en le poussant. Tu n'as pas le droit de m'évincer, et tu n'as pas à…

Soudain, le flot qui sortait de sa bouche se tarit. Bien sûr qu'il en avait le droit… Elle n'était qu'une étrangère pour eux, après tout, et elle ne pouvait pas le forcer à se confier à elle. Comment pouvait-elle se montrer aussi égoïste ? Sentant les larmes lui monter aux yeux une fois encore, elle détourna le regard, et se concentra sur les voitures qui circulaient dans la rue. Il était hors de question qu'elle pleure ou qu'elle s'apitoie sur elle-même !

Soudain, quelque chose, ou plutôt quelqu'un lui bloqua la vue.

— Liv…, dit doucement Noah.

Il lui caressa la joue et elle retint son souffle, gagnée par la tendresse et la chaleur de son contact. Il lui fit relever la tête, et elle lut dans son regard de l'inquiétude, de la sympathie — émotions qu'elle le croyait incapable de ressentir —, et même une certaine fragilité. Ses lèvres se mirent à trembler et elle les pinça pour qu'il ne s'en rende pas compte.

— Je n'essaie pas de t'évincer.

Elle dut lutter contre son envie de se blottir contre lui.

— Je vais tout t'expliquer, mais pas ici. Quelqu'un pourrait surprendre notre conversation. C'est compliqué et ça risque de le devenir davantage, c'est justement pour ça qu'il faut que tu saches de quoi il retourne. Pour décider en toute connaissance de cause si tu veux être impliquée ou non.

Une fois de plus, elle ne comprenait rien. Le manque de sommeil, les conversations mystérieuses, les questions sans réponses et les dialogues sans paroles étaient en train de consommer le peu d'énergie dont elle disposait encore. Une énergie dont elle avait pourtant cruellement besoin.

— Bien sûr que je veux être impliquée ! Ils ont tous été là pour moi, pour le centre, alors je ne vais certainement pas me défiler au moment où ils ont besoin d'aide !

Le simple fait de le dire l'aida à reprendre courage. Pendant un très court instant, Noah ferma les yeux et un petit sourire se dessina sur ses lèvres, tandis que sa main glissait doucement de sa joue à son épaule. Mais quand il rouvrit les yeux, son expression était de nouveau indéchiffrable. Le peu d'émotion qu'elle avait réussi à surprendre avait déjà disparu, et l'homme d'affaires impassible occupait de nouveau le devant de la scène.

— On va commencer par s'occuper de ça, dit-il en montrant les sacs. Puis il faudra que tu parles à la police. Ensuite, je t'expliquerai le reste de l'histoire.

— Pourquoi pas maintenant ?

— Parce qu'ainsi tu répondras en toute franchise à leurs questions, répondit-il, en l'entraînant vers la porte. Tu n'as rien à cacher.

Décidément, tout cela était beaucoup trop complexe pour son cerveau fatigué !

— Je le sais bien, répliqua-t-elle, agacée par tous ces mystères.

— Alors tant mieux.

Son ton condescendant ne lui arracha aucune indignation : après tout, elle l'avait mérité, après sa petite crise d'enfant gâtée. Elle regrettait de s'être comportée de la sorte, mais le fait de ne pas comprendre ce qui se passait l'irritait malgré elle. Un homme avait délibérément percuté la voiture de ses amis… Une personne était décédée et d'autres étaient gravement blessées… Toutes semblaient liées par un grand secret autour de ce club… Ça commençait vraiment à ressembler à un scénario tordu de feuilleton télé !

Noah retourna à l'intérieur de l'hôpital, et elle le suivit. Carter, lui, était déjà dans le hall. Elle n'avait même pas remarqué qu'il les avait devancés.

— Les enquêteurs sont dans la salle de conférences du septième étage, leur indiqua Noah. J'aimerais assister à l'entrevue en tant que votre représentant légal, si vous êtes d'accord.

— Ça me va, dit Liv.

Qu'il soit là ou non lui était égal : elle n'avait rien fait de mal.

Encore une phrase sortie d'un feuilleton policier...

— Pas de problème pour moi non plus, répondit Carter. Je préfère, même, avec mes antécédents.

Ses antécédents ? Encore un secret dont elle n'était pas au courant ?

— Est-ce qu'on peut d'abord apporter leurs affaires à Allie et à Seth ? demanda-t-elle.

— Bien sûr. Ils sont dans la salle d'attente du service chirurgie.

Elle suivit Noah jusqu'à l'ascenseur, comme la veille, à la différence que, cette fois, l'endroit débordait d'activité. Les conversations, les sonneries de téléphone, le couinement des semelles sur le linoléum se confondaient et donnaient à l'hôpital un air de normalité des plus étranges. Sans doute parce que, de son côté, elle se sentait tout sauf normale.

Noah se passa la main dans les cheveux pour les coiffer grossièrement et ferma les yeux un instant, profitant de ce rare moment de solitude. Dans l'idéal, il aurait aimé un café et cinq heures de sommeil en plus d'une douche, mais ça ne risquait pas d'arriver de sitôt. A part le café, peut-être.

Les bras ballants, il secoua la tête dans une dernière tentative de donner un semblant d'allure à ses cheveux, mais il échoua, une fois de plus. Au moins, il avait pu se raser et enfiler des vêtements propres. Les habits qu'il portait depuis la veille avaient atterri directement dans la poubelle. Il se les était presque arrachés en entrant dans la cabine de douche, tant il avait hâte de ne plus les sentir sur son corps.

Il tira doucement sur le pull que Liv lui avait apporté pour en défroisser un pli. Même si n'importe quels vêtements auraient fait l'affaire, il devait reconnaître qu'elle avait bien choisi. Après s'être brossé les dents et rasé de près, il avait presque l'impression d'être de nouveau présentable.

Il s'inspecta une dernière fois dans le miroir, puis attrapa son sac et sortit retrouver leur petit groupe, rassemblé dans la salle d'attente de l'unité de soins intensifs. Tyler était sorti du bloc une heure avant seulement. Son état était critique. Il avait la plupart des os brisés sur tout le côté droit, mais il était vivant. Ils avaient tous versé des larmes de soulagement quand ils avaient appris la nouvelle. Aucun des blessés graves n'avait succombé à ses blessures.

Noah posa son sac à terre, à côté du siège qu'occupait Liv. Pourquoi là et pas ailleurs ? Il n'en savait rien. Peut-être juste parce qu'ils s'étaient tenus côte à côte depuis le début des événements ? Ça lui paraissait naturel en tout cas.

Elle leva la tête vers lui et lui fit un petit sourire. Elle aussi s'était changée : elle portait un sweat à capuche et un jean propre, et ses cheveux étaient de nouveau remontés en queue-de-cheval. Comme toujours, elle affichait un style vestimentaire décontracté. Elle ne portait jamais beaucoup de maquillage, ce qui permettait à sa beauté naturelle de s'exprimer sans artifices. Elle faisait partie de ces femmes qui étaient contentes telles qu'elles étaient et n'éprouvaient pas le besoin d'impressionner qui que ce soit.

En la voyant lui sourire, il fut pris d'un besoin étrange de se blottir dans ses bras et de profiter de ce réconfort qu'elle semblait disposée à lui apporter. Il devait vraiment être fatigué… Un coup d'œil à la pendule lui indiqua qu'il était presque midi. Rien d'étonnant à ce qu'il ait des pensées aussi tordues, après plus de trente heures sans dormir !

Il s'assit dans le fauteuil qui se trouvait à côté de celui de Liv et balaya la salle du regard. Les parents de Kendra étaient assis dans un coin, les yeux rougis. Quinn était arrivée peu de temps avant et se tenait blottie dans un fauteuil, à côté de Marcus. Tout comme Vanessa, ils avaient refusé de partir mais, bientôt, ils n'auraient plus le choix. Rock et lui-même devraient également s'en aller, d'ailleurs. Le Red Room était supposé ouvrir ses portes à 16 heures, et ils avaient besoin de mettre un plan d'attaque au point avant ça.

Cali, Deklan et Seth étaient dans les chambres de leurs partenaires respectifs, et Allie dormait allongée sur un petit canapé, la tête sur les genoux de Carter. Elle avait réussi à aller voir Tyler avant que l'épuisement et les médicaments ne finissent par la terrasser. Elle avait le bras droit en écharpe, l'avant-bras recouvert d'un plâtre qui lui allait du coude jusqu'au bout des doigts. Liv avait vu juste en lui choisissant un débardeur, un gilet en laine et un pantalon de sport. Elle aurait eu du mal à enfiler autre chose.

Carter lui caressait machinalement les cheveux, tout en parlant à voix basse avec Rock. Noah remarqua que leurs jambes se touchaient, un contact que Rock n'aurait jamais toléré en public six mois plus tôt. C'était à Carter qu'on devait ce changement : il avait vraiment le don de l'adoucir.

Tout comme Beth l'avait fait avec lui. Ou du moins était-ce ce qu'il avait cru à une époque. Il fit une légère grimace en sentant une nouvelle vague de culpabilité le submerger. Ce qu'il avait cru ? Il avait cru tout un tas de choses avant qu'elle ne mette fin à ses jours, des choses qui s'étaient toutes révélées fausses.

Il s'appuya sur les coudes et tenta de respirer lentement pour apaiser la douleur dans sa poitrine. Ces attaques surprises avaient diminué avec le temps et il avait fini par croire qu'il était enfin tranquille. Il s'était apparemment trompé aussi là-dessus.

Soudain, il sentit une main lui caresser le dos, entre les omoplates. La main de Liv. Comment avait-elle fait pour deviner que c'était précisément ce dont il avait besoin ? Comment avait-elle compris qu'il ne voulait pas parler mais qu'un contact était le bienvenu ? Sans lui dire un mot, elle réussissait à lui faire sentir qu'il n'était pas seul.

Il n'aurait jamais cru avoir envie de ça.

Il n'en avait pas eu besoin depuis…

Il regarda par-dessus son épaule, et elle lui sourit de nouveau, sans arrêter de lui frotter le dos. Assise de l'autre côté de la pièce, Vanessa leva les yeux de sa tablette et fronça les sourcils en les observant. Noah secoua imperceptiblement la tête, tout en lui lançant un regard qu'il espérait éloquent. Ce n'était vraiment pas le moment qu'elle lui fasse une crise ! Quand Liv se tourna vers elle, Vanessa afficha en revanche un parfait sourire de façade.

— Sans commentaire, V, murmura Liv.

Visiblement, elle n'était pas dupe, et le sourire de Vanessa disparut aussitôt.

— Et qu'est-ce que tu voudrais que je dise ?

— Rien du tout, justement, répliqua Liv avec un sourire forcé.

Noah ne put s'empêcher de sourire. Liv était vraiment

douée quand il s'agissait de remettre la Reine des Glaces à sa place. Cela dit, elle pratiquait depuis sa plus tendre enfance. Quand elle se tourna vers lui, elle avait toujours son sourire artificiel plaqué sur le visage.

— Alors, est-ce que c'est le bon moment, maintenant, pour que tu me parles de tous ces trucs dont je ne suis pas censée être au courant ?

Vanessa pâlit, mais il pouffa de rire avant de songer à se retenir. Liv n'était pas décidée à lâcher le morceau… Il ne pouvait pas lui en vouloir, même si une partie de lui partageait la réserve de son associée. Vanessa avait toujours refusé que sa sœur soit au courant de l'existence du club et de cet aspect de sa vie. Sauf qu'à présent continuer à la lui cacher était devenu impossible.

— Vanessa, tu veux prendre part à la conversation ? demanda-t-il.

Elle ferma les yeux, et un masque d'appréhension recouvrit son visage.

— Il y a des choses que tu dois savoir, Liv, finit-elle par dire.

Liv poussa un soupir interminable et croisa les bras.

— J'imagine que ça a quelque chose à voir avec le club de Seth ?

— Comment tu…

Vanessa fronça les sourcils, puis hocha la tête lorsqu'elle comprit.

— Les vêtements, bien sûr…

Elle fusilla Carter du regard, mais il lui tournait le dos et ne se rendit compte de rien. Liv leva les yeux au ciel, une attitude qui aurait valu à n'importe quel sub une bonne fessée de la part de Maîtresse V.

— On est allé chercher des habits pour tout le monde. Qu'est-ce que tu voulais qu'il fasse ? Qu'il ne passe pas chez Seth uniquement parce que tu ne veux pas que je découvre que tu es une des propriétaires du club ?

Vanessa resta bouche bée l'espace d'un instant.

— Comment tu sais ça ?

Cette fois, ce fut à Noah qu'elle lança un regard assassin.

— Pas la peine de me regarder comme ça, lança-t-il, je n'y suis pour rien.

— Arrête de me prendre pour une idiote, Vanessa !

Liv avait haussé le ton, et tout le monde se tourna vers elle.

— Je ne suis pas stupide, et sûrement pas aussi naïve que tu as l'air de le croire. Je n'ai eu qu'à voir vos noms sur vos places de parking pour comprendre comment vous vous connaissiez tous.

Vanessa baissa la tête, et Noah l'imita. Ils avaient oublié ce détail.

— Ce que je ne comprends pas, continua-t-elle, c'est ce qui vous a tous poussé à me cacher la vérité.

Il était impossible d'ignorer la douleur dans sa voix, et Vanessa la dévisagea, visiblement partagée entre l'indécision et les regrets. Malheureusement, ce n'étaient que les premières retombées d'une longue série dont Harcourt était la cause.

Noah avait envie de croire que Liv ne les jugerait pas quand elle apprendrait ce qui se passait au club mais, si sa réaction inquiétait autant Vanessa, il devait bien y avoir une raison.

Il posa la main sur le genou de Liv pour attirer son attention, mais elle se leva d'un bon et se mit à rassembler des emballages et des gobelets vides. Elle jeta ensuite le tout dans une poubelle près de la porte, puis sortit en trombe dans le couloir. Tout le monde avait les nerfs à fleur de peau, comme souvent dans les situations de stress intense. Il en avait l'habitude avec son travail, et pourtant lui-même s'en était pris à Vanessa un peu plus tôt sans raison. Il se frotta les yeux et se massa les tempes pour chasser la douleur qui était réapparue. A moins qu'elle n'ait toujours été là ?

— C'est toi qui lui parles ? lui demanda Vanessa.

— Si tu veux... Tu crois vraiment qu'elle va mal réagir ?

Vanessa regarda une dernière fois sa tablette avant de rabattre l'étui de protection sur l'écran. Comme pour gagner du temps, elle replaça une mèche de cheveux derrière son oreille, le vernis rouge de ses ongles contrastant avec le noir d'ébène de sa chevelure.

— J'espère que non, mais... si c'est le cas ?

Elle se mordit la lèvre, un geste anodin pour beaucoup, mais qui trahissait chez elle une appréhension profonde. Elle ne laissait jamais entrevoir ses émotions, d'habitude.

— La peur de la perdre l'a toujours emporté sur mon honnêteté, avoua-t-elle. Mais je n'ai plus le choix, maintenant. Ça aussi, Harcourt l'a volé.

— Je vais bientôt devoir aller au club. Je peux l'emmener avec moi et lui en parler dans la voiture, proposa-t-il. Comme ça, elle sera obligée de m'écouter et elle pourra voir le club de ses propres yeux avant de porter un jugement.

— Merci, répondit Vanessa, en glissant sa tablette dans son sac.

Toute trace d'émotion avait disparu de sa voix et de son visage, ses sentiments de nouveau dissimulés derrière son armure. Une méthode qu'il connaissait bien : cacher ce qu'il ressentait était une de ses forces. Ou de ses faiblesses, cela dépendait du point de vue.

— J'ai rédigé plusieurs brouillons de courrier. On peut y jeter un coup d'œil avec Marcus et Rock, suggéra-t-elle.

Deux personnes firent irruption dans la pièce à cet instant, et tous se tournèrent vers elles. Les nouveaux arrivants étaient un garçon et une fille âgés de vingt-cinq ans tout au plus. Vêtus d'un sweat à capuche orné d'un logo d'université pour elle et d'un costume pour lui, ils se ressemblaient tellement qu'ils devaient être frère et sœur. La fille ressemblait passablement à Cali, qui les avait prévenus que ses enfants étaient en route.

Noah se leva pour les accueillir.

— Est-ce que vous êtes de la famille de Cali Reynolds ?

— Oui, répondit le jeune homme, en lui tendant la main. Je suis son fils, Logan, et voici ma sœur Stéphanie. Où est notre mère ? Est-ce qu'elle va bien ? Et Jake ?

L'inquiétude sur leurs visages n'était que trop familière.

— Cali est auprès de Jake. Je m'appelle Noah, je suis un de leurs amis. Elle m'a demandé de vous accueillir à votre arrivée.

— Est-ce qu'ils vont bien ? demanda Logan, en balayant la pièce du regard.

— Qu'est-ce qui s'est passé ? enchaîna Stéphanie. Maman a seulement dit qu'ils avaient eu un accident de voiture et que Jake était gravement blessé. Est-ce qu'il y avait d'autres personnes dans la voiture ?

— Donnez-moi juste une minute, je vais chercher Cali. Il vaut mieux que ce soit elle qui vous explique tout ça.

Il ignorait ce qu'ils savaient de la relation de leur mère avec Jake ou le reste de ses amis, et il ne voulait surtout pas faire une gaffe ou la mettre dans une position délicate.

Il se faufila dans le couloir et respira longuement. Cette fichue salle d'attente était en train de le rendre claustrophobe !

Il laissa un message à l'attention de Cali à l'une des infirmières de l'unité de soins intensifs, puis il sortit son portable de sa poche et ajouta deux nouvelles tâches à sa liste de choses à faire. Il fallait absolument qu'il s'active, il ne pouvait rien faire en restant assis là. Pour ceux de ses amis qui étaient sortis du bloc, il n'y avait plus qu'à attendre mais, pour le reste, le temps pressait. Plus ils anticiperaient, plus ils optimiseraient leurs chances de survie face à l'attaque médiatique imminente qui se préparait contre eux.

Comme si les dieux lisaient dans ses pensées, il reçut un message de son assistante à ce moment-là. Le nom de Remington Harcourt avait été divulgué. Les vautours allaient commencer à leur tourner autour.

Chapitre 8

Le soleil entrait par la vitre et réchauffait agréablement l'habitacle, tenant sa promesse du matin. Liv se blottit dans son siège et se laissa bercer par le ronronnement du moteur.

Les enfants du centre adoraient les belles journées d'automne comme celle-ci. Tous ceux qui avaient grandi dans le Minnesota appréciaient à leur juste valeur les derniers instants de chaleur avant l'arrivée du froid mordant de l'hiver. Mais, aujourd'hui, Liv y prêtait à peine attention. Le temps, la voix de l'animatrice à la radio, l'embouteillage dans lequel ils étaient coincés… tout ça lui passait au-dessus de la tête.

Elle concentrait le peu d'énergie qui lui restait sur l'homme qui conduisait la voiture, et sur le grand secret qu'il s'apprêtait à lui révéler. Paradoxalement, son intérêt s'était effrité au fil des heures, et elle était bien loin de la curiosité dévorante qui l'avait animée le matin même.

Elle avait imaginé tout un tas de possibilités, du Donjon qui organisait des orgies à la secte qui sacrifiait de jeunes et innocentes vierges. Mais rien de tout ça ne lui paraissait plausible. Un casino clandestin, peut-être ?

Non… V n'aurait jamais pris le risque de compromettre sa carrière en trempant dans quelque chose d'illégal.

— Tu ne dis rien…

La voix de Noah la fit sursauter. Elle observa son profil, le contraste entre sa mâchoire carrée et la courbe douce de ses lèvres. Elles étaient légèrement entrouvertes pour une fois, et non pas serrées en une ligne sévère. Ses lunettes noires ajoutaient une touche de mystère à son apparence, ce qui le rendait encore plus séduisant.

— J'attends que ce soit toi qui parles, finit-elle par répondre. J'imagine que c'est pour ça que V m'a pratiquement fait entrer de force dans ta voiture.

— Exact, dit-il avec un petit rire qui détendit un peu l'atmosphère.

— Ce n'est pourtant pas son genre d'éluder les problèmes.

— Je sais, mais elle s'inquiète. Elle craint tellement ta réaction qu'elle a préféré que ce soit moi qui m'en charge.

Liv poussa un soupir chargé de fatigue et pivota sur son siège pour mieux le voir.

— Est-ce que c'est horrible au point de justifier toutes ces précautions ? J'en suis à un point où je n'en ai plus rien à faire.

— Vous vous ressemblez davantage que je le croyais, fit-il avec un petit sourire.

— Et… c'est une qualité ou un défaut ?

Elle avait l'habitude qu'on la compare à Vanessa, mais c'était le plus souvent pour s'entendre dire à quel point elles étaient différentes.

— Ni l'un ni l'autre. Vous vous ressemblez, c'est tout.

Ça ne répondait pas à sa question, mais elle n'insista pas. Ça ne la dérangeait pas d'être comme sa sœur : elle admirait sa détermination féroce et sa loyauté.

— Bon, tu vas finir par cracher le morceau, oui ou non ?

Il tourna la tête vers elle mais, avec ses lunettes de soleil, impossible de savoir ce qu'il pensait.

— Tu as déjà entendu parler d'un club qui s'appelle le Red Room ?

Elle prit quelques instants pour fouiller dans sa mémoire.

— C'est ce club libertin dont on a parlé aux infos il y a un an, non ? Celui qu'un député a voulu descendre jusqu'à ce que les gens apprennent qu'il était lui-même un dominateur ?

L'histoire avait fait la une des journaux locaux pendant des semaines, durant l'automne précédent.

— Celui-là même.

Lorsqu'elle vit qu'il n'ajoutait rien, elle en tira les conclusions qui s'imposaient.

— C'est donc le club de Seth… Enfin, celui dont vous êtes tous propriétaires, y compris V.

— C'est ça.

Et c'était ça le grand secret censé la faire sauter au plafond ?

— Pourquoi en faire tant de mystère ? Je ne comprends pas.

Il se frotta la nuque et étira les muscles de son cou. Il avait fait ce mouvement si souvent au cours de la journée qu'il ne s'en rendait sans doute même plus compte. Elle joignit les mains pour s'empêcher de tendre le bras et de le masser mais, un instant plus tard, elle changea d'avis. C'était ce qu'elle aurait fait pour n'importe lequel de ses amis.

Elle glissa donc la main sous le col de sa chemise et pressa son pouce à la jointure du cou et de l'épaule. Il se raidit au début, puis ne tarda pas à pousser un petit gémissement et à incliner la tête pour lui faciliter la tâche.

— Bon sang, ce que ça fait du bien !

La note de gratitude dans sa voix fit presque l'effet d'une caresse à Liv. Plus elle entrevoyait l'aspect plus sensible de sa personnalité, plus il l'intriguait.

— C'est donc un club BDSM ? demanda-t-elle sans cesser de le masser. Bondage, domination, soumission et masochisme, c'est bien ce que ça veut dire ?

— Certaines personnes te diront que ça veut dire sadisme et masochisme, mais le reste s'applique aussi, oui, confirma-t-il.

— D'accord.

Il fronça les sourcils, et elle vit le doute planer sur son visage en dépit de ses lunettes de soleil.

— Comment ça, « d'accord » ? C'est tout ?

— Qu'est-ce que tu veux que je dise d'autre ? fit-elle en haussant les épaules.

Comme son pouce commençait à s'engourdir, elle utilisa son index et son majeur pour détendre les muscles de sa nuque, jusqu'à rencontrer un autre nœud.

— Est-ce que je dois comprendre que vous adhérez tous à ce style de vie ? C'est pour ça que V ne voulait pas m'en parler ?

— Pas tous, non. Mais V, oui, effectivement.

Sans crier gare, l'image de Vanessa et Holden en tenue de cuir s'insinua dans son esprit et elle pouffa.

— Ça explique bien des choses, remarque…

— Comment ça ?

— C'est elle qui domine, pas vrai ?

— Si, mais je ne te suis pas.

— Ce n'est pas facile de percer la carapace de Vanessa. Je ne comprenais pas comment Holden avait réussi. Il l'aime, bien sûr, mais il faut davantage qu'une déclaration pour impressionner ma sœur. J'ai toujours pensé qu'il y avait quelque chose de spécial pour qu'elle le laisse entrer dans sa vie, et je la connais assez pour savoir qu'elle n'a rien d'une soumise… Un peu comme toi, d'ailleurs. Tu es un dom, non ?

Il secoua la tête, et un sourire à peine perceptible naquit sur ses lèvres.

— Pourquoi avait-elle aussi peur de t'en parler ?

— Je n'en ai aucune idée.

Il n'avait pas répondu à sa question, mais elle n'insista pas. Ce n'étaient pas ses affaires, après tout, même si la possibilité qu'il soit un dominateur éveillait sa curiosité.

— Ça ne te dérange pas ?

— Chacun fait ce qu'il veut, répondit-elle, en reposant la main sur son genou. J'ai mieux à faire dans la vie que de me mêler de la sexualité des autres.

Songer que Vanessa avait cru que ça lui poserait problème raviva sa peine et sa colère. Tout le monde avait le droit d'avoir des secrets, bien entendu, V y compris, mais que sa sœur se méfie d'elle à ce point, ça faisait vraiment mal. Une discussion s'imposait !

— Ça va plus loin que le sexe, murmura Noah.

Elle se tourna brusquement vers lui, pas certaine de l'avoir bien entendu.

— Comment ?

— Non, rien.

Il quitta le périphérique, et elle reconnut la zone industrielle qu'elle avait traversée le matin même avec Carter.

— Ça m'étonnerait que tu te montres aussi flegmatique quand tu connaîtras la suite.

— Tu veux parier ?

Il la connaissait vraiment mal s'il pensait qu'elle allait leur tourner le dos pour quelque chose d'aussi insignifiant ! Pourtant, alors qu'ils approchaient du club, elle sentit un début de nausée — désormais familier — lui retourner l'estomac. Qu'est-ce qui pouvait être si grave ?

Noah s'engagea dans un parking à moitié vide, se gara sans couper le contact, et retira ses lunettes de soleil.

— Remington Harcourt, l'ancien conseiller municipal devenu député… c'est lui qui était au volant du pick-up.

Là encore, elle n'eut pas besoin d'explications supplémentaires pour assembler les pièces du puzzle. Elle voulut dire quelque chose, mais elle était incapable de formuler une phrase cohérente. Elle finit par hausser les sourcils et attendre que Noah continue.

— Harcourt était le type de…

— … de l'automne dernier, l'interrompit-elle. C'est bon, j'ai compris. Et… qu'est-ce qu'on doit faire ?

Il la dévisagea, l'air perplexe.

— Ça t'arrive de penser à toi ?

Il essayait de changer de sujet, une fois encore.

— Je suppose que tu as un plan, alors par quoi on commence ?

Elle ne connaissait rien au fonctionnement d'un club, mais pas besoin d'être un expert pour savoir que les gens qui fréquentaient le Red Room n'avaient pas envie de voir leur vie privée exposée sur la place publique ! C'était la dernière chose dont avaient besoin les personnes qui attendaient en ce moment même à l'hôpital, et cette idée ne fit que renforcer son désir de leur venir en aide. Il fallait absolument les protéger.

— Tu ne vas rien faire du tout, dit-il d'une voix calme.

Elle était déjà en train de consulter son emploi du temps des prochaines semaines sur son agenda, et releva brusquement la tête, le fusillant du regard.

— Le Red Room, ce n'est pas ton combat, continua-t-il. Ton nom est sur le rapport de police, certes, mais ça s'arrête là. Il vaut mieux que tu prennes tes distances à partir de maintenant.

Elle eut presque envie de rire. Il plaisantait ? Il ne pouvait pas sincèrement croire qu'elle allait rentrer chez elle et faire comme si rien ne s'était passé !

— Hors de question ! Je ne les laisse pas tomber !

— Et le centre, tu y as pensé ? Qu'est-ce que tu feras si les journalistes découvrent que tu es liée à un club comme le Red Room ?

— Qu'est-ce que… Oh…

Il ne lui fallut qu'un instant pour comprendre où il voulait en venir. Les gens refuseraient qu'une femme associée de près ou de loin à un club BDSM s'occupe de leurs enfants. Cela ne changeait pourtant rien à la façon dont elle faisait son travail, mais les préjugés avaient la vie dure. Ce style de vie avait mauvaise réputation, de même que les personnes qui l'adoptaient.

— J'ai saisi.

— Pour le moment, tu n'es qu'un témoin, et c'est très bien comme ça.

— Sauf que je ne suis pas qu'un témoin, insista-t-elle. Tu ne peux pas me demander de disparaître et de faire comme si ça m'était égal.

Il l'étudia longuement sans rien dire.

— Aussi têtue que ta sœur, grommela-t-il enfin.

Puis il se remit en route, et ils arrivèrent au club quelques minutes plus tard. Noah passa une carte magnétique devant le lecteur qui se trouvait à l'entrée, et le portail s'ouvrit pour les laisser passer.

La fatigue qui avait anesthésié Liv un peu plus tôt avait disparu, remplacée par un besoin irrésistible de se rendre utile. Elle ne pouvait pas mettre le centre en péril, mais elle ne pouvait pas non plus abandonner ses amis. Il devait pourtant bien exister un moyen de leur venir en aide ?

Comment diable s'était-il retrouvé à jouer les médiateurs ? Noah se gara sur la place qui portait son nom et fut soudain prit d'une immense envie d'appuyer sa tête contre le volant et de rester là, sans bouger.

— Tu as des questions ?

Il avait parlé plus sèchement qu'il l'aurait voulu, mais c'était trop tard pour revenir en arrière.

— A ton avis ? répondit-elle d'un ton sarcastique. J'en ai tout un tas.

Il voulait bien la croire…

— Peut-être que je peux répondre à certaines d'entre elles.

— La question est surtout : est-ce que tu *veux* répondre à certaines d'entre elles ? Tu as l'air plus doué pour les esquives et les changements de sujets. C'est une tactique d'avocat ou un mécanisme de défense personnel ?

Il éclata d'un rire douloureux. Il espérait qu'elle batte en retraite et, au lieu de ça, elle optait pour l'attaque frontale. Il aurait dû s'y attendre, maintenant qu'il commençait à la connaître. Il ouvrit brutalement sa portière, se frotta les yeux, et soupira. Quelle journée de merde !

— Viens, dit-il en se radoucissant. Les autres nous attendent.

Il sortit de la voiture et referma la portière. Il était tout à fait conscient d'esquiver sa question une fois de plus.

Ils traversèrent le parking sans un mot, le silence uniquement perturbé par le bruit de leurs semelles sur le bitume. Liv avait la main plaquée sur la bouche et le nez, et il la dévisagea avec inquiétude tandis qu'ils attendaient l'ascenseur.

— Tout va bien ?

Il avait l'impression d'avoir posé cette question mille fois et une voix dans sa tête cria que, non, rien n'allait bien, et qu'il faudrait un sacré bout de temps avant que les choses s'arrangent. Si toutefois elles s'arrangeaient un jour.

Liv leva les yeux vers lui, mais ne répondit pas jusqu'à ce que les portes de l'ascenseur se referment sur eux. Alors elle retira sa main et prit une grande inspiration.

— Maintenant, ça va. J'ai juste du mal avec les odeurs de gaz d'échappement, expliqua-t-elle. C'est encore trop frais.

— Je comprends.

Tout ce qui était susceptible de raviver des images de l'accident était une épreuve. En la voyant trembler légèrement, il passa un bras autour de ses épaules et la serra contre lui. L'odeur fruitée de son shampoing l'enveloppa, et il soupira doucement. Voilà qui était bien mieux que les odeurs qui flottaient dans le parking.

Les portes s'ouvrirent, et il fut forcé de la lâcher plus tôt qu'il ne l'aurait voulu. Il allongea le bras et l'invita à emprunter le couloir devant eux, jusqu'à la salle de réunion.

Ils trouvèrent Vanessa en train de faire les cent pas, tandis que Marcus, Rock et Carter étaient assis autour de la table. En les voyant arriver, elle s'immobilisa et les dévisagea tour à tour, les yeux emplis de peur et de questions. En guise de réponse, Liv contourna la table et la serra dans ses bras. Sans hésiter.

Noah observa la scène avec un mélange de stupéfaction et de ce qui ressemblait vaguement à de l'envie. Liv aurait pu leur en vouloir à tous de leurs mensonges et de leurs cachotteries. Elle aurait dû, même. Pourtant, elle ne leur en voulait pas. Son approbation, ou du moins son acceptation, n'était qu'une preuve supplémentaire de cette loyauté indéfectible qui semblait la guider.

— Tu aurais pu m'en parler, dit-elle à voix basse à sa sœur.

Vanessa ferma les yeux et lui rendit son étreinte avant de la lâcher.

— Est-ce que tu comprends pourquoi je ne t'ai rien dit ?

— Pas vraiment, mais on en discutera plus tard.

— Je t'expliquerai, promis. Mais est-ce que tu es bien sûre de vouloir être ici ? Tu n'es pas obligée d'être mêlée à ça.

Liv recula d'un pas, les traits soudain déformés par la colère.

— Je commence vraiment à en avoir ras le bol ! Quand est-ce que vous allez arrêter d'essayer de me protéger, tous ? Je suis une grande fille, pas une petite prude qui risque de s'évanouir si on prononce le mot « bondage » en sa présence. Vous pouvez bien faire des orgies ou jouer aux poneys, je n'en ai rien à faire ! Ça ne me regarde pas et ça ne change rien au fait que vous soyez mes amis.

Elle attrapa une chaise d'un geste brusque, s'y laissa tomber et croisa les bras.

— Est-ce qu'on peut se concentrer sur tout ce qu'il y a à faire, maintenant ?

Le silence régna pendant quelques secondes, jusqu'à ce que Carter fasse entendre un petit ricanement. Son rire étouffé dissipa la tension dans la pièce, et tous finirent par l'imiter.

— Jouer aux poneys ?

Marcus donna une tape sur le bras de Carter et ils éclatèrent de rire tous les deux.

— Tu sais ce que ça veut dire, au moins ?

Liv soupira et enroula le bout de sa queue-de-cheval autour de ses doigts, en le gratifiant d'un regard indigné.

— Je traîne peut-être avec des enfants toute la journée, mais je sais qu'il existe des gens qui aiment s'introduire des objets avec une longue crinière au bout.

— Dites-moi que je rêve ! s'écria Vanessa, dissimulant son visage dans ses mains.

D'une pichenette, Liv envoya valser sa queue-de-cheval en direction de Marcus.

— Sans parler du masque en tête de cheval qui va avec. Enfin, je ne dis pas ça pour vous, ajouta-t-elle, en parcourant la pièce du regard.

— Pas de souci, fit Rock en levant la main, comme s'il était leur porte-parole.

Lui qui était l'indifférence personnifiée avait à présent un air comique qui les fit tous éclater de rire. Même Noah se joignit à eux, et c'était comme si la douleur dans son cou se dissipait en même temps que la tension dans l'atmosphère.

Il prit place à côté de Liv et lui donna un petit coup de genou sous la table. Le discret sourire complice qu'elle lui adressa en retour lui procura un coup au cœur et une joie qu'il ne pensait pas être encore capable de ressentir. Il était impressionné par sa capacité à donner un tour léger à la conversation. Grâce à elle, ils avaient oublié d'être sérieux pendant quelques secondes, et ça leur avait fait un bien fou à tous. C'était une qualité précieuse qu'il aurait sincèrement aimé posséder.

Marcus essuya les larmes de rire qui roulaient sur ses joues et toussota.

— La pauvre, elle est tellement fatiguée qu'elle ne sait plus ce qu'elle dit.

— Tu parles ! répondit Vanessa. Elle fait la maligne, surtout.

Liv lui adressa un clin d'œil, mais ne fit pas de commentaire.

— Bon, maintenant qu'on a réglé ce point…, reprit Noah.

Il s'empara d'un dossier et de sa tablette et les posa sur la table devant lui.

— … on a des décisions à prendre.

En un éclair, sérieux et gravité furent de retour autour de lui. Il produisait exactement l'effet inverse de Liv sur le groupe et ce constat l'agaça. Il ne se souvenait même pas de la dernière fois qu'il avait fait rire quelqu'un.

— Par quoi est-ce qu'on commence ? demanda Carter.

Excellente question… Noah cliqua sur sa tablette et ouvrit la liste qu'il avait dressée, anxieux. Ils avaient beaucoup de choses à passer en revue et ne disposaient que de peu de temps pour prendre des décisions.

— La première question, c'est l'anonymat.

Disant ça, il se tourna vers Vanessa, Marcus et Liv, puis, sans s'occuper de leurs regards courroucés, se lança dans son argumentaire, leur expliquant pourquoi ils devaient rester éloignés du club.

Chapitre 9

Six heures plus tard, Noah arriva enfin chez lui. Dès qu'il fut dans la maison, ses épaules s'affaissèrent et il poussa un soupir interminable. Quelle journée de dingue !

Une petite tape discrète sur son épaule le fit se redresser.

— Pardon, murmura-t-il, et il se décala pour laisser passer Liv.

— Pas de problème.

Le sourire de Liv reflétait une lassitude identique à la sienne. Il n'avait même plus l'énergie de lui dire de faire comme chez elle, aussi fut-il soulagé quand il la vit poser son sac par terre et accrocher son manteau au portemanteau vide. Elle retira ensuite ses chaussures, avant de filer dans la cuisine.

Il se dirigea vers le couloir et jura en trébuchant sur le sac qu'elle avait laissé dans le passage.

— Désolée ! dit-elle depuis la cuisine.

Il secoua la tête ; il n'était pas vraiment fâché. A quoi cela lui aurait-il servi de se mettre en colère ?

Il attrapa le sac et alla le poser au bas de l'escalier avec le sien, puis il passa par son bureau pour y laisser son attaché-case. Quand il revint dans la cuisine, un assortiment de charcuterie, de fromage et de crackers était disposé sur le comptoir, et Liv cherchait quelque chose dans un tiroir.

— Tu n'es pas fatiguée ? lui demanda-t-il, en ouvrant le réfrigérateur pour prendre une bière.

— Epuisée, tu veux dire. Où est ton couteau à fromage ?

Il désigna le tiroir à côté de celui dans lequel elle fouillait.

— Tu veux une bière ?

— Avec plaisir.

Il ouvrit deux bouteilles et lui en tendit une. Le goût de la première gorgée lui donna l'impression d'être au paradis. A en juger par le soupir de satisfaction de Liv, elle appréciait sa bière autant que lui.

— Tu n'étais pas obligée, dit-il, en désignant la nourriture.

— Je sais, mais je meurs de faim, avoua-t-elle en riant.

Ils n'avaient rien avalé depuis des heures et, à la façon dont son estomac gargouillait, il songea qu'il était effectivement grand temps de manger quelque chose.

— J'aurais dû m'arrêter en route pour acheter quelques petits trucs. Je n'y ai pas pensé.

— Ne t'en fais pas, ça fera très bien l'affaire. Sauf si tu veux autre chose.

— Non, c'est parfait, lui assura-t-il.

C'était même encore mieux que ça. Il n'aurait pas dû, mais il était tellement content qu'elle soit là… Pourtant, la présence d'une femme dans sa maison aurait pu le troubler, depuis quatre ans qu'il y vivait seul. Ou du moins, il n'aurait pas dû trouver ça aussi agréable.

Sauf qu'il en allait ainsi avec Liv : elle avait le don de mettre les gens à l'aise. Les plafonniers diffusaient la même lumière que d'habitude, la cuisine était identique, avec ses comptoirs en marbre et ses meubles en bois sombre, et pourtant, avec elle dans la pièce, tout semblait plus accueillant.

Elle posa une assiette devant lui et lui fit signe de s'asseoir sur l'un des tabourets.

— Tu veux un verre d'eau ?

Elle était déjà en train d'attraper un verre dans le placard, comme si elle connaissait le moindre recoin de la pièce. Comme si elle avait toujours vécu là.

Elle le regarda par-dessus son épaule, son geste en suspens.

— Noah ?

— Excuse-moi. Oui, je veux bien de l'eau, s'il te plaît.

Mais qu'est-ce qui lui prenait de penser à des choses pareilles ? La fatigue, sans doute. C'était l'excuse qu'il avait utilisée toute la journée, alors autant continuer sur sa lancée. Elle s'assit à côté de lui et se servit, tandis qu'il se faisait un sandwich.

— Tu crois vraiment que fermer le Red Room pour le reste de la semaine est la meilleure solution ?

La question de Liv raviva les douloureux dilemmes en face desquels la journée les avait placés. Il posa son sandwich et se frotta les yeux.

— Ce n'est pas la fin du monde.

Ils avaient débattu pendant plus d'une heure avant de se mettre d'accord sur une fermeture jusqu'au lundi suivant. Annuler la fête d'Halloween prévue le samedi soir serait un coup dur financièrement, mais ils s'en remettraient s'ils rouvraient la semaine suivante. En partant du principe qu'ils pourraient rouvrir la semaine d'après, bien sûr… Car ce n'était pas certain. Tout dépendait de la tournure qu'allaient prendre les choses avec les médias.

— Je suis désolée, Noah. Je n'aurais pas dû remettre ça sur le tapis.

Elle lui frotta le bras, et une sensation de chaleur le parcourut lentement jusqu'à la poitrine. Quand il la sentit se diffuser dans son bas-ventre, il décida de se concentrer sur son sandwich. Non pas qu'il soit intéressé par ce qu'il mangeait, mais il ne voulait surtout pas songer à Liv, ni à tous les désirs qu'il croyait morts, et qu'elle semblait réveiller. C'était de la fatigue. Rien de plus.

— Ce n'est pas bien grave.

Il prit une bouchée de sandwich et termina sa bière. Il mourait d'envie d'en ouvrir une autre, mais se soûler ne lui rendrait pas service.

— Si, ça l'est, mais admettons… C'est gentil d'avoir accepté de m'héberger pour cette nuit, au fait. Mais je ne veux surtout pas m'imposer.

Elle semblait sincèrement reconnaissante, tout en étant un peu gênée.

— Tu ne t'imposes absolument pas, je dirais même que tu me rends service. Je ne suis pas sûr que j'aurais eu l'énergie de traverser toute la ville pour te ramener chez toi.

Après avoir réglé les derniers détails concernant le club, ils étaient tous deux retournés à l'hôpital. Rock et Carter avaient accepté de rester pour s'entretenir avec le staff du Red Room et accueillir les membres qui n'auraient pas reçu le message les informant de la fermeture.

— J'aurais pu prendre le bus.

— Mais bien sûr…

Comme s'il allait la laisser prendre le bus seule à une heure pareille !

— Quoi ? demanda-t-elle en se redressant. Je ne vois pas où est le problème, je le prends tous les jours.

Les yeux brillants, elle était déjà prête à en découdre. Il eut envie de sourire, mais son intuition lui disait qu'elle n'apprécierait pas, alors il se retint. Elle était vraiment coriace quand elle était convaincue de quelque chose ! Il avait déjà vu cette force chez d'autres personnes, mais c'était particulièrement puissant chez elle.

— Il n'y a rien de mal à prendre le bus. C'est juste que, ce soir, ce n'était pas nécessaire, tempéra-t-il.

Pas quand il était là pour prendre soin d'elle.

Les épaules de Liv s'affaissèrent et elle secoua la tête, vaincue.

— Est-ce que tout le monde se soumet toujours à ta volonté ?

— Pas plus qu'à la tienne.

Son approche était peut-être plus subtile et discrète, mais son pouvoir de persuasion tout aussi efficace, sinon plus. Elle possédait une espèce de magnétisme irrésistible qui attirait les gens… sauf que, contrairement à lui, elle ne prenait pas la fuite quand ils l'approchaient de trop près.

— Il faut dire que…

Elle s'interrompit pour mordre dans un cracker et il attendit patiemment la suite, le menton appuyé dans sa main. Elle fit durer le plaisir en buvant une longue gorgée d'eau, sans cesser de l'observer d'un air malicieux.

— … que je suis plus mignonne que toi.

Elle haussa les sourcils, et il éclata de rire. Il ne pouvait pas répondre grand-chose à ça, si ce n'était qu'elle avait raison.

— C'est vrai, admit-il.

Il tendit le bras pour ramener une mèche de ses cheveux derrière son oreille, et elle retint son souffle lorsqu'il lui caressa la joue en souriant. Sa franchise et sa transparence étaient si touchantes ! Il n'avait jamais réussi à être comme ça. Il ne savait même pas comment s'y prendre.

Son pouce continua à effleurer la peau soyeuse de Liv, et elle entrouvrit les lèvres. Avant même de se rendre compte véritablement de ce qu'il était en train de faire, il se pencha vers elle pour l'embrasser. Ce ne fut que lorsqu'il sentit la chaleur de son souffle sur sa bouche qu'il reprit ses esprits. A la dernière seconde, il dévia de sa trajectoire et posa un baiser chaste sur son front.

Son cœur battait à tout rompre dans sa poitrine. Quelle énorme erreur il avait failli commettre ! Liv n'avait vraiment pas besoin de ses attentions, surtout quand il n'avait rien à lui offrir. Il n'avait plus rien à donner à qui que ce soit depuis Beth. Un goût amer se répandit dans sa bouche. Celui de l'échec.

Il se leva et débarrassa les restes de leur dîner en évitant soigneusement son regard. Il ne faisait presque jamais ça, mais il était épuisé après la journée qu'ils avaient passée, et il savait qu'il n'aurait pas la force de l'affronter.

Elle l'aida sans dire un mot. Il s'efforçait d'ignorer son pouls, dont le rythme s'accélérait chaque fois qu'elle passait à côté de lui ou que leurs bras ou leurs doigts se frôlaient. Mais la sensation le brûlait un peu plus chaque fois, en dépit de son refus de le reconnaître.

Quand ils eurent terminé, il éteignit les lumières de la cuisine, vérifia que toutes les portes étaient bien fermées à clé et, s'emparant de leurs deux sacs au passage, la conduisit à l'étage.

— Voilà ta chambre, dit-il, en entrant dans l'une des deux chambres d'amis du premier.

La pièce était de dimensions modestes, mais ses meubles anciens lui donnaient beaucoup de charme. Et, accessoirement, c'était la chambre la plus éloignée de la sienne. Il posa le sac de Liv sur l'édredon bordeaux qui recouvrait le lit et se tourna vers elle. Elle l'observait, postée sur le seuil. Elle n'avait pas l'air sur la défensive… C'était plutôt comme si elle se protégeait. Peut-être parce qu'elle était fatiguée, elle aussi… Il préférait le croire que de se dire qu'il l'avait blessée.

— La salle de bains est au bout du couloir. Il y a des serviettes de toilette dans le placard, si jamais tu veux prendre une douche.

Il ne lui restait plus qu'à aller dans sa chambre mais, pour ça, il devait passer à côté d'elle. Une confrontation pour laquelle il n'était pas sûr d'être prêt.

Soudain, elle tourna les talons sans dire un mot et disparut dans le couloir. Il la suivit et vit qu'elle entrait dans sa propre chambre. Qu'est-ce qu'elle fabriquait ?

Il aurait dû en être agacé — comment se permettait-elle une telle indiscrétion ? —, au lieu de ça, il l'imagina étendue nue sur son lit. Il sentit aussitôt son sexe se dresser dans son pantalon et il attendit quelques instants que l'image se dissipe avant de la rejoindre.

— Je peux savoir ce que tu fais ? lança-t-il.

Il savait qu'il était injuste : c'était contre lui-même, et non contre elle, qu'il était en colère.

Debout dans son dressing, elle se tourna vers lui. Son visage était totalement dénué d'expression, fait suffisamment rare chez elle pour qu'il sente son anxiété et sa culpabilité monter d'un cran.

Il se frotta la nuque, les yeux fixés sur les motifs géométriques du tapis. Il n'aurait pas dû la faire venir chez lui. Il aurait dû la ramener chez elle et la laisser seule, même si elle était chamboulée et triste. Ou alors il aurait dû la conduire chez Vanessa. Sa sœur se serait occupée d'elle.

Mais V était au match de hockey, et sa bonne conscience l'avait empêché de l'abandonner. Non, en fait, c'était surtout parce qu'il n'avait pas eu envie que quelqu'un d'autre que lui prenne soin d'elle.

— Tu as mal ?

Il releva la tête, surpris par sa question.

— Non, je vais bien. Tu as besoin de quelque chose ? Un T-shirt pour dormir ?

— Je veux dire à l'intérieur.

Elle franchit les quelques mètres qui les séparaient et posa la main sur son torse. Ce contact déclencha un incendie sur sa peau, et son rythme cardiaque, déjà élevé, creva le plafond.

— Est-ce que tu as mal là ?

Son regard intense plongé dans le sien mettait à nu ses vieilles blessures, tout en soignant les plaies des dernières vingt-quatre heures. L'émotion lui noua la gorge, et il déglutit avec peine. Bien sûr qu'il souffrait ! Ils souffraient tous ! Est-ce qu'elle le croyait insensible au point d'avoir besoin de lui poser la question ? Conscient que tout ce qui était susceptible de sortir de sa bouche n'arrangerait rien, il passa à côté d'elle sans lui répondre. Elle le retint par le bras.

— Noah…

Il lui lança un regard glacial, mais elle resserra son étreinte.

— Tu as le droit d'être malheureux, tu sais.

— Qu'est-ce que tu crois ? Que j'ai besoin de ton autorisation ? répondit-il, en dégageant son bras. Que je ne sais pas ce qu'est la douleur ? Crois-moi, je sais exactement ce que ça fait de perdre quelqu'un qu'on aime ! Je connais par cœur cette sensation qui t'arrache les entrailles avant de te laisser complètement vide et impuissant. Alors ce n'est pas la peine de me dire que j'ai le droit d'être malheureux.

Elle écarquilla les yeux de surprise, mais ne recula pas d'un millimètre. Il lisait sur son visage la compassion que lui-même avait été incapable de lui donner et fit un pas en arrière, horrifié par sa propre attitude.

Quel abruti je fais !

Le dégoût le prit à la gorge, et une profonde tristesse s'abattit sur lui. Il se laissa tomber sur le lit avant que ses jambes ne se dérobent sous lui et dissimula son visage dans ses mains.

— Je suis désolé, murmura-t-il. Tu ne méritais pas ça.

— Ça ne fait rien, répondit-elle à voix basse. On est tous malheureux.

— Ce n'est pas une raison pour te crier après.

Elle posa la main sur son épaule et il ferma les yeux, sentant une vague de chaleur le submerger. La main de Liv descendit le long de son bras, et sa peau se couvrit aussitôt de chair de poule. C'était comme si la moindre fibre de son être sentait sa présence, son corps agenouillé près du sien, ses mains qui lui prenaient les poignets.

Il garda la tête baissée, trop effrayé pour la regarder. Personne ne s'était tenu ainsi à ses pieds depuis Beth, pas même au Red Room. Il évitait le Donjon, de toute façon, tout comme il se détournait des soumises qui essayaient d'attirer son attention.

Mais maintenant, Liv était là, et sans le savoir, elle était en train de faire la seule chose susceptible de venir à bout de ses résolutions. S'il relevait la tête, verrait-il le visage de Beth à la place du sien ? Est-ce qu'il se rappellerait l'éclat de son regard ? A quel point elle avait eu besoin de lui ? Et combien il l'avait déçue ?

— Si tu as envie de pleurer, vas-y, dit-elle d'une voix

qui semblait sur le point de se briser. Comme ça, je pourrai pleurer, moi aussi.

Il serra les dents pour résister à l'envie de se laisser aller. Il rêvait pourtant de faire céder le barrage qui retenait tous ses sentiments, mais il n'était pas sûr d'en sortir indemne.

Soudain, un petit reniflement brisa le silence, et il n'eut pas la force de tenir Liv à distance plus longtemps. Sans le savoir, elle avait été son refuge, et c'était à lui de la réconforter à présent. Il se força à rouvrir les yeux et à relever la tête pour regarder la femme qui lui faisait face. Ces yeux marron chaleureux, cette vulnérabilité cachée derrière une volonté de fer, ces lèvres rouges qui tremblaient… Tout ça ne ressemblait absolument pas à Beth. C'était bel et bien Liv qui se trouvait devant lui.

D'une main tremblante, il attira sa tête sur ses genoux, et laissa le barrage s'effondrer et le courant tout emporter sur son passage.

Liv s'accrocha à Noah et laissa libre cours aux larmes qu'elle avait retenues toute la journée. Un flot ininterrompu de tristesse s'écoulait de ses yeux et la vidait de ses dernières forces.

La main de Noah sur sa nuque était solide et chaude, comme sa jambe sous sa joue ou la pression de son autre main dans son dos. Il l'avait soutenue toute la journée, tout comme elle l'avait fait pour lui. Leur duo était peut-être surprenant, mais il était devenu sa bouée de sauvetage. Pas seulement la sienne, d'ailleurs, mais celle de tous les autres. En avait-il seulement conscience ?

Par son bon sens et sa prévoyance, il les avait tous portés à bout de bras sans faiblir. Il avait toujours eu une longueur d'avance, que ce soit à l'hôpital, avec la police, les médias, ou encore au club. Elle n'était cependant pas dupe de son air détaché : l'épreuve était aussi rude pour lui que pour le reste du groupe. Il avait tout autant besoin de compagnie et de réconfort, et c'était l'une des raisons pour lesquelles elle avait accepté son offre lorsqu'il lui avait proposé de l'héberger pour la nuit.

Il lui fallait évacuer sa tristesse. Son explosion de colère, un peu plus tôt, en était la preuve. Même s'il ne pleurait pas, il avait fini par se lâcher, et elle en était soulagée.

Ils restèrent assis sans bouger jusqu'à ce que ses larmes se tarissent. Il dut sentir qu'elle ne pleurait plus, car il se redressa comme s'il avait l'intention de se lever. Elle releva la tête à contrecœur, et son regard rencontra le sien. La douleur inavouée avait disparu de ses yeux, remplacée par un mélange d'incrédulité et de ce qui ressemblait à du désir.

— As-tu la moindre idée de ce que tu viens de faire ? demanda-t-il d'une voix rauque qui fit naître un profond désir en elle.

— Je t'ai réconforté.

— Si seulement tu pouvais comprendre, murmura-t-il.

Puis il pressa les lèvres sur les siennes.

Elle lui rendit instinctivement son baiser, fait de petits mordillements tendres et de coups de langue délicats qui ne tardèrent pas à l'étourdir. Elle s'était attendue à quelque chose d'agressif et d'impétueux ; au lieu de ça, il n'était que lenteur et tendresse, même s'il n'y avait pas la moindre trace d'hésitation dans ses gestes.

Il prit son visage entre ses mains pour l'attirer à lui, et elle se laissa guider, jusqu'à se retrouver agenouillée entre ses jambes. Elle passa les bras autour de sa taille pour être plus proche de lui et il glissa la langue dans sa bouche. Leurs souffles se mêlèrent, puis il s'écarta pour lui mordiller le lobe de l'oreille. Elle gémit, et la tension sexuelle grimpa d'un cran quand il prit de nouveau possession de sa bouche.

Une pointe de désir électrisa le bout de ses seins puis se logea dans son ventre, et elle s'agrippa à lui pour sentir son corps contre le sien. Totalement ensorcelée par le goût de ses baisers, elle ne pensait plus à rien. Lorsqu'il essaya de reculer, elle avança pour réduire à néant la distance qu'il tentait de mettre entre eux.

— On devrait…

Elle l'embrassa avant qu'il ne puisse en dire davantage. Ce qu'ils devaient faire, c'était finir ce qu'ils avaient commencé. Ils en avaient tous les deux désespérément besoin.

Quand elle prit son visage entre ses mains à son tour, pour l'embrasser plus passionnément, il la laissa faire. Plus rien n'existait à part lui, ses lèvres fermes, le frottement de sa barbe naissante sous ses doigts, le contact de ses mains sur son dos, sa nuque.

Il s'écarta légèrement pour déposer une pluie de baisers dans son cou. Son cœur battait à tout rompre, mais elle ne voulait surtout pas qu'ils ralentissent la cadence. Elle sortit les pans de sa chemise de son pantalon pour lui caresser le dos, et il poussa un gémissement qui l'incita à continuer son exploration.

— Liv, on ferait mieux de…

Elle secoua la tête et lui mordit le lobe de l'oreille, bien décidée à ne pas se laisser décourager par ses protestations. Il gémit de nouveau et la souleva pour l'allonger sur le lit, si vite qu'elle n'eut pas le temps de respirer. Lorsqu'il se plaça au-dessus d'elle, elle se délecta du poids de son corps sur le sien. Après toutes ces heures passées à avoir peur que la mort ne vienne frapper à leur porte, elle se sentait enfin vivante.

— Noah, dit-elle dans un souffle, enroulant les jambes autour de lui.

Il y avait trop de vêtements entre eux, trop de barrières. Elle voulait sentir sa peau contre la sienne, son souffle brûlant sur elle, entendre ses cris de plaisir résonner à ses oreilles.

Il murmura son nom telle une prière, et elle plaqua ses hanches contre les siennes. Le sexe dur de Noah était dressé contre sa cuisse et elle se décala légèrement. Lorsqu'elle le sentit entre ses jambes, une vague de plaisir déferla en elle, et elle eut le sentiment qu'un incendie la dévorait.

— Liv, on devrait…

— Terminer ce qu'on est en train de faire, grogna-t-elle.

Elle lui tira les cheveux pour le forcer à la regarder. Ses yeux lançaient des éclairs mais il en fallait plus pour la décourager.

— On en a envie tous les deux, et on en a besoin. Je t'interdis de nous empêcher de profiter de ce moment simplement parce que tu te sens coupable de je ne sais quoi !

Ils s'affrontèrent longuement, leurs visages à quelques millimètres l'un de l'autre. Les narines de Noah se dilataient et sa poitrine se gonflait à chaque fois qu'il reprenait bruyamment son souffle. Déterminée à vaincre son indécision, elle agrippa plus fermement ses cheveux et le mit silencieusement au défi de la rejeter. La tension était à son comble.

— Et merde ! dit-il soudain.

Puis il l'embrassa avec une ardeur qui décupla son désir. Il retira brusquement ses mains de ses cheveux et les lui plaqua au-dessus de la tête, puis il pressa son sexe contre le sien. Elle s'arqua autant que possible contre lui, dans une prière silencieuse pour qu'il aille plus loin.

Ses yeux étaient plus sombres que jamais quand il releva la tête vers elle, et la moindre fibre de son être frémit d'impatience à l'idée de ce qu'il allait lui faire. Il lui enserra les poignets d'une main et caressa de l'autre sa gorge offerte, sans jamais baisser les yeux. Des images de cordes, de fouet et de menottes se mirent alors à défiler à toute vitesse dans son esprit. Elle se représenta Noah en train de l'attacher, puis s'imagina la terreur qu'elle éprouverait s'il la forçait à se soumettre à lui. Sauf qu'il ne la forçait absolument pas.

Elle le désirait avec l'énergie du désespoir. C'était stupide, irréfléchi, impétueux, c'était tout ce qu'elle n'était pas, mais elle en mourait d'envie.

— Prends-moi, souffla-t-elle. S'il te plaît.

Chapitre 10

Sa douce supplication fit voler le cœur de Noah en éclats. Il ne voyait pas la moindre trace de peur dans ses yeux sombres, pas d'hésitation, aucune nervosité. Il était complètement idiot de se laisser aller de la sorte, mais les derniers mots de Liv avaient réduit sa volonté à néant. Elle venait de réveiller brutalement son caractère dominant, qu'il avait passé des années à combattre.

Elle lui faisait complètement perdre la raison et, pour une fois, il décida de se laisser aller. Ce qu'ils s'apprêtaient à faire était une très mauvaise idée, mais il en avait assez de tout analyser, de résister, de faire semblant.

Il voulait savourer chacun des soupirs, chacun des gémissements qui viendraient d'elle, comme autant de signes de la passion qui l'animait. Il souhaitait l'entendre crier de plaisir et lui donner tout ce dont elle avait besoin.

Il lui lâcha les poignets pour lui retirer précipitamment son sweat. Il était en proie à un besoin indicible de la toucher, d'absorber sa chaleur et sa lumière, pour éclairer l'obscurité qui planait au-dessus de sa vie.

Quand elle fut enfin débarrassée de son haut, il retint son souffle, la caressant du regard. Elle avait replacé ses poignets au-dessus de sa tête, et ses lèvres rouges et gonflées brillaient comme une invitation. Sa poitrine généreuse était tendue vers le plafond, et ses tétons sombres semblaient attendre d'être léchés, titillés, mordus.

Il fit courir le bout de sa langue autour de la pointe d'un de ses seins avant de l'aspirer doucement entre ses lèvres. Elle cria faiblement et arqua le corps vers l'avant. Il aspira de nouveau, beaucoup plus fort, tout en refermant fermement ses dents sur son téton.

Il aurait aimé se retenir, ou du moins ralentir, mais c'était impossible. Il leva les yeux pour étudier sa réaction : elle frissonnait, les pupilles dilatées et la bouche ouverte dans un cri silencieux. Un instant plus tard, elle se laissa retomber sur le matelas en gémissant, et une bouffée de satisfaction l'envahit en voyant le plaisir qu'il lui procurait. Néanmoins, il lâcha prise de peur de lui faire mal. C'était la dernière chose au monde dont il avait envie. La bête dominatrice qui sommeillait en lui était peut-être réveillée, mais cela ne lui faisait pas oublier le plus important : lui donner autant de plaisir que possible.

— Ça alors, dit-elle dans un souffle. C'était si… intense !

Sa voix était plus grave, éraillée par le désir qu'il avait fait naître en elle, et il trouvait ça terriblement sexy. Il prit son autre sein en coupe et se mit en devoir de lui faire subir le même sort. Sa peau était délicieuse, à la fois sucrée et salée, nuancée d'une pointe d'épice… exactement comme elle.

Sous ses caresses, elle ne tarda pas à se contracter tout en ondulant doucement des hanches. Sans arrêter de la toucher, il déboutonna son jean et glissa une main à l'intérieur de sa culotte. Lorsqu'il toucha son sexe brûlant, elle poussa un gémissement étranglé qui fit écho au sien. Elle était si humide, si chaude qu'il faillit jouir rien qu'en l'effleurant. Enivré par son odeur intime, il entreprit de lui retirer le reste de ses vêtements, mais n'eut pas la patience de la déshabiller entièrement. Il lui écarta les jambes alors qu'elle avait encore son pantalon et sa culotte sur les chevilles, et laissa glisser sa langue sur sa chair délicate. Se délectant de la saveur musquée de son sexe, il lui écarta davantage les cuisses pour pouvoir la caresser plus intimement encore.

— Noah, je vais…

Il sentit ses muscles se contracter et referma ses lèvres autour de son clitoris tout en glissant un doigt en elle. Son cri résonna dans la pièce tandis qu'un orgasme violent l'emportait.

Elle se recroquevilla, à bout de souffle, mais il n'en avait pas fini avec elle. Il continua à la caresser et à faire pression sur son clitoris hypersensible, tout en lui titillant les fesses. Puis, lorsqu'il sentit que le moment était venu, il se servit de nouveau de ses doigts pour la pénétrer. Il la lécha encore à plusieurs reprises et elle laissa échapper un gémissement torturé, où se mêlaient douleur et plaisir. Quand il releva enfin la tête pour l'admirer, elle était la beauté incarnée. Elle avait les yeux clos, les bras écartés, et sa poitrine se soulevait à chacune de ses respirations saccadées. Elle donnait l'impression de flotter, ce qui était exactement l'effet qu'il espérait produire, la manière dont il aimait voir ses soumises. Emportées par le plaisir, inconscientes de la réalité, à l'exception de celle de leur corps.

Incapable de résister plus longtemps à l'envie de s'enfouir en elle, il se déshabilla précipitamment. Il ne lui fallut que quelques instants pour s'emparer d'un préservatif et l'enfiler, avant de revenir se placer au-dessus d'elle.

Liv ouvrit les yeux et un sourire se dessina sur ses lèvres rougies.

— Je me demande ce que tu as bien pu attraper dans ce tiroir…

Entre la façon dont elle l'observait et sa voix rauque mâtinée de taquinerie, le peu de maîtrise qu'il possédait encore disparut.

— Retourne-toi, lui ordonna-t-il, en lui donnant une petite tape sur la hanche.

Elle fronça les sourcils, mais se laissa faire sans discuter lorsqu'il l'aida à s'allonger sur le ventre. La peau pâle de son dos était exempte de grains de beauté ou de la moindre tache de rousseur. Il remarqua immédiatement les deux creux juste au-dessus de ses fesses et cette vision lui arracha un grognement de plaisir.

Il adorait par-dessus tout qu'une femme ait des fossettes en bas du dos. C'était comme deux secrets dissimulés aux yeux de tous, ce qui rendait leur présence encore plus excitante.

Il embrassa chacune d'elles, puis se releva pour mieux admirer Liv. Il adorait la sensation de sa peau sous ses doigts et il avait envie de toucher le moindre centimètre carré de son corps jusqu'à le connaître par cœur. Mais pas maintenant. Le besoin d'être en elle et de s'y perdre était plus fort que le reste.

Les bras de Liv étaient comme désarticulés quand il lui emprisonna les poignets de sa main droite. Il déposa plusieurs baisers sur sa nuque, et elle sursauta lorsqu'il lui mordit le lobe de l'oreille, avant de soupirer quand il l'embrassa délicatement.

Il se positionna entre ses jambes et se pencha en avant pour plaquer son torse contre son dos. Elle s'arqua immédiatement et ses fesses frottèrent contre son bassin, telle une invitation impossible à refuser.

Son cœur battait furieusement ; il était animé du besoin d'être connecté à elle. De sentir en lui la légèreté, la douceur et l'espoir qu'elle dégageait quand il la prenait dans ses bras.

Il ferma les yeux et l'attrapa fermement par les hanches. Elle s'inclina à la perfection et il glissa en elle, en proie à l'extase la plus pure. Se perdre dans sa chaleur, sentir son corps l'accueillir et se refermer autour de lui était si délicieux qu'il eut envie que ce moment ne s'arrête jamais. Des vagues de plaisir le submergeaient, des frissons lui parcouraient tout le corps, de la pointe des orteils à la racine des cheveux.

C'était trop… Ce n'était pas assez… C'était tout ce qu'il avait pris soin d'éviter depuis des années. Bien plus et bien mieux que du sexe ou le simple fait de satisfaire une pulsion.

— Que c'est bon ! murmura-t-elle.

— Je te préviens, lui souffla-t-il à l'oreille, je ne vais pas y aller doucement.

Elle le regarda par-dessus son épaule.

— Tant mieux, répondit-elle, avec le sourire d'une femme prête à relever un défi.

Nom de Dieu ! Lui qui avait cru bon de la prévenir, ce n'était pas la peine, de toute évidence… Soudain, ce fut comme si l'animal emprisonné en lui jaillissait hors de sa cage. Il enfonça les dents dans la chair délicate de son cou et la souleva pour la mettre à quatre pattes. Enfin, il se mit à bouger en elle, chaque va-et-vient plus affirmé que le précédent.

— Continue, geignit-elle, se pressant contre lui. Plus fort !

Il ne se fit pas prier et le lit grinça lorsqu'il accéléra le rythme. Il lui agrippait les hanches tellement fort qu'il craignit un instant de lui faire mal, mais Liv ne semblait pas souffrir le moins du monde. Au contraire, elle courbait le dos en cadence et accueillait chacun de ses coups de reins avec avidité.

Elle le rendait fou. Il n'y avait pas d'autre mot. Exposée devant lui, elle était comme une déesse animée d'une passion sauvage. Ses poings fermés agrippaient fermement le drap, ses biceps se contractaient à chaque fois qu'elle poussait son corps contre le sien. Il passa un bras autour de sa taille pour la serrer contre lui et ralentit légèrement pour les maintenir tous les deux au bord de l'orgasme. La peau de Liv était luisante de sueur et sa nuque humide quand il l'embrassa.

— Tu es…

Il ne réussit pas à terminer sa phrase. Elle était tant de choses à la fois, et il ne pouvait en dire aucune à voix haute.

— Je viens, souffla-t-elle.

Elle pivota légèrement les hanches et se mit à onduler au même rythme que lui, comme s'ils étaient deux danseurs évoluant en parfaite harmonie.

— Oui !

Son soupir de satisfaction pure, si proche du point de non-retour, sonna le glas de sa résistance. Il se redressa et se mit à aller et venir frénétiquement en elle, loin de la tendresse dont il avait fait preuve un peu plus tôt. Etourdi par la tentation de se laisser emporter par son propre plaisir, il se reprit juste à temps et se remit à la caresser. Il eut à peine besoin d'effleurer son clitoris pour la faire jouir : quelques secondes plus tard, elle explosa, son corps secoué par des spasmes si intenses qu'il ne put se retenir plus longtemps.

Il se pressa contre elle comme s'il voulait que leurs deux corps n'en fassent plus qu'un. Il sentit tous ses muscles se contracter violemment, et son orgasme le dévasta enfin, dans une succession de violentes vagues de plaisir.

Ses bras et ses jambes se mirent à trembler, et Liv laissa échapper un sanglot étouffé avant de s'écrouler sur le matelas. Désireux de ne pas rompre la connexion entre eux, il faillit se laisser tomber sur elle et eut juste le temps de s'appuyer sur les coudes pour ne pas l'écraser. Joue contre joue, leurs poitrines se soulevant simultanément, ils tentèrent alors tous les deux de reprendre leur souffle.

Il fallut à Noah un long moment pour revenir sur terre. Ce furent les petits gémissements sexy de Liv qui lui parvinrent en premier. Puis il prit conscience de l'odeur de sexe et de sueur qui se mêlait au parfum fruité de son shampoing. Enfin, il sentit ses fesses rebondies contre ses hanches et la chaleur de son corps qui lui enserrait toujours le sexe.

Il n'avait pas la moindre envie de bouger. Il ne parvenait pas à se résoudre à mettre la moindre distance entre eux, mais il n'avait pas le choix. Il s'écarta délicatement d'elle, attrapa un mouchoir sur la table de nuit et s'en servit pour envelopper le préservatif usagé. Qu'est-ce qu'il allait bien pouvoir en faire maintenant ? La poubelle était dans la salle de bains, et il n'avait pas l'énergie nécessaire pour s'y rendre.

— Pose ça par terre, grommela Liv.

Il tourna la tête vers elle et vit qu'elle le regardait d'un seul œil, le visage à moitié enfoui dans l'oreiller.

— Vis dangereusement, pour une fois !

Elle était sacrément impertinente, mais elle avait visé juste. Il écarta les doigts et le mouchoir tomba sur le sol sans faire de bruit. Puis il dévisagea Liv en haussant les sourcils, et elle lui sourit avec une malice non dissimulée.

— C'était si terrible que ça ?

— Tu n'as pas idée, répondit-il le plus honnêtement du monde.

Il ne voulait pas penser aux vêtements qui jonchaient le sol de sa chambre. Il décida de laisser son obsession du rangement dans un coin de sa tête et de se concentrer sur l'instant présent.

Liv ferma les yeux, et il en profita pour étudier ses traits, rendus encore plus doux par son air de contentement.

— Je crois que je suis incapable de bouger !

Ce fut au tour de Noah de se sentir satisfait. C'était grâce à lui, à cause de lui, si elle était dans cet état. Il n'avait pas ressenti ça depuis si longtemps ! Il roula sur le côté et déposa un baiser sur les petits cheveux bouclés collés à sa tempe. Sa main descendit le long de son dos pour caresser les deux fossettes qu'il vénérait sans commune mesure.

— Est-ce que je t'ai fait mal ?

Il ne pouvait pas ne pas lui poser la question. Maintenant qu'ils n'étaient plus dans le feu de l'action, il se rendait compte à quel point il avait été brusque. Il avait presque perdu le contrôle, et l'idée qu'il ait pu lui faire mal le mortifiait.

Elle se redressa et le regarda comme s'il venait de poser la question la plus stupide du monde.

— Tu plaisantes ? Est-ce que j'ai l'air d'avoir mal ?

— Non, reconnut-il avec un petit rire. Mais tu vas peut-être avoir des bleus sur les hanches, demain matin.

— Tu crois ?

Elle baissa la tête pour regarder ses hanches et le gratifia d'un sourire éclatant.

— Génial !

Il éclata de rire. Après la journée atroce qu'ils venaient de passer et celles qui s'annonçaient, ce bref moment de joie était le bienvenu.

— Ça t'amuse ? Salaud ! dit-elle, en lui donnant une petite bourrade.

Elle tenta d'avoir l'air sévère, mais elle était incapable de garder son sérieux et elle ne tarda pas à rire, elle aussi.

— Pour te servir, répondit-il en souriant.

Elle se tut, et lui caressa la joue, redevenue soudain terriblement sérieuse. Un geste si tendre qu'il sentit son pouls s'accélérer.

— Non, pas salaud, reprit-elle. Je ne suis même pas sûre que tu saches te comporter comme tel. Je dirais plutôt discret. Réservé. Parfois sur la défensive.

Qu'est-ce qu'il pouvait bien répondre à ça ? Il allongea le bras pour éteindre la lumière, et ils se glissèrent sous les couvertures. Elle se blottit contre lui, ses cheveux étendus sur son torse comme une couverture. Il sentait contre lui la chaleur de sa peau, et il eut toutes les peines du monde à retenir un profond soupir de satisfaction.

— Laisse-moi juste un peu de temps, plaisanta-t-il pour masquer l'émotion qui s'emparait de lui.

— Ça tombe bien, je ne vais nulle part, répondit-elle, en entremêlant ses jambes dans les siennes.

Il la serra contre lui, le visage enfoui dans ses cheveux.

— Ça tombe bien, je n'ai pas envie que tu partes.

Et c'était bien là tout le problème : maintenant qu'elle était là, il n'était pas sûr de pouvoir la laisser s'en aller. Une partie de lui avait beau se dire que c'était une mauvaise idée, une autre était enchantée, une troisième enfin trop fatiguée pour analyser en profondeur ce qu'il ressentait.

L'esprit apaisé, le corps rassasié par les caresses de Liv, il décida d'arrêter de réfléchir. Le matin serait là bien assez tôt, avec son lot de questions, de doutes, d'angoisse, et peut-être de malheur. Alors il allait s'accrocher à elle pendant quelques heures encore, avant de la laisser s'envoler, aux premières lueurs du jour.

Chapitre 11

Quand Liv se réveilla, Noah ronflait doucement, un bras sur elle. Les battements réguliers de son cœur lui parvenaient contre son oreille, tel un signe de vie rassurant. La chambre était encore emplie de l'odeur de leurs ébats passionnés de la nuit, et elle sentit un sourire paresseux naître sur ses lèvres. Consciente qu'il y avait peu de chances pour qu'un tel événement se reproduise, elle se lova contre lui, bien décidée à en profiter jusqu'à la dernière minute.

Ce qui s'était passé dans ce lit n'était que le résultat d'un concours de circonstances. Elle ne devait pas l'oublier.

Elle se remémora alors les dernières quarante-huit heures, et le nuage cotonneux et paisible dans lequel elle flottait se dissipa. La pluie qui tombait bruyamment acheva de la sortir de sa rêverie, et elle poussa un soupir résigné.

Elle se redressa sur un coude pour étudier Noah. Ses lèvres entrouvertes étaient comme une invitation à l'embrasser, mais elle ne le fit pas, par peur de le réveiller. Sa barbe naissante lui assombrissait les joues et lui donnait un air un peu rustre accentué par ses cheveux en bataille. Une de ses boucles lui tombait sur le front et elle dut serrer le poing pour ne pas céder à la tentation de la remettre en place.

Son seul regret était de ne pas avoir exploré le corps de Noah comme elle l'aurait voulu. Ce corps athlétique qui avait parfaitement épousé le sien... Pourtant, elle n'avait pu le toucher, le goûter et lui témoigner la même ferveur que celle dont il avait fait preuve envers elle.

Alerte en dépit du manque de sommeil et de la chape de plomb qui pesait sur elle et semblait vouloir l'empêcher de bouger, elle se força à s'écarter de Noah et de sa chaleur réconfortante. Elle enfila son pull et gagna le couloir sur la pointe des pieds pour aller chercher son sac, avant de se rendre dans la salle de bains des invités. Après une douche rapide, elle ne put résister à l'envie de s'examiner dans le miroir pour vérifier si elle avait ou non des bleus sur les hanches.

Elle sentit sa poitrine se serrer et son souffle s'accélérer quand elle distingua les traces légèrement violacées qu'avaient laissées sur sa peau laiteuse les mains de Noah. Des images de la nuit s'insinuèrent alors dans son esprit. Elle n'avait jamais connu ça auparavant. Elle était loin d'être une jeune vierge effarouchée, mais Noah... Noah était exactement comme elle s'était imaginé qu'il serait s'il perdait le contrôle. Sauvage, dominant et passionné au-delà des limites du raisonnable.

Une partie d'elle se sentait fière d'avoir éveillé de tels sentiments chez lui. Elle avait réussi à le faire sortir de sa réserve. Néanmoins, ça n'allait pas plus loin que ça : elle lui avait simplement permis d'évacuer le stress et la tension de la journée. Elle l'avait fait se sentir en vie au moment où ils en avaient tous les deux besoin. Rien de plus.

Mais, dans ce cas, pourquoi venait-elle de mettre

son pull et d'enfouir le nez dans le col pour respirer son odeur ? Elle roula les manches pour découvrir ses avant-bras, ramena ses cheveux en queue-de-cheval et mit un peu de mascara. Ce ne furent cependant pas ces gestes familiers qui lui donnèrent le courage de descendre au rez-de-chaussée pour affronter la journée à venir. C'était le sentiment d'être enveloppée par la chaleur de Noah, même si ce n'était que par le biais d'un bout de tissu.

Une fois la cafetière en route, les œufs battus et les tartines prêtes à être grillées, elle alluma l'écran plat dissimulé dans l'un des placards de la cuisine.

Il n'était peut-être que 5 heures du matin, mais des dizaines de messages et au moins autant d'e-mails l'attendaient sur son téléphone. Elle les parcourut pour s'assurer qu'il n'y avait rien d'urgent, se servit un café, puis s'empara d'un stylo et d'un bloc-notes.

La voix du présentateur de la chaîne d'infos locale en fond sonore, elle entreprit de dresser une liste de choses à faire. Elle en était déjà à une quinzaine quand elle fit une pause pour boire une gorgée de café et réfléchir à la manière dont elle allait s'organiser. Puis elle se lança dans une analyse du réseau de transports publics, une tâche rendue difficile par l'écran fendu de son portable.

Elle sentit soudain ses cheveux se dresser sur sa nuque.

— Bonjour, Noah !

Elle n'avait pas besoin de se retourner pour savoir qu'il était dans la pièce. Est-ce qu'il allait parler de ce qui s'était passé durant la nuit ? Et, sinon, fallait-elle qu'elle aborde elle-même le sujet ?

— Bonjour, Liv.

Le parquet craquait sous ses pieds, et elle se fia aux bruits pour suivre ses mouvements. Elle l'entendit d'abord prendre la cafetière, puis ce fut le tintement d'un mug, suivi du bruit du café qui coulait dedans.

— Est-ce qu'ils ont parlé de l'accident ? s'enquit-elle.

— Pas encore, non.

Les miracles existaient, apparemment.

— Qu'est-ce que tu fais ? demanda-t-il à son tour.

— Je consulte les horaires de bus.

Sa voiture n'aurait pas pu choisir pire moment pour la lâcher, même si elle refusait de l'admettre devant V ou Holden.

— Pour quoi faire ?

Elle leva enfin les yeux vers lui et dut se mordre la lèvre pour s'empêcher de soupirer. Ses sourcils froncés lui donnaient l'air grognon, mais il était plus sexy que jamais, avec son short et son T-shirt qui épousaient parfaitement le corps qu'elle n'avait pas eu le temps d'admirer la veille.

— Tu vas faire du sport ?

— Tu n'as pas répondu à ma question.

— Toi non plus.

Il fronça plus encore les sourcils, et elle dut cacher son sourire derrière sa tasse. Elle jeta un coup d'œil à l'horloge de la cuisine. Elle devrait être à l'arrêt de bus en bas de la rue dans trente minutes si elle voulait attraper sa correspondance de l'autre côté de la ville, se changer puis arriver au centre à temps pour la fin des activités du matin, avant que les enfants ne partent à l'école.

— J'allais faire des œufs brouillés, dit-elle, en désignant le saladier sur le comptoir. Je peux les préparer tout de suite ou tu pourras le faire toi-même, une fois que tu auras fini tes exercices.

— Pourquoi tu me prépares le petit déjeuner ?

— A t'entendre, on dirait que jamais personne n'a fait quelque chose de gentil pour toi.

Voyant qu'il ne répondait pas, elle leva les yeux au ciel et secoua la tête.

— J'étais debout et je me suis dit que tu aurais faim en te levant, tout simplement. Pas de panique, je ne suis pas en train de m'installer !

Il la fusilla du regard, mais elle ne se laissa pas émouvoir. Avec son goût de l'ordre et la solitude, il ne faisait aucun doute que la présence de quelqu'un chez lui le terrifiait.

Il posa son mug et s'approcha d'elle. Elle était en train de se demander quelle réponse cinglante il lui réservait, quand il l'attrapa par le menton et se pencha pour l'embrasser. *Oh…* Lorsqu'il recula et lui caressa la joue, elle fut incapable de dissimuler son sourire.

— C'était en quel honneur ?

— Bonjour, Liv.

Il y avait une lueur brûlante dans son regard.

— Bonjour, Noah.

— Voilà qui est mieux, dit-il avec un demi-sourire qui la laissa interdite. Est-ce que tu as bien dormi ?

— Oui.

En tout cas, bien mieux que ce à quoi elle s'était attendue, compte tenu des circonstances.

— Est-ce que tu as mal quelque part, ce matin ?

En lui demandant ça, il regarda son cou et elle sentit sa peau la chatouiller à l'endroit où il l'avait mordue.

— Non.

En réalité si, et elle trouvait ça plutôt agréable, mais elle décida de ne pas s'étendre sur le sujet.

— J'aime beaucoup ce que tu portes.

Elle baissa les yeux et tripota nerveusement l'ourlet

du pull. Il lui arrivait au milieu des cuisses, ce qui était loin d'être provocant. Pourtant, sa remarque la fit se sentir étrangement nue.

— C'est la première chose qui m'est tombée sous la main quand je me suis levée. J'espère que ça ne te dérange pas.

— Pas du tout.

Il fit pivoter le tabouret sur lequel elle était assise et se positionna entre ses jambes.

— Tu devrais le garder. Il te va mieux qu'à moi.

— Mais bien sûr, répondit-elle en riant.

Même si la perspective était séduisante, il était hors de question qu'elle accepte. Ce pull devait coûter une petite fortune.

— Et donc, les horaires de bus ?

Elle dut se concentrer pour reprendre le fil de la conversation. C'était si tentant de franchir les quelques centimètres qui les séparaient pour se blottir contre lui ! C'était comme si ses cuisses brûlaient à chaque fois qu'elles effleuraient les jambes de Noah.

— Je vérifiais le trajet pour passer chez moi avant d'aller au centre, finit-elle par répondre.

Un coup d'œil vers l'horloge lui indiqua qu'elle avait d'ailleurs intérêt à se dépêcher si elle ne voulait pas rater le bus. Elle repoussa doucement Noah et avala à la hâte une dernière gorgée de café froid.

— J'ai bien peur que tu ne doives préparer tes œufs brouillés toi-même, à présent. Mon bus passe dans vingt minutes et je ne suis pas encore habillée.

Elle était déjà au bout du couloir quand la voix de Noah retentit derrière elle.

— Liv…

— Quoi ? demanda-t-elle, un pied sur la première

marche de l'escalier. Oh ! j'ai consulté tous mes e-mails et mes messages, pas de changement du côté de Kendra et Tyler. Par contre, Jake est réveillé et il devrait changer de service ce matin. Je passerai à l'hôpital après le départ des enfants pour l'école.

Comme elle s'apprêtait à monter l'escalier, il l'attrapa par le poignet.

— Quoi ? fit-elle en se retournant.

— Est-ce que ça t'arrive de ralentir ?

Elle n'aurait su dire, à sa mine, s'il était ennuyé ou tout simplement pensif.

— Tiens, dit-il, en lui tendant un jeu de clés. Tu peux utiliser ma voiture.

— Non, protesta-t-elle en repoussant sa main. Tu en as besoin.

— C'est la clé de ma voiture secondaire. Je n'en ai pas besoin en ce moment, alors tu n'as qu'à t'en servir, insista-t-il, plaquant les clés contre sa paume. Ça sera plus facile que de prendre le bus.

Son premier mouvement fut de jouer les fortes têtes et de refuser, mais le moment était peut-être venu d'oublier un peu sa fierté.

— Tu es sûr ?

— J'insiste, dit-il, la dévisageant de ses grands yeux bleus emplis d'assurance.

Il insistait… Elle ne put s'empêcher de sourire. Bien sûr qu'il insistait. Il était encore plus têtu qu'elle !

— Alors, dans ce cas, j'insiste pour préparer le petit déjeuner.

Il n'était pas le seul à pouvoir donner des ordres, après tout.

— Oh ! s'écria-t-elle, en claquant des doigts. On est jeudi, c'est ça ?

— Oui, répondit-il avec sa concision habituelle.

D'une certaine façon, elle était soulagée de constater que ce qui s'était passé entre eux ne changeait rien à son attitude. A l'exception de son pouce, qui lui caressait le poignet… Ça, c'était nouveau, et loin d'être désagréable. Elle se haussa sur la pointe des pieds et déposa un baiser impulsif sur ses lèvres douces et tièdes.

— Avec tout ce qui se passe, j'imagine que tu ne vas pas venir au centre, aujourd'hui ?

Il lui lâcha le poignet et se passa la main dans les cheveux.

— Si, bien sûr.

Il repartit vers la cuisine et elle le suivit.

— Tu n'es pas obligé. J'expliquerai la situation aux enfants, ils comprendront.

— On n'a pas à leur demander de comprendre quoi que ce soit. Ils n'y sont pour rien et je ne vais pas les laisser tomber.

Il se resservit du café, et elle lui tendit sa tasse vide. S'il souhaitait venir les aider à faire leurs devoirs comme d'habitude, elle n'allait certainement pas essayer de l'en dissuader. Son engagement envers eux était la première chose qui l'avait attirée chez lui. Il lui remplit sa tasse, et elle la serra entre ses doigts pour s'imprégner de la chaleur de la porcelaine.

— Comment s'annonce ta journée ? Est-ce que tu as besoin d'un coup de main au club, ce soir ?

Il ne répondit pas, mais s'empara brusquement de la télécommande et monta le son de la télévision. Une bande rouge clignotant au bas de l'écran indiquait « Flash info », et Liv sentit son estomac se nouer.

— Deborah Coats, en direct du centre médical du comté de Hennepin…, annonça l'envoyée spéciale. De nouvelles informations nous sont parvenues suite à la collision mortelle qui a eu lieu entre deux véhicules mardi soir. Nous venons d'apprendre à l'instant que cette collision n'était pas accidentelle.

Des images de l'accident apparurent à l'écran, et des souvenirs de sang et de chaos revinrent à Liv, accentuant son stress.

— Les détails sont encore inconnus, mais le nom de la personne décédée a été dévoilé. L'homme, dont le décès a été prononcé sur les lieux du drame, est l'ancien député Remington Harcourt, continua la journaliste, alors qu'une photo de Harcourt remplaçait celles de l'accident. On se souvient du scandale qui a éclaté à l'automne dernier, tandis qu'il faisait campagne pour sa réélection. Son appartenance à plusieurs clubs libertins locaux a été dévoilée, alors qu'il s'était précisément lancé dans une croisade visant à faire fermer ces établissements. D'après une source proche de l'enquête, une lettre a été retrouvée dans la voiture de M. Harcourt, dans laquelle il incrimine les propriétaires de l'un des clubs contre lesquels il était en guerre pour défendre les droits de la famille, le Red Room.

Une nouvelle photo remplaça la précédente, et le Red Room apparut à l'écran. Les jambes tremblantes, Liv se laissa choir sur un tabouret. Les choses se déroulaient malheureusement comme Noah l'avait prédit.

— Mais l'histoire ne s'arrête pas là. Il s'avère que le 4x4 que M. Harcourt a percuté est enregistré comme appartenant au Red Room. Ce 4x4 transportait sept personnes toutes associées au club libertin, dont trois de ses propriétaires. Trois des occupants du véhicule sont en soins intensifs, tandis que les quatre autres ont été soignés pour des blessures légères.

Noah jura et Liv coupa le son, peu désireuse d'écouter les théories et supputations de la journaliste sur les motivations de Harcourt. Elle savait déjà ce qui l'avait poussé à agir de la sorte : la soif de vengeance.

Son téléphone bipa presque en même temps que celui de Noah. Ils n'étaient pas les seuls à regarder les infos : un message de Vanessa s'afficha, bientôt suivi d'un autre de Rock, puis de Seth et enfin de Marcus.

Une fois le reportage terminé, Noah changea de chaîne. Une autre bande rouge clignotait ; un autre journaliste livrait au public sa propre version de l'histoire.

Noah jura de nouveau, le visage las.

— Et maintenant, qu'est-ce qu'on fait ? demanda Liv.

Il était inutile d'en écouter plus pour savoir l'essentiel : l'information circulait et se cacher était devenu impossible. Ce n'était qu'une question de temps avant que davantage de noms ne soient révélés, elle n'avait aucun doute là-dessus.

Quand Noah releva la tête, son regard était dur et déterminé.

— Maintenant, on attaque.

Chapitre 12

Noah s'engouffra dans l'hôpital, époussetant les gouttes de pluie sur son costume, et s'engagea dans le dédale des couloirs. Arriver par cette porte latérale rallongeait son trajet, mais lui permettait d'échapper aux journalistes rassemblés devant l'entrée principale. Il n'avait pas eu un instant de répit depuis les révélations des journaux du matin, et la tempête ne faisait qu'empirer.

A l'étage des soins intensifs, les portes de l'ascenseur s'ouvrirent sur un silence quasiment extraterrestre, uniquement interrompu par le bruit des claviers d'ordinateurs et les couinements des chaussures sur le linoléum ciré. La frénésie médiatique qui régnait à l'extérieur contrastait fortement avec l'inertie sombre de la salle d'attente.

Seth se leva quand il le vit entrer, et Noah dut serrer les dents pour ne pas faire de commentaire sur son aspect. Des mèches de cheveux s'échappaient de sa queue-de-cheval en désordre, et sa barbe naissante était loin de suffire à dissimuler ses cernes sombres. Ses lèvres avaient dégonflé mais un hématome violet s'étalait sur sa joue. Au moins, Liv et Carter avaient réussi à le convaincre de prendre une douche et de se changer.

Sans hésiter, il le serra contre lui. La douleur irradiait

de lui, telles des vagues presque palpables qui menaçaient d'emporter Noah à son tour. Seth s'accrocha à lui pendant de longues secondes avant de le relâcher et d'essuyer ses joues humides. Noah laissa la main sur son épaule et attendit quelques instants qu'il reprenne ses esprits.

Enfin, Seth s'éclaircit la gorge, redressa les épaules, et afficha un air déterminé.

— Merci, dit-il d'une voix assurée. Est-ce que tu as des nouvelles ?

— Oui.

Noah se dirigea vers le coin de la pièce dont ils avaient pris possession. Cali et Carter s'y trouvaient en compagnie des parents de Kendra et de deux autres personnes qu'il ne connaissait pas. Il avait déjà parlé à Rock, qui s'était rendu au club pour y instaurer des mesures de sécurité supplémentaires. Liv, elle, était encore au centre. Par chance, V et Marcus avaient enfin accepté de faire profil bas, maintenant que le nom du club avait été révélé dans les médias.

Des gobelets et des paquets de chips à moitié vides jonchaient la table basse, à côté d'une pile de magazines et de quelques sacs en papier en provenance d'une épicerie.

— Est-ce que Dek et Allie sont dans les chambres ?

— Oui, répondit Seth. Tu veux que j'aille les chercher ?

— Non, tu leur feras simplement passer les informations quand tu en auras l'occasion.

— Jake doit sortir de réanimation aujourd'hui, lui apprit Cali.

Elle porta la main à son cou et grimaça en effleurant sa minerve. Puis elle laissa retomber sa main sur son genou et se mit à triturer le vernis d'un de ses ongles. Un hématome dépassait du bandage blanc qui lui recouvrait le front, là où le sang lui avait maculé les cheveux.

Si les nouvelles étaient bonnes du côté de Jake, il n'y avait rien de réjouissant du côté des deux autres. Même si personne ne le faisait remarquer, ils en étaient tous cruellement conscients.

— Je peux rester avec Kendra si vous avez besoin de Deklan, offrit la mère de leur amie.

Elle était déjà en train de poser son livre. En dépit de sa veste de tailleur froissée et de ses yeux rouges et gonflés, elle était d'une élégance indéniable.

— Ça va aller, madame Morgan, lui répondit Noah dans un sourire. Je doute que Deklan accepte de quitter son chevet ne serait-ce que deux minutes, de toute façon.

En tout cas, si lui s'était trouvé dans la même situation, il aurait refusé.

Elle se laissa retomber sur sa chaise et se blottit contre son mari lorsque celui-ci l'entoura de son bras. Noah s'approcha des deux personnes qu'il n'avait encore jamais vues pour se présenter. Il s'agissait du frère et de la sœur de Kendra, Chris et Emily. Une fois les présentations terminées, il prit un siège et entra sans attendre dans le vif du sujet.

— La police a révélé les noms, annonça-t-il.

Il regarda attentivement chacune des personnes qui l'entouraient. Il s'attendait à des exclamations paniquées, mais tout le monde garda un silence de plomb.

— Tous les occupants de la voiture ont été identifiés. A ce stade, je ne sais pas quels noms seront repris par les médias, mais ça va sûrement sortir aujourd'hui.

Il consulta sa montre : il ne restait que trois heures avant les bulletins d'informations du soir. Le père de Kendra jura à voix basse.

— Est-ce qu'on ne pourrait pas essayer de les arrêter ?

demanda-t-il. Je connais beaucoup de monde, peut-être que certains de mes contacts pourraient nous aider.

Noah apprécia son offre mais, hélas, elle était inutile.

— Au point où nous en sommes, je pense qu'il vaut mieux laisser dire les journalistes. Il est trop tard pour arrêter la machine. Si on essaie de la stopper, ça ne fera qu'aggraver les choses.

Cali était blanche comme un linge.

— Etant donné que Jake, Deklan et Seth sont propriétaires du Red Room, il est probable que ce soient leurs noms qui filtrent en premier.

Cali ferma les yeux et agrippa la main de Carter. Pour la énième fois, Noah étouffa un juron. Tant de vies bouleversées à cause de la bêtise d'un homme assoiffé de vengeance !

— Et vous autres ? demanda Seth, qui tapotait nerveusement le sol du pied.

— Je n'en sais rien, avoua Noah.

Et ne pas savoir le mettait hors de lui. Il ne pouvait lutter contre ce qu'il ignorait. Et l'une des choses qu'il ignorait était la réaction que pourrait avoir la famille de Kendra, notamment son père.

— Monsieur Morgan, vous savez quel genre d'établissement est le Red Room, n'est-ce pas ? demanda-t-il.

Quand il avait eu Deklan au téléphone, ce dernier lui avait brièvement indiqué ce que les parents de Kendra savaient de son passé. Mais dans quelle mesure étaient-ils au courant de son mode de vie présent ? Leur parler explicitement de ce que leur fille faisait avec son fiancé l'enthousiasmait à peu près autant que la perspective de se faire enfoncer des pointes de bambou sous les ongles.

La colère bouillonnait dans ses veines. La vie privée de ses amis n'aurait jamais dû se retrouver étalée ainsi devant leurs familles et à la face du monde. Ils ne méritaient pas d'être jugés.

— Appelez-moi Thomas, répondit M. Morgan.

Il examina ses autres enfants qui, contrairement à lui, semblaient passablement confus.

— Ma femme et moi le savons. Kendra nous a tout dit lorsqu'elle s'est mise en couple avec Deklan.

Noah poussa un soupir de soulagement. Au moins, il n'aurait pas besoin de se lancer dans une explication sur ce qu'était le BDSM auprès d'un couple en âge d'être ses parents. Pour le frère et la sœur de Kendra, en revanche, ce n'était manifestement pas la même histoire.

— Mais de quoi est-ce que vous…

— On en discutera plus tard, coupa Thomas, ce qui lui valut un regard meurtrier de la part de son fils.

— Il faut que je parle à mes enfants, annonça Cali.

Sa voix tremblait et elle cligna plusieurs fois des paupières, le regard dans le vide.

— Je ne…

Elle se mordit la lèvre. Carter la serra doucement contre lui.

— Je ne sais pas comment je vais leur expliquer. Ni ce que je vais dire à mes parents.

Elle ferma les yeux et un sentiment d'impuissance vint s'ajouter à la colère et à la frustration que Noah ressentait déjà. Il aurait aimé trouver un moyen de la réconforter, les mots pour la soutenir, mais rien ne lui venait.

— Peut-être qu'ils comprendront, risqua Thomas. Je peux leur parler, si tu veux ?

— C'est vraiment gentil de votre part, mais c'est à moi de le faire.

Elle se leva et Carter lui lâcha la main.

— Ça ne veut pas dire que tu dois le faire seule, lui dit-il.

— C'est moi que ça regarde, répondit-elle, acerbe.

— On est tous dans le même bateau, intervint Seth. Alors, non, ce n'est pas uniquement ton problème.

Sa voix calme apaisa immédiatement la tension naissante.

— Je sais bien qu'on est tous concernés mais, dans ce cas précis, c'est à moi de gérer la situation. Personne ne peut faire face au jugement de ma famille à ma place, expliqua Cali plus calmement.

— Tu as raison, concéda Noah. Mais tu sais qu'on est tous là pour toi, n'est-ce pas ?

Il avait pleinement conscience de la platitude de ses propos. Si les parents de Cali étaient fermés d'esprit, ils risquaient de la juger durement. Elle allait peut-être les perdre, sans parler du fait de voir ses désirs exposés aux yeux d'une société qui les jugeait répréhensibles.

Elle alla se poster à la fenêtre. Carter voulut se lever pour la rejoindre, mais Noah plaça une main sur son genou pour l'en dissuader.

— Je sais ce qu'elle traverse, insista Carter. Je sais ce que ça fait de perdre sa famille à cause de ce qu'on est.

— Laisse-lui un peu de temps.

Carter l'affronta longuement du regard, puis se résigna.

— Allie aussi doit se préparer pour cette épreuve, leur rappela Seth. Sa famille est très conservatrice. Et il y a son cabinet…

— Est-ce que quelqu'un veut bien m'expliquer ce qui se passe ? Qu'est-ce qui est si grave ? demanda Chris. Le connard qui les a percutés menait une vendetta, mais pourquoi ? Qu'est-ce qu'il a de si secret, ce foutu club ?

Il examina chacune des personnes présentes tour à

tour ; personne ne lui répondit. Chris était une version plus jeune de son père : ses cheveux bruns étaient coupés à la dernière mode, parfaitement assortis à ses vêtements sur mesure et à ses mocassins italiens. Noah les reconnaissait, car il adorait cette marque, lui aussi.

La sœur de Chris le tira par le bras et lui tendit son téléphone avec un faible sourire.

— Tiens. Ça devrait répondre à ta question.

Pas besoin de regarder l'écran pour savoir ce qu'elle lui montrait. Le site Internet du Red Room était sobre et classique, mais également très explicite quant au genre de prestations que le club proposait.

Bouche bée, Chris cliqua sur l'écran à plusieurs reprises avant de s'éclaircir la gorge. Quand il releva la tête vers ses parents, le choc se lisait dans ses yeux.

— Vous le saviez ?

Son père et sa mère hochèrent la tête en silence.

— Mais je croyais que… Enfin, je ne pensais pas…

Il fixa le plafond quelques instants et sa sœur lui reprit son portable.

— Je pensais que c'était Eric qui la forçait à faire ces trucs-là, reprit Chris. Je n'avais pas compris qu'elle aimait ça, elle aussi.

— Qu'est-ce que ça peut faire ? intervint sa sœur, visiblement irritée. C'est sa vie. Elle est libre de faire ses choix, et puis, on a bien vu comment Deklan se comporte avec elle. Il la traite comme une reine.

— N'empêche que je n'avais pas besoin d'être au courant de ça, répliqua-t-il, pointant le portable du doigt.

— C'est justement ce qu'on est en train de dire ! s'emporta sa sœur. Personne n'a besoin d'être au courant, sauf qu'à présent ils n'ont plus le choix. Cet enfoiré a perdu la vie, mais il a ruiné la leur. Kendra est dans le coma et, à son réveil, elle aura tout ce cirque à gérer. Si seulement ce type pouvait être encore en vie pour qu'on le voie croupir en prison ! Il ne mérite pas de s'en sortir aussi facilement. C'est injuste !

A bout de souffle après sa tirade, elle s'avachit contre son dossier et des larmes se mirent à rouler sur ses joues. Un silence pesant s'installa, tandis que Chris l'attirait contre lui et la serrait sur son cœur.

— Je suis désolé, Em, murmura-t-il. Tu as raison. Tout ça est injuste.

Le regard de Seth croisa celui de Noah, chargé d'une question silencieuse. Noah secoua la tête. Seth bondit alors sur ses pieds et se précipita à l'autre bout de la pièce.

C'était lui qui avait divulgué la vidéo dans laquelle Harcourt apparaissait comme un dom abusif, l'automne précédent. La disgrâce du député avait été brutale après ça : il s'était immédiatement retiré de la campagne électorale et avait en quelque sorte disparu après avoir présenté sa démission.

A présent que la situation était inversée, Noah voyait les choses d'une tout autre façon. La culpabilité et les regrets étaient si profondément ancrés en lui qu'il ne savait pas quoi faire pour s'en débarrasser. Et encore, il n'avait été qu'un simple spectateur à l'époque. Il n'empêche… Avait-il mal conseillé ses amis ? Etaient-ils tous coupables, même si un seul avait envoyé la vidéo à la presse ?

Il ne pouvait pas continuer comme ça. Se poser toutes ces questions et se flageller ne l'aidait en rien. Il avait déjà connu ça à la mort de Beth, et ça n'avait rien changé au final. Qu'il s'accuse de tous les maux ne l'avait pas ramenée, et puis, c'était elle qui avait pris la décision de commettre cet acte. Tout comme Harcourt.

Noah se redressa et regarda Seth. Il était assis sur une

chaise près de la porte, aussi loin que possible du reste du groupe, le visage enfoui dans les mains. En dépit du poids de la responsabilité qui l'écrasait, Noah se leva.

Thomas lui lança un regard interrogateur, mais Noah le dissuada d'un signe de tête.

— Pas maintenant, Thomas. Carter, va la voir, dit-il en désignant Cali, puis il rejoignit Seth et lui posa la main sur l'épaule.

— Je sais ce qui se passe dans ta tête, lui dit-il, et ça ne sert à rien. Alors, arrête.

— Comment ça ?

— C'est Harcourt le coupable. Pas toi.

— Mais si je n'avais pas…

— Si tu n'avais rien fait, il serait encore en train d'abuser d'hommes incapables de se défendre. Personne n'aurait pu imaginer ce qui arrive en ce moment. Tu as agi avec les meilleures intentions du monde.

— Justement…, murmura Seth si doucement que Noah dut se pencher en avant pour l'entendre.

— Justement quoi ?

— J'ai fait ça parce que j'étais en colère. Je n'ai pensé à rien d'autre. Je voulais venger Tyler, point barre. Et maintenant, regarde ce que ma décision égoïste a provoqué, fit-il en désignant la pièce. Tout est ma faute.

Il releva la tête, et Noah affronta longuement son regard, à la recherche de la bonne réponse.

— Est-ce que c'était toi qui conduisais le pick-up de Harcourt ?

Seth fronça les sourcils et se détourna de lui.

— Arrête.

— Que j'arrête quoi ? De dire la vérité ?

— Tout ce que tu pourras dire ou faire n'y changera rien.

— T'apitoyer sur ton triste sort non plus !

Seth se tourna brusquement vers lui et leva le poing, prêt à le frapper.

— Vas-y, l'encouragea Noah. Comme ça, tu pourras culpabiliser pour ça aussi.

Il retint son souffle, et Seth resta un instant immobile, avant de laisser son bras retomber le long de son flanc.

— Connard !

Noah recommença à respirer en le voyant se rasseoir. Il l'imita et se rendit compte que Thomas et Chris observaient la scène avec une curiosité non dissimulée. Il reprit la parole à voix basse pour que personne ne puisse l'entendre.

— Tu ne dois pas t'en vouloir. Si tu passes ton temps à te convaincre que c'est ta faute, tu ne tiendras pas le coup. Tyler et Allie ont besoin de toi, alors ne te laisse pas submerger par la culpabilité.

— C'est plus facile à dire qu'à faire.

— Je sais.

Il le savait mieux que personne… Il sentit que Seth le dévisageait, mais il garda le regard obstinément fixé sur le sol.

— Beth ?

Il fit la grimace et serra les poings, comme chaque fois qu'il pensait à elle. Son premier réflexe fut d'esquiver la question. Il ne pouvait pas parler d'elle. La culpabilité lui étreignit douloureusement la poitrine et il laissa sa tête basculer en avant. C'était bien à lui de dire à Seth de ne pas culpabiliser. Quel hypocrite il faisait !

— Oui, finit-il par admettre.

Seth garda le silence dans un premier temps, et Noah l'en remercia en son for intérieur. Tant de mots, tant d'émotions lui nouaient la gorge qu'il en avait la bouche sèche. C'était long, quatre ans passés sans rien dire.

— Ne te torture pas comme ça, reprit-il, préférant changer de sujet. Ça ne sert à rien, crois-moi.

— Mais qu'est-ce que je vais faire lorsque les journalistes auront établi le lien avec moi ?

— Bon sang, Seth, tu crois vraiment que tu es le seul à blâmer, dans cette histoire ? On a tous fêté ça, quand Harcourt s'est fait griller, je te rappelle. C'était un enfoiré qui menait un double-jeu, et qui abusait des autres sous couvert de les dominer. Je doute qu'aucun de nous ait éprouvé la moindre sympathie à son égard quand le scandale a éclaté. Ou quand il a perdu son travail, puis le respect de ses pairs, et enfin sa famille. De notre point de vue, ses actions justifiaient ce qui lui arrivait. Il le méritait.

— Comment ça, sa famille ?

Il avait gardé un œil sur Harcourt après la fin du battage médiatique, mais visiblement, Seth n'était pas au courant de certains détails.

— Sa femme a demandé le divorce, et ses enfants ont coupé les ponts.

— Je l'ignorais.

Il n'en avait pas informé les autres car il ne l'avait pas jugé nécessaire mais, avec le recul, il le regrettait amèrement.

Son regard se posa sur Cali, blottie dans les bras de Carter, près de la fenêtre. L'imposante minerve qui lui entourait le cou occupait la place habituellement réservée au collier délicat de Jake.

— Ça faisait partie des risques, reprit Noah. D'ailleurs, c'est exactement ce que chacun de nous redoute en ce moment.

— Quel cauchemar… C'est de pire en pire.

Noah aurait aimé le contredire mais, hélas, Seth avait raison.

— Au moins, on a quelque chose que Harcourt n'avait pas.

— Quoi ?

— Des amis. Des gens sur qui compter. On est là les uns pour les autres et, ça, ça n'a pas de prix.

— Depuis quand es-tu aussi sentimental ? demanda Seth en riant.

— Depuis que j'ai vu un véhicule s'encastrer dans le 4x4 qui transportait sept de mes amis les plus proches, et que j'ai cru les avoir tous perdus.

Il avait répondu d'une traite, avec un calme si olympien qu'il se surprit lui-même. C'était peut-être très direct, mais Seth devait prendre conscience qu'il n'était pas le seul à souffrir de la situation.

— J'ai saisi, dit celui-ci en baissant la tête.

— Je ne te dis pas ça pour t'enfoncer, mais pour te faire comprendre que tu n'es pas seul. Et qu'on fait tous de notre mieux. Alors n'endosse pas des responsabilités qui ne sont pas les tiennes.

— J'imagine que tu mets ce conseil en application, toi aussi ? ironisa Seth.

— A peu près autant que Deklan et toi…

— C'est bien ce que je pensais.

La discussion étant sans fin, Noah décida d'en revenir au Red Room. Ils étaient en train d'évoquer différentes options pour compenser le manque à gagner de la semaine de fermeture, quand Allie entra dans la pièce. Elle avait l'air aussi épuisée qu'eux : ses yeux étaient rouges et gonflés à force de pleurer, et elle avait les cheveux en bataille. Seth lui prit la main et elle se laissa tomber sur ses genoux.

— Il faut que j'aille aux toilettes. Est-ce que l'un de vous peut me remplacer ? Je ne voudrais pas que Tyler soit tout seul s'il se réveille.

— Ils l'ont plongé dans un coma artificiel, dit doucement Seth en la serrant contre lui. Il ne va pas se réveiller tout de suite, tu sais.

— Et s'il ne se réveille jamais ? gémit-elle.

— Ne dis pas ça. Il ne faut pas y penser.

— Je sais. C'est juste qu'il est si… immobile ! Lui qui remue tout le temps, d'habitude.

Seth se mit à la bercer, au bord des larmes.

— Il s'est tellement battu, il ne peut pas nous laisser tomber maintenant. Il va se réveiller, tu verras.

Constater l'étendue de leur angoisse raviva des blessures dont Noah aurait préféré oublier l'existence. La peur, les prières sans réponse qui succédaient aux moments de colère et d'abattement, tout cela était de nouveau frais dans son cœur et dans son esprit. Bien trop frais… Comment allaient-ils tous tenir le coup ?

Il laissa Seth et Allie seuls et s'assura que Cali allait bien, avant de se tourner vers Thomas.

— Je pensais aller me chercher un café à la cafétéria. Est-ce que vous voulez m'accompagner ?

— Avec plaisir.

— Je viens avec vous, dit Chris, tout en bondissant sur ses pieds.

Il fixa Noah, comme pour le défier de refuser, mais sa présence ne le dérangeait pas. Cela ne servait à rien de lui dissimuler quoi que ce soit. Ce qu'il disait à l'un d'eux, il devait pouvoir le dire à n'importe quel membre du groupe.

— Pas de problème.

— Je te rapporte un café, d'accord ? proposa Thomas à sa femme.

Il lui serra la main et se leva.

— Allons-y.

Noah jeta un dernier regard sur les gens présents dans la salle, ces gens qui étaient désormais sa famille. Puis il attrapa son attaché-case et quitta la pièce.

Chapitre 13

— Mais comment ça marche ?

Les yeux plissés derrière ses lunettes, dont la monture noire était bien trop grande pour son visage mince, Anton, un des adolescents qui venaient au centre, observa Noah. Puis il pinça les lèvres et reporta son attention sur les chiffres qui peuplaient la feuille posée devant lui.

— Si je commence par multiplier ces deux nombres-là, est-ce que ça ne risque pas de fausser le résultat ?

Noah s'empara d'une feuille vierge et entreprit d'expliquer de nouveau le théorème, avec une approche différente.

— Oh ! j'ai compris ! s'exclama Jessica d'une voix suraiguë.

Elle faisait partie des nombreux jeunes auxquels il donnait des cours. Elle lui prit la feuille des mains, afin de montrer à Anton comment s'y prendre, et Noah se mit en retrait pour les laisser travailler ensemble. La joie de Jessica le remplissait de fierté. Chaque fois que l'un d'entre eux parvenait à résoudre un problème, il avait réellement le sentiment d'avoir accompli quelque chose. Bien plus que dans l'exercice de ses fonctions d'avocat…

Il consulta sa montre et se leva. Les pieds de la chaise crissèrent bruyamment sur le sol, et il rentra la tête dans les épaules dans une crispation de désagrément. Entre la fatigue et le café qu'il avait ingurgité dans la journée, un rien le faisait réagir de façon disproportionnée. Il aurait été plus simple d'accepter l'offre de Liv et de ne pas venir au centre ce jour-là, mais il ressentait le besoin d'être là. Cela l'aidait à se rappeler que le monde entier n'était pas peuplé uniquement d'un tas de vautours puants en quête de ragots.

— Monsieur Noah ?

Il se tourna de nouveau vers les enfants et les aida à résoudre plusieurs problèmes mathématiques, jusqu'à ce que Liv passe la tête par l'entrebâillement de la porte.

— Jessica, Anton, c'est l'heure !

— Déjà ? s'étonna Anton, en consultant l'horloge murale.

Il poussa un gros soupir et rangea ses affaires dans son sac à dos sans faire de commentaire. Ce n'était pas la première fois que Noah remarquait son manque évident d'enthousiasme à l'heure de rentrer chez lui.

Des questions lui brûlaient les lèvres, mais il ne les posa pas. Liv avait clairement posé les limites de son rôle auprès des enfants, et s'immiscer dans leur vie les aurait outrepassées.

— A la semaine prochaine ! lança gaiement Jessica avant de sortir de la salle derrière Liv et Anton.

Noah s'attarda un petit moment dans la pièce, et tenta de reprendre un peu ses esprits. Les événements de la veille n'avaient été qu'une petite brise inoffensive comparés à la tornade qui avait tout balayé sur son passage ce jour-là. Et il avait encore tellement de choses à faire…

Son téléphone portable resta silencieux pendant le bulletin d'informations du soir. Il jeta un coup d'œil sur chacune des chaînes locales mais, par chance, aucune d'entre elles n'annonça quoi que ce soit de nouveau. Une trêve bienvenue au milieu de cette hécatombe, mais combien de temps durerait-elle ? Pas bien longtemps, sans doute. Et les choses ne feraient qu'empirer une fois que toute l'histoire serait dévoilée au grand jour.

Il était en train de remettre sa veste de costume noire quand Liv le rejoignit avec un sandwich, une bouteille d'eau et un Coca. Elle posa le sandwich sur la table et lui tendit les boissons.

— Je ne savais pas si tu voulais quelque chose avec de la caféine ou pas.

Une douce chaleur envahit Noah, et quelque chose lui disait que ce n'était pas juste à cause du sandwich.

— Tu n'étais pas obligée…

— Je sais. Mais j'ai parlé à Karen, et elle m'a dit que tu n'avais pas déjeuné, aujourd'hui.

— Karen ? répéta-t-il, fronçant les sourcils. Tu appelles mon assistante par son prénom ?

Elle prit la veste qu'il n'avait pas fini d'enfiler, et la posa sur le bureau.

— Je lui ai demandé comment elle s'appelait, et elle m'a répondu, tout simplement. Ce n'est pas comme si j'avais fouillé dans ses affaires.

Elle le tira par le bras jusqu'à ce qu'il s'assoie et désigna l'assiette.

— Mange. Il faut qu'on se dépêche si on veut être au Red Room avant 20 heures.

— Liv…

— Noah…

Elle avait imité son ton de telle façon qu'il eut l'impression d'être un gamin. Elle ouvrit la canette de Coca et en but une gorgée avant de se laisser tomber sur la chaise qu'occupait Anton un peu plus tôt.

— Mange, je te dis ! Dieu sait jusqu'à quelle heure on va rester au club ce soir.

— Liv, il est hors de question que…

— V et Marcus ne peuvent pas y être vus, le coupa-t-elle, et Carter a dit que Rock était complètement débordé par tous les appels et les e-mails qui lui parvenaient.

Décidément, sa manie de lui couper la parole commençait à lui taper sur les nerfs !

— Et alors ? C'est notre problème, pas le tien, et on va le régler nous-mêmes, rétorqua-t-il d'un ton cassant. C'est nous que ça regarde.

— Waouh…

Elle se laissa aller contre le dossier de sa chaise et planta les yeux dans les siens. Quand il la vit croiser les bras, il retint son souffle et se prépara à l'affrontement qui s'annonçait.

— On dirait que quelqu'un a eu une mauvaise journée…

La tension dans ses épaules disparut et il baissa la tête. Elle venait de gagner la bataille avant même de commencer.

— On peut dire ça, admit-il.

Elle se leva et parvint à se glisser entre la table et lui pour s'asseoir sur lui à califourchon. Il fronça les sourcils, mais recula tout de même sa chaise pour qu'elle ait plus de place. Il posa les mains sur ses hanches, par réflexe. Il savait exactement à quoi ressemblaient ses fesses arrondies tandis qu'elle se tortillait, et chaque mouvement qu'elle effectuait était une torture, incapable qu'il était d'ignorer la proximité de son sexe et l'érection tout à fait inappropriée qui naissait dans son pantalon.

Lorsqu'elle posa les mains sur ses joues et lui effleura les lèvres, il lut une telle tendresse dans ses yeux qu'il en eut le souffle coupé.

— Tu n'es pas obligé de faire face tout seul.

Il l'était, au contraire, mais elle ne voulait pas le comprendre. Elle refusait de l'écouter.

— Fais un effort, dit-elle, en lui tapotant la joue. Ce n'est quand même pas si compliqué d'accepter de l'aide.

— Et si c'était trop compliqué, justement ? répondit-il sans réfléchir.

Elle lui adressa son petit sourire plein de malice, celui qui le faisait fondre à chaque fois.

— Ça devient plus facile au fur et à mesure, crois-moi. Je pourrais te montrer comment faire… Tu n'as qu'à te dire que je suis comme les petites roues de ton vélo.

— Alors, maintenant, je suis un enfant de quatre ans ?

— Comment dire…

Il leva les mains au niveau de ses côtes pour la chatouiller, mais elle se leva d'un bond et parvint à lui échapper. Son rire retentit dans la pièce, et il eut l'impression que sa fatigue le quittait l'espace d'un instant. En proie à une pulsion soudaine, il parvint à l'attraper par la taille et asséna une fessée sur ses fesses tentatrices.

Son cri de surprise se répercuta sur les murs et elle se retourna, stupéfaite.

— C'était en quel honneur ?

Les doigts de Noah lui picotaient. La sensation, qu'il avait presque oubliée, se réveilla avec la violence d'un volcan qui entre en éruption après avoir dormi trop longtemps. Entre sa main qui le démangeait et la pensée de la nuance rouge dont la peau de Liv n'allait pas tarder à se teinter, il dut ravaler un grognement bestial.

Il rapprocha sa chaise de la table pour cacher son érection et s'empara du sandwich.

— Tu avais l'air d'en avoir besoin.

Il la scruta un instant, immobile, puis mordit goulûment dans son casse-croûte.

Elle ouvrit la bouche et la referma plusieurs fois avant de finir par se diriger vers la porte.

— La prochaine fois, demande la permission d'abord, lança-t-elle par-dessus son épaule. Je reviens dans cinq minutes, je vais tout fermer.

Il s'immobilisa, son sandwich en suspens à quelques centimètres de sa bouche. Lui demander la permission d'abord ? Est-ce que ça signifiait qu'elle dirait oui ? Des images d'elle en travers de ses genoux, le derrière nu offert et prêt à être fessé, ne firent rien pour arranger son érection.

Il se refusait à verser dans ce genre de fantasmes. Et pourtant, pourquoi s'imaginait-il un tel scénario, et pourquoi ce scénario lui faisait-il envie, alors que cela ne lui était pas arrivé depuis des années ?

Liv n'était pourtant pas une soumise… si ? Il n'en avait pas la moindre idée, à vrai dire. Il faisait partie de cette communauté depuis suffisamment longtemps pour savoir qu'apprécier une fessée ne faisait pas de quelqu'un un soumis, mais…

Des bribes de sa conversation avec Seth lui revinrent à l'esprit. Tout ce qu'il avait dit à propos de la culpabilité, tous ces conseils qu'il n'avait jamais réussi à mettre en application pour lui-même au moment de la mort de Beth… Il pensait qu'il ne parviendrait jamais à se libérer du poids qui pesait sur ses épaules et pourtant, lorsqu'il se trouvait avec Liv, ce poids disparaissait.

Il se frotta les yeux pour chasser la fatigue et finit son sandwich sans l'apprécier, comme tous les repas des trois derniers jours. La nourriture n'était rien d'autre qu'un carburant, à l'instar des quantités colossales de café qu'il avait absorbées dans la journée.

Peut-être qu'ils devraient juste baiser comme des lapins, jusqu'à ce que la tension sexuelle entre eux disparaisse ? Encore une chose qu'il n'avait pas faite depuis des années. Quelle tristesse… Il avait à peine quarante ans et il vivait comme un moine ! Pas étonnant qu'il ait envie de se jeter sur Liv et de la prendre jusqu'à la faire s'évanouir.

Mais… après ?

Incapable de trouver une réponse à cette question, il enfila sa veste, jeta les déchets de son en-cas à la poubelle et éteignit les lumières. Ça ne servait strictement à rien de penser à quelque chose qui n'arriverait jamais, surtout quand il y avait déjà tant de choses auxquelles il devait penser. Le lot de responsabilités qui lui incombait se rappela à lui. Il avait des soucis plus importants à régler que son soudain engouement pour la petite sœur de Vanessa.

Le bruit d'un interrupteur le fit se retourner, et il vit Liv qui se dirigeait vers l'entrée dont les murs étaient décorés de citrouilles, à l'approche d'Halloween. Elle avait le pas léger et le sourire aux lèvres alors qu'elle non plus n'avait pas dormi ou presque au cours des deux nuits précédentes.

— Tu es prêt ? Il devrait y avoir moins de monde sur la route à cette heure-ci.

Lorsqu'elle arriva près de lui, il s'empara du gros sac qu'elle avait à la main et en passa la bride sur son épaule, se contentant de lui répondre d'un hochement de tête. Qu'il cherche à l'éviter ou non, Liv faisait partie intégrante de sa vie, désormais. Une présence qui, si elle avait été une obligation au départ, était en train de se transformer en un besoin incontrôlable qui menaçait de l'engloutir. Ou, peut-être, de le libérer.

Chapitre 14

Le bruit des voix parvint à Liv dès que les portes de l'ascenseur s'ouvrirent. Elles résonnaient tels autant de cris hargneux qui se répercutaient contre les murs du couloir. Noah redressa les épaules et traversa l'entrée au pas de charge. Voyant qu'elle lui emboîtait le pas, il lui adressa un regard furieux qu'elle ignora. Ce n'étaient pas quelques types qui se criaient après qui allaient lui faire peur.

— On veut vous aider ! C'est si difficile que ça à comprendre ? fit une voix énervée.

— Ce n'est pas à vous d'en décider !

Impossible de ne pas reconnaître le timbre passablement irrité de Rock.

— Parce que c'est à toi, peut-être ? demanda une autre voix.

— Ferme-la, grogna Rock, au moment où Liv entrait.

Il se trouvait dans un petit salon en compagnie d'une dizaine d'autres hommes. Les chaises étaient retournées sur les tables et le petit groupe réuni autour du bar qui occupait un des murs de la pièce. A l'exception de Rock, le seul visage familier était celui de Carter.

— Messieurs…

La voix de Noah s'imposa au milieu du brouhaha. Si la tension n'avait pas été aussi élevée, Liv aurait sûrement éclaté de rire en voyant l'assistance se tourner vers lui comme un seul homme. L'un d'entre eux se détacha du groupe. Il avait l'air d'un bouledogue avec sa petite taille, son large torse et ses gros bras.

— Bonsoir, Noah. Il était temps que tu arrives. Peut-être que tu vas réussir à raisonner cet abruti, dit-il, en montrant Rock du doigt.

Celui-ci fit un pas vers lui, menaçant, mais Carter le retint par le bras. Liv avança dans la pièce et se plaça à côté de Noah ; tous les regards se tournèrent alors vers elle.

Génial !

Elle avait l'habitude des parents en colère ou insouciants, mais c'était la première fois qu'elle se trouvait face à une horde de doms vêtus de cuir clouté.

— Bonjour, dit-elle avec un grand sourire et un petit signe de la main.

Personne ne lui répondit, et elle sentit le rouge lui monter aux joues. Carter étouffa un rire et elle fut frappée de plein fouet par la sensation d'être jaugée comme un morceau de viande. Loin d'apprécier, elle était sur le point de leur lancer une remarque cinglante quand Noah mit une main sur son épaule et la pressa.

— C'est à moi, dit-il d'une voix ferme et autoritaire.

Plusieurs hommes hochèrent la tête, l'un sourit, quelques autres froncèrent les sourcils.

C'est à moi ? Qu'est-ce que c'était que ce délire ? Peut-être qu'elle était vraiment un bout de viande, tout bien considéré.

Elle allait répliquer, mais Noah plaça la main sur sa nuque et déposa un baiser sur sa tempe.

— Pas maintenant, s'il te plaît, implora-t-il à son oreille.

Sa hargne l'abandonna immédiatement. Son souffle chaud contre sa peau lui donna la chair de poule, sans parler de son pouce qui la caressait juste derrière l'oreille.

Elle ne comprenait pas ce qui se passait et elle était presque sûre que ça ne lui plaisait pas, mais elle était là pour l'aider, pas pour lui causer des problèmes. Il fallait qu'elle garde à l'esprit que ce monde était le monde de Noah, et qu'il savait sûrement ce qu'il faisait.

L'instant d'après, il faisait de nouveau face au groupe, sa main toujours posée sur elle comme pour affirmer qu'elle lui appartenait. Elle avait à la fois envie de le repousser et de se réfugier dans la sécurité qu'offrait son étreinte.

— Quel est le problème ? s'enquit-il.

— Ils veulent qu'on rouvre le club, dit Rock.

— Chaque jour de fermeture est une victoire pour Harcourt, intervint celui qui ressemblait à un bouledogue. Ne laissez pas cet enfoiré gagner !

— Ça n'a rien à voir avec lui, répliqua Rock.

— Au contraire. Fermer le Red Room, c'est le laisser détruire notre communauté. Une communauté à laquelle il n'a jamais rien compris.

— C'est marrant que tu dises ça… Il a quand même fallu la vidéo de Seth pour vous convaincre de le bannir de vos clubs, fit remarquer Noah, le visage impassible et la voix glaciale.

Si Liv n'avait pas senti sa main chaude dans son cou, elle aurait pu jurer qu'il s'était transformé en iceberg.

Plusieurs des hommes s'agitèrent, mal à l'aise, et le bouledogue détourna le regard.

— Tu sais à quel point la limite est ténue entre tolérance et ingérence. On a pris des mesures dès qu'on a eu des preuves.

Un autre homme, vêtu d'un pantalon et d'un T-shirt en cuir moulants, fit un pas vers Noah.

— Est-ce qu'on peut discuter calmement de tout ça autour d'un verre ? On a quelques idées qui pourraient peut-être vous intéresser concernant le fonctionnement du Red Room.

Son regard passa de Noah à Rock tandis que le silence s'éternisait, de plus en plus pesant. Finalement, Rock haussa imperceptiblement les épaules et Noah hocha la tête.

Liv croisa le regard de Carter. Avec sa chemise blanche et son jean, il était le seul à ne pas porter un vêtement ou un accessoire en cuir. Ils échangèrent un sourire et, en le voyant se diriger vers le bar, Liv lui emboîta le pas.

— Messieurs, qu'est-ce que je vous sers ? demanda-t-elle, tapant dans ses mains et se glissant derrière le bar.

— Liv…

Elle ignora Noah et s'empara d'un verre.

— Est-ce que quelqu'un veut une bière ?

Plusieurs doms les dévisagèrent, mais elle s'en moquait bien. Elle avait mieux à faire que lui obéir à cet instant précis : il fallait quelqu'un pour détendre l'atmosphère, un art dans lequel elle excellait.

A côté d'elle, Carter tendit un verre à bière vide à l'assistance.

— Une préférence ?

Il y eut un nouveau silence, jusqu'à ce qu'un homme aux cheveux gris finisse par s'avancer.

— Je veux bien une *porter*.

— C'est parti ! dit Carter, en commençant à le servir.

Noah n'avait pas quitté Liv des yeux. Elle avait les mains moites et un nœud au ventre, mais elle se força à sourire à chacun des hommes présents. Il était hors de question qu'elle baisse les bras maintenant. C'était un test, un test dont elle ignorait les règles, mais qu'elle devait absolument réussir. Vaciller, c'était échouer et donc perdre. Et elle était une très mauvaise perdante.

— Un bourbon, dit alors Noah d'une voix aussi neutre que son expression. Avec des glaçons.

Soulagée, elle recommença à respirer et se tourna vers la rangée de bouteilles de whisky sur l'étagère. Elle ne connaissait pas grand-chose aux différentes marques, alors elle chercha la bouteille qui semblait coûter le plus cher. Elle laissa planer sa main au-dessus de celle dont l'étiquette était ornée de roses et jeta un coup d'œil interrogateur à Noah par-dessus son épaule. Il acquiesça discrètement, et elle s'empara de la bouteille.

Un autre homme demanda une bière et le reste du groupe parut s'animer. Liv tendit à Noah son verre, lui sourit, puis s'empressa de servir les autres.

Il ne fallut que quelques minutes pour que chacun ait quelque chose à boire. Ils regroupèrent alors plusieurs tables et s'installèrent pour discuter.

Liv se servit un Coca et s'appuya contre le comptoir. Cette montée d'adrénaline l'avait complètement vidée. Quelque chose d'important venait de se produire. Elle ne savait pas ce que c'était, mais elle le sentait.

Est-ce qu'elle avait réussi ? Echoué ? Est-ce que ça avait seulement une quelconque importance pour elle ?

Un petit coup d'épaule de Carter la ramena sur terre.

— Tout va bien ?

La question lui parut si incongrue, en la circonstance, qu'elle laissa échapper un petit rire.

— Oui, répondit-elle, trop fatiguée pour creuser sa réponse. Et pour toi ?

Le regard de Carter se posa sur les doms plongés à

présent dans une grande conversation à propos du Red Room, et il haussa les épaules. Elle savait qu'elle n'avait pas sa place au sein de ce débat et, pourtant, il lui était difficile de rester plantée là sans rien faire.

Elle ignorait tellement de choses de ce monde particulier… Ses habitudes, ses attentes, ses codes, son jargon…

— Je ne me sens pas vraiment à ma place, murmura-t-elle à Carter.

— Moi non plus, si ça peut te rassurer.

— Est-ce que ça veut dire que c'est toi le soumis et Rock le dominateur ?

Carter se couvrit la bouche de la main pour étouffer un éclat de rire, puis il l'attrapa par le bras et la guida jusqu'à la cuisine. Il se faufila entre les plans de travail et franchit une nouvelle porte, qui donnait sur le couloir que Liv avait emprunté avec Noah à son arrivée. Ici, le bruit des discussions leur parvenait à peine.

Carter s'appuya contre le mur et enfouit les mains dans les poches de son jean.

— Voyons un peu…

Ses yeux pétillaient, et Liv sentit le sourire revenir sur ses lèvres.

— Qu'est-ce que tu sais du BDSM ?

— Rien du tout. Enfin, rien de plus que ce que savent les gens en général.

— Rock et moi ne nous y adonnons pas.

— Vraiment ? Je croyais que… Enfin, comme il fait partie des associés, j'ai supposé qu'il faisait partie de la communauté.

— Il n'est pas nécessaire de pratiquer le BDSM pour le comprendre et l'accepter.

Elle savait qu'il essayait de l'aider et qu'il n'était pas

du genre condescendant, mais quelque chose, dans son ton, l'agaça.

— Je le sais bien ! Est-ce que je vous ai jugés depuis que je suis au courant pour le club ? Non. J'essaie juste de comprendre.

Elle se sentait complètement perdue et elle détestait ça. Comment pouvait-elle les aider si elle ne comprenait rien au monde dans lequel ils évoluaient ?

— Tu as raison, excuse-moi. Viens, l'invita-t-il, en se dirigeant vers l'ascenseur.

— Où est-ce qu'on va ?

— Je vais te faire visiter les lieux. Et répondre à tes questions, dans la mesure du possible.

Il attendit que les portes de l'ascenseur se referment pour continuer.

— Pour des réponses plus précises, tu t'adresseras à Noah ou à V. Personnellement, je n'ai fait que jouer un peu avec Rock, rien de plus. On ne s'adonne pas au BDSM parce qu'on n'en a pas besoin.

Le dernier mot de Carter résonna dans sa tête tandis qu'elle le suivait hors de l'ascenseur. Un besoin ? Alors le bondage, la soumission, la domination, le fouet… C'étaient donc des choses dont les gens avaient besoin ? En quoi était-ce différent d'en avoir envie ?

Elle avait besoin de manger pour vivre, mais parfois, elle avait envie de frites. Est-ce que c'était transposable à ce mode de vie ?

Ils entrèrent dans une grande pièce et une odeur subtile de citron mélangée à celle, plus intense, de cuir, lui emplit les narines. L'endroit était rempli d'équipements qui n'auraient vraiment pas eu leur place dans la salle de gym de son quartier. Elle avait déjà vu ce genre d'appareils en photo, mais les voir en vrai était très différent et même décevant. Carter l'observait et elle se concentra pour conserver une expression aussi neutre que possible.

— C'est le Donjon, c'est ça ?

— C'est ça. Qu'est-ce que tu en penses ?

Elle haussa les épaules. Sans personne pour donner vie à l'endroit, c'était juste un espace froid et impersonnel, et les appareils laissaient libre cours à l'imagination, sans toutefois lui apporter la moindre réponse.

— C'est… intéressant. Tu as déjà utilisé certains de ces trucs ?

— Oui, mais pas ici.

— Il y a d'autres pièces ?

Le bâtiment était immense, et le Donjon ne semblait occuper que la moitié du deuxième étage.

— Il y a des salles de voyeurisme et d'exhibitionnisme au premier étage, et des salles privatisées au troisième. Les membres peuvent les réserver une heure ou toute la nuit pour jouer en privé. Chaque pièce a un thème et des équipements différents.

Tout cela correspondait à ce qu'elle avait imaginé, mais ne répondait pas vraiment à ses interrogations. Carter la renseignait sur l'aspect logistique mais pas sur l'expérience en elle-même, et c'était là que résidait tout le mystère.

— Merci pour la visite, dit-elle sincèrement.

Elle fit quelques pas dans le Donjon et frôla un banc accolé à un panneau en bois, qui présentait des trous pour la tête et les poignets. Est-ce que Noah avait déjà attaché quelqu'un là-dessus ? La question lui brûlait les lèvres, mais elle opta pour quelque chose d'un peu plus neutre.

— Est-ce que tu sais de quoi ils parlent, en bas ?

Du bout des doigts, elle effleura une grande croix de bois en forme de X, à la fois froid et très doux. Est-ce que Vanessa attachait Holden à une croix comme celle-ci pour lui fouetter le dos ? Elle passa à côté d'un cheval-d'arçons et pensa à Jake et Cali, puis à Deklan et Kendra. Est-ce qu'ils utilisaient ce genre de choses ? Le ras-de-cou en argent que Cali portait en permanence revêtait soudain une tout autre signification.

— Sûrement du soutien que la communauté veut apporter au club. Leur réactivité a été surprenante.

— C'est-à-dire ?

Elle interrompit un instant sa progression pour observer une barre métallique suspendue au plafond, à laquelle pendaient des menottes. Est-ce que Noah aimerait l'attacher à quelque chose comme ça ? Et, après, qu'est-ce qu'il lui ferait ? Elle repensa à la façon dont il lui avait tenu les poignets au-dessus de la tête et à la sensation de ses dents autour de la pointe de ses seins. Elle prit une grande respiration et décida de se concentrer sur sa conversation avec Carter.

— Ils ne voient pas ça comme une simple attaque contre le Red Room, mais comme une atteinte à toute la communauté BDSM. Par conséquent, ils sont comme toi : ils veulent aider. Le Red Room est un établissement respecté dans la région, tu sais. Alors ils serrent les rangs et préparent leur défense, un peu comme ce que nous avons fait hier, mais à une échelle différente.

— Je ne savais pas que ça fonctionnait comme ça.

En tournant la tête, elle aperçut leur reflet dans un miroir qui recouvrait tout un pan de mur. Il montrait deux personnes en jean et T-shirt qui n'avaient vraiment pas l'air à leur place au milieu de tous ces appareils bizarres. Un reflet qui illustrait très bien ce qu'elle ressentait.

— C'est un peu comme dans la plupart des familles unies. Si tu t'en prends à l'un de ses membres, c'est toute la famille qui riposte.

— Est-ce que c'est aussi ce qui s'est passé avec Harcourt, l'an dernier ?

Dans la journée, elle avait eu le temps d'aller sur Internet et de déterrer de vieux articles. A l'époque de l'affaire, la couverture médiatique avait été intense et impitoyable. Même s'ils assuraient rendre compte des faits avec honnêteté et impartialité, les médias n'avaient été tendres avec aucune des parties concernées. Preuve que n'importe quelle histoire pouvait être déformée pour lui faire dire ce que bon semblait.

— Je n'en sais rien, je n'étais pas avec Rock à l'époque.

Comprenant que Carter ne pourrait pas lui en apprendre davantage, Liv ravala ses questions.

— Peut-être qu'on ferait mieux de redescendre ? suggéra-t-elle.

— Si tu veux. On peut retourner les écouter, mais il vaut sans doute mieux qu'on ne se mêle pas à la conversation.

— Pourquoi ? Parce qu'ils estiment que nos idées et nos opinions ne sont pas à la hauteur des grands doms qu'ils sont ?

— Pas du tout. C'est juste que ça les touche davantage et qu'ils sont sur les nerfs. C'est leur vie, c'est à leurs convictions qu'on s'attaque. Pas aux nôtres.

Ils descendirent l'escalier et traversèrent le couloir, puis Liv s'immobilisa devant deux grandes portes rouges.

— Mais on veut les soutenir, leur montrer qu'on est de leur côté.

— Je sais, mais on n'est pas aussi impliqués qu'eux. C'est un peu comme les droits des homosexuels : tu peux être aussi ouverte et nous soutenir autant que tu veux, ça me touchera toujours davantage que toi. Parce que toutes les opinions biaisées et toutes les injustices contre la communauté gay dans son ensemble sont une attaque contre la personne que je suis. Un jugement de valeur qui prétend me rabaisser en se basant sur le sexe de la personne que j'aime.

Elle n'avait jamais lutté contre la moindre discrimination, or c'était précisément de ça qu'il s'agissait : d'un préjugé contre un groupe minoritaire. Sauf que, à l'exception de sa condition de femme dans certaines situations, elle n'avait jamais fait partie d'une minorité. Alors qu'est-ce qu'elle y connaissait, dans le fond ?

— Tu as raison. Je suis désolée, dit-elle, en lui caressant le bras. Je parle sans réfléchir parfois… Je ne voulais pas te blesser.

— Et tu ne m'as pas blessé, lui assura-t-il avec un doux sourire. J'essaie juste de te faire comprendre ce qui se passe dans leur tête. Ça n'a rien à voir avec le fait d'être une femme ou de n'être pas un dom : ils veulent tout simplement défendre ce qu'ils sont.

Ce qu'ils sont. Ce qu'était Noah ? Vanessa ? Logiquement, oui, mais elle n'arrivait pas à les imaginer dans ce rôle. D'ailleurs, pourquoi le devrait-elle ? Après tout, elle ne se surprenait jamais à imaginer la vie sexuelle du reste de son entourage. Cet aspect de leur vie était simplement une dimension supplémentaire à prendre en compte, mais elle avait déjà tellement de choses en tête qu'elle avait du mal à rester à flot.

Ils franchirent les portes rouges et se retrouvèrent de nouveau dans le salon. Là encore, toutes les têtes se tournèrent vers eux pour les dévisager.

— Puis-je vous offrir autre chose à boire ? proposa Carter, en se dirigeant à grandes enjambées vers la table.

Le regard de Liv croisa celui de Noah et, pour la toute première fois, elle ne sut quoi penser. Il était le même homme que celui avec lequel elle était arrivée, mais quelque chose avait changé. Avoir sous les yeux la preuve qu'il vivait dans un monde différent du sien, mettre une image sur ce qu'il désirait vraiment — et peut-être même ce dont il avait besoin — faisait naître en elle une foule de questions, sur Noah mais aussi sur elle-même.

Qu'est-ce qu'ils faisaient ensemble ?

Son estomac se tordit douloureusement, et elle eut soudain l'impression de sombrer. Carter avait raison : elle était une spectatrice, et elle ignorait totalement si elle voulait être une actrice et où se trouvait sa place.

Elle s'était tellement battue pour être là pour eux, pour faire partie de leur vie ! A présent, elle comprenait à quel point ce n'était pas le cas.

Noah accompagna le dernier homme jusqu'à la porte, puis la verrouilla de l'intérieur. Le silence s'installa autour de lui et il savoura ces quelques instants de répit. Il n'y avait plus personne pour attendre une réponse de sa part, lui demander d'agir, de les guider ou de les aider. Il n'y avait rien d'autre que le silence et lui.

Enfin… il y avait aussi les trois personnes qui l'attendaient au bar. Et ses amis qui faisaient les cent pas à l'hôpital. Et les médias qui s'immisçaient dans leur vie. Et…

Il tira sur les pans de sa veste pour la défroisser, se passa la main dans les cheveux et se sermonna. S'apitoyer sur son sort n'était qu'une dépense d'énergie inutile, énergie dont il ne disposait pas par ailleurs.

Lorsqu'il revint dans la salle, les tables avaient été essuyées et les chaises étaient de nouveau retournées dessus. Carter et Liv étaient assis sur des tabourets et Rock se servait un verre de Coca.

Alors qu'il s'approchait d'eux, Noah étudia la courbe délicate du dos de Liv et l'angle de sa tête, penchée sur le côté. Il avait déclaré son ascendant sur elle dans une pièce pleine de dominateurs. Il l'avait fait instinctivement, pour la protéger, mais cela n'expliquait pas l'accès de possessivité qui l'avait ravagé lorsqu'il avait vu les autres doms la jauger. Ni la vague de chaleur qu'il avait ressentie lorsqu'elle avait ravalé ses protestations.

— Est-ce que je peux avoir un peu d'eau ? demanda-t-il à Rock.

Sans répondre, Rock remplit un verre, y ajouta des glaçons et le lui tendit.

— Est-ce que tu penses que leur plan peut fonctionner ? lui demanda Liv.

Elle le regardait avec circonspection, et il y avait dans ses yeux une réserve qu'il n'avait jamais lue avant. Une réserve qui n'était pas là avant sa petite visite guidée avec Carter. Qu'est-ce qu'elle avait vu ? Qu'est-ce qu'elle en avait pensé ? Ces deux questions ne l'avaient pas quitté depuis son retour.

— Ce n'est pas impossible. Mais on doit encore peaufiner certains points.

— Ce n'est pas une mauvaise idée, néanmoins. Si ?

Elle insistait alors qu'il ne rêvait que d'une chose : clore le sujet. C'était une décision qui, une fois de plus, allait avoir un impact sur beaucoup de gens, et être celui chargé de la prendre le soumettait à une pression à peine supportable.

— Tu as entendu ce qu'a dit Marcus, intervint Rock.

Notre personnel veut travailler, et les employés n'ont pas peur de la presse.

— Je le sais bien, répondit Noah en posant son verre si brusquement que de l'eau lui éclaboussa la chemise.

Les deux derniers jours avaient été tellement stressants que son humeur commençait à s'en ressentir. Vanessa et Marcus avaient participé à la discussion par le biais d'une vidéoconférence, mais il devait encore parler à trois autres personnes. Et c'étaient précisément les propriétaires principaux du club. Prendre des décisions concernant le Red Room sans les consulter lui aurait semblé totalement inapproprié. Mais, vu leur état, seraient-ils seulement en mesure de décider quoi que ce soit ?

— On n'est pas obligés de prendre une décision ce soir, dit Carter, en descendant de son tabouret. Il est tard et on est tous fatigués. On peut procéder à l'inventaire demain.

— Je croyais que la commande devait partir demain matin ?

Naturellement, Liv était là pour lui rappeler les choses qu'il voulait oublier. Comme Beth ou encore sa nature dominatrice qui devait à tout prix rester enfouie.

Et merde !

— Peut-être qu'on peut demander à Wes et aux jumeaux de le faire ?

— Je vais leur parler, déclara Rock d'une voix dans laquelle perçait le doute. Est-ce que tu sais où Jake et Seth conservent les papiers importants ?

Il le savait, mais aucun document n'indiquait les étapes à suivre pour passer une commande auprès de leurs différents fournisseurs. Seth le lui avait expliqué brièvement, mais il avait déjà oublié. Il devait se rendre à l'évidence : il ne connaissait rien à la façon de gérer un club. Marcus était le seul qui aurait pu s'en sortir, mais il était exclu de le faire venir.

— On dirait bien qu'on a besoin d'aide, dit-il, en regardant Rock.

Reconnaître son ignorance et son impuissance lui donnait lui donnait l'impression de suffoquer.

— On n'a aucune idée de comment passer une commande, régler les factures, payer les employés, et tous ces foutus trucs que Seth arrive apparemment à faire tout seul.

— Chelsie pourrait peut-être s'en occuper ?

Chelsie était la comptable qui travaillait avec Seth.

— On ne peut pas lui demander de s'occuper de tout, Rock. Même nous, on ne serait pas capables de tout gérer alors que nous sommes plusieurs.

En une journée, ils étaient passés d'une équipe de sept personnes à une équipe de deux, et ni Rock ni lui n'était en mesure de faire tourner le club. Ils n'étaient pas qualifiés et, quand bien même il en aurait eu le temps, Noah n'était pas assez arrogant pour avoir la prétention de s'en charger.

— Alors accepter l'aide que ces hommes vous offrent serait une bonne idée, finalement ?

Encore une fois, Liv le poussait dans ses derniers retranchements.

Il échangea un long regard silencieux avec Rock. Tous les doms présents à la réunion étaient respectés dans la communauté, et certains possédaient eux-mêmes des clubs. Trois des participants étaient membres au Red Room, mais cela ne voulait pas forcément dire qu'ils étaient qualifiés ou dignes de confiance. D'une certaine façon, c'était comme laisser l'ennemi entrer dans leur camp.

Noah retira sa veste et la plia soigneusement avant de la poser sur un tabouret.

— Je vais aller chercher les papiers pour l'inventaire. Avec un peu de chance, on trouvera quelques employés en mesure de venir demain matin. Eux sauront comment procéder.

Sans attendre de réponse, il se rendit dans le bureau de Seth pour récupérer les informations dont il avait besoin. Il consulta son portable : il était 21 h 45. La réunion improvisée avait duré deux heures alors qu'il n'avait pas une minute à perdre.

Il consulta ses e-mails, mais aucun de ses contacts dans les médias ne lui avait envoyé quoi que ce soit. Il n'avait donc aucune idée de quoi serait fait le bulletin d'informations de 22 heures. Même Rock n'avait rien trouvé, en dépit de ses talents de hacker. L'inconnu planait au-dessus d'eux, et avec lui l'attaque imminente qu'il ne pouvait éviter et à laquelle il ne pouvait se préparer.

Il mit rapidement la main sur les documents qu'il cherchait — des listes qui occupaient des pages et des pages, avec des chiffres et des quantités qui ne voulaient rien dire à ses yeux —, et il retourna aussitôt dans la salle du bar. Les autres avaient déjà allumé la télévision et il s'empara de la télécommande pour monter le son.

Les informations commencèrent dans un silence de mort. D'une certaine façon, il aurait été plus simple que la nouvelle éclate. Au moins, ils n'auraient plus passé leur temps à redouter le moment fatidique.

Quand la frêle mais tenace Deborah Coats apparut à l'écran, il ne fallut qu'une phrase pour couper court à leur attente.

— Nous connaissons à présent l'identité des blessés dans l'accident-suicide de Harcourt.

Liv inspira bruyamment tandis que Rock jurait à voix basse. A chaque fois nouveau nom égrené, Noah sentait son estomac se tordre davantage. Jake McCallister, Tyler Wysong, Kendra Morgan, gravement blessés, les deux derniers en soins intensifs et toujours plongés dans le coma. Deklan Winters, Seth Mathews, Allison English, Cali Reynolds, admis pour des blessures ne mettant pas leurs jours en danger.

Naturellement, la journaliste ne s'arrêta pas là et jugea bon de fournir davantage de détails concernant les trois propriétaires du Red Room, le lien qui les unissait à Harcourt et d'avancer sa théorie concernant leur lien avec les autres passagers. L'histoire contenait tous les éléments dont les médias raffolaient : le sexe, le mystère, la vengeance et la mort… Ils n'étaient pas près de lâcher le morceau !

Noah éteignit la télé dès la fin du reportage. Une seule question habitait son esprit : *Et maintenant ?* Question qui se lisait également sur le visage des trois autres. Elle était sûrement aussi sur les lèvres des amis dont la vie privée venait de passer dans le domaine public.

L'exercice de respiration auquel il tentait de se livrer ne l'aidait pas beaucoup à se concentrer, mais il devrait s'en contenter. Il lui fallait absolument passer à l'action et ne pas se tromper dans ses priorités.

— Rock, je veux que tu creuses encore. Je me fiche des lois que tu violes, contente-toi de ne pas m'en parler.

— Je vais voir ce que je peux faire, mais peut-être que je ne trouverai rien.

— Il y a bien quelqu'un, du côté des journalistes, qui s'occupe des recherches. Quelqu'un qui fouille pour dégoter des infos, des connexions ou je ne sais quoi. Trouve à quelles données ces personnes ont eu accès, pour qu'on puisse savoir à quoi s'attendre. Je vais dire à Marcus de chercher un gérant pour s'occuper du club temporairement. Chaque jour de fermeture nous coûte de l'argent. Je connais Butch depuis des années, ajouta-t-il, faisant référence à l'un des hommes présents à la réunion. Je lui fais confiance aussi bien en tant que dom qu'en tant que personne. Je vais lui demander s'il est d'accord pour superviser le Donjon et les activités BDSM. Je propose de n'accepter aucun nouveau membre pour le moment, mais de tabler sur une réouverture samedi soir, pour la fête d'Halloween.

— Tu es sûr d'y avoir bien réfléchi ? demanda Liv.

Noah fronça les sourcils et elle sourit, tandis que Carter éclatait de rire. Il n'était pas d'humeur à plaisanter et se tourna vers Rock sans s'occuper d'eux.

— Est-ce que ça te convient ? Je vais aussi consulter les autres, mais je pense qu'on n'a pas trop le choix.

— Ça me va. J'aiderai Marcus à recruter quelqu'un pour le seconder. Donne-moi aussi tout ce que tu as sur Butch, que je puisse procéder aux vérifications d'usage.

— OK, mais je dois d'abord m'assurer que Seth et Deklan sont d'accord.

— Va les voir, dit alors Liv en s'emparant des papiers qu'il avait posés sur le comptoir. On va s'occuper de l'inventaire, Carter et moi.

Carter hocha la tête, en dépit de son air dubitatif.

— Mais tu…

— Il n'y a qu'à compter des articles ! l'interrompit-elle.

Elle se mit à feuiller les pages, et il retint un soupir.

— J'ai l'habitude avec le centre, ce n'est pas bien compliqué, lui assura-t-elle en souriant. J'ai envoyé un message à Marcus pour qu'il demande au chef et au barman de venir demain matin pour passer les commandes nécessaires.

Comment n'y avait-il pas pensé avant ?

Carter tenta, sans grand succès, de réprimer un sourire, mais Rock ne s'en donna pas la peine. Noah oscillait entre frustration, gratitude et résignation.

— D'accord, finit-il par dire en enfilant sa veste. Je repasse ici en sortant de l'hôpital.

— Pourquoi faire ? demanda Liv. Rentre chez toi directement, on va se débrouiller.

— Ne t'inquiète pas pour elle, dit Rock, coupant court à ses protestations. Je la suivrai sur la route.

Il était ridicule de ne pas vouloir la laisser seule, maintenant que tout le monde était parti. Il serra les dents ; ne pas laisser son côté dominateur prendre le dessus, surtout…

— Comme vous voudrez, lâcha-t-il enfin d'une voix tendue.

Il soutint le regard de Liv, espérant secrètement qu'elle change d'avis, mais ça ne faisait visiblement pas partie de ses projets. Elle s'approcha de lui en souriant et lui caressa doucement le bras.

— Ne t'inquiète pas. Je t'envoie un texto dès que je suis chez moi.

C'était bien là tout le problème : il voulait qu'elle rentre chez lui. Et qu'elle dorme dans son lit. Il lui caressa délicatement la joue, regrettant qu'ils n'aient pas le temps de discuter, pas le temps d'évoquer les sentiments qui se développaient entre eux. Pas le temps de…

Elle déposa un baiser sur ses lèvres, et il l'attira contre lui. Sentir son corps pressé contre le sien l'aida à oublier son inquiétude, et il se réfugia dans la chaleur de ses lèvres accueillantes. Elle poussa un petit gémissement qui le fit frémir, et des images de la nuit qu'ils avaient passée ensemble lui revinrent, lui donnant envie de recommencer.

Il glissa la main sous son T-shirt pour caresser les fossettes au bas de son dos. Sa langue effleura celle de Liv une dernière fois, puis il s'écarta enfin.

— Sois prudente, murmura-t-il contre sa bouche, sans se préoccuper de ce que les autres pouvaient bien penser.

— Promis.

— Et appelle-moi si…

— Promis.

Elle lui sourit de nouveau, avant de déposer un dernier baiser sur ses lèvres. Elle avait glissé la main dans ses cheveux, et sa caresse fit naître des frissons dans son cou et sa nuque.

— Ça devient une habitude, chez toi, dit-il d'un air absent.

— De quoi tu parles ?

— De ta manie de m'interrompre.

— Seulement quand tu protestes alors que tu ne devrais pas.

— Jamais je ne…

— Si, opposa-t-elle avec un sourire taquin. Tu le fais tout le temps.

Bon… La contredire sur ce point ne servirait de toute évidence à rien. Il se contenta donc de soupirer.

— Je t'appelle demain matin, d'accord ?

— Je serais plus tranquille si tu dormais chez moi.

Elle retint son souffle, et il se maudit d'avoir parlé sans réfléchir.

— Jusqu'à ce que la tempête médiatique retombe…, ajouta-t-il précipitamment pour se justifier. Ça ne me plaît pas de te savoir seule en ce moment.

Elle plissa les yeux, pensive.

— Hum… Tu as sans doute raison, approuva-t-elle au bout de quelques secondes. Je ferais mieux de dormir chez V pendant quelque temps.

Il eut du mal à retenir un sourire.

— Elle n'est pas là ce soir, et ma maison est plus près.

Liv acquiesça lentement, et il put voir un éclat de malice danser dans ses yeux.

— C'est vrai, mais je ne voudrais pas m'imposer.

— J'insiste.

— Tu insistes ? demanda-t-elle en haussant les sourcils. Vraiment ?

Cette fois, il ne put s'empêcher de rire doucement.

— Si j'avais su que ça fonctionnait, j'aurais essayé avant. Plus sérieusement… Accepte. Je n'ai pas envie de me faire du souci pour toi en plus de tout le reste.

Elle soupira doucement, et il sut qu'il avait gagné.

— Dit comme ça, c'est difficile de refuser.

— Merci.

Il lui sourit tout en se demandant s'il avait raison d'agir de la sorte. Même s'il était sincèrement inquiet, ses intentions étaient loin d'être nobles. Cependant, ce n'était pas le moment de se lancer dans ce genre de débat intérieur.

— Préviens-moi quand tu pars du club, je te retrouve à la maison, lança-t-il, s'emparant de son attaché-case.

Alors qu'il se dirigeait vers la sortie, il surprit le regard inquisiteur de Rock. Ce qui s'était passé avec Beth était loin d'être un secret : l'histoire du drame qu'il avait vécu s'était ébruitée dans toute la communauté, à l'image des événements des derniers jours. Ce qu'il avait vécu avec Beth dans le passé ne signifiait cependant pas qu'il doive justifier ses faits et gestes dans le présent. Ce qui se passait avec Liv ne regardait personne, à part eux deux.

Il appuya pensivement sur le bouton pour appeler l'ascenseur. Trois jours encore auparavant, c'était ce qu'ils pensaient tous : que leur vie privée ne regardait qu'eux. Il n'y avait qu'à voir le résultat… Les années qu'il avait passées à pratiquer le droit lui avaient apporté une certitude : les seules choses réellement privées étaient celles dont absolument personne ne connaissait l'existence.

Chapitre 15

Les événements de la nuit précédente hantaient Liv. Ils venaient s'ajouter à toutes les questions complexes qui la troublaient déjà et auxquelles elle n'avait pas de réponse. Les doms et les subs, le fonctionnement de la communauté, ce que l'on imaginait et la réalité… Il y avait tant de choses à prendre en compte, et plus encore à comprendre.

Elle ne cessait d'y réfléchir, tandis qu'elle traversait les rues désertes, au volant de la voiture que Noah lui avait prêtée. Sa voiture « secondaire »… Pour elle, une voiture secondaire était un vieux tas de ferraille qui ne valait pas la peine qu'on s'embête à le vendre, pas un 4x4 de luxe avec moins de cinq mille kilomètres au compteur ! Elle avait presque l'impression d'être un baron de la drogue tandis qu'elle traversait le quartier défavorisé du centre.

Enfin, ça ne l'empêchait pas d'apprécier les sièges chauffants et la qualité des enceintes Bose. Elle avait adoré sa Bessie, qui lui avait offert dix années de bons et loyaux services, mais elle devait bien reconnaître que c'était agréable de se faire chouchouter de la sorte après l'horreur des derniers jours.

Il n'y avait pas que ça qui était agréable, même si

elle s'efforçait de ne pas y penser. Il y avait les baisers de Noah, ou sa tendresse chaque fois qu'il la touchait, sans parler de la manie qu'il avait d'essayer de protéger les gens qui l'entouraient, elle y compris. Dormir chez lui était incontestablement une mauvaise idée. Et, pourtant, elle était en route pour sa maison avec un sac qui contenait bien plus d'affaires que ce dont elle avait besoin pour une nuit.

Son manque de connaissances de l'univers BDSM ne signifiait pas qu'elle ne pouvait pas être là pour ses amis. Néanmoins, elle était déterminée à en apprendre autant que possible sur ce mode de vie afin de pouvoir mieux les épauler, ainsi que Noah.

Elle bâilla soudain si fort que sa mâchoire lui fit mal. Jamais elle n'avait été plus fatiguée que depuis ces derniers jours.

Il était minuit passé quand elle s'engagea dans le chemin privé qui menait à l'allée de Noah. La lumière de la porte arrière qui donnait sur le jardin était allumée, de même que celle de la cuisine.

Elle gara la voiture et traversa le jardin, un peu revigorée par le froid nocturne. Noah l'attendait sur le perron, les manches de sa chemise relevées, le col déboutonné et les cheveux en bataille.

Elle tomba dans ses bras sans réfléchir une seule seconde. C'était tellement agréable de se blottir contre lui ! Elle prit une grande inspiration pour inhaler son parfum et ferma les yeux. Elle se sentait si bien qu'elle aurait pu s'endormir là, debout sur le pas de la porte.

— Entre, dit-il, en prenant son sac et en l'entraînant à l'intérieur.

Elle fut accueillie par l'odeur désormais familière de cannelle et de clou de girofle, et faillit en soupirer de bonheur. Elle envoya valser ses chaussures dans un coin et accrocha sa veste au portemanteau, avant de suivre Noah dans la cuisine, la mâchoire torturée par un autre bâillement.

— Qu'est-ce que Seth et Deklan ont dit à propos du club ?

Elle ne prit pas la peine de mentionner Jake. Toujours sous sédatifs, il n'était pas en état d'avoir ce genre de conversation.

— A vrai dire, ils n'avaient pas vraiment d'avis sur le sujet.

— Comment ça ?

Noah ouvrit une bouteille d'eau et la lui tendit en haussant les épaules.

— Disons que le Red Room est loin de faire partie de leurs priorités du moment.

Elle se frotta le front en faisant la grimace.

— C'est sûr…

Tyler et Kendra se battaient pour survivre : ils avaient d'autres soucis en tête. Lorsqu'elle devait se concentrer sur son travail ou sur autre chose, ses obligations lui faisaient momentanément oublier la situation. Mais pour Seth et Deklan, l'état de Tyler et Kendra étaient sans doute une obsession permanente.

— Qu'est-ce que tu vas faire, alors ?

— Je vais commencer par te mettre au lit, puis je vais finir la paperasse que j'ai à faire. Après ça, j'essaierai de dormir quelques heures.

Il lui attrapa le menton pour lui faire lever la tête et l'embrassa, avant de la guider vers le premier étage.

— Je parlais du club.

— Merci d'avoir fait l'inventaire, au fait.

— Tu n'as pas répondu à ma question.

Il traversa le couloir qui menait à sa chambre, et seul le bruit de ses pieds nus sur le parquet troubla le silence. Une fois dans la pièce, il posa son sac sur une chaise et enroula ses bras autour d'elle. Son épaule était pile à la bonne hauteur pour qu'elle y laisse reposer sa tête, et elle ferma aussitôt les yeux.

— Va te coucher.

Il déposa un baiser sur sa tempe et recula, la privant de son épaule-oreiller.

— J'essaierai de ne pas faire de bruit, tout à l'heure, pour ne pas te réveiller.

— Est-ce que je peux faire quoi que ce soit pour t'aider ?

— Tu m'aides déjà, répondit-il dans un demi-sourire.

— Comment ça ?

Sa réponse lui parvint sous la forme d'un baiser bien trop bref au goût de Liv. Quand elle rouvrit les yeux, elle eut à peine le temps d'apercevoir son dos, avant qu'il ne disparaisse dans le couloir. Les paupières lourdes, elle prit le chemin de la salle de bains. La pièce n'était pas immense mais très agréable, avec son comptoir en marbre, son double lavabo et une douche qui semblait assez grande pour les accueillir tous les deux. Voilà une expérience qu'elle aurait bien aimé tenter…

Elle secoua ses cheveux et se massa le cuir chevelu à l'endroit où se trouvait normalement sa queue-de-cheval. Le moment était venu de jouer à « Où vais-je trouver un pyjama ? » Elle ne joua pas très longtemps : le second tiroir qu'elle ouvrit renfermait deux piles de T-shirts parfaitement pliés, et elle s'empara de celui de dessus.

Elle se déshabilla, posant ses vêtements en une pseudo-pile sur une chaise, enfila le T-shirt, éteignit la lumière et se mit au lit. Chacun de ses muscles sembla se détendre instantanément au contact du matelas, et elle poussa un soupir de bien-être. Il ne lui fallut que quelques minutes pour être terrassée par le sommeil, mais elle se réveilla après ce qui lui parut quelques secondes seulement, complètement désorientée. C'était comme si le sang, la mort et l'odeur acide du liquide de refroidissement lui collaient à la peau.

Elle se redressa d'un bon et tenta de se concentrer et de reprendre son souffle. Ses jambes étaient coincées sous la voiture. Elle devait absolument se sortir de là ! Quelque chose lui bloquait les pieds… Elle se dégagea brusquement, reculant jusqu'à ce que son dos heurte un mur.

Où est-ce qu'elle était ?

Le cœur battant, elle cligna des yeux dans l'obscurité. Elle distingua vaguement les contours d'une commode près d'une fenêtre, et respira une vague odeur de cèdre.

La chambre de Noah… Elle était dans la chambre de Noah.

Elle se laissa retomber sur le matelas et attendit que les battements de son cœur reprennent un rythme normal. Nom de Dieu ! Elle se passa la main sur le visage, comme si ce geste pouvait effacer le cauchemar qu'elle venait de faire. De la sueur perlait à son front et ses tempes, sa peau était brûlante, et elle tremblait comme une feuille.

Enroulée dans le drap, elle se dirigea à pas mal assurés vers la salle de bains. La lumière crue du plafonnier la ramena brusquement à la réalité, et elle s'humidifia le visage d'eau glacée pour chasser les images du cauchemar de son esprit.

Les jambes encore un peu flageolantes, elle retourna dans la chambre et remit un peu d'ordre entre les draps et les couvertures. La lumière du réveil sur la table de nuit attira son attention. 3 heures du matin ? Mais où était Noah ?

Elle passa la tête dans le couloir et vit qu'une faible lumière brillait au rez-de-chaussée. Le plancher était froid sous ses pieds, et elle se frictionna les bras pour se réchauffer.

Elle trouva Noah affalé sur son bureau au milieu d'un monceau de papiers. L'écran de son ordinateur projetait une douce lumière bleue qui se mêlait à celle que diffusait sa lampe de bureau. Elle ne pouvait pas voir son visage, enfoui entre ses bras croisés, mais il devait dormir profondément car il ne bougea pas lorsqu'elle s'approcha. Une fois à côté de lui, elle se rendit compte qu'il ronflait doucement. Il devait vraiment être épuisé.

Un document, similaire à ceux étalés sur son bureau, était ouvert à l'écran. Presque tous comportaient l'en-tête de son cabinet d'avocats. Elle ne voulait pas fouiner, mais il était impossible de ne pas remarquer les noms des différentes agences de presse qui figuraient sur les lettres. Noah avait préparé tout ça en prévision du lendemain, pendant que tout le monde dormait.

Elle ne put résister à la tentation de passer la main dans ses cheveux en désordre. Ses boucles douces s'enroulèrent autour de ses doigts, exactement comme elle l'avait imaginé tant de fois.

— Noah…, l'appela-t-elle doucement. Réveille-toi. C'est l'heure d'aller au lit.

Il sursauta et releva brusquement la tête.

— Quoi ?

Il grimaça, aveuglé par la lumière, et se frotta les yeux. Il battit des paupières plusieurs fois et concentra enfin son attention sur elle.

— Liv ? Qu'est-ce que tu fais ici ?

Son col était de travers, sa chemise chiffonnée et la mèche qui lui retombait d'habitude sur le front étaient dressée en épi. Il aurait probablement froncé les sourcils en s'entendant qualifier d'« adorable », mais avec son air grognon, c'était vraiment l'adjectif qui lui convenait le mieux à cet instant.

— Je me demandais où tu étais. Tu t'es endormi sur ton bureau.

— Oh…

Il s'étira et se frotta le cou avec une petite grimace de douleur.

— Ça explique mon torticolis…

— Attends.

Elle se plaça derrière sa chaise et glissa les mains sous son col. Lorsqu'elle enfonça ses pouces dans son cou pour masser le nœud qu'il avait dans la nuque, il gémit bruyamment.

— Bon sang ! souffla-t-il, penchant la tête en avant.

Elle sourit, et les dernières images de son cauchemar se dissipèrent enfin. Elle le massa patiemment, savourant le contact de sa peau chaude et douce, jusqu'à ce que les nœuds disparaissent.

— Déboutonne un peu plus ta chemise.

Elle voulait juste accéder à ses épaules pour débarrasser ses omoplates de leur tension, mais il lui prêta sûrement d'autres desseins car il se mit à rire doucement. Il se retourna pour l'attraper par les hanches et elle ne résista pas quand il l'attira sur ses genoux. Le tissu de son pantalon était doux sous ses fesses et elle replia les jambes par-dessus l'accoudoir.

Le T-shirt qu'elle lui avait emprunté dévoilait le haut de ses cuisses. Il fit remonter lentement sa main le long de sa jambe, dans une caresse qui la fit frémir. Dans la lumière tamisée du bureau, ses pupilles étaient presque noires et son désir si manifeste qu'elle sentit sa bouche se dessécher.

Il était toujours si concentré quand il faisait quelque chose que se savoir l'objet de tant d'attention en était presque troublant. Un désir intense naquit en elle, aussitôt tempéré par les doutes qui l'avaient envahie lors de sa visite du club.

Cependant, dès qu'il l'embrassa, ses hésitations s'évanouirent. Elle glissa la main dans ses cheveux et se laissa emporter, tandis qu'il mordillait et léchait sa lèvre inférieure. Sa langue vint caresser la sienne, et sa main remonta le long de ses côtes, sous le T-shirt, jusqu'à sa poitrine. Il transformait chaque centimètre carré de peau qu'il touchait en un incendie passionné, et elle gémit quand il prit un de ses seins en coupe.

— J'adore te toucher, murmura-t-il en l'embrassant dans le cou.

Elle laissa sa tête basculer en arrière pour lui faciliter la tâche et il lui mordit le lobe de l'oreille en même temps qu'il pinçait un de ses tétons. La douleur se mêla bien vite à l'excitation et une vague de chaleur déferla entre ses jambes. Elle grognait de plaisir et d'impatience à l'idée de ce qu'il allait lui faire ensuite.

La peau de son cou était couverte de chair de poule, et elle tressaillait dès qu'il la touchait. Il continua à titiller la pointe de son sein, à présent si sensible que son autre téton se sentit délaissé. Ce déséquilibre ne tarda pas à se transformer en obsession, et elle tourna les épaules en espérant qu'il change de côté. Mais il n'en fit rien et continua à la torturer, à tel point qu'elle dut se mordre la lèvre pour ne pas crier.

— Je veux te goûter, murmura-t-il.

Il lui retira son T-shirt, et l'air frais entra en contact avec sa peau brûlante. Il referma les lèvres autour du téton qu'il venait de provoquer sans relâche. La sensation de sa langue sur sa peau et de ses dents enfoncées dans sa chair était si intense qu'elle ne put retenir un cri.

Elle cria son nom et se pencha en arrière, jusqu'à ce que son dos touche le bord du bureau. Noah ne montrait aucun signe de faiblesse, et elle se tortilla sur ses genoux pour essayer de lui échapper, sans toutefois le vouloir vraiment. Il la tenait fermement, ses dents retenant toujours en otage sa chair endolorie et sa barbe naissante égratignant légèrement la peau délicate de sa poitrine. Tout ce qu'elle ressentait, tout ce à quoi elle songeait, c'étaient les vagues de douleur qui partaient de ce point de son anatomie et gagnaient l'ensemble de son corps.

Elle écarta les jambes et se mit à onduler des hanches dans une prière silencieuse, puis s'immobilisa soudain lorsqu'il lui retira sa petite culotte.

— S'il te plaît, le supplia-t-elle dans un souffle.

Il ne fallut qu'un instant à Noah pour jeter son dévolu sur son clitoris gonflé de désir. Il se mit à décrire dessus des cercles du bout de l'index, au même rythme que ceux de sa langue autour de son téton. Elle avait l'impression de devenir complètement folle. Elle flottait dans une dimension dans laquelle elle était totalement à la merci de Noah, et dans laquelle rien d'autre que lui n'avait d'importance.

— J'ai envie de te faire tellement de choses, Liv ! Des choses que je m'étais juré de ne jamais refaire.

A ces mots, il glissa deux doigts en elle sans cesser de caresser son clitoris et elle sentit tous ses muscles se contracter. Il la caressait de plus en plus vite, et la pression entre ses jambes ne cessait d'augmenter en proportion.

Il lui mordit soudain le téton jusqu'à lui arracher un sanglot. Le plaisir et la douleur se mélangeaient et la dévastaient impitoyablement.

— Continue, je…

Le reste de sa phrase se perdit dans un gémissement. Il relâcha l'emprise de ses dents et une décharge de douleur la transperça. Son cœur palpitait dans sa poitrine et elle se pendit au cou de Noah, les ongles enfoncés dans sa chair.

— Jouis, Liv.

Oui. Ce fut la seule pensée sensée dont elle fut capable avant que tout ne s'effondre autour d'elle dans un éclair aveuglant. Tout son corps se contorsionna telle une marionnette impuissante face à la violence de l'orgasme qui la terrassait.

Epuisée et à bout de souffle, elle s'affala sur le bureau. La paume de Noah caressait doucement son estomac et sa cuisse. Sa peau était si sensible que ce simple contact était à la limite du supportable et, pourtant, elle n'avait pas envie qu'il arrête.

Au bout d'un long moment, elle parvint à entrouvrir les yeux. Il la regardait si intensément qu'elle eut l'impression qu'un vent chaud soufflait sur sa peau. Sa main tremblait lorsqu'elle tendit le bras pour dégager une mèche de cheveux collés à son front. Il ferma les yeux un instant, puis l'attira contre elle, et elle posa la tête sur son épaule, à cet endroit désormais rassurant et familier. Le siège craqua légèrement sous leur poids. Elle l'embrassa dans le creux de son cou, savourant son odeur et le goût légèrement salé de sa peau.

— Merci, murmura-t-elle. Mais j'étais censée m'occuper de toi.

Il rit doucement et elle sentit son corps tressauter brièvement sous le sien.

— C'était tout comme. Tu étais magnifique.

Elle gigota sur ses genoux et frotta ses fesses contre son sexe en érection

— Et ça ?

Il grogna et pressa une de ses fesses dans sa main.

— Je n'ai pas de préservatif et je n'ai vraiment pas le courage de me lever.

C'était bien dommage, mais elle ne pouvait pas lui en vouloir. Elle aussi se sentait trop bien pour bouger, en dépit des images qui défilaient dans son esprit. Elle s'imaginait allongée sur son bureau, Noah allant et venant avec vigueur entre ses reins. Soudain, une parole qu'il avait dite pendant leur étreinte lui revint en mémoire.

— Qu'est-ce que tu as voulu dire tout à l'heure ? demanda-t-elle prudemment, trop effrayée pour être directe.

— De quoi parles-tu ?

Elle déglutit et prit une grande inspiration pour s'armer de courage.

— Quelles sont ces choses que tu voudrais me faire ?

La main de Noah s'immobilisa, et il se redressa si brusquement qu'elle serait tombée à terre s'il ne l'avait retenue.

— Tiens, dit-il en lui tendant son T-shirt.

— Qu'est-ce que j'ai dit ? fit-elle en s'en emparant, davantage par réflexe que par envie.

Comme elle le redoutait, il évita son regard. S'il croyait s'en sortir comme ça, il se mettait le doigt dans l'œil ! Elle prit son visage dans ses mains pour le forcer à la regarder.

— Noah, qu'est-ce qui ne va pas ?

Le feu de la passion avait disparu, laissant place à une expression distante et froide.

— Il est tard, tu ferais mieux de retourner te coucher.

Cette platitude… Il avait renfilé son armure à la vitesse de l'éclair, comme une immense barricade érigée entre eux. Mais elle n'allait pas déclarer forfait si facilement !

— Pas sans toi.

Il dégagea sa tête et la fit se lever.

— S'il te plaît, Liv. Je dois d'abord terminer tout ça.

Elle resta debout devant lui, bouche bée l'espace d'un instant.

— Non. Tu ne peux pas me repousser comme ça. Je t'ai posé une question et je veux une réponse !

Elle lui envoya une bourrade dans l'épaule, en proie soudain à une colère sourde.

— Liv…

Elle faillit se mettre à rire en entendant son ton menaçant. S'il croyait l'impressionner avec ça…

— Noah…, l'imita-t-elle.

Il fronça les sourcils, mais un sourire se forma malgré lui sur ses lèvres et le trahit.

— Oui, c'est exactement comme ça que tu parles.

Ils s'affrontèrent du regard quelques instants, et il finit par se laisser retomber contre le dossier de sa chaise, les yeux fixés au plafond. Il poussa un long soupir chargé de fatigue et se passa la main sur le visage.

— Qu'est-ce qu'on fabrique ?

Très bonne question. Elle aussi se la posait mais, à cet instant, ils étaient tous les deux trop las pour répondre à quelque chose d'aussi profond et obscur.

Son regard parcourut la pièce, et elle s'aperçut d'une chose qu'elle n'avait jamais remarquée auparavant : il n'y avait là aucun effet personnel. A l'exception des livres et de quelques touches masculines, il n'y avait pas de photo, rien qui racontait une histoire de famille ou d'amour, pas de souvenir ou de trace du passé. Le bureau était dépourvu de quoi que ce soit susceptible de caractériser son propriétaire.

Sa respiration s'accéléra, et elle sentit tout son corps trembler pour lui. Pas uniquement de désir, mais aussi de le deviner si seul, si perdu, presque abandonné. Il ne le montrait pas, du moins pas quand les autres le regardaient. Elle-même ne s'en était jamais rendu compte, jusqu'à cet instant.

Mais ce soir, c'était presque écrit en grosses lettres sur son visage. Le masque qu'il portait était tombé, découvrant sa tristesse et sa fatigue. Il lui rappelait tellement sa sœur sur certains points... Cela faisait des années que Vanessa se cachait derrière son costume de Reine des Glaces, et elle faisait partie des très rares personnes qu'elle laissait l'approcher.

Noah avait laissé ses bras retomber sur les accoudoirs de son fauteuil et ne bougeait plus d'un millimètre. Est-ce qu'il attendait qu'elle batte en retraite ? Qu'elle tourne les talons, juste parce qu'il s'était montré froid avec elle ? Ça ne risquait pas d'arriver. Elle était venue pour l'aider et elle n'allait pas repartir avant d'y être parvenue.

L'air frais sur sa peau lui rappela qu'elle était toujours nue. Avec une détermination inébranlable, elle s'agenouilla entre ses jambes. Le tapis était moelleux sous ses genoux. Elle fit remonter ses mains le long de ses cuisses jusqu'à ses hanches, et sentit ses muscles se contracter.

— Liv...

Sa voix était mâtinée de la note menaçante habituelle, mais aussi d'une pointe de curiosité qui l'encouragea à continuer. Elle lui caressa le torse et descendit lentement le long de ses pectoraux, jusqu'à atteindre la boucle de sa ceinture. Il ouvrit la bouche, mais aucun son n'en sortit. Elle soutint son regard tandis qu'elle défaisait la boucle.

Elle passa la main sur son sexe en érection et il se tortilla en gémissant. Etait-ce un signe de protestation ou une forme d'encouragement ? La ceinture glissa sans difficulté dans les passants du pantalon, et elle la laissa tomber sur le tapis, à côté d'elle. Elle savait qu'il observait le moindre de ses mouvements, mais elle s'efforça d'être aussi lente et mesurée que possible. Il l'avait savourée, et elle souhaitait en faire autant.

Le bruit de la fermeture Eclair, lorsqu'elle la baissa, résonna comme une promesse. Elle ouvrit son pantalon, et il agrippa les accoudoirs du fauteuil. Ses jointures blanchissaient à mesure qu'elle déboutonnait sa chemise et ce fut comme si la peau de Noah brûlait ses paumes lorsqu'elle la toucha enfin.

Ses muscles élancés et sa peau soyeuse étaient un véritable délice. Une ligne de poils sombres naissait juste sous son nombril et disparaissait sous l'élastique de son caleçon, tel un chemin qu'elle mourait d'envie d'explorer. Elle l'effleura du bout des doigts, le titillant avec ses ongles.

— Liv, dit-il à nouveau.

Notant la pointe de désespoir contenue dans sa voix rauque, elle sut qu'elle le tenait. C'était tellement grisant, tellement excitant de le voir s'ouvrir à elle, de sentir à quel point il désirait qu'elle le touche ! Elle déposa un baiser dans le petit creux entre ses pectoraux, puis un autre à la base de son sternum. Du bout de la langue, elle effleura ensuite le contour de son nombril, jusqu'à ce qu'il arque les hanches en grognant.

Un seul regard dans sa direction lui donna le sentiment

que son sang bouillonnait dans ses veines. Des yeux sombres de Noah émanaient un pouvoir, une autorité qui l'excitaient au plus haut point.

— Suce-moi ! ordonna-t-il, sans la quitter des yeux.

Elle inspira bruyamment et l'odeur musquée de Noah vint lui chatouiller les narines. Le ton de sa voix faisait écho à son désir d'être commandée, sans la brutalité ou l'humiliation qui aurait accompagné un tel ordre de la part d'autres hommes. Elle n'avait qu'une envie : lui donner ce qu'il voulait, sans plus attendre.

Elle baissa son pantalon sur ses cuisses et embrassa son sexe à travers l'étoffe de son caleçon. Il arqua plus encore les hanches et la vue de son membre qui tressaillait à travers le coton fit naître en Liv une incroyable sensation de puissance.

Avec des gestes impatients, elle baissa alors le caleçon et referma sa bouche autour de l'extrémité de son sexe.

Chapitre 16

Noah ferma les yeux et souleva les hanches pour s'introduire plus profondément dans la bouche brûlante et humide de Liv. Il resta ainsi quelques secondes, tandis qu'elle le suçait avec une intensité telle qu'il dut bientôt reculer tant la sensation était enivrante.

Il se força à rouvrir les yeux pour la regarder prendre de nouveau son sexe dans sa bouche. Ce faisant, elle gémit doucement, et ce fut comme si son gémissement se répercutait jusqu'au plus profond de son être. Sa main délicate enserrait fermement sa base et ses lèvres s'étiraient pour l'accueillir. La vue de son sexe qui disparaissait dans sa bouche était le spectacle le plus érotique auquel il avait assisté depuis des années.

Rien de ce qu'il avait vu au Red Room n'était comparable à cet acte pourtant simple, presque banal : Liv à genoux, en train de lui donner du plaisir. Un élan de possessivité s'empara soudain de lui. Songer qu'elle aurait pu donner du plaisir à un autre homme de cette façon déclencha en lui un désir incontrôlable de la posséder, de la marquer pour que chacun puisse voir qu'elle lui appartenait.

Elle recula pour reprendre son souffle et leva les yeux

vers lui, les lèvres brillantes. La pointe de sa langue vint effleurer sa lèvre inférieure, si provocante que ça ne pouvait être que délibéré.

Il agrippa l'extrémité des accoudoirs pour essayer de résister aux pulsions qui menaçaient de prendre le contrôle de sa volonté. Est-ce qu'il allait trop loin ? Est-ce qu'il poussait Liv à aller trop loin ? Cependant, comment aurait-il pu résister à une telle tentation ?

Liv glissa sa main libre dans son caleçon et lui caressa les testicules, tandis que sa langue caressait la base de son sexe.

Sans le savoir, elle était en train d'enfreindre toutes les règles qu'il avait instaurées après l'échec de sa relation avec Beth. Il n'arrivait plus à réfléchir ; son corps était comme en pilotage automatique, répondant à des habitudes trop profondément ancrées en lui pour qu'il les ignore. Cet instinct qu'il s'était juré de combattre était de retour et terrassait tous ses doutes et toutes ses hésitations.

Il glissa la main dans les cheveux de Liv et les sentit s'enrouler autour de ses doigts. Son cœur battait à toute vitesse, et c'était comme si chaque pulsation se répercutait jusque dans son bas-ventre. Quand il croisa de nouveau le regard de Liv, ses yeux semblaient scintiller d'excitation, et d'un autre sentiment qu'il avait l'impression de reconnaître. Mais comment avoir la certitude absolue qu'il interprétait correctement son désir ?

Il lui repoussa doucement la main de façon à se saisir de la base de son sexe, et il en frotta doucement l'extrémité contre les lèvres gonflées de Liv. C'était une vision si excitante ! Comme elle…

Aucun d'eux ne bougeait, à l'exception de leur poitrine qui se soulevait rapidement à chaque respiration. Il était sur le point de reculer et allait retirer la main de ses cheveux, lorsqu'elle effleura son gland du bout de la langue. Il resserra alors le poing et, ce faisant, lui tira les cheveux sans le vouloir. Elle sursauta mais ne protesta pas, et continua à le dévisager intensément.

Avec des gestes lents mais précis, il vint se placer sur le bord du fauteuil puis se leva. Il la tenait toujours par les cheveux, et elle pencha la tête en arrière pour suivre ses mouvements. Elle se redressa sur ses talons et posa les mains sur ses genoux, laissant sur ses cuisses une sensation de chaleur. Son pantalon et son caleçon tombèrent sur ses chevilles, mais il ne s'en soucia pas.

Liv avait les lèvres écartées juste assez pour laisser dépasser le bout de sa langue. Savait-elle ce qu'elle faisait ? Comprenait-elle ce qu'il voulait ? En tout cas, si c'était un jeu, il était bien cruel.

— Tu es sûre ?

Il n'obtint qu'un silence. Il avait eu toutes les peines du monde à lui poser la question, et chaque seconde sans réponse ne faisait que renforcer son anxiété. Il ne l'aurait jamais forcée à faire quoi que ce soit et, pourtant, la possibilité d'une réponse négative lui donnait presque envie de tenter sa chance sans attendre. Il en avait tellement envie… Rien qu'imaginer la sensation le mettait déjà sens dessus-dessous.

Liv se mit à genoux et ouvrit un peu plus grand la bouche, telle une invitation à oublier sa retenue. Mais ce n'était pas suffisant : il lui fallait des certitudes.

— Dis-le, Liv, demanda-t-il.

Il avait la gorge si desséchée que chaque mot qui sortait de sa bouche était une meurtrissure. Elle pinça les lèvres, fronça les sourcils et, l'espace d'une seconde, il crut qu'il avait tout gâché. Puis la pointe de sa langue réapparut, et elle s'humecta les lèvres avant de lui adresser un sourire ravageur.

— Oui, Noah.

La façon dont elle prononça son prénom et l'étincelle dans ses yeux réveillèrent chez lui la flamme que Beth avait éteinte. Liv ne se contenterait pas d'accepter ou de subir simplement parce qu'il le voulait. Elle donnerait sans retenue, mais sans oublier ses propres désirs.

Il lui sourit et approcha l'extrémité de son sexe tout près de sa bouche.

— Ouvre.

Elle obéit à son ordre sans la moindre hésitation, avec, dans le regard, un éclat qui ressemblait presque à du défi.

Il entra dans sa bouche et fut immédiatement enivré, étourdi par la vision d'elle qui l'accueillait, centimètre après centimètre.

Lorsqu'il atteignit sa luette, il interrompit sa progression, en dépit de son envie impétueuse de prendre possession de sa bouche. Rester immobile requérait un tel effort qu'il sentit de la sueur perler dans sa nuque. Elle était si belle !

— Je vais prendre ta bouche, l'avertit-il, avançant de quelques millimètres.

Elle cligna des paupières et, en guise de réponse, lécha la face inférieure de son sexe.

Sa provocation eut raison des dernières barrières qui se dressaient entre son désir et lui. Il resserra son emprise dans ses cheveux et lui caressa la joue de sa main libre, puis il se mit à aller et venir dans sa bouche en prenant soin de ne jamais en sortir totalement. Des émotions qu'il avait crues mortes resurgirent alors, en même temps que la montée d'adrénaline qui accompagnait le fait de la dominer.

Plus encore que ses caresses chaudes et humides, plus encore que la façon dont elle aspirait l'extrémité de son sexe quand il la laissait au bord de ses lèvres, c'était la beauté de son acte qui le rendait fou. La façon dont elle s'abandonnait à lui. La manière dont elle avait croisé les mains derrière le dos, sans qu'il sache si c'était accidentel ou intentionnel.

Il arqua les hanches pour s'enfoncer plus profondément en elle et se retira, avant de répéter son geste. Il crut remarquer que la respiration de Liv s'était accélérée, car il distinguait vaguement sa poitrine qui se soulevait plus rapidement. Pour le reste, toute son attention était concentrée sur ses yeux qui étaient plongés dans les siens. Le défi avait disparu, et il y lisait maintenant ce qui ressemblait à du doute et de l'inquiétude.

— Détends-toi, dit-il doucement, en lui caressant la joue. Je ne vais pas te faire de mal, fais-moi confiance.

Il avança encore et au bout quelques battements de cœur, ce qu'il espérait arriva : un déclic se produisit chez Liv, déclic qui la fit passer de l'acceptation au réel don de soi.

Ses épaules tendues se relâchèrent, elle laissa sa tête reposer dans sa main, et sa mâchoire se détendit. Elle était prête à prendre tout ce qu'il voudrait bien lui donner. Le rythme jusqu'alors effréné de sa respiration ralentit. Mais surtout, ce fut dans son regard qu'il remarqua le changement qui s'opérait en elle.

Elle était passée à la soumission pure et simple, cet état si compliqué à atteindre pour la grande majorité des gens. Mais pas pour elle.

Le rendre témoin de ce moment était le plus beau des cadeaux qu'elle aurait pu lui faire. Elle ferma les yeux et la sérénité sur son visage lui indiqua qu'il pouvait enfin s'abandonner. Il recommença à aller et venir, de plus en plus profondément, et elle finit par déglutir lorsque son gland atteignit le fond de sa bouche. Il crut que son corps allait voler en éclat en sentant la pression autour de l'extrémité de son sexe, et il grogna entre ses dents serrées.

Elle était si dévouée, si soumise à sa volonté qu'il aurait voulu que le temps s'arrête. Sans savoir si cet instant magique se reproduirait, il souhaitait le prolonger aussi longtemps que possible. Mais rien n'était capable de contrer l'orgasme qui montait en lui.

Il avait l'impression de renaître grâce à elle. De revivre, d'avoir de nouveau des envies, des rêves, de l'espoir. Autant de choses qui menaçaient de le détruire s'il avait l'audace de vouloir trop s'en approcher. L'audace de vouloir la garder auprès de lui.

Il grava dans sa mémoire l'image de ses derniers assauts dans sa bouche, avant de lâcher prise et de jouir enfin. Il la tenait toujours fermement par les cheveux et gémissait à chaque spasme, en proie à l'incendie qui faisait rage dans son bas-ventre et envoyait des vagues de chaleur dans tout son être.

Il retint son souffle et se pencha en avant, les yeux fermés. Mais même s'il ne la voyait pas, il ne pouvait nier l'évidence : il lui appartenait, désormais. Qu'elle veuille de lui ou non.

Après ce qui lui sembla une éternité, il recommença à respirer et rouvrit les yeux. Il eut juste le temps de se retirer avant que ses genoux ne se dérobent sous lui. Par chance, le fauteuil se trouvait toujours derrière lui et il s'y affala lourdement.

Liv l'observait sans bouger, à l'exception de ses petits mouvements pour se dégourdir la mâchoire. En voyant ses lèvres gonflées, malmenées par ses assauts impitoyables, il l'attira sur ses genoux pour l'embrasser. Le goût salé de son orgasme envahit immédiatement ses papilles, et ils gémirent de concert, goûtant la bouche l'un de l'autre.

Il n'était pas sûr qu'elle comprenne ce que ses actions signifiaient à ses yeux. Ne sachant comment qualifier ce qu'il éprouvait, il fit de son mieux pour exprimer sa gratitude en mettant dans leur baiser autant d'émotion qu'il en était capable.

Il lui fallut un long moment pour trouver le courage de desserrer son étreinte autour de ses cheveux et rompre leur baiser. Il prit son visage entre ses mains et se perdit dans son regard, dans ses pupilles rendues presque noires par la passion.

— Tout va bien ? murmura-t-il.

Elle lui sourit, de ce petit sourire plein d'amusement bienveillant et de tendresse qui lui faisait fondre le cœur. Elle lui attrapa la main et déposa un baiser dans sa paume.

— Très bien, dit-elle d'une voix un peu éraillée. Et toi ?

Il l'embrassa sur le front, avec, dans l'estomac, une boule de joie, d'inquiétude, de peur et de mille autres choses qu'il ne voulait pas nommer. Elle ne tarda pas à s'étendre jusque dans sa poitrine, menaçant de l'empêcher de respirer. Au prix d'un violent effort, il parvint à reprendre son calme et à se concentrer sur Liv.

— Dans le cas contraire, est-ce que tu me le dirais ?

Il avait besoin de savoir. Il ne pouvait pas faire ça sans cette garantie. Elle fit remonter ses mains le long de ses avant-bras puis de ses biceps, avant de les croiser derrière sa nuque.

— Oui, dit-elle dans un souffle.

Il la regarda en haussant les sourcils, et elle laissa échapper un petit sourire.

— Ecoute… Moi non plus, je ne sais pas trop à quoi on joue, dit-elle.

Son aveu lui fit l'effet d'un coup de poing dans l'estomac, même s'il savait qu'il était aussi perdu qu'elle.

— Mais ce que je peux te garantir, continua-t-elle, c'est que je sais dire non. De plus, j'ai confiance en toi et je sais que tu m'écouterais si je te demandais d'arrêter ou si quelque chose ne me convenait pas.

Il l'embrassa de nouveau, en proie à un immense soulagement.

— Toujours, lui assura-t-il avec ferveur.

— D'accord.

Et ce fut tout. Pas de grandes discussions, pas de grands débats, l'acceptation, tout simplement. Elle lui accordait une confiance absolue avec une telle facilité que son monde, sa vie, et toutes ses croyances s'en trouvaient chamboulées. Qu'avait-il donc fait pour mériter un cadeau pareil ?

— Il est temps d'aller te recoucher, finit-il par murmurer.

— Toi aussi, tu as besoin de dormir. C'est d'ailleurs pour cette raison que je suis venue te trouver, au départ…

Il rit doucement et lança un regard à la petite horloge sur son écran d'ordinateur.

— Il est presque 4 heures. Ce sera encore pire de dormir deux heures que de passer une nuit blanche.

Il l'aida à se relever et se souvint alors que ses vêtements étaient toujours enroulés autour de ses chevilles. Quand il voulut se lever et attraper le T-shirt de Liv, ses fesses nues collées au cuir du fauteuil produisirent un bruit de succion peu ragoûtant.

Liv tenta de ne pas rire, mais ses efforts furent anéantis

par le reniflement tout sauf distingué qui lui échappa. Noah se rassit dans un soupir et il l'attira à lui en souriant.

— Je ne savais pas que tu te comportais comme une enfant de cinq ans quand tu manquais de sommeil.

— Désolée, dit-elle entre deux éclats de rire. Je suis un peu perturbée.

Elle se nicha contre lui, et il imprima au fauteuil un doux mouvement de balancier pour la bercer. Le visage de Liv enfoui au creux de son épaule et son corps nu lui tenant lieu de couverture, il oublia tout ce qui l'attendait le lendemain et se contenta de vivre.

Chapitre 17

La salle principale du club était pleine à craquer. Certains membres étaient vêtus de costumes d'Halloween, tandis que d'autres portaient des tenues BDSM classiques. Le tout donnait lieu à un patchwork surprenant et néanmoins homogène. Le spectacle d'une Cendrillon tenue en laisse par un dom vêtu de cuir aurait été comique et incongru dans tout autre contexte mais, ici, ce genre de duo prenait tout son sens.

Le volume de la musique était un tantinet moins élevé que d'habitude, ce qui rendait les discussions plus faciles, et faciliterait aussi, malheureusement, rumeurs et conversations à propos de l'accident et de Harcourt, songea Noah.

— Ça fait plaisir de voir tout ce monde, dit Rock.

Certes, mais Noah ne parvenait pas à se réjouir totalement.

— Est-ce que c'est mal d'avoir espéré qu'il n'y aurait personne ? demanda-t-il.

Le reniflement amusé de Rock lui arracha un sourire.

— Non. Et, rassure-toi, tu n'es pas le seul à l'avoir espéré.

Rock croisa les bras sur la poitrine et scanna la pièce du regard, tel un prédateur.

— Je ne regrette pas qu'on n'ait pas autorisé les membres à amener un invité comme on le fait d'ordinaire lors des soirées. Ç'aurait été l'enfer de contrôler tout le monde.

— On ne peut prendre aucun risque. Imagine qu'un journaliste parvienne à s'introduire ici.

Ils craignaient toujours que la presse trouve le moyen de se faufiler à l'intérieur du club, même s'ils avaient sécurisé le Red Room au maximum.

— Foutus vautours ! grommela Rock. Il n'y en a pas un pour rattraper l'autre.

Voilà bien un point sur lequel Noah ne pouvait pas le contredire.

Depuis leur perchoir, un petit balcon privé qui dominait la salle, ils pouvaient voir presque toute la piste ainsi que le bar. Rock n'avait pas ménagé ses efforts pour augmenter la sécurité. De nombreux hommes et femmes portant un T-shirt aux couleurs du Red Room étaient postés dans la pièce, tandis que d'autres se promenaient incognito parmi les invités.

Ça n'avait pas été facile, mais la réouverture s'était déroulée sans accrocs. Quelques employés avaient démissionné, mais Marcus avait tout mis en œuvre pour trouver des remplaçants à temps. Quant à Butch, il avait accepté de superviser le Donjon ainsi que les doms et subs qui travaillaient au club. Cela dit, ces derniers n'avaient pas vraiment besoin de surveillance, autrement, Deklan ne les aurait jamais embauchés.

— Il y a quand même quelque chose qui cloche…, dit Noah.

— Je trouve aussi, fit Rock.

Noah avait les yeux fixés sur le carré VIP vide en

dessous d'eux. L'absence des autres associés était palpable et l'atmosphère s'en ressentait, en dépit de la bonne ambiance générale. Tous n'étaient pas là tous les soirs, mais connaître la raison de leur absence avait un impact sur toutes les personnes présentes. D'autant plus qu'aucun d'eux n'avait la moindre idée de quand ils seraient en mesure de revenir.

— Est-ce que Carter est ici, ce soir ?

— Oui, dans la salle de vidéosurveillance. Je l'ai chargé de contrôler les écrans.

Rock marqua une pause, puis demanda :

— Où est Liv ?

Certainement pas ici !

Noah s'efforça de ne montrer aucune émotion, le regard toujours fixé sur ce qui se passait dans la salle.

— A l'hôpital.

Il avait demandé à Cali de s'assurer que Liv serait occupée pour toute la soirée, et elle avait accepté sans poser de question.

— Tu la tiens à distance du club ?

— Parce que tu n'en ferais pas autant, peut-être ?

La présence de Liv avait déjà été assez éprouvante dans un club vide. Il se sentait incapable de gérer sa présence ce soir, pas plus que les sentiments qu'elle avait éveillés chez lui.

— Bon courage ! ironisa Rock, avant de laisser échapper un petit rire.

Génial. Comme s'il avait besoin de ce genre de railleries ! Comme si ça ne suffisait pas d'essayer de régler les problèmes des autres et les siens par-dessus le marché !

— Si tu me cherches, je serai dans mon bureau, continua Rock, sans paraître remarquer son agacement.

Puis il descendit l'escalier, le bruit de ses pas se fondant bientôt à la musique.

Après sept ans d'activité, le club obéissait à une routine bien établie. Seth, Jake et Deklan avaient une relation privilégiée avec le personnel : la plupart des employés travaillait au Red Room depuis son ouverture, et Noah leur était vraiment reconnaissant de leur dévouement. Tout comme il l'était à Marcus pour l'idée qu'il avait eue, l'année précédente, de déléguer davantage de responsabilités. Grâce à son initiative, chaque employé avait gagné en autonomie et tout fonctionnait sans que lui-même ait besoin ce soir de superviser chaque détail. Des détails qu'il n'avait honnêtement pas envie de connaître ou d'apprendre.

Il examina une dernière fois la pièce, puis descendit à son tour au niveau inférieur. Des bruits lui parvenaient du Donjon, ce qui ajoutait à l'atmosphère déjà décadente, mais il les ignora. Il avait appris depuis longtemps à ignorer le bruit des coups et les cris, de même que l'odeur particulière de cuir, de sexe et de sueur qui semblait coller à chaque donjon. Tout comme il était passé maître dans l'art de ne pas prêter attention aux soumises qui tentaient d'attirer son regard.

Plus d'un dom l'arrêta en chemin pour lui poser des questions ou lui offrir son soutien. C'était pour ça qu'il était là : pour incarner le club quand tout le monde avait besoin d'un visage, d'une personne vers qui se tourner. Peu importait qu'il déteste ce rôle, c'était le sien jusqu'à nouvel ordre.

Il repéra Butch qui se baladait dans le Donjon à ses cheveux roux et son bouc, qui viraient au poivre et sel. Sa stature musclée et son regard fixe renforçaient l'autorité naturelle qui émanait de sa personne. Il approchait de la cinquantaine, mais son âge ne semblait influer en rien sur sa ligne, comme en attestaient son pantalon en cuir noir et son T-shirt moulants.

Noah attendit qu'il remarque sa présence, puis se dirigea vers un coin de la pièce où ils pourraient discuter tranquillement. La plupart des appareils étaient utilisés, mais c'était également une chose qu'il avait dû apprendre à ignorer. Ce qui se déroulait devant ses yeux n'éveillait aucun désir en lui, pas plus qu'il ne faisait remonter à la surface son côté dominateur.

Plus rien n'avait cet effet sur lui. Ou plutôt, rien n'en avait eu jusqu'à l'arrivée de Liv dans sa vie…

— Bonsoir, Noah.

— Bonsoir, Butch, répondit Noah en lui serrant la main. Tout va bien ?

Butch regarda autour de lui, l'air placide et détendu.

— Vous avez une équipe et des installations géniales ! Je me demande presque ce que je fais là, avoua Butch, en lissant son bouc.

— Justement, tu es là pour t'assurer qu'elles le restent.

— Et tu veux me payer pour ça ? s'étonna Butch, en haussant les sourcils.

— Tu es le dom le plus expérimenté que je connaisse. Tu sais quoi observer et surtout *qui* observer. Ta présence seule suffit à limiter les problèmes.

Noah jeta un regard rapide autour de lui et enfonça les mains dans les poches de son pantalon, les doigts à la recherche de la surface lisse de la clé.

— Partage ce que tu as appris au cours de tes années passées dans la communauté et assure-toi que tout roule, ça m'évitera d'avoir à le faire moi-même.

— Rien que ça ? dit Butch en souriant en coin. Peut-être que je devrais augmenter mes tarifs de consultant !

Noah pouffa et secoua la tête.

— Tu ne vas pas me faire croire que tu préfères être chez toi à te tourner les pouces.

Butch avait revendu son entreprise l'année précédente, avec une marge de profit qui promettait de le tenir à l'abri du besoin jusqu'à la fin de ses jours. Noah le savait car c'était lui qui avait rédigé les contrats de vente. Et, depuis, Butch s'ennuyait ferme.

— Tu sais pour combien de temps tu es susceptible d'avoir besoin de mon aide ?

— Si je te réponds : indéfiniment, ça te paraît trop long ?

— Je resterai aussi longtemps que vous aurez besoin de moi. Cet enfoiré de Harcourt ne va pas gagner cette bataille ! s'exclama Butch, les yeux lançant des éclairs. Dis à Deklan de se concentrer sur Kendra. Je me charge du club.

Noah lui pressa l'épaule, la gorge serrée de gratitude.

— Merci. On apprécie beaucoup ton aide.

— C'est normal. Au fait, est-ce que ça te dérange si j'organise une réunion avec les subs et les doms du personnel ?

— Absolument pas. Est-ce que ma présence est requise ?

— Pas particulièrement. Je devrais réussir à gérer ça tout seul.

Et voilà ! C'était exactement pour ça qu'il avait été engagé.

— Parfait. Tu as mon numéro si tu as besoin de quoi que ce soit.

Sur ces mots, Noah tourna les talons et laissa Butch faire son travail. Il marqua une pause en haut des marches, pour regarder le Donjon une dernière fois. L'espace d'un court instant, il imagina Liv attachée à la croix de saint

André, les jambes et les bras écartés, les fesses nues, ses fossettes si sexy au bas du dos.

Cette image fut immédiatement remplacée par celle de Beth, accrochée au bout d'une corde. Sa bouche, jadis souriante, était déformée par un cri silencieux. Ses yeux vides le fixaient sans le voir, tandis qu'elle pendait là, après avoir lancé un appel à l'aide torturé et désespéré qui ne lui était jamais parvenu.

Un frisson glacé le parcourut, figeant son sang dans ses veines. Les battements de son cœur résonnaient à ses oreilles, et son souffle resta bloqué dans ses poumons jusqu'à ce qu'il se force à respirer. Bouleversé et tremblant, il parcourut le couloir d'une démarche qu'il voulait assurée, comptant chaque pas pour penser à autre chose qu'à la vision d'horreur gravée dans son esprit.

Un, deux, trois, quatre, cinq…

Ce ne fut qu'une fois dans l'ascenseur qu'il retrouva un semblant de calme. Ses respirations mesurées finirent par l'aider à retrouver un rythme cardiaque normal, et il parvint à ensevelir la dernière once de panique qui le consumait.

C'était pour ça qu'il n'était plus dominateur. L'idée seule d'avoir une telle responsabilité vis-à-vis de quelqu'un le terrifiait. L'étincelle et le désir qui l'avaient animé à une époque étaient morts en même temps que Beth. Il pouvait encore faire partie de ce monde, mais jamais plus il ne pourrait en être un membre actif.

Peu importait que Liv réveille son côté dominant, ce bref voyage dans le passé lui confirmait qu'il n'avait pas la force d'être son dominateur. Quand bien même elle l'aurait voulu.

Chapitre 18

— Vos clients se sentent-ils le moins du monde responsables de ce qui s'est passé ? demanda la journaliste.

La caméra était braquée sur Noah, mais Liv reconnut le timbre agaçant de la femme qui, la première, avait lancé le scoop au journal du matin, neuf jours plus tôt.

Il fixait l'objectif sans ciller, d'un air absolument impénétrable. Même si elle ne le voyait que par le biais d'un écran de télévision, la dureté de ses traits la fit frissonner. L'homme qui se tenait face à la meute de journalistes dans le cadre d'une conférence de presse était à des années-lumière de celui, tendre et attentif, qui la serrait dans ses bras chaque soir. C'était vraiment troublant de constater une telle dichotomie chez lui. Et terriblement excitant.

— Pourquoi devraient-ils se sentir responsables ? répondit-il. Est-ce que vous vous sentiriez responsable, si quelqu'un grillait délibérément un feu rouge dans le but de blesser, ou même de tuer, votre mari ? Vos enfants ? Votre famille ? Mes clients n'étaient pas au volant du pick-up, ce ne sont pas eux qui ont fait ce choix. La responsabilité n'appartient qu'à Remington Harcourt et à lui seul.

— Mais c'est leur lien avec le Red Room qui a poussé Harcourt à agir de la sorte. Si…

— Vous ne pouvez pas accuser tout le monde d'être fautif, l'interrompit Noah.

L'expression de son visage se durcit, tout comme son ton.

— Mes clients sont à la tête d'un établissement respectable, qui obéit à la législation en vigueur dans notre ville et dans cet Etat. Ils respectent les lois et n'ont jamais fait l'objet de la moindre accusation ni commis le moindre méfait.

— Etes-vous en train de dire que rien de ce qui se passe au Red Room n'est répréhensible ?

Pendant une fraction de seconde, une lueur particulière s'alluma dans le regard de Noah ; elle lui donnait l'air d'un prédateur prêt à se jeter sur sa proie.

— Croyez-vous à la liberté d'expression, mademoiselle Coats ?

— Naturellement.

— Que pensez-vous de la liberté de religion ? De la liberté pour chaque individu d'aimer qui bon lui semble, comme bon lui semble ? Que pensez-vous de ces libertés-là ?

Il se pencha en avant, et l'armée de micros recula légèrement.

— Comment réagiriez-vous, si je braquais une caméra sur vous et que je vous demandais de vider le tiroir de votre table de nuit ? Imaginez à quel point vous trouveriez ça intrusif.

Il marqua une pause durant laquelle la journaliste ne dit pas un mot.

— Et maintenant, reprit-il, dites-moi… Que trouverions-nous dans ce tiroir, mademoiselle Coats ? Une bible ou un godemiché ?

L'éclat de rire de Liv se joignit au grognement de Vanessa et à l'exclamation de Holden.

— Pitié ! gémit V. Dites-moi qu'il ne vient pas vraiment de dire ça !

— Devrions-nous vous juger en nous basant sur ce que nous y trouverions ? continua Noah. Car je vous signale que c'est exactement ce que vous êtes en train de faire avec mes clients, ainsi qu'avec toutes les personnes qui ont eu l'occasion de se rendre au Red Room.

Le silence qui s'ensuivit fut bref mais poignant, et Liv se sentit déborder de fierté. Noah était en train de botter les fesses des vautours qui encerclaient l'hôpital depuis une semaine et qui essayaient de calomnier les victimes tout en absolvant le coupable. A leur décharge (quoique), ils avaient été tout aussi vicieux avec la famille de Harcourt. Quoi de mieux que de s'en prendre à des innocents pour faire monter l'audience ?

— Pouvez-vous nous expliquer exactement ce qui se passe au Red Room ? demanda un autre journaliste, en voyant que sa collègue ne trouvait rien à répliquer.

— C'est un club privé. Ce qui s'y passe est confidentiel.

Noah continua à faire face au flot de questions pendant quelques minutes supplémentaires, avant de se retirer et de regagner l'intérieur de l'hôpital. Sa démarche assurée et ses épaules redressées respiraient la confiance, et Liv sentit son cœur se serrer. Elle aurait tant aimé être avec lui pour le féliciter, au lieu d'être cloîtrée chez sa sœur ! Il agissait et faisait tout ce qui était en son pouvoir pour protéger tout le monde.

Vanessa attendit que le journaliste ait terminé de résumer la conférence de presse pour éteindre la télévision. Puis elle lança avec fracas la télécommande sur la table basse, avant de se prendre la tête entre les mains.

Ses longs cheveux noirs recouvrirent son visage tel un rideau soyeux.

— Pourquoi est-ce que tu te mets dans un état pareil ? Il s'en est très bien sorti, je trouve, tenta de la rassurer Liv.

Assis à côté d'elle sur le canapé, Holden lui sourit, tout en massant le dos de V.

— Ce n'est pas à cause de la conférence de presse. C'est la situation en général qui la met dans cet état.

— Je suis une grande fille, s'offusqua Vanessa. Je peux répondre toute seule !

— Vraiment ? se moqua Liv. Je n'aurais pas cru.

Vanessa soupira à fendre l'âme, ce qui fit sourire Liv. Aussi loin qu'elle s'en souvienne, c'était la marque de fabrique de sa sœur. Cela dit, elle l'entendait soupirer moins souvent depuis que Holden était entré dans sa vie.

— Plus sérieusement, qu'est-ce que tu en penses ? reprit-elle. De ton point de vue de chargée de relations publiques ?

— Il ne s'en est pas tenu au script.

— Et ça t'étonne ?

Holden réprima difficilement son rire, ce qui lui valut une tape sur la cuisse de la part de Vanessa. Il se figea aussitôt et, soudain, cet échange prit une toute nouvelle signification aux yeux de Liv. Est-ce que ça faisait partie de leur fonctionnement ? Est-ce que leurs rôles de dom et de sub dépassaient le cadre de la chambre à coucher ? Elle n'en avait pas l'impression, mais elle ne s'était pas posé la question auparavant. Peut-être parce qu'elle n'en avait jamais su suffisamment pour s'interroger sur le sujet, et qu'elle n'avait pas pour habitude de disséquer les interactions quotidiennes des couples qui embrassaient ce mode de vie.

— Tu ne devais pas aller à l'entraînement ? demanda Vanessa en se tournant vers lui.

Il sortit son portable de sa poche pour regarder l'heure.

— Si, répondit-il, en l'embrassant sur la tempe. Et je vais à la salle de sport avec Walters ensuite. Je ne serai pas de retour avant 18 heures.

Vanessa lui sourit, une marque d'affection qu'elle réservait uniquement à Liv d'habitude. C'était si agréable de la voir s'ouvrir à Holden de la sorte !

— Je ne vais pas tarder à aller au bureau. J'essaierai de rentrer en même temps que toi.

— D'accord. Est-ce qu'on tente de s'introduire dans l'hôpital ce soir ?

— Comment tu peux réussir à rendre ça cochon ?

— Je ne suis qu'un sale sportif obsédé, tu sais bien.

— Vous êtes tellement mignons, tous les deux, les taquina Liv en riant.

— Au secours ! gémit V.

Holden lui vola un baiser et bondit sur ses pieds. Il contourna la table basse et donna une petite bourrade à Liv.

— Tu es jalouse, c'est tout.

— Tu crois ça ?

Elle parvint à lui donner un coup de pied aux fesses avant qu'il ne soit hors de sa portée.

— Personnellement, je pencherais plutôt pour une crise d'hyperglycémie tellement vous êtes écœurants.

— Jalouse ! lui cria Holden depuis l'entrée.

Liv ne prit pas la peine de répondre et sourit à sa sœur, qui observait la scène avec bienveillance. V s'adossa contre le canapé et croisa les jambes. L'ourlet de sa jupe remonta, dévoilant des formes qui auraient fait pâlir d'envie n'importe quelle femme. Ça ne faisait aucun doute, V avait vraiment les gênes de leur père. Elle, de son côté, avait plutôt hérité des formes de sa mère. Elle avait des hanches « faites pour avoir des enfants », comme le disait toujours fièrement sa grand-mère. Quelle chance…

— Qu'est-ce qui te fais sourire comme ça ? demanda V.

— Holden et toi. Ça me fait plaisir de vous voir aussi heureux.

— N'en jette plus, je craque !

Vanessa se leva d'un bond, attrapa la bouteille d'eau vide que Holden avait laissée sur la table basse et sortit de la pièce au pas de course, ses talons aiguilles cliquetant sur le parquet.

— Qu'est-ce que j'ai dit ?

Constatant que V ne répondait pas, Liv leva les yeux au ciel, puis se résolut à lui emboîter le pas.

Vanessa était accoudée au comptoir de la cuisine, en train d'écrire quelque chose sur un bloc-notes. Même sans sa veste de tailleur, elle avait toujours un air intellectuel et professionnel. Exactement comme Noah. Elle n'avait pas besoin d'une tenue particulière pour inspirer le respect. Les similarités entre eux ne cessaient jamais de la surprendre.

Elle avait entendu des tas d'histoires à propos de femmes qui épousaient le sosie de leur père, ou d'hommes qui se mariaient avec le clone de leur mère. En revanche, elle n'avait jamais eu vent d'histoires similaires entre frères et sœurs. Pourtant, Vanessa avait endossé le rôle de mère vis-à-vis d'elle lorsqu'elles étaient enfants, et heureusement, car on ne pouvait pas dire que leurs parents se soient particulièrement distingués, à l'époque. Mais, à présent, Vanessa était sa sœur. Une sœur à laquelle elle parvenait toujours à se confier, d'habitude.

— Est-ce que je peux te poser une question ? demanda-t-elle depuis le seuil de la cuisine.

Vanessa leva les yeux de son bloc-notes avec curiosité.

— Je t'écoute.

Liv entra dans la pièce et se hissa sur l'un des tabourets, de l'autre côté du comptoir. V finit par poser son stylo et se redresser, prête à lui consacrer toute son attention. Il n'y avait que deux possibilités, songea alors Liv : soit sa sœur lui répondait soit elle l'envoyait balader. Et ne pas savoir ce qui serait le pire la rendait terriblement nerveuse.

— Comment ça marche ? Entre Holden et toi, je veux dire.

La voyant aussitôt froncer les sourcils, elle leva la main pour l'empêcher de l'interrompre.

— Je ne te parle pas des détails intimes mais de… de votre dynamique. Comment faites-vous pour gérer ce truc de dominatrice et de soumis ?

Vanessa resta parfaitement immobile, et une tension s'instaura entre elles. Le marbre du comptoir s'était soudainement transformé en un territoire neutre entre deux lignes ennemies. Liv soupira.

— Je ne te juge pas et je ne te jugerai jamais. J'essaie juste de comprendre, rien de plus. Jusqu'à il y a encore deux semaines, tout ce que je savais du BDSM se résumait à ce que j'en ai entendu pendant mes études et aux anecdotes glanées à droite et à gauche. A présent, je me retrouve au cœur d'une attaque médiatique contre de ce mode de vie, je connais davantage de personnes appartenant à cette communauté que j'aurais pu imaginer en connaître un jour, et je vis pour ainsi dire avec un dom. Alors je…

— Est-ce qu'il t'a fait quelque chose ?

La voix de V était mâtinée de cet accent surprotecteur qu'elle connaissait par cœur. Un ton qui l'avait énervée à de nombreuses reprises lorsqu'elles étaient plus jeunes, mais qu'elle trouvait cette fois réconfortant. C'était rassurant de savoir que quelqu'un tenait à elle au point de vouloir la protéger.

— Non, répondit-elle sans parvenir à retenir un sourire. Enfin, rien que je ne voulais pas, en tout cas.

V tapa sur le comptoir du plat de la main et le bruit la fit sursauter.

— Je vais le tuer !

— Il est plutôt incroyable sous la couette, si tu veux tout savoir, reprit Liv en riant.

— Je suis ravie que ça t'amuse, mais pas moi. Est-ce que tu vas bien ?

— Bien sûr que je vais bien ! Qu'est-ce qui te fait croire le contraire ?

V contourna le comptoir pour venir prendre place à côté d'elle et posa la main sur son genou.

— Je ne suis pas la seule qui est douée pour cacher des choses, on dirait.

— Ah bon ? Je ne vois absolument pas de quoi tu parles.

— Vivian… Je ne plaisante pas.

La voix de sa sœur avait ce ton autoritaire d'un parent sur le point de perdre patience.

— Sans blague. Tu ne plaisantes jamais.

— Je sais.

Le portable de Vanessa vibra, et elle s'en empara pour consulter l'écran. Quand elle le reposa et qu'elle se tourna de nouveau vers elle, son visage était parfaitement neutre.

— Alors comme ça, tu veux en savoir plus sur la dynamique entre dom et sub ? Chaque paire est différente, chaque relation aussi, comme dans n'importe quel couple. Ça dépend vraiment de la personne en face et de ce que chacun recherche.

Sa réponse allait à l'essentiel, comme si elle parlait d'un dossier avec un de ses clients. Ce n'était pas ainsi que Liv avait envisagé leur discussion, mais elle pouvait s'adapter. Ce serait d'ailleurs plus simple d'en discuter de cette façon.

— Je comprends bien que tout ne se limite pas au sexe. Ce que je me demande, c'est comment ça « marche » dans une relation.

— Honnêtement ? Je n'en ai aucune idée. C'est tellement variable… Ce que je sais, en revanche, c'est que l'honnêteté et la franchise sont encore plus importantes si la relation comporte des aspects BDSM. Si tu n'arrives pas à en discuter avec Noah, alors tu ne devrais en aucun cas faire quoi que ce soit de ce genre avec lui.

— Oh là, pas si vite ! Je n'ai jamais dit que je faisais ça avec lui.

Enfin… pas vraiment. Même si certains aspects de leurs ébats s'y apparentaient, comme la fellation qu'elle lui avait faite ou la façon dont il la maintenait immobile sur le matelas. Autant de souvenirs qui faisaient bouillir son sang dans ses veines dès qu'elle y repensait.

— Non, mais si tu me poses la question, c'est que tu es intéressée.

Voilà bien une conversation qu'elle n'aurait jamais imaginé avoir avec sa sœur ! Avec leur mère, à la rigueur, car elle n'était pas du genre pudique… Mais c'était elle-même qui avait abordé le sujet, alors…

— Il n'y a rien eu d'« officiel », dit-elle, mimant des guillemets. Mais son côté dominant est manifeste, et pas seulement dans le cadre de la chambre à coucher.

V consulta la pendule accrochée au mur de sa cuisine et attrapa son portable pour rédiger un message.

— Je vais te laisser, tu as du travail, dit Liv, en s'apprêtant à descendre de son tabouret.

Elle ne travaillait jamais entre 9 et 15 heures, car c'était l'heure à laquelle les enfants allaient à l'école. De ce fait, elle oubliait parfois que ce n'était pas le cas pour la plupart des gens.

— Je ferais mieux d'y aller, je dois passer à l'hôpital. Cali ne le dit pas, mais je sais que ça lui fait plaisir quand je lui apporte un café et que je reste pour discuter un peu avec elle. Entre ses problèmes avec sa famille et l'état de Jake, elle…

— Non, l'interrompit V en reposant son téléphone. Je viens justement d'envoyer un message à Angie pour lui demander de reporter mon prochain rendez-vous. Cette conversation avec toi est bien plus importante.

— On peut en parler une autre fois, Vanessa.

— Non, car c'est maintenant que ça te perturbe.

— Je t'assure…

— Assieds-toi ! lui ordonna-t-elle sèchement.

Elle accompagna sa phrase de l'un de ses fameux regards « si tu t'avises de me désobéir, ça va barder », et Liv s'exécuta immédiatement. Ça l'agaçait prodigieusement de voir que ce regard et ce ton fonctionnaient toujours sur elle… Les vieilles habitudes avaient la vie dure.

Soudain, V lui sourit et lui caressa l'avant-bras. — J'aurais dû te parler de tout ça depuis longtemps, dit-elle d'une voix douce. C'est un coup de chance que tu n'aies jamais été exposée, depuis le temps ! C'était une erreur.

— De quoi parles-tu ?

— De mon entêtement à compartimenter chaque aspect

de ma vie. C'était une obsession et ça m'a empêché de voir ce qui se trouvait juste sous mon nez.

— Je ne comprends plus rien…

Vanessa se laissa aller en arrière et croisa les bras, dans une attitude plus pensive que défensive.

— Tu dis que rien d'officiel ne s'était passé avec Noah. Est-ce qu'il a fait quelque chose qui t'a fait peur ?

— Je sais comment dire non ! protesta Liv, irritée.

— Et tu es aussi une grande pacificatrice.

Liv allait protester, mais ce fut V qui leva cette fois la main pour l'empêcher de l'interrompre.

— Rappelle-moi qui joue toujours les intermédiaires dans la famille ? Qui se démène toujours pour que tout le monde se sente aimé et entouré ? Qui travaille à longueur d'années pour un salaire dérisoire, pour donner à des gamins une chance que leurs parents ne peuvent pas leur offrir ? Et surtout…

Elle marqua une pause qui laissait présager le pire quant à l'estocade finale.

— Qui m'a dit, il y a seulement quelques mois, qu'elle faisait toujours ce qu'on lui disait ?

Moi…

Liv fut soudain prise d'une envie terrible de se cacher sous le comptoir et de nier en bloc toutes les vérités que sa sœur venait de lui asséner.

— Il n'y a rien de mal à être généreuse et attentionnée, grommela-t-elle.

— C'est vrai, concéda V, il n'y a rien de mal à ça. Il n'y a rien de mal non plus dans le fait de vouloir rendre les gens heureux ou d'avoir besoin de faire plaisir. C'est même très bien, si ça te rend heureuse. Mais tu dois avoir conscience que ces tendances se traduisent de façon très particulière dans le mode de vie BDSM. Enfin, je pense que tu t'en rends déjà compte et que c'est pour ça que tu me poses la question.

Elle marqua une nouvelle pause, et Liv eut l'impression d'être sur le point de sombrer.

— Mais es-tu prête à creuser davantage ? A t'impliquer davantage ? C'est une chose dont toi seule peux décider.

Pourquoi avait-elle commencé cette conversation ? Ah oui... Parce qu'elle aimait, ou plutôt qu'elle adorait, quand Noah la dominait et devenait un peu brutal pendant l'amour.

Elle ferma les yeux et se prit la tête entre les mains. Savoir que Noah était un dom faisait clairement d'elle sa soumise dans leur relation, mais elle n'arrivait pas à se faire à cette appellation. Elle ne voulait pas être faible. Cela dit, Holden ne lui avait jamais semblé faible. Soumis ou non, elle l'avait toujours vu comme un homme fort et confiant.

— On peut arrêter de tourner autour du pot ? marmonna-t-elle. On sait toutes les deux que c'est un dominateur. Ça fait donc de moi sa soumise s'il se passe ce genre de trucs.

— Quel genre de trucs ?

— Vos trucs, répondit Liv en agitant la main vers sa sœur. Tout ce que tu fais avec Holden et que tu n'as jamais voulu évoquer avec moi. Ces trucs-là.

— Si tu n'arrives pas à en parler clairement, il vaudrait sans doute mieux pour toi que tu ne les fasses pas.

— Oh ! lâche-moi ! Je ne suis plus une gamine !

Liv se leva et alla se positionner de l'autre côté du comptoir pour pouvoir la fusiller du regard tout en étant hors de sa portée.

— BDSM. Fouets, chaînes, menottes et tout le tremblement. Fessez-moi, Maître, et attachez-moi, tant que vous y êtes. Ces trucs ! lança-t-elle espérant la blesser.

— Pourquoi es-tu aussi en colère ?

La curiosité et la douceur de V lui coupèrent immédiatement l'envie d'être méchante sans raison. Elle se comportait exactement comme la gamine qu'elle assurait ne pas être. Qu'est-ce qui n'allait pas bien chez elle ? Elle croisa les bras sur le comptoir et y enfouit son visage pour se cacher. Encore une grande preuve de maturité !

— La semaine a été longue depuis l'accident. Ça a été très éprouvant physiquement et émotionnellement, reprit V d'un ton bien plus compréhensif que Liv ne le méritait. Ce que je veux dire par là, c'est que ce n'est peut-être pas le meilleur moment pour explorer les tendances à la soumission dans le cadre d'une relation sexuelle ou amoureuse.

Voilà. *Ça*, c'était mature, adulte et réfléchi !

— Je sais, souffla Liv entre ses bras. Sauf que c'est en ce moment que la relation en question a lieu.

Elle renifla, sans même savoir pourquoi elle pleurait.

— Il ne l'avouera jamais, mais je pense que c'est maintenant qu'il a besoin de moi. Et je n'ai pas envie de passer à côté de quelque chose qui pourrait être génial, si toutefois ce n'est pas complètement malsain.

Le petit rire de Vanessa allégea un peu le poids qui pesait sur ses épaules.

— C'est marrant… Ce que tu dis n'a pas de sens et pourtant, je comprends tout.

— Peut-être parce que tu es la seule personne capable de comprendre ma logique tordue.

Le bruit du tabouret qui crissait sur le parquet puis celui des talons de V lui firent relever la tête.

— Viens avec moi.

— Où ça ?

— En bas. Je veux te montrer quelque chose.

Liv se leva et suivit sa sœur, bien décidée à arrêter de se comporter comme une idiote.

— Tu as acheté une nouvelle télé ? plaisanta-t-elle. Parce que celle que tu as serait parfaite pour la salle multimédia du centre.

— Quelle salle multimédia ? demanda V, en lui jetant un regard confus par-dessus son épaule.

— Justement, dit Liv avec un sourire triomphal, tandis qu'elle descendait les marches d'un pas bondissant.

Sa sœur secoua la tête sans répondre et contourna la grande table de billard derrière le canapé et la fameuse télévision. Elle s'arrêta alors devant une porte que Liv avait toujours prise pour celle d'un grand placard.

— Tu as des meubles en trop dont tu cherches à te débarrasser ? Tu sais qu'on aurait bien besoin d'un ou deux vieux canapés et de quelques fauteuils.

— Liv…

Le ton menaçant qu'elle avait l'habitude d'ignorer était de retour.

— Vanessa, l'imita-t-elle, tout comme elle le faisait avec Noah.

V leva les yeux au ciel, et Liv se mit à rire.

— Il va avoir du fil à retordre avec toi !

Vanessa donna un tour de clé pour ouvrir la porte, appuya sur un interrupteur pour allumer la lumière, et entra dans la pièce.

Liv l'imita, mais resta pétrifiée à peine le seuil franchi.

— Putain de…

Elle laissa son juron en suspens, une habitude acquise à force de travailler avec des enfants. Il lui fallut un instant pour comprendre ce qu'elle avait sous les yeux.

Mais après sa petite visite guidée au Red Room, il n'y avait pas d'erreur possible.

— Tu as un donjon dans ton sous-sol !

Elle se rendit compte aussitôt que son constat résonnait presque comme une accusation, alors que ce n'était pas le cas. Mais elle était trop abasourdie pour rectifier le tir.

— On appelle ça une salle de jeux, répondit V avec une certaine raideur.

Un lit recouvert d'une grande couette blanche occupait un des coins de la pièce. Juste à côté se trouvaient un cheval-d'arçons, ainsi qu'une barre verticale. Il y avait aussi des bancs, des poulies, et une armoire contre le mur opposé. Cet aspect secret de la vie de sa sœur était bien réel, et cette réalité frappa Liv en plein visage. Le savoir en théorie était bien différent d'en avoir la preuve matérielle, devant ses yeux.

V était en train de lui exposer la part la plus intime de son existence. Elle se mettait dans une position extrêmement vulnérable, et ce dans le seul but de l'aider.

Liv risqua un regard vers elle : le menton relevé, le dos droit et les lèvres serrées, Vanessa était raide comme un piquet. Il ne lui fallut qu'une seconde pour traverser la pièce et se jeter à son cou. V poussa une petite exclamation de surprise et chancela, mais Liv la retint fermement contre elle.

— Merci ! dit-elle, en la serrant de toutes ses forces. Merci de me faire suffisamment confiance pour me laisser entrer et me montrer tout ça.

Elle battait des paupières à toute vitesse pour se retenir de pleurer, mais les émotions qui déferlaient étaient trop fortes.

— Merci, répéta-t-elle d'une voix étranglée, avant que les larmes ne se mettent à ruisseler sur ses joues.

V ne répondit pas et continua simplement à la serrer dans ses bras. Cette étreinte était tout ce dont Liv avait besoin. Ou, plutôt, c'était un bonus : en y réfléchissant, la plus belle preuve d'amour, c'était le fait de lui avoir ouvert cette porte. Elle renifla et finit par lâcher sa sœur pour s'essuyer les yeux.

— Désolée, dit-elle en fouillant ses poches à la recherche d'un Kleenex.

Vanessa avait pris les devants : elle franchit les quelques mètres qui la séparaient de la commode près de la porte et s'empara d'un paquet de mouchoirs. Elle en prit un et se moucha avant de tendre la boîte à Liv, puis toutes deux sourirent en même temps.

Avec leurs yeux rouges et leurs nez qui coulaient, dans une pièce remplie d'appareils qui n'auraient jamais eu leur place au centre, elles avaient franchi un fossé. Le fossé qui les avait séparées depuis le matin, quinze ans plus tôt, où Liv avait vu sa sœur rentrer chez eux échevelée, tremblante et terrifiée. V avait toujours été là pour elle mais, après cet incident survenu au lycée, elle était passée maîtresse dans l'art de tenir les autres à distance, sa sœur y compris.

Liv prit une grande inspiration et examina la pièce une nouvelle fois, puis elle envoya valser ses chaussures et grimpa sur le lit.

— Viens, dit-elle en tapotant le matelas à côté d'elle.

Elle crut d'abord que V allait refuser, mais cette dernière finit par retirer ses chaussures à talons et relever sa jupe pour escalader le matelas. Liv attendit qu'elle soit confortablement installée et appuya sa tête contre la sienne.

— Dis-moi, comment es-tu entrée là-dedans ?

demanda-t-elle, en désignant d'un geste circulaire la salle autour d'elles.

V toussota avant de répondre.

— C'est plutôt simple…

— Tant mieux, parce qu'on n'a pas le temps de faire compliqué.

Elles avaient traversé beaucoup de choses toutes les deux, et le manque de présence et de dévouement de leurs parents les avait beaucoup rapprochées. Mais le viol dont Vanessa avait été victime avait érigé un mur entre elles. A présent, la vie leur offrait une seconde chance. Elle ne s'était jamais sentie plus proche de sa sœur et elle était bien décidée à ne pas gâcher cette opportunité.

— Je serai brève : comme tu le sais, j'ai suivi une thérapie à la fac. Un jour, pendant une séance de groupe, quelqu'un a parlé de ça en expliquant que ça lui avait permis de surmonter son passé. On en a discuté après la séance, elle m'a emmenée dans un club et le reste s'est fait naturellement. J'avais enfin trouvé un endroit où je me sentais à ma place et où personne ne me jugeait.

— Tu sais que je ne te jugerai jamais, chuchota Liv.

— Je sais, mais je ne pouvais pas prendre ce risque.

— Est-ce que je peux te poser une autre question ? Un truc sur lequel je m'interroge depuis des années.

— Je t'écoute.

— Pourquoi le sport ?

Liv pivota pour la regarder, mais V se raidit, alors elle reprit sa position initiale. Elle lui serra la main plus fort et continua :

— Après ce que ces joueurs de foot américain t'ont fait subir et la façon dont l'équipe t'a traitée durant ta terminale, pourquoi as-tu décidé de représenter et de défendre des athlètes masculins ? C'est quelque chose que je n'ai jamais compris.

— A cause du pouvoir, répondit V instantanément. Du moins au début. C'était comme faire un grand bras d'honneur au groupe d'hommes qui m'avaient fait du mal. C'était jubilatoire de voir l'incarnation de tout ce que je détestais venir me demander de l'aide. J'ai toujours fait mon travail dans le but de les aider, et c'est encore le cas. Mais chaque déclaration idiote, chaque décision stupide, chaque bourde que faisaient ces types m'aidait à me rappeler à quel point ces abrutis arrogants et vaniteux m'étaient inférieurs.

Elle s'interrompit pour reprendre son souffle, et ses épaules s'affaissèrent.

— Ensuite, j'ai travaillé avec des athlètes gentils. Des sportifs humbles, qui voulaient juste faire leur travail et être doués dans leur domaine. Ça m'a permis de comprendre qu'il pouvait y avoir des exceptions à la règle et qu'ils n'étaient pas forcément tous des salauds, même si ma rancœur était toujours là. A présent, je continue car j'ai fait mes preuves dans une profession largement dominée par les hommes, et je suis fière d'être l'une des rares femmes à tirer les ficelles. J'ai gagné leur respect et j'aime le pouvoir que ça me confère. De plus, tu sais à quel point j'ai toujours aimé le sport. Il était hors de question de laisser ces types me priver de ça.

Elle serra le poing, et Liv pressa doucement son autre main, qu'elle tenait toujours dans la sienne. Elle venait d'en apprendre davantage en quelques phrases qu'en plusieurs années. Ces révélations répondaient à de nombreuses questions obscures, tout en en faisant naître de nouvelles.

— Mais, alors, si tu aimes autant le pouvoir, comment parviens-tu à respecter ceux qui ne veulent pas en avoir ?

C'était une façon détournée de poser la question qui la tenaillait vraiment. V sembla le comprendre, car elle serra sa main à son tour.

— Voyons, Liv… C'est toi qui as le pouvoir ! dit-elle d'une voix où perçait un sourire. C'est ce que tu n'as jamais compris et c'est aussi l'une des raisons qui font que je t'aime tant. Tu as bien plus de pouvoir que moi ! C'est ce que la plupart des gens ne comprennent jamais : dans n'importe quelle relation BDSM, c'est le soumis qui est réellement au pouvoir.

— Quoi ?

Liv était si surprise qu'elle se redressa brusquement, et sa tête heurta le mur derrière elle.

— Aïe ! Qu'est-ce que tu veux dire exactement ?

V gloussa et lui tapota la main.

— Je ferais n'importe quoi pour toi. Tu le sais, n'est-ce pas ?

— Moi aussi, je ferais n'importe quoi pour toi.

— Eh bien, tu vois, ça vaut aussi pour Holden. Je l'aime et je chéris tout ce qu'il me donne. Il a le pouvoir de refuser de faire ce que je lui demande, de dire non. Il sait que je l'écouterais si c'était le cas, et sa confiance est à la fois une grande leçon d'humilité et une immense responsabilité. Je ne peux lui donner que ce qu'il veut bien que je lui donne. Mais en lui donnant ce qu'il veut, j'en obtiens davantage en retour. C'est un échange qui fonctionne toujours dans les deux sens, peu importe l'impression que ça peut provoquer.

Liv prit quelques instants pour digérer tout ça. Le concept était très simple, mais c'était à des années-lumière de l'image qu'elle avait de ce type de relation, dans laquelle, croyait-elle, le soumis n'avait absolument aucun pouvoir. Elle avait insisté sur le fait qu'elle savait dire non, sans toutefois se rendre compte que c'était une forme de pouvoir, et non pas une simple porte de sortie.

— Et à l'extérieur de cette pièce, alors ? Comment ça se passe ? Où s'arrête cet échange dont tu parles ?

— Cet échange ne s'arrête pas et il ne devrait jamais s'arrêter dans une relation équilibrée, que ce soit avec ou sans BDSM. C'est une chose que j'ai comprise il n'y a pas si longtemps. Je sais qu'on a tout un tas de mauvais exemples dans la famille, mais ça devrait toujours être donnant donnant. Dans le cadre du BDSM, la dynamique est trop variable pour que je puisse te donner une réponse bien arrêtée. Holden est mon soumis, que ce soit dans cette pièce et en dehors. Cela dit, as-tu déjà remarqué quoi que ce soit qui pourrait te laisser penser qu'il l'est ?

— Non, répondit Liv sans hésiter.

— Tu vois ? souligna V avec un sourire qui adoucissait son visage. C'est exactement ce que j'essaie de t'expliquer. Le respect mutuel est toujours là. Je sais ce dont il a besoin, et ce n'est certainement pas d'être commandé ou rabaissé tout le temps.

Liv commençait à y voir plus clair. Noah ne lui avait effectivement rien fait d'irrespectueux. Il l'avait certes contrôlée et dominée lors de la fellation, mais à aucun moment elle ne s'était sentie utilisée. Elle connaissait suffisamment la sensation pour faire la différence.

— Est-ce que tu serais fâchée contre moi, si je…

Elle s'humecta les lèvres et prit un instant pour choisir soigneusement ses mots.

— … si je faisais ça avec Noah.

Pour illustrer le « ça », elle désigna la pièce d'un geste

circulaire. Elle ne parvenait pas à utiliser le mot « soumission » face à sa sœur sans se sentir inférieure à elle.

V prit ses mains et les serra fermement dans les siennes.

— Si par « ça », tu veux dire te soumettre à Noah, la réponse est : absolument pas. Je ne serais jamais fâchée contre toi pour quelque chose de ce genre, tant que c'est ce que tu veux.

— Même si tu es une dominatrice ?

— Qu'est-ce que ça a à voir ? Tu n'es pas moi !

— En effet, concéda Liv. Je suis loin d'avoir ta force.

— Là encore, tu racontes n'importe quoi. Tu te donnes les moyens d'obtenir ce que tu veux et tu y parviens sans te mettre les gens à dos. Tout le monde t'adore. C'est ça qui fait ta force. C'est de là que tu tires ton pouvoir. Mais ce qui me fait peur, c'est à quel point tu sembles disposée à vouloir donner. Tu te préoccupes tellement des autres que tu vas jusqu'à faire des sacrifices personnels pour les aider.

— Tu as peur pour moi ?

— Tout le temps.

Encore une chose sur laquelle Liv ne s'était jamais penchée jusque-là.

— Je ne savais pas.

— Si Noah est le genre de dom et de personne que j'imagine, alors lui aussi aura peur pour toi.

— Pourquoi ?

— Parce qu'il aura appris à te connaître et qu'il s'inquiétera pour ton bien-être et ta sécurité. Il se préoccupera de tout ce que tu souhaites donner aux personnes que tu estimes dignes de ton affection.

— Je suis assez grande pour m'occuper de moi, protesta Liv. Je n'ai pas besoin d'une nounou ou de quelqu'un pour décider à ma place !

Elle se remettait sur la défensive. Elle retira ses mains et croisa les bras, boudeuse.

— En effet, et je suis heureuse de te l'entendre dire. Mais, si Noah ne l'a pas compris, tu dois le lui expliquer. Dès que vous effleurez quoi que ce soit qui a trait au BDSM, vous devez impérativement en discuter.

— Je t'ai dit qu'on n'avait rien fait qui puisse officiellement s'y rapporter.

— Peu importe. Vous n'êtes pas deux gamins qui font mu-muse. Noah sait exactement ce qu'il fait. Il aurait dû te parler avant que quoi que ce soit ne se passe entre vous.

Encore un peu et la fumée n'allait pas tarder à lui sortir par les oreilles ! Mais elle ne voulait surtout pas que V prenne Noah en grippe, aussi lui caressa-t-elle le bras pour la forcer à se détendre.

— Ecoute, il n'a rien fait de mal, alors ne t'énerve pas, d'accord ?

Elle attendit que V hoche la tête pour continuer, ce qu'elle finit par faire, même si c'était à contrecœur.

— Très bien. Et sinon… quel genre de dominateur est Noah ? demanda-t-elle précipitamment, avant que son courage ne l'abandonne.

— Honnêtement, je n'en sais rien. Je ne l'ai jamais vu en action. Par contre, il m'a récemment fait une confidence qui me laisse supposer qu'il n'a pas eu de soumise depuis longtemps, même pour un soir.

Soudain, le visage de Vanessa s'assombrit.

— Pourquoi tu fais cette tête, tout d'un coup ?

— Disons qu'il lui est arrivé des choses difficiles dans le passé, mais je pense qu'il vaut mieux qu'il t'en parle.

— Mais c'est un dominateur ? Ou alors est-ce qu'il a juste un côté dominant ? Est-ce qu'il y a une différence ?

La confusion s'emparait d'elle à nouveau.

— Bien sûr qu'il y a une différence, et de taille !

V consulta l'horloge accrochée au mur et glissa vers le bord du lit.

— Je dois aller travailler.

Elle enfila ses escarpins et fit signe à Liv de la suivre.

— Je vais t'envoyer les liens de plusieurs sites. Tu n'auras qu'à les lire, et on pourra en reparler ensuite.

Elles quittèrent la pièce, et Vanessa referma la porte à clé derrière elles. C'était tellement étrange de se dire que cet endroit avait toujours été là et que jamais personne ne l'avait su. Est-ce que Noah avait quelque chose comme ça dans son sous-sol ?

— Merci, dit Liv lorsqu'elles furent revenues au rez-de-chaussée.

— Pour quoi ?

— Pour tout.

— C'est normal, et je suis là pour répondre à toutes questions. Mais tu dois vraiment parler de tout ça avec Noah.

— Je le sais bien, seulement, il est déjà si stressé avec tout ce qui se passe en ce moment… Je n'ai pas envie d'en rajouter ou d'être une source de stress supplémentaire.

— Dans ce cas, il ne devrait rien faire du tout avec toi, répéta V.

— Mais je n'ai pas envie d'arrêter non plus…

Vanessa leva les yeux au ciel et attrapa son attaché-case.

— Fais attention, d'accord ? Promets-moi d'être prudente.

— Promis, répondit Liv comme chaque fois que V lui tenait ce genre de discours. Toi aussi, fais attention. Ne laisse pas ces sales vautours s'en prendre à toi, ni à Holden d'ailleurs.

V jeta son sac sur son épaule et lui lança un regard digne d'un prédateur.

— C'est mon travail, sœurette. Ces amateurs n'ont aucune chance contre moi !

— Alors comment expliques-tu qu'ils aient réussi à découvrir autant de choses sur les autres ? Ils ont l'air plutôt doués quand il s'agit de fouiner et de traîner les gens dans la boue.

Tout le passé de Kendra concernant sa famille et leur place dans la haute société de Chicago avait été révélé quelques jours plus tôt, alors qu'elle était toujours dans le coma. Les enfants de Cali ne lui adressaient plus la parole depuis que les media avaient divulgué le passif de Jake au sein de la communauté BDSM. Quant à Tyler, son arrestation pour racolage plusieurs années auparavant avait fait les gros titres. D'après les journaux, c'était une preuve que ce mode de vie n'était qu'une couverture pour des actes sexuels illégaux.

V fit brusquement demi-tour. Ses yeux lançaient des éclairs quand elle les posa sur Liv.

— Je peux empêcher les informations de fuiter auprès des mauvaises personnes. Je peux tuer dans l'œuf des rumeurs, et je peux donner un tour plus acceptable aux sales histoires. Mais je ne suis pas magicienne : je ne peux pas enterrer les rapports de police ni effacer les noms qui figurent sur des documents officiels. Néanmoins, je fais tout ce qui est en mon pouvoir et même plus pour limiter les dégâts. Alors ne t'avise pas de croire, ne serait-ce qu'une seconde, que je ne fais pas mon maximum pour nous mettre à l'abri de tout ce cirque !

Ses mots avaient claqué comme un coup de fouet, et Liv l'attira à elle pour la serrer dans ses bras.

— Je le sais bien, V, murmura-t-elle. Excuse-moi. Je suis juste stressée, moi aussi.

Voilà qui résumait bien la situation. Et, malheureusement, cela ne risquait pas de s'améliorer dans l'immédiat.

Chapitre 19

La trace humide d'une pluie de baisers dans son cou et la douce caresse sur sa poitrine se mêlaient à un délicieux sentiment de sécurité. Une main lui effleura la pointe d'un sein, lui arrachant un gémissement, tandis qu'elle reprenait doucement ses esprits.

Elle tendit la main pour caresser la hanche de Noah, en chien de fusil derrière elle. Elles sourit en se rendant compte qu'il était nu. Elle tourna la tête pour regarder l'heure et vit qu'il était minuit à peine. C'était encore tôt pour lui.

Il l'embrassa sur l'épaule et dans le cou, jusqu'à atteindre le lobe de son oreille. Quand il caressa son sein de nouveau et pinça doucement son téton, une boule de chaleur se forma immédiatement en elle et alla se loger dans son bas-ventre.

— J'ai envie de toi, dit-il d'une voix rauque.

Son sexe en érection était plaqué contre le bas de son dos, et elle se mit à onduler des hanches.

— Je veux être en toi et te sentir jouir.

— Oui, souffla-t-elle.

C'était exactement ce qu'elle désirait, elle aussi. Elle

agrippa sa hanche pour lui indiquer son impatience et frotta avec insistance ses fesses contre son sexe.

En un instant, il lui retira sa culotte et le T-shirt trop grand qui lui servait de pyjama, avant de la faire rouler sur le dos.

Il grimpa au-dessus d'elle dans l'obscurité, telle une ombre dont elle connaissait les contours par cœur. Elle prit son visage entre ses mains et sa barbe de trois jours lui chatouilla l'intérieur des paumes. Quand il résista à sa tentative de l'embrasser, elle ne se laissa pas décourager et se redressa pour lui mordiller le cou.

— Qu'est-ce qui se passe ?

Depuis la conférence de presse, leurs journées avaient été très agitées. Ils avaient tous les deux été débordés et n'avaient fait que se croiser.

Elle se laissa retomber sur le matelas et lui caressa doucement l'épaule.

— Tu m'as manqué.

Sans crier gare, il s'empara de ses lèvres dans un baiser agressif, qui la laissa tremblante et à bout de souffle. Il semblait porter en lui un désespoir caché qui le rendait à la fois sauvage et tendre. Elle s'agrippa à son dos et enroula les jambes autour de lui pour l'empêcher de s'éloigner. Elle avait besoin de le sentir, d'être peau contre peau, son corps fragile collé à celui, puissant, de Noah.

Il murmura son prénom entre deux baisers, puis lécha et mordilla la pointe de ses seins. Il l'embrassa de nouveau, revint à ses seins, alterna encore ses petites morsures de plus en plus insistantes. Il semblait savoir exactement à quel moment elles devenaient douloureuses et il la lâchait alors, avant de recommencer.

L'absence de lumière empêchait Liv de voir ses yeux, mais elle sentait son regard fixé sur elle. Il prit ses mains et les ramena au-dessus de sa tête sans qu'elle n'oppose la moindre résistance. Elle ne résistait jamais : lui donner ce qu'il désirait lui procurait autant de plaisir que les caresses elles-mêmes.

Elle attrapa la tête de lit sans qu'il le lui demande. Ils avaient déjà fait ça avant mais, après sa conversation avec V, ce geste en apparence anodin revêtait une tout autre signification. La soumission dont elle faisait preuve voulait dire bien plus maintenant qu'elle était consciente qu'il s'agissait de ça. Elle se donnait à lui, et le savoir lui donnait l'impression de flotter.

Elle écarta les jambes et retint son souffle, frémissant d'impatience. Il fit courir sa bouche entre ses seins puis sur son ventre, avant d'atteindre son but.

Il se mit alors à lécher doucement son sexe, prenant un temps infini pour promener sa langue autour de son clitoris. Elle gémit et se laissa faire de bonne grâce quand il lui écarta davantage les jambes et lui fit plier les genoux. Elle était offerte, ouverte pour lui, prête à lui donner tout ce qu'il voudrait prendre.

Il lui glissa un oreiller sous les fesses, puis se remit à la titiller jusqu'à la rendre folle. Elle s'accrocha plus fermement aux barreaux du lit, comme s'ils étaient un point d'ancrage qui l'empêchait de perdre pied totalement.

Un océan de sensations l'emportait, un incendie lui ravageait le corps tandis qu'il la poussait toujours plus près du point de non-retour. Il l'explorait sans répit avec sa langue et ses mains, la caressant, la mordillant, la prenant, et elle ondulait de plus en plus vigoureusement.

La sensation chaude de sa langue entre ses fesses la fit redescendre brutalement de son petit nuage. Avec un petit cri de surprise, elle tenta de se dérober à cette caresse inattendue, mais Noah la tenait fermement. Il continua à décrire des cercles autour de cet endroit tabou, imprimant progressivement une pression savamment dosée.

— Noah ?

Sa voix tremblante était chargée d'hésitation et de gêne.

— Qu'est-ce que…

Il ne répondit pas, se contentant de la maintenir immobile et de caresser cette zone dont jamais personne ne s'était occupé auparavant. Chaque coup de langue faisait déferler en elle une nouvelle vague de chaleur qui la laissait perplexe. C'était si bon et si immoral à la fois qu'elle ne savait pas quoi penser. Elle perdit le fil de ses pensées lorsqu'elle sentit la pointe de la langue de Noah entrer en elle.

Soudain, il se redressa et lui donna une tape sur la hanche.

— Retourne-toi.

Elle ne pouvait pas voir son expression dans le noir. Elle aurait aimé distinguer ses traits mais, dans le même temps, l'obscurité l'arrangeait bien, car elle dissimulait la confusion sur son propre visage.

Elle fit cependant ce qu'il lui demandait. Au moins, elle pourrait enfouir son visage dans l'oreiller. Il lui fit replier les jambes et se pencher en avant. Elle était plus exposée que jamais, mais eut à peine le temps de se crisper à cette idée, car la bouche brûlante de Noah était de nouveau sur elle et elle poussa un gémissement profond qui finit étouffé dans l'oreiller.

Chacune de ses terminaisons nerveuses semblait prendre vie sous ses caresses. Elle se tortillait, mais Noah la tenait fermement, et elle sentit de nouveau sa langue glisser en elle. Comment pouvait-il avoir envie de…

Ses doutes et ses questions furent bientôt balayés par le plaisir qui la submergeait. La pression exercée par

Noah n'était pas douloureuse : elle était juste étrange, totalement inédite et de plus en plus agréable. Si agréable qu'elle ne tarda pas à oublier ce qu'il était en train de faire pour se laisser emporter par les sensations qui l'envahissaient.

Elle n'aurait jamais cru que cette zone puisse être sensuelle ou sexuelle, et cette prise de conscience l'excitait autant l'acte lui-même. Elle sentait les muscles de son sexe se contracter chaque fois que la langue de Noah la pénétrait.

Il glissa un doigt en elle, et elle se délecta de la sensation que cela lui procurait. Elle arqua le dos et ondula sans même y penser pour accompagner ses mouvements. Mais quand elle sentit un autre doigt s'ajouter au premier, elle crut qu'elle allait lui demander d'arrêter. Il dut sentir que la douleur prenait le pas sur le plaisir, car il ralentit la cadence et se mit à lui caresser le clitoris. Petit à petit, ses muscles se relâchèrent et l'inconfort laissa place à de nouvelles ondes de plaisir.

— Tu as déjà fait l'amour en ayant un plug en toi ?

Tout en parlant, il continuait à la toucher, en rythme avec les allers et venues de ses doigts.

— Non, répondit-elle au prix d'un effort surhumain, haletante.

— Alors c'est ce qu'on va faire.

Il retira sa main, et elle ressentit un manque et une frustration à peine croyables, ainsi qu'une envie irrésistible qu'il recommence ce qu'il venait d'arrêter.

— Je veux être en toi jusqu'à ce que tu ne puisses plus penser à quoi que ce soit d'autre.

Elle aurait voulu lui dire qu'il avait déjà atteint cet objectif, cependant elle était incapable de former une phrase cohérente. Tout ce qu'elle pouvait faire, c'était hocher la tête en espérant qu'il la comprenne. Elle perçut vaguement le bruit d'un tiroir qu'on ouvrait, puis la sensation d'un liquide sur sa peau et, un instant plus tard, la pression était revenue. L'objet qu'utilisait Noah était arrondi et dur, mais il le glissait en elle si doucement que ce n'était jamais vraiment douloureux.

— Tu t'en sors très bien, dit-il.

Il caressa la zone autour du plug avant de glisser ses doigts dans son vagin et cette double pénétration lui coupa le souffle. Elle s'agrippa à l'oreiller, en proie à un besoin désespéré de se raccrocher à quelque chose, n'importe quoi.

— Imagine que c'est moi qui te prends. Imagine que tu m'accueilles en toi centimètre par centimètre, pendant que je continue à te pénétrer avec le plug.

Rien que cette pensée la survoltait totalement. Quand la partie la plus large du plug glissa en elle, elle prit une grande inspiration et son corps se referma autour de lui. Noah la fit ensuite se remettre sur le dos. Chaque mouvement qu'elle effectuait lui rappelait l'objet en elle et, une nouvelle fois, un semblant de doute l'envahit. Noah enfila un préservatif et, la seconde suivante, il était au-dessus d'elle, chassant ses hésitations d'un baiser.

Quand il s'introduisit enfin en elle, ce fut comme si elle découvrait un monde nouveau. Elle grogna contre sa bouche et s'accrocha à lui, transfigurée. Elle était tellement plus sensible que d'habitude qu'elle pouvait le sentir la pénétrer avec une précision dont elle n'avait jamais fait l'expérience auparavant.

Il s'écarta d'elle juste assez pour plonger ses yeux dans les siens, puis se retira entièrement, avant de la prendre de nouveau.

— Mon Dieu ! souffla-t-elle.

Noah sourit et répéta les mêmes mouvements, si lentement qu'elle en était presque à l'agonie.

— C'est si bon d'être en toi.

Sa voix rauque lui faisait l'effet d'un aphrodisiaque qui bouleversait ses sens déjà complètement chamboulés. Il lui donna un coup de reins presque brutal qui la fit presque se cogner contre la tête de lit.

— S'il te plaît, continue… Plus fort, supplia-t-elle.

Elle enroula ses jambes autour de lui et s'agrippa à ses épaules sans même réfléchir, comme s'ils faisaient ça depuis des années.

Chacun des assauts de Noah était accompagné de soupirs, de gémissements et de cris toujours plus expressifs. Elle était à mille lieux des expériences qu'elle avait eues jusque-là. Pourquoi ne lui était-il jamais venu à l'idée d'utiliser des jouets avec ses précédents partenaires ? Après tout, ce n'était qu'un petit plug…

Non, c'était bien plus qu'un accessoire. La façon dont Noah s'en servait, dont il lui parlait et dont il la touchait, rendait cet objet très spécial.

Leurs peaux humides glissaient l'une contre l'autre, et elle aurait pu jurer que son sang bouillonnait dans ses veines. Il la fit desserrer l'étreinte de ses jambes et plaça ses mollets sur ses épaules. Dans cette position, le plug s'ancrait si profondément en elle qu'elle avait à la fois envie de le retirer et peur que la sensation s'arrête.

— Tout va bien ? demanda Noah.

La question était simple et, pourtant, il lui fallut plusieurs secondes pour parvenir à formuler une réponse.

— Oui. Plus que bien.

Il continua à bouger en elle au même rythme régulier, avec des mouvements juste assez contrôlés pour l'empêcher de basculer. Elle mourait d'envie de crier, de le supplier, de le forcer à aller plus vite, mais elle ne le fit pas. Elle se concentra sur ses sensations, sur ce qu'elle éprouvait à chaque fois qu'il allait et venait, et sur les vagues de plaisir que la présence du plug faisait déferler en elle. Autant d'éléments qui se mêlaient et donnaient lieu à une expérience hors du commun.

Enfin, il se décida à accélérer la cadence. Il grognait chaque fois qu'il plongeait en elle, de plus en plus vite, et elle se cramponna à lui tandis que les prémices de l'orgasme l'envahissaient. Il changea légèrement de position, et la pression au niveau de son clitoris devint si forte qu'elle retint son souffle.

— Laisse-toi aller… Jouis, Liv.

Tous les muscles de son corps se contractèrent une dernière fois, puis elle lâcha prise. Elle laissa échapper un concert de cris tandis qu'un feu d'artifice de couleurs et de lumière explosait derrière ses paupières closes. Noah jouit en même temps qu'elle au milieu de gémissements inintelligibles et de mouvements convulsifs. Bientôt, elle dépassa le stade du ressenti physique, et les émois qui lui étreignaient le cœur prirent le dessus, avec une intensité qu'elle n'avait jamais connue avant lui.

Tandis que les sensations s'estompaient, elle resta allongée, tentant de reprendre son souffle et savourant le poids du corps de Noah sur le sien. Malheureusement, après ce qui lui sembla une fraction de seconde, il se retira et se débarrassa du préservatif. Il lui ôta ensuite le plug avec une grande délicatesse. Elle grimaça l'espace d'un instant, mais la pointe de douleur disparut aussitôt. Bientôt, il ne resta rien de plus que l'impression persistante d'avoir sollicité une zone qui ne l'était jamais d'habitude.

Elle aurait peut-être dû se sentir gênée, mais elle était trop fatiguée pour ça. Le sexe avec Noah était de loin ce qu'elle avait connu de mieux, et elle n'allait pas laisser sa pudeur gâcher son plaisir.

Quand il revint de la salle de bains, il retira l'oreiller sous ses hanches, et elle rit en se rendant compte qu'elle avait oublié sa présence. Noah le laissa tomber à côté du lit et rabattit les couvertures sur eux. Elle se blottit contre lui, bercée par l'odeur de sa peau et de leurs ébats.

Il déposa une série de baisers tendres sur sa bouche, jusqu'à ce qu'elle les lui rende avec une ardeur renouvelée. Il finit par l'interrompre en lui mordant la lèvre, et elle battit en retraite, boudeuse.

— Je n'aurais rien contre l'idée de recommencer, dit-il avec une pointe d'amusement, mais il faut vraiment que je dorme.

Elle étouffa un bâillement. Elle tombait de sommeil, elle aussi.

— Moi de même, avoua-t-elle.

Noah se mit à lui caresser le dos, avec cette douceur qui lui faisait regretter son absence lorsqu'il n'était pas dans le même lit qu'elle.

— Est-ce que ça t'a plu ? demanda-t-il alors.

— C'était différent de ce dont j'ai l'habitude, mais j'ai adoré ça.

— Je ne suis pas allé trop loin ?

Elle se redressa sur un coude pour l'embrasser.

— Non. Je te le dirais, si c'était le cas.

Il n'avait pas l'air convaincu. Elle comprenait mieux son inquiétude après la conversation qu'elle avait eue avec V et elle fut touchée de le sentir aussi préoccupée.

— Fais-moi confiance, d'accord ?

— Je vais essayer, dit-il en lui caressant la joue.

Elle reprit sa position initiale et lui caressa le torse,

suivant du bout des doigts les lignes désormais familières de son corps.

— Est-ce que la presse a arrêté de te harceler ?

Il s'immobilisa quelques instants et poussa un profond soupir.

— Plus ou moins, mais je pense qu'on n'en a pas terminé avec eux.

— Qu'est-ce qui te fait dire ça ?

— L'expérience.

Il n'alla pas plus loin, et elle n'insista pas. Aucun d'eux ne pouvait deviner ce qui les attendait encore.

— Noah ? murmura-t-elle au bout d'un long moment.

Il tressaillit légèrement, mais ne répondit pas. Elle se redressa et vit qu'il dormait déjà.

— J'ai confiance en toi, confia-t-elle à voix basse alors qu'il ne pouvait l'entendre. Trop, peut-être.

Elle reposa la tête sur la peau douce de son torse, bercée par sa chaleur. Elle était sur le point de tomber éperdument amoureuse de lui. Elle n'aurait pas dû. Elle le savait très bien. Il avait des secrets et voulait des choses qu'elle n'était pas certaine d'être en mesure de lui apporter. Mais il avait aussi besoin d'elle.

La pensée de le quitter lui brisait le cœur. En théorie, il n'y aurait rien dû avoir d'autre que du sexe entre eux. Ils n'auraient rien dû partager à part une nuit de passion consolatrice. Sauf qu'à présent elle ne se voyait absolument pas retourner dans l'appartement miteux qu'elle partageait avec une colocataire absente, incapable d'apaiser les inquiétudes qu'elle ne formulait pas à voix haute.

Noah était le seul à y parvenir et il ne le savait même pas.

Chapitre 20

La tension qui avait habité Noah toute la journée s'était un peu dissipée lorsqu'il s'était garé dans l'allée et qu'il avait vu de la lumière chez lui. Une odeur délicieusement épicée lui parvint à la seconde où il ouvrit la porte de derrière. Il marqua une pause et respira à fond tous ces arômes avant d'entrer dans la maison.

— Salut, dit Liv en passant la tête par la porte de la cuisine. Tu rentres tôt, aujourd'hui.

Elle traversa le couloir pour l'embrasser et prendre sa mallette, et ce fut comme si son sourire illuminait tout autour d'elle.

— Je vais la mettre dans ton bureau. Il y a une bouteille de vin sur le comptoir qui n'attend que nous, si tu veux bien la déboucher.

Elle s'éloigna à pas silencieux avant même qu'il ne puisse répondre. Ils s'étaient installés dans une sorte de routine au cours des deux dernières semaines, et il redoutait déjà affreusement le jour où elle réintégrerait son propre appartement. Mais, tant qu'elle n'en parlait pas, il se gardait bien d'aborder le sujet, même s'il savait qu'elle n'allait pas rester indéfiniment.

Quand elle ressortit du bureau, il n'avait toujours pas bougé d'un centimètre.

— Qu'est-ce que tu fais encore là ? J'ai préparé du poulet au parmesan pour le dîner. J'espère que tu aimes la cuisine italienne.

— J'adore ça ! dit-il, alors que c'étaient les mots « Je t'adore » qui lui brûlaient les lèvres.

— Tant mieux ! lança-t-elle, avant de disparaître dans la cuisine. Je me disais qu'on pourrait passer à l'hôpital après le dîner avant d'aller au club. Qu'est-ce que tu en penses ? Il faudra juste que je prépare des Tupperware avant de partir, j'ai prévenu Allie que je leur apportais à manger.

Naturellement…

— J'ai aussi acheté quelques magazines pour qu'ils aient un peu de lecture. Est-ce que Jake sort toujours demain ? Noah ?

Elle réapparut dans l'encadrement de la porte, les sourcils froncés et une pince à salade à la main.

— Qu'est-ce que tu fabriques, enfin ?

Il savourait sa voix et sa présence, tout simplement, mais ça non plus, il ne pouvait pas le lui dire.

— Viens ici.

Les rides de son front se creusèrent davantage, mais elle s'exécuta. Dès qu'elle fut à sa portée, il l'attira à lui pour l'embrasser. Un baiser intense, passionné, mais loin de suffire à satisfaire le désir qu'il éprouvait. Elle était comme une poupée de chiffon dans ses bras et le laissa la posséder, jusqu'à ce qu'il s'interrompe pour reprendre son souffle.

Lorsqu'elle leva les yeux vers lui, un sourire paresseux flottait sur ses lèvres.

— Voilà un accueil comme je les aime, dit-elle, faisant claquer la pince à salade à son oreille.

Il pouffa et secoua la tête en souriant, heureux de sentir le stress de la journée l'abandonner. Il l'embrassa de nouveau, la tendresse remplaçant cette fois la passion.

— Bonsoir, Liv… Comment s'est passée ta journée ?

— Bien, répondit-elle avec une pointe d'hésitation. Et toi ?

— C'était interminable ! Le dîner sent délicieusement bon.

Elle le regarda avec ce qui ressemblait à une lueur d'incertitude dans les yeux, puis l'entraîna dans la cuisine. Deux assiettes étaient disposées sur le bar, une série de conteneurs en plastique alignée sur le plan de travail à côté de la gazinière. Une autre collection de Tupperware était déjà remplie de fromage râpé, de tomates, de brocolis et de concombres.

Ce n'était pas la première fois qu'ils apportaient à manger aux autres, à l'hôpital, et pourtant, le mal que Liv se donnait pour faire plaisir à chacun continuait à le surprendre.

— Tu ne leur as pas proposé de te passer commande, cette fois ? la taquina-t-il, tout en s'emparant du tire-bouchon.

— Je leur ai demandé ce qu'ils voulaient, mais ils m'ont assuré que n'importe quoi ferait l'affaire.

Il l'observa tandis qu'elle remplissait une assiette de salade à la tomate et au fromage. Son assiette à lui. Elle n'aimait pas les tomates. Soudain, il se rendit compte qu'il n'avait pas répondu à la question qu'elle lui avait posée un peu plus tôt.

— La sortie de Jake est toujours prévue pour demain,

oui, dit-il alors, tout en versant du vin rouge dans leurs verres.

— C'est à la fois une bonne et une mauvaise nouvelle.

Elle avait tout compris : plus leur petit groupe s'éparpillait, plus la presse pourrait mettre à jour des failles. Ils allaient donc devoir redoubler de vigilance.

— Heureusement que tu vis dans une résidence sécurisée, observa-t-elle.

— Oui, ça tombe à pic en ce moment.

Il s'en moquait d'habitude mais, pour le coup, il était ravi de payer les frais afférents à un tel dispositif. Il avait plusieurs clients prestigieux, détenteurs de secrets qu'il était de son devoir de protéger. Le gardien, l'accès réglementé et les caméras de surveillance fournissaient une sécurité appréciable.

Liv sortit un plat du four, et le fumet délicieux qui se répandit dans la pièce fit gargouiller l'estomac de Noah. Elle répartit la nourriture dans leurs assiettes, ajouta un gros morceau de pain et déposa le tout sur le bar avant de remettre le plat au chaud.

Incapable de résister, il lui vola un autre baiser avant de prendre place sur l'un des tabourets. Il était content qu'elle aime manger assise au bar. Il ne parvenait pas à se souvenir de la dernière fois où il avait utilisé sa salle à manger. Il savait juste que ça datait d'avant Beth.

Ils se plongèrent tous les deux dans la dégustation du repas. Un silence confortable s'installa alors, loin du malaise qu'il aurait éprouvé en présence d'autres personnes. Il attendit qu'ils aient presque terminé avant d'aborder un sujet qui, à coup sûr, n'allait pas plaire à Liv.

— Je me disais, commença-t-il, guettant sa réaction du coin de l'œil, que ce serait peut-être mieux que tu ne m'accompagnes pas au club.

Elle laissa sa fourchette en suspens et se redressa sur son tabouret, un premier signe qui lui indiqua que son intuition était bonne. Puis elle pencha la tête de côté et le fusilla du regard. Il tenait là son deuxième signe.

Depuis la soirée d'Halloween, il avait réussi à la tenir éloignée du Red Room pendant les heures d'ouverture en l'encourageant à se consacrer à leurs amis à l'hôpital. Jusqu'à présent, sa stratégie avait fonctionné mais, à en juger par sa réaction, cette époque était révolue.

Il prit le temps de mâcher ce qu'il avait dans la bouche pour temporiser.

— Quoi ? demanda-t-il innocemment.

— Pourquoi n'aurais-je pas le droit de venir au club ?

Son ton détaché était bien trop agréable pour être sincère. Troisième signe.

Il se retint de soupirer et prit un instant pour réfléchir soigneusement aux mots qu'il s'apprêtait à employer pour la convaincre. S'il lui donnait un ordre, elle le prendrait comme un défi, et c'était justement la réaction qu'il voulait éviter.

— Je me disais que tu pourrais aider Cali à préparer la maison pour le retour de Jake.

Il n'était pas mécontent de son idée. C'était une excuse totalement valable.

— C'est déjà fait. On s'en est occupé ce matin avec Carter et Rock.

— C'est-à-dire ?

— On a rempli le réfrigérateur et on a installé un lit dans le salon pour que Jake n'ait pas à monter d'escalier. On a aussi fait le plein de DVD, dégagé l'accès à la salle de bains… Enfin, ce genre de choses, conclut-elle en haussant les épaules.

— Est-ce que Cali est au courant ?

Il avait du mal à croire qu'ils aient réussi à faire tout ça à son insu. Il aurait dû y penser.

Liv le regarda et fit la moue l'espace d'un instant.

— Oui. Enfin, je crois. Carter devait la prévenir cet après-midi, sinon, je le ferai ce soir. Et pour en revenir au club, il n'y a aucune raison que je n'y aille pas !

— Et les autres ? Peut-être que quelqu'un a besoin de faire une pause, de s'évader un peu de l'hôpital pour un moment.

Elle lui lança un regard irrité, attrapa son assiette et alla la déposer dans l'évier.

— Je sais ce que tu es en train d'essayer de faire et je suis au regret de t'annoncer que ça ne va pas marcher.

L'écoulement de l'eau masqua les mots qui vinrent ensuite, mais il n'eut pas besoin de l'entendre pour savoir qu'il était question de lui et de qualificatifs peu flatteurs. Il termina son verre de vin mais pas son dîner. Son estomac commençait à se tordre ; ce n'était pas la peine d'insister.

Il déposa son assiette près de celle de Liv et s'appuya contre le comptoir pour lui bloquer le passage. Elle rinça la vaisselle sale, la mit dans le lave-vaisselle avec des gestes brusques, puis referma la porte en la faisant claquer bien plus fort que nécessaire.

Quand elle se tourna enfin vers lui, elle avait les joues rouges et semblait prête à en découdre. Il fut pris d'une envie irrésistible de la plaquer contre le comptoir et de la fesser jusqu'à la faire obéir puis jouir, mais il n'en avait pas le droit. Sans parler du fait qu'elle lui en collerait sûrement une en retour.

— Je ne suis pas une petite fleur fragile qu'il faut absolument protéger !

Ses mots, prononcés avec fermeté, étaient emprunts

de la même détermination que sa posture : elle avait les bras croisés et se tenait raide comme un piquet.

— Je le sais bien.

Il songea aux différentes réponses qu'il pouvait lui apporter, et finit par opter pour l'honnêteté. Tant pis s'il se mettait à nu par la même occasion.

— Si je fais ça, ce n'est pas seulement pour te protéger. C'est aussi et surtout pour me protéger, moi.

Un instant plus tard, le visage de Liv était à quelques centimètres du sien et elle levait vers lui des yeux curieux. Elle cherchait en lui des réponses qu'il n'était pas prêt à lui donner. Il en avait déjà trop dit.

— De quoi as-tu besoin d'être protégé ?

De toi. Liv…

Mais il était hors de question de le lui dire.

— J'ai affirmé mon ascendant sur toi devant des doms qui travaillent au Red Room, ce qui signifie que tu n'es pas censée être au club sans moi. Sauf que je ne peux pas m'occuper du Red Room et de toi en même temps.

— Alors je représente un risque si je viens avec toi ?

— Exactement.

Si elle savait à quel point ! L'avoir près de lui dans un environnement pareil était beaucoup trop risqué. Ça équivalait à officialiser un statut qu'il avait soigneusement évité de définir jusque-là. Un statut qu'il n'était pas encore certain de parvenir à assumer. Il n'aurait jamais dû coucher avec elle la première fois ; il aurait dû résister au désir qu'elle faisait naître en lui.

Elle le fusilla du regard une fois de plus, et il détourna les yeux. Cependant, il avait beau regarder ailleurs, la réalité était toujours là, juste sous son nez. Il ne pouvait pas l'amener au club en tant que sa soumise.

Voulait-elle seulement être sa soumise ? Et même

sans aller jusque-là, voulait-elle être à lui dans quelque mesure que ce soit ? Et lui, quel était son souhait ?

Il sortit de la cuisine et se rendit dans sa chambre. Il s'assit sur son lit, retira ses chaussures et les rangea soigneusement dans son dressing. Il passa ensuite un pantalon de costume et sa chemise en soie noire. Sa garde-robe de dominateur se limitait à ça. Il n'avait pas besoin d'une véritable tenue de dom sachant qu'il n'avait aucun désir d'en être un.

Il resta quelques instants sur le seuil de son dressing, à regarder autour de lui. Des objets disséminés au hasard et des accessoires oubliés indiquaient la présence de Liv un peu partout dans la chambre. Un jean et un chemisier à elle posés sur le dossier d'une chaise Le dessus de la commode parsemé d'élastiques à cheveux et de boucles d'oreilles. Un assortiment de T-shirts et un autre de petites culottes de toutes les couleurs dans un coin… Il sourit à la vue de toutes ces affaires qui n'étaient jamais retournées dans sa valise, ainsi qu'à la table de nuit de son côté du lit, garnie d'un verre vide, d'un livre de poche corné et d'une boîte de mouchoirs.

Il continua son inspection jusqu'à ce que ses mains se mettent à trembler et qu'il commence à transpirer. Ce n'était pas de la colère, ni de la frustration, car il n'était ni fâché, ni frustré. Il n'y avait rien de mal à ce que sa chambre soit en désordre. Simplement, Liv était partout, et il ne pouvait s'empêcher de songer à quel point sa maison redeviendrait vide et glaciale une fois que ses affaires ne seraient plus là.

Une fois qu'elle ne serait plus là.

*
* *

Lovée dans un fauteuil de la salle d'attente, Liv écoutait distraitement le journal télévisé au milieu du brouhaha des conversations. Le coin où ils se trouvaient leur appartenait désormais officiellement, et le personnel ne prenait même plus la peine de ranger ou déplacer leurs affaires. Une pile d'oreillers et de couvertures traînait sur une chaise, tandis qu'une autre accueillait un assortiment de jeux de société et de livres. Le nombre de personnes présentes variait au cours de la journée, mais ils étaient toujours au moins deux.

Pour le moment, Allie et les parents de Kendra étaient là. Son frère et sa sœur étaient retournés à Chicago la semaine précédente, mais Emily devait revenir le lendemain. Liv avait apporté tout d'abord de quoi manger à Cali et Jake, qui étaient dans une autre aile. Noah était parti apporter leur dîner à Deklan et Seth, et il n'était pas encore revenu. Elle tentait de se convaincre que c'était parce qu'il devait parler affaires avec eux, et non parce qu'il essayait de l'éviter, mais cette supposition ne l'aidait pas beaucoup à apaiser ses doutes.

Allie semblait avoir du mal à manger avec sa main gauche, même si Liv avait prédécoupé le poulet en petits morceaux pour lui faciliter les choses. Le plâtre très encombrant qui lui entourait le bras droit la faisait paraître toute petite, mais peut-être Liv avait-elle cette impression à cause du poids qu'Allie avait perdu. Elle, qui était déjà mince au départ, avait les joues creusées et le visage exsangue sous la masse de ses cheveux bouclés qu'elle ne coiffait plus depuis l'accident.

Est-ce que tu vas bien ? Est-ce que l'état de Tyler s'améliore ? As-tu eu des nouvelles de ta famille ? De ton cabinet d'avocats ? voulut-elle lui demander. Cependant, elle ne lui posa aucune question, car elle savait que cela n'aiderait pas Allie.

— Est-ce que tu as envie de parler ? demanda-t-elle à la place.

Les yeux dans le vague, il fallut un instant à Allie pour se rendre compte qu'elle s'adressait à elle.

— Parler de quoi ? fit-elle d'un air totalement confus.

— De ce que tu veux.

Allie fixa son regard sur elle, l'air de plus en plus perdu.

— Je ne saurais pas par où commencer, à vrai dire.

La femme énergique et pleine d'humour qu'elle avait été semblait si loin que Liv se demanda si elle la reverrait un jour.

— Et si Tyler ne se réveille pas demain ? lâcha-t-elle.

Sa main se mit à trembler, et Liv tendit le bras pour la débarrasser de sa fourchette. Allie lui saisit alors les doigts, qu'elle serra avec l'énergie du désespoir.

— Alors tu continueras à positiver et à rester à ses côtés jusqu'à ce qu'il sorte du coma, répondit Liv.

— Et Kendra ? continua Allie d'une voix chevrotante, avant de pincer les lèvres, au bord des larmes.

Par-dessus son épaule, Liv croisa le regard de la mère de Kendra, qui lui sourit faiblement. On devait sortir Tyler de son coma artificiel le lendemain, mais personne ne savait quand les médecins tenteraient de sortir Kendra du sien. Il fallait attendre que son œdème cérébral se résorbe davantage avant de pouvoir la réveiller sans prendre de risques.

— Ne t'en fais pas pour ça, lui dit Liv en passant un bras autour de ses épaules. On a déjà bien assez de soucis, alors inutile de nous en créer d'autres.

— Sans blague !

— Ecoute, Jake rentre à la maison demain, c'est plutôt

une bonne chose, tu ne crois pas ? Ça en fait un de moins à l'hôpital.

— Et après ? Qu'est-ce qu'on fera si Tyler ne remarche jamais ? Ou si Kendra a des séquelles au niveau cérébral ? Et nos jobs, nos familles qui nous renient, l'opinion publique qui nous juge et nous persécute ?

Liv la regarda sans ciller.

— Eh bien, tu feras ce que tu fais d'habitude.

— Comment ça ?

— A toi de me le dire. Ce n'est pas la première épreuve à laquelle tu fais face dans la vie, si ? Qu'est-ce que tu as fait dans le passé, quand c'était vraiment la crise ?

Allie scruta son visage et la panique, dans son regard, laissa place à une forme de concentration. Elle humecta ses lèvres gercées, et Liv prit mentalement note de lui apporter du baume hydratant. Les épaules d'Allie finirent par s'affaisser, et elle relâcha son étreinte sur la main engourdie de Liv.

— J'ai pris une journée à la fois et fait les choses une par une, jusqu'à ce que ça devienne moins difficile.

— Alors c'est exactement ce que tu vas faire maintenant. Et rappelle-toi que tu n'es pas la seule dans cette situation : on est tous dans le même bateau.

Et heureusement d'ailleurs ! Comment était-il possible de traverser une telle épreuve tout seul ? Liv espérait ne jamais avoir à répondre à cette question. Elle avait toujours eu sa famille autour d'elle et, même s'ils étaient tous un peu particuliers, ils avaient toujours été là quand elle avait eu besoin d'eux, sans exception.

— Est-ce que ta famille t'a vraiment reniée ? demanda la mère de Kendra, qui les avait rejointes.

L'inquiétude creusait autour de ses yeux des rides qui n'étaient pas là deux semaines plus tôt. Elle arborait son éternel chignon banane, mais quelques mèches s'en échappaient et retombaient en désordre autour de son visage.

Allie prit une grande bouffée d'air et répondit :

— Toutes les familles ne sont pas aussi ouvertes d'esprit que la vôtre.

La douleur était palpable dans sa voix.

— Oh ! Allison…

Eleanor pressa sa main sur sa bouche, au bord des larmes.

— Je suis tellement désolée ! Si je peux faire quoi que ce soit pour t'aider, n'hésite pas, d'accord ? Thomas et moi, on ne vous jugera jamais, dit-elle, échangeant un regard avec son mari. Vous pouvez compter sur nous, et ce ne sont pas des paroles en l'air.

— Je ne comprends pas. Pourquoi êtes-vous si tolérants ? Comment acceptez-vous si facilement ce que fait votre fille ? Ce que nous faisons tous, ce que nous représentons ? Comment pouvez-vous cautionner ça ?

Eleanor s'installa plus confortablement dans son fauteuil, nullement intimidée par la brusque attaque d'Allie.

— J'ai peut-être l'air vieux jeu au premier abord, mais j'aime mes enfants. Thomas et moi les avons élevés en leur apprenant à se forger une opinion et à faire les choix qui les rendaient heureux.

Son mari vint s'asseoir à côté d'elle et lui prit la main.

— On a failli perdre Kendra, une fois, à cause d'un homme qu'on croyait pourtant bien sous tous rapports, poursuivit Thomas. Sauf qu'on s'était complètement fourvoyés et qu'on a fait beaucoup de mal à notre fille. Elle a énormément souffert à cause de nous.

Il marqua une pause pour étudier sa femme, son expression douce et ferme à la fois.

— Nous nous sommes fait la promesse de ne plus jamais faire cette erreur, avec aucun de nos enfants. Je sais bien que tu n'es pas notre fille, mais tu seras toujours la bienvenue chez nous, ainsi que Seth et Tyler.

Des larmes se mirent à rouler sur les joues d'Allie et Liv lui glissa un mouchoir dans la main.

— Merci, murmura Allie. Mes parents sont très conservateurs, alors autant vous dire que leur parler de ma relation avec Seth et Tyler n'a jamais fait partie de mes projets. Je n'ai pas honte d'eux ou de ce qui se passe entre nous. Simplement, mes parents ne comprendraient pas.

— Peut-être qu'il leur faut juste un peu de temps, suggéra Eleanor.

— J'en doute.

Elle s'essuya les joues, redressa les épaules et se força à sourire.

— Ce que je sais, c'est que j'aime Seth et Tyler et que jamais je ne les quitterai pour faire plaisir à mes parents. Alors je dois en accepter les conséquences. Un de mes frères me parle encore, c'est toujours ça.

— Je suis vraiment désolée, répéta Eleanor, en s'appuyant contre son mari.

La façon dont il la serra contre lui témoignait des années passées ensemble, à se soutenir l'un l'autre en toutes circonstances. C'était un lien que Liv n'avait jamais vu chez ses parents, mais elle espérait le connaître un jour avec un homme.

— Tyler a déjà traversé tant de difficultés dans la vie ! Il ne mérite pas ça.

— Les gens le méritent rarement, dit Liv, en voyant que les parents de Kendra ne répondaient pas. Et pourtant, ça arrive tout le temps. Tous les jours, je vois des enfants qui ont déjà vécu plus de traumatismes que certains adultes en connaîtront au cours de toute leur vie. Dans ces moments-là, on survit ou on s'écroule. Et Tyler est un survivant, autrement, il ne serait pas avec Seth et toi, pas vrai ?

Allie secoua la tête et fixa le plafond.

— Je suis pitoyable !

— Ne dis pas ça, voyons ! Tu es humaine, c'est tout. Maintenant, sèche tes larmes et va voir tes hommes.

Allie hocha la tête et la serra contre elle de son bras valide.

— Merci. Je ne sais pas ce qu'on a fait pour mériter une amie comme toi, mais je suis heureuse que tu sois là.

— Moi aussi, dit Liv, le cœur lourd d'émotions contenues.

Allie partit voir Tyler, et Liv se mit en devoir de ranger les Tupperware.

— Tu es une bonne amie, renchérit Eleanor en lui tendant un conteneur en plastique vide. Merci d'être là pour tout le monde.

— De rien. Même si j'aimerais pouvoir faire plus…

Eleanor sourit doucement et lui frotta le bras.

— Le fait que tu ne te rendes pas compte de tout ce que tu fais déjà est très révélateur du genre de personne que tu es.

Elle s'éloigna et ramassa les bouteilles et les emballages vides qui s'étaient accumulés pendant la journée.

Liv était encore en train de penser à la situation d'Allie, ainsi qu'à ce que traversait Cali avec sa famille, quand elle frappa à la porte de la chambre de Jake. La voix de Cali lui répondit d'entrer, et elle s'exécuta sans faire de bruit. Jake était endormi dans un lit qui semblait bien trop petit pour lui et pour les broches qui lui entouraient la jambe droite, de la hanche à la cheville.

Cali attrapa les Tupperware vides que Liv lui avait apportés plus tôt dans la soirée et lui montra le couloir sans un mot. Liv la suivit à l'extérieur. Cali referma la porte avant de prendre la parole.

— Merci beaucoup pour le dîner. Jake s'est régalé.

Liv sourit, tout en mettant les récipients vides dans son sac.

— Tant mieux. Il faut qu'il prenne des forces.

Cali acquiesça et s'adossa contre le mur en soupirant. Ses cheveux blonds étaient ramenés derrière ses oreilles et le col bateau de son pull bleu marine dévoilait son ras-du-cou en argent. La seule trace qu'elle gardait encore de l'accident était un hématome jaunâtre à la naissance des cheveux.

— On en a tous besoin, dit-elle, pensive.

— Comment tu te sens ? demanda Liv, inquiète. Tu tiens le coup ?

Tous semblaient atteindre leurs limites et rester positif devenait de plus en plus difficile.

— Ça va, répondit Cali sans conviction.

Liv lui offrit un regard dubitatif et Cali lui sourit.

— Je vais bien, je t'assure. Jake rentre à la maison, il est en vie et il va guérir. C'est le plus important.

— Tu as raison.

Du bruit en provenance du bureau des infirmières leur parvint depuis le bout du couloir, mêlé à celui des rires préenregistrés d'une série que diffusait la télé dans une autre chambre. Cali regardait dans le vague, caressant son collier du bout des doigts, d'un air absent.

— Il servira de gros nounours de décoration jusqu'à

ce qu'il soit capable de marcher de nouveau, lâcha-t-elle au bout d'un moment.

Liv se mit à rire. Elle ne connaissait pas Jake si bien que ça, mais elle avait du mal à croire qu'il serait content d'être cloué dans un lit.

— Je vois ça d'ici. Ça devrait le motiver à guérir plus vite.

— J'espère que tu as raison, dit Cali en souriant faiblement. Au fait, merci beaucoup d'avoir préparé la maison. Carter m'a raconté tout ce que vous aviez fait.

Liv balaya ses remerciements d'un revers de main. Elle ne comprenait pas pourquoi ils s'entêtaient tous à la remercier sans arrêt alors que ce qu'elle faisait lui paraissait normal.

— Ce n'est rien du tout. J'ai laissé quelques repas d'avance dans le congélateur, tu n'auras qu'à me dire s'il te manque quelque chose.

— Mais de quelle planète est-ce que tu viens ? demanda Cali, l'air ahuri.

— V jure ses grands dieux que je suis la fille du facteur ; personnellement, je penche plutôt pour la piste extraterrestre.

Pour son plus grand plaisir, sa réponse fit rire Cali. Elle s'adossa au mur, à côté d'elle, et son regard fut attiré par le collier.

— Est-ce que je peux te poser une question, Cali ?

— Bien sûr.

Mais qu'est-ce qui me prend ? songea Liv, en se redressant brusquement. Le faux pas qu'elle avait été sur le point de commettre lui fit froid dans le dos. Peu importait à quel point elle désirait comprendre ce qui attirait les gens dans le BDSM, ce n'était ni le lieu ni l'endroit de se mêler de la vie privée de Cali ! Elle ne valait pas beaucoup mieux que les vautours qui avaient déjà mis en pièces son intimité !

— Non, rien. Ce n'est pas si important.

— Tu es sûre ? insista Cali.

— Absolument certaine.

— Parce que vraiment, je…

Elle ne termina pas sa phrase et se redressa, soudain pâle comme une morte. Elle ne regardait plus Liv, mais quelque chose qui se trouvait derrière elle. Liv se retourna ; trois personnes approchaient sans les quitter des yeux. Cali lui saisit le bras et le serra plus fermement encore que ne l'avait fait Allie un peu plus tôt. Deux des visiteurs semblaient avoir la vingtaine, pas plus, et leurs visages lui parurent vaguement familiers. Elle se rappela soudain qu'elle les avait déjà vus le jour de l'accident, dans la salle d'attente. C'étaient les enfants de Cali, et à en juger par sa ressemblance avec le fils, l'homme plus âgé qui les accompagnait était certainement de leur père. L'ex-mari de Cali, donc.

— Merde, souffla-t-elle. Est-ce que tu veux que je reste ?

Cali ne répondit pas. La peur, qui avait un instant figé son visage disparut au profit d'une détermination inébranlable, lorsqu'elle se tourna vers sa famille.

— Bonsoir, maman, dit sa fille d'une voix hésitante.

— Bonsoir, Steph. Bonsoir, Logan. Peter, quelle surprise de te voir ici.

La tension était palpable, et Liv se sentait comme une intruse au milieu de cette réunion de famille… Elle se serait volontiers éclipsée, sauf que Cali la tenait toujours pas le bras.

Dès qu'il fut près d'elle, Peter serra Cali contre lui.

— Je suis navré, Cali ! Vraiment désolé de tout ce qui t'arrive.

Elle l'étreignit brièvement, avant de s'écarter de lui.

— Pourquoi es-tu venu ?

Liv recula jusqu'à se retrouver collée au mur. Les enfants de Cali l'avaient condamnée après que les médias avaient révélé les détails de sa vie privée et de celle de Jake, et elle ne voulait surtout pas s'immiscer dans ce qui ressemblait à une possible réconciliation.

Steph avança d'un pas et prit les mains de sa mère dans les siennes, les yeux pleins de larmes.

— Maman, je te demande pardon. Je n'aurais jamais dû te dire toutes ces choses. J'étais sous le choc, triste, et… surtout, j'étais inquiète.

— Mais pourquoi ?

Steph jeta un bref regard à son frère, dont les traits n'étaient qu'un masque de dureté.

— Tu es notre mère, dit-elle, tandis que ses yeux se fixaient sur le collier d'argent. Il y a des choses qu'on ferait sans doute mieux de ne jamais savoir sur nos parents. Il m'a juste fallu un peu de temps pour me faire à l'idée que Jake et toi…

— Je comprends, la coupa Cali en rougissant violemment. Et maintenant ?

Steph regarda son père et lui sourit.

— J'ai envie de croire que vous m'avez inculqué de bonnes valeurs, et qu'aimer inconditionnellement sa famille en fait partie. Papa nous a rappelé que tu n'avais jamais cessé de nous aimer, toi, peu importent nos choix.

A ces mots, mère et fille tombèrent dans les bras l'une de l'autre, et Liv sentit ses yeux se remplir de larmes. Elle décida qu'il était temps pour elle de prendre l'air et d'évacuer son trop-plein d'émotions. Tandis qu'elle s'éloignait, Cali interpella son fils. Constatant qu'il ne répondait pas, Liv s'arrêta et jeta un coup d'œil derrière elle. Logan fixait obstinément le sol, la mâchoire tendue, les lèvres pincées. Puis la tension qui paraissait l'habiter se dissipa.

— Je t'aime, maman, dit-il.

Même s'il avait grommelé ces mots, il n'y avait pas d'erreur possible sur ce qu'il venait de dire.

— Mais s'il s'avise de te faire du mal, je lui casse la gueule ! ajouta-t-il, les yeux pleins de fureur.

Cali pouffa de rire et le serra contre son cœur. Elle avait renoué avec une partie de sa famille, ce qui constituait une nouvelle victoire contre les médias et ce salaud de Harcourt.

Rassurée, Liv s'échappa enfin. Une fois dans l'ascenseur, elle hésita quant au bouton sur lequel appuyer. Après un bref débat intérieur, elle se décida et pressa celui du parking souterrain.

Noah et elle s'étaient à peine parlé depuis qu'ils avaient quitté la maison, et elle ne savait pas trop ce qu'elle voulait lui dire ni ce qu'elle voulait faire. Depuis qu'elle avait discuté avec V, elle avait passé la majeure partie de son temps libre à essayer de ne pas penser à ce que sa sœur lui avait dit et à tout ce que ça impliquait pour elle, pour Noah, pour leur relation, aussi vague soit-elle.

Il avait peut-être de bonnes raisons de ne pas souhaiter sa présence au Red Room, mais son obstination faisait naître en elle encore plus de questions. Elle appréciait à sa juste valeur l'aveu qu'il lui avait fait, mais quelles conclusions devait-elle en tirer ?

Il ne lui avait pas réellement expliqué les fondements de son raisonnement. De quoi voulait-il se protéger ? Il ne lui avait pas parlé non plus de son passé, ni de l'événement qui lui avait fait tant de mal, celui auquel V avait fait allusion, qu'il évitait soigneusement de mentionner et dont les médias n'avaient pas eu vent. Etait-ce là que se trouvait la réponse ?

Les portes de l'ascenseur s'ouvrirent sur un parking à moitié vide et exempt de révélations. Tandis qu'elle roulait sur le périphérique, elle songeait à quel point elle aimait être au volant du 4x4 de Noah. Sauf que la voiture qu'elle conduisait n'était pas la sienne, tout comme la maison dans laquelle elle séjournait ou encore le lit dans lequel elle dormait. Toutes ces choses appartenaient à Noah et elle n'était qu'une invitée, à moins qu'ils ne décident de devenir davantage. Ou qu'elle ne décide de partir.

Elle devait prendre une décision. Voulait-elle appartenir à Noah et, si oui, de quelle façon ? Comment le savoir tant qu'ils n'auraient pas réellement essayé une relation de dominant-dominé ?

Si c'était leur différence de mode de vie qui le bloquait, alors il était temps qu'elle agisse, qu'elle prenne des initiatives. Comme en apprendre davantage sur le BDSM, pour commencer. Et, pour ça, il n'y avait pas de meilleur endroit que le Red Room.

Chapitre 21

De là où il était, Noah avait vue sur les deux chambres, une fenêtre ouverte sur les vies dévastées par l'accident. Allongés sur leur lit, Tyler et Kendra paraissaient presque paisibles, contrairement à Seth et Deklan, assis à leur chevet. Eux semblaient dévastés.

Le vrombissement des appareils formait une symphonie aux accents de mort, tandis que leurs bips résonnaient comme autant de notes d'espoir : une chanson qu'il espérait ne plus jamais entendre, même s'il redoutait ce que l'arrêt de la musique signifierait.

Assis sur une chaise, Deklan était penché en avant, la tête entre les mains. Ses cheveux repoussaient et commençaient à recouvrir la cicatrice qui lui barrait le cuir chevelu. Il n'avait rapidement plus eu besoin de l'écharpe qui lui soutenait le bras, mais son visage portait encore la trace d'hématomes dont la couleur tirait sur le jaune. Une barbe de plusieurs jours lui assombrissait le visage et lui aurait donné une allure de prédateur s'il n'avait pas eu l'air si abattu. Si Noah avait dû choisir un qualificatif pour décrire Deklan, « démoralisé » aurait sans doute été celui qui lui serait venu à l'esprit.

Néanmoins, des deux, c'était Seth qui avait le plus

changé. Quelques jours plus tôt, il était arrivé à l'hôpital avec de nouveaux vêtements et une nouvelle coupe. Il avait opté pour une brosse à peine assez longue pour qu'on puisse lui passer la main dans les cheveux. Si l'apparence de Deklan s'était dégradée, celle de Seth, en revanche, était plus affûtée que jamais. Ses traits étaient mis en valeur, l'expression de dureté qui les animait perpétuellement était plus manifeste encore, et il semblait plus raffiné qu'à son habitude.

Ni Tyler ni Kendra n'étaient sous assistance respiratoire, mais tous deux avaient encore des hématomes sur le visage. Les médecins étaient toujours très inquiets quant à l'œdème cérébral de Kendra et ils ignoraient combien de temps sa convalescence durerait, une fois qu'elle serait sortie du coma. Quant à Tyler, tous ses os étaient brisés côté droit, de la clavicule à la cheville. Sa jambe, ses côtes, son bras… Noah aurait eu du mal à tout énumérer. Par chance, son cerveau n'avait apparemment pas été endommagé. Les médecins n'étaient pas trop inquiets à l'idée de le sortir de son coma artificiel, mais sa rééducation allait être longue et difficile.

Assister à ce bien triste spectacle faisait resurgir en lui un tas de souvenirs et d'émotions qu'il aurait préféré voir enterrés à tout jamais. La douleur qui vous prenait au ventre, l'impuissance, la culpabilité, tous les « Et si », les « Pourquoi ? » qui ne trouveraient jamais de réponse… Toutes ces choses revenaient le hanter chaque fois qu'il franchissait les portes du service. Beth n'avait pas été déclarée morte à l'hôpital, mais il avait quand même vécu le traumatisme qui suit la perte brutale d'un être aimé.

Aimé… Il avait aimé Beth, naturellement, mais était-ce avec la même intensité et la même profondeur que Seth et Deklan aimaient leurs partenaires ? Sans doute pas, il pouvait bien l'admettre à présent. Beth était sa soumise et, à l'époque, il n'avait pas les armes nécessaires pour gérer une telle situation. Elle avait dissimulé son instabilité émotionnelle derrière un prétendu besoin de se soumettre, alors qu'en réalité elle avait besoin de quelque chose de totalement différent.

Malheureusement, il s'était trop souvent absenté pour le remarquer, et son aveuglement s'était soldé par le suicide de Beth. Après sa mort, il avait cru qu'il serait mieux seul, dans un lieu où la douleur du deuil ne pourrait pas l'atteindre. Sauf qu'il avait toujours des sentiments et des émotions, en dépit de son désir de les étouffer. Tenir son entourage à distance ne l'avait absolument pas aidé à ne rien ressentir, de la même façon que repousser Liv ne l'empêcherait pas de l'aimer. La triste réalité, c'était qu'il n'avait aucun contrôle sur les sentiments qu'il éprouvait pour elle ni sur leur intensité.

Pendant une fraction de seconde, il l'imagina sur un de ces lits d'hôpital, et son cœur se brisa. Le rythme de sa respiration s'accéléra à l'idée de la perdre et un filet de sueur froide lui glissa le long du dos.

Profondément troublé, il s'efforça de ne plus y penser et attendit à la porte, jusqu'à ce que Seth remarque sa présence. Les règles en matière d'horaires de visite s'étaient relâchées dès le troisième jour. Ils pouvaient tous aller et venir comme bon leur semblait, un privilège dont ne semblaient pas bénéficier toutes les familles, d'après ce que Noah avait pu constater.

— Prêt pour demain ? demanda-t-il à Seth.

— Oui, répondit ce dernier sans quitter Tyler des yeux. Une fois que je pourrai de nouveau le regarder dans les yeux, je saurai qu'il va bien.

Il lui caressa doucement le bras, à un endroit où il n'y

avait ni tube ni perfusion, mais cet instant de tendresse fut de courte durée. Seth ne tarda pas à se lever, un masque impénétrable sur le visage. Le regard déterminé qu'il posa sur lui donna à Noah l'impression qu'il était un gladiateur sur le point d'entrer dans l'arène. Chacun gérait sa peine différemment : Seth faisait preuve d'une ténacité sans faille. A la grande surprise de Noah, il en connaissait un rayon sur les procédures et l'administration hospitalière. Le personnel avait dû s'en rendre compte, car toute l'équipe médicale était au garde-à-vous.

— Va chercher Deklan, lui dit-il.

En passant dans la chambre de Kendra, Noah aperçut Allie dans le couloir. En l'entendant entrer, Deklan leva la tête vers lui et, en un instant, son air absent se transforma en curiosité, puis en frustration.

— Je m'en fiche ! dit-il sans laisser à Noah le temps d'ouvrir la bouche. Faites ce que vous voulez, je n'en ai rien à faire.

Seth entra dans la pièce à son tour et enfonça les mains dans ses poches. De toute évidence, il n'allait pas lâcher le morceau aussi facilement.

— Eh bien c'est un tort !

— Va te faire foutre ! cria Deklan, en bondissant sur ses pieds.

Il les fusilla du regard, mais Noah savait que ce genre d'attitude aurait le même effet sur Seth que sur lui, à savoir aucun. Ils n'étaient pas venus pour le dorloter. Deux infirmières observaient la scène en fronçant les sourcils, et Noah leur sourit pour les amadouer.

— Je ne suis pas venu ici pour me battre, dit-il. Alors soit vous vous calmez, soit on va régler ça ailleurs.

Deklan sortit de la pièce en trombe sans un mot ; Seth leva les yeux au ciel avant de le suivre. Deklan prit le chemin de la salle d'attente pour y échanger quelques mots avec les parents de Kendra, puis il se dirigea vers l'escalier. Il poussa la porte de la cage d'escalier si fort qu'elle claqua contre le mur, produisant un bruit qui se répercuta dans tout le couloir. Génial !

Noah prit une grande inspiration et tenta de maîtriser sa propre frustration tandis qu'il descendait au rez-de-chaussée. Ils gardèrent tous le silence en traversant le hall puis la rue, jusqu'à atteindre ce qui devait être la zone fumeurs non officielle, à en juger par l'odeur de tabac froid et le seau rempli de mégots.

Deklan sortit une cigarette de son paquet et l'alluma avec la grâce typique des fumeurs de longue date.

— Je ne savais pas que tu fumais, fit remarquer Noah.

Il le connaissait depuis des années et ne l'avait jamais vu avec une cigarette à la main. Deklan exhala une colonne de fumée vers le ciel et rangea son briquet dans sa poche.

— Je ne fume pas.

— Tu es calmé, c'est bon ? demanda Seth.

Deklan tira de nouveau sur sa cigarette et recracha lentement la fumée.

— Maintenant, je suis calme.

Tous vêtus de noir, ils se fondaient dans le décor, ce qui arrangeait bien Noah. Les médias avaient quasiment tous arrêté de faire le pied de grue devant l'hôpital, mais mieux valait rester prudent.

— J'ai besoin de vous consulter sur quelques points, commença-t-il.

— On t'écoute, répondit Deklan.

— Butch s'occupe du Donjon et de tout ce qui concerne le BDSM. Le personnel a l'air de le respecter et il est bien intégré parmi les membres. Aussi j'aimerais qu'il rejoigne l'équipe de façon permanente.

Seth et Deklan échangèrent un regard dans l'obscurité et Deklan finit par hocher la tête.

— Pas de problème.

— Parfait. Quant à Marcus, il aimerait prendre en charge la logistique.

Seth le fusillait du regard, comme si tout ça était son idée.

— Quoi ! Il ne peut pas faire ça à distance !

— Ce gamin est beaucoup trop jeune pour une telle responsabilité, ajouta Deklan.

Noah se pressa la main sur la bouche et prit un instant pour bien choisir ses mots avant de poursuivre.

— Il fait partie des associés et il a toutes les qualités et les connaissances nécessaires. De plus, ça permettrait au club de continuer à fonctionner pendant votre absence.

— On s'en fout, du club ! éructa Deklan. Il doit se montrer responsable et penser à sa famille. Il doit…

— Il doit faire ce qu'il pense être juste, l'interrompit Seth, dont le calme contrastait avec la colère de Deklan.

— Il connaît les risques, ajouta Noah, avant que Deklan ne puisse protester. Il effectuera la majeure partie de son travail dans la journée, comme tu le fais d'habitude, Seth. Il n'aura donc pas à se montrer au club. J'en ai parlé à Quinn, elle est d'accord,

Deklan prit une dernière bouffée, puis jeta sa cigarette dans le seau qui servait de cendrier. Ses lèvres pincées exprimaient clairement son désaccord.

— Il prend de gros risques.

— Pourquoi donc ? le défia Seth. Il n'y a rien de répréhensible dans le fait d'être le gérant d'un club. C'est peut-être le plus jeune des associés, mais il est tout à fait apte à faire mon travail.

Il se passa la main dans les cheveux et dévisagea Deklan, l'air soudain désemparé.

— Je suis incapable de penser au boulot…

— Moi non plus, avoua Deklan après un silence tendu. La seule chose à laquelle je pense, c'est au réveil de Kendra… et à ce qui va se passer alors.

Il prit une autre cigarette et l'alluma.

— Fumer comme un pompier ne va rien arranger, commenta Seth.

Deklan tira longuement sur sa cigarette, puis souffla la fumée lentement, sans quitter Seth des yeux.

— Combien de personnes connais-tu qui ont souffert d'un traumatisme crânien comme celui de Kendra, ou de blessures semblables à celles de Tyler ? demanda-t-il.

Seth ne répondit pas.

— C'est bien ce que je pensais. Voyons… Jessie MacCall, mort à l'hôpital après avoir eu le casque arraché par un tir de mortier qui l'a projeté contre un mur de briques. Gary Showman, les jambes écrasées par un camion qui s'était retourné sur la chaussée, mort à cause d'un caillot de sang, trente jours après son admission à l'hôpital. Sam…

— C'est bon ! le coupa Seth. J'ai compris. Fais ce que tu veux.

— Merci.

— Seulement, ne crois pas que tu es le seul à faire face à ce genre de situations, dit Seth froidement. J'ai passé des années à courir les hôpitaux avec ma cinglée de mère.

— Votre petit concours ne nous mènera nulle part, les interrompit Noah.

Ils avaient tous eu à affronter la douleur et la mort

dans le passé et c'était une joute verbale que personne ne pouvait remporter.

— Revenons-en plutôt à Marcus. C'est oui ou c'est non ?

Un silence s'installa, finalement rompu par Deklan.

— Qu'en pensent les autres ?

— Rock et V sont d'accord.

— Autrement dit, je suis seul contre tous. Génial !

— Ecoute, Dek, je pense que le pire est passé avec les médias. Aucun nouvel élément n'est sorti, l'histoire s'essouffle. Je pense que… Enfin, j'espère vraiment qu'ils vont nous foutre la paix maintenant.

— Comme s'ils n'avaient pas fait assez de mal comme ça, dit Seth avec tristesse.

— Ils en ont fait bien assez, en effet, admit Noah, la poitrine oppressée par un douloureux sentiment d'échec. J'en suis sincèrement désolé. Mais je ne pouvais pas les empêcher de rapporter des faits.

— Ce n'est pas ta faute, dit Deklan.

Peut-être pas, mais s'il s'y était pris autrement, sans doute aurait-il pu en faire plus…

— Arrête, Noah, renchérit Seth. Quand bien même on le voudrait, on ne peut pas tout contrôler.

Noah pensa soudain à Liv. Voulait-il la contrôler ? Voulait-il qu'elle lui appartienne ou était-il juste à la recherche d'une partenaire ? Il était bien trop fatigué pour répondre à ces questions et, surtout, ce n'était vraiment pas le moment de se lancer dans ce genre de débat intérieur !

— Je rêve ou c'est exactement ce que V t'a dit il y a quelques jours ? demanda-t-il pour le taquiner. Et, maintenant, tu délègues sans broncher.

Dire que, quelques mois plus tôt, Seth avait fait un

scandale au moment de confier des responsabilités à certains employés du Red Room !

— Disons que tes priorités changent quand la vie t'enseigne ce qui est vraiment important.

Ce qui résumait plutôt bien la situation… Le travail, l'argent, les factures, même sa propre santé passaient au second plan lorsque quelqu'un qu'on aimait était menacé. D'une certaine façon, la mort était plus simple à gérer que l'attente et l'incertitude, sauf que dans la mort il n'y avait pas d'espoir. Au moins, Seth et Deklan pouvaient-ils encore se raccrocher à ça : l'espoir que tout s'arrange.

— Je parlerai aux autres et je préviendrai Marcus qu'il a le poste. Est-ce qu'il peut t'appeler s'il a des questions ?

— Bien sûr, répondit Seth.

Il sortit son téléphone de sa poche, et la lumière de l'écran illumina son visage tandis qu'il tapait sur les touches.

— Je vais rédiger des notes et je lui enverrai tout ça cette nuit.

— Seth…

— Quoi ? Je ne vais pas dormir de toute façon.

Noah n'insista pas. Après tout, ils avaient besoin de ces notes, et il savait mieux que personne à quel point les nuits étaient courtes en ce moment. Il ne se souvenait pas de la dernière fois où il avait dormi plus de quatre heures d'affilée.

— C'est tout ? demanda Seth, alors qu'il était déjà en train de rebrousser chemin.

Oui, c'était tout pour lui mais pas pour Noah. Il devait encore passer la fin de la soirée au Red Room. Sans Liv. Serait-elle chez lui quand il rentrerait ? Etant donné son silence lorsqu'ils s'étaient séparés un peu plus tôt, il n'en était pas persuadé.

Le temps qui lui restait à passer avec elle était compté, il en avait le pressentiment. Il avait tenté de garder ses distances pour limiter la casse, en vain. Peu importait quand elle partirait : il aurait mal.

Il regarda Seth disparaître à l'intérieur de l'hôpital, pour retourner se livrer au jeu de la patience et de l'attente. Une véritable torture pour un homme comme lui, habitué à être dans l'action.

Au moins, lui-même n'était pas cette situation et le moment était venu pour lui de reprendre son destin en main. Au milieu de la peine et du malheur qui s'étaient abattus sur eux, il avait trouvé une lueur d'espoir qu'il avait ignorée jusqu'à maintenant.

Il avait le choix, et la vie lui offrait une nouvelle chance avec Liv. Il devait juste trouver le courage de la saisir.

Chapitre 22

Cette fois encore, la lumière qui brillait faiblement au-dessus de la porte de derrière accueillit Noah quand il s'engagea dans son allée. En revanche, celle qui illuminait habituellement la cuisine était éteinte.

Il entra dans la maison froide et vide, et le regret s'abattit aussitôt sur lui. Il n'avait pas besoin de se rendre dans sa chambre pour savoir que Liv n'était pas là. La collection habituelle de vestes, chaussures et sacs à main, qu'il s'attendait depuis quelque temps à trouver chaque fois qu'il rentrait chez lui, avait disparu de l'entrée.

Et merde !

Alors qu'il s'était enfin avoué qu'il la voulait dans sa vie, elle en était sortie. Il tourna les talons, et quitta la maison en faisant claquer violemment la porte derrière lui. Il était si frustré, si contrarié qu'il faillit oublier de donner un tour de clé avant de remonter en voiture.

Une colère sourde vibrait en lui, résultat de semaines de stress, d'indécisions et de problèmes à gérer. Mais, au-delà de tous ces facteurs, c'était surtout à lui-même qu'il en voulait. Il avait blessé Liv en la rejetant. Il n'avait pas su accepter ce qu'elle avait à lui offrir et, maintenant, elle était partie.

Il passa la marche arrière et remonta l'allée rapidement, avant d'écraser la pédale de frein. La voiture s'arrêta dans un crissement de pneus et sa ceinture l'empêcha de percuter le pare-brise. Les mains tremblantes, il mit passa au point mort et resta là, le souffle court.

A quoi jouait-il ? Il était en train de perdre complètement les pédales ! Et tout ça pour Liv. Quelle idée, aussi, d'être passé chez lui au lieu d'aller directement au Red Room… Il était dans tous ses états, à présent. Voilà ce que ça lui rapportait de passer à l'action !

Il se répéta ses derniers mots et renifla avec mépris. Voilà ce que ça lui rapportait de *ne pas* passer à l'action, plutôt. Liv aurait pu être n'importe où et, de toute façon, elle n'avait pas à le tenir au courant de ses faits et gestes. Certes, ils avaient partagé un lit et leurs vies au cours des deux dernières semaines, et après ? Ça ne voulait rien dire de plus, parce qu'il n'avait pas voulu que ça signifie plus. Il avait eu peur d'accepter ce qu'elle désirait lui donner, sans parler des sentiments qui se développaient entre eux.

Une amitié, un foyer, une famille… De l'amour… Il pouvait avoir toutes ces choses avec elle, et bien plus encore.

Il se passa la main dans les cheveux et faillit s'en arracher quelques-uns au passage. Il tremblait toujours autant, avait la gorge nouée et des crampes à l'estomac. Comment avait-il pu en arriver là ?

L'horloge du tableau de bord brillait doucement dans l'obscurité. 23 heures Il aurait dû être au club depuis une heure. Il aurait dû appeler Liv avant de se mettre en route, au lieu de partir du principe qu'elle serait chez lui. Et il devrait également arrêter de se flageller de la sorte, car ça ne l'aidait vraiment pas !

Il s'empara de son portable et relut le message qu'il avait préparé un peu plus tôt. Il hésita longuement, puis finit par l'effacer. Ça ne résoudrait rien de lui écrire pour lui demander où elle était.

Il prit une grande respiration et rédigea un nouveau texto.

Suis en route pour le club. Tout va bien ?

L'attente d'une réponse le mit à l'agonie. Fixer l'écran était une vraie torture et, pourtant, il ne pouvait s'en empêcher. Au bout d'un long moment, quand il vit que rien n'arrivait, il finit par abandonner et placer son téléphone dans le porte-gobelet, en proie à un mélange d'abattement, de frustration et de résignation.

Quand était-il devenu aussi fatigué de vivre ?

Sa seconde tentative de marche arrière fut exécutée avec la précision qui le caractérisait, et il prit enfin le chemin du club. Il passa l'intégralité du trajet à se demander où Liv pouvait bien être. Il n'était pas un obsédé du contrôle, simplement, ils avaient pris l'habitude de s'informer de leurs déplacements. Elle était probablement à l'hôpital. V et Holden étaient en déplacement pour un match des Glaciers, et Liv n'était encore jamais sortie avec des amis depuis qu'elle dormait chez lui.

Maintenant qu'il y songeait, il ne l'avait jamais entendu parler de quelqu'un d'autre que Shelly et Joan, qui travaillaient au centre avec elle. Quelqu'un d'aussi enjoué qu'elle aurait pourtant dû avoir un vaste cercle d'amis et de connaissances. Il avait du mal à l'imaginer enfermée chez elle tous les week-ends. Cette réflexion en amena une autre : que savait-il vraiment d'elle, en réalité ?

Il baissa la température de la climatisation jusqu'à ce

que l'air conditionné souffle un vent froid sur sa peau brûlante. Il défit un bouton de sa chemise, mit en route la radio et tenta de se concentrer sur sa conduite.

Il ne tint pas une minute avant de se remettre à penser à Liv. Tout bien réfléchi, il savait beaucoup de choses sur elle. Il savait comment elle aimait son café ; il savait qu'elle était habitée d'une volonté inébranlable d'aider les autres. Il savait aussi qu'elle préférait les jeans aux jupes, les tennis aux talons aiguilles et les sandwichs au caviar, qu'elle n'acceptait pas les refus à moins d'y être obligée et que sa loyauté était indéfectible.

Il ne savait pas grand-chose sur sa vie mais, elle, il la connaissait. Mieux et davantage en deux semaines qu'il n'avait connu Beth en six mois.

Et Liv n'était pas Beth. Il allait bien finir par se rentrer ça dans le crâne, non ?

La sonnerie stridente de son téléphone le ramena sur terre. Le nom de Rock s'affichait sur l'écran et il se rembrunit. Rock ne l'appelait jamais, sauf quand quelque chose nécessitait son intervention.

— Je suis en route, dit-il, sans s'embarrasser de formules de politesse. Qu'est-ce qui se passe ?

— Liv est au bar.

Un certain nombre de questions affluèrent immédiatement. « Qu'est-ce que c'est que ce bordel ? » « Comment ça ? » « Pourquoi ? » « Comment ? »

— J'ai envoyé Carter la chercher pour qu'il la conduise au carré VIP. J'ai pensé qu'elle y serait plus en sécurité.

— Qu'est-ce que c'est que ce merdier ? éclata Noah. Comment est-elle entrée ? Ce n'est pas pour rien qu'on a des cartes de membres et des contrôles d'accès, nom de Dieu !

Rock ne répondit pas tout de suite, et Noah regarda

dans ses rétroviseurs avant de prendre la sortie qui menait au club.

— On lui a autorisé l'accès au garage et aux ascenseurs il y a deux semaines, tu ne te souviens pas ? Pour qu'elle puisse entrer chez Seth.

Quel crétin… Il s'en fallut de peu qu'il se frappe la tête contre son volant.

Comment avait-il pu oublier une chose pareille ? Liv avait passé son temps à faire des allers-retours pour apporter des affaires et des vêtements propres à ceux qui restaient en faction à l'hôpital. Lui-même avait supposé que c'était la femme de ménage qui s'était occupée de son propre linge, mais peut-être qu'il s'était trompé. Il n'aurait pas été étonné d'apprendre qu'elle avait pris le relais de son pressing habituel.

— Et personne ne l'a vue sortir au mauvais étage ? grommela Noah sans vraiment attendre de réponse.

Rock fit entendre un bruit qui se situait entre le reniflement et le rire.

— Pourquoi crois-tu que j'ai dit à Carter de descendre ? Elle a beau être aussi têtue que sa sœur, elle est loin d'avoir son expérience. Elle n'a pas l'air de se rendre compte qu'elle est comme un agneau cerné par une meute de loups, ici.

— J'arrive dans cinq minutes. D'ici là, ne la laisse surtout quitter la zone VIP !

— Je m'empresse de communiquer tes instructions à Carter, répondit Rock.

Il ne prit même pas la peine de dissimuler la moquerie dans sa voix, et Noah raccrocha en soupirant. Il appuya sur l'accélérateur, et la voiture se lança à l'assaut des rues vides. Il n'y avait aucune circulation le soir dans la zone industrielle, il put donc se concentrer sur Liv et sur ce qu'il allait faire en arrivant au Red Room.

Le rythme régulier de la basse faisait vibrer le sol sous les talons de Liv. Autour d'elle, c'était un festival de cuir, de latex, de peaux dénudées, de colliers et de laisses. Mais à l'exception des tenues fort intéressantes des invités, l'ambiance n'était pas si différente de n'importe quelle boîte de nuit, du moins à cet étage.

Elle sentit néanmoins son estomac se nouer, tandis qu'elle songeait à ce qui se trouvait à l'étage au-dessus. Elle n'avait pas franchi les grandes portes rouges qui donnaient accès aux autres parties du club. Et, pour le moment, elle était très bien là où elle se trouvait !

Elle but une gorgée d'eau et observa la femme qui se tenait agenouillée aux pieds d'un dom, de l'autre côté de la table à laquelle Carter et elle s'étaient installés. Bon, d'accord, c'était légèrement différent d'une boîte traditionnelle…

— Pourquoi es-tu venue ici, Liv ?

Elle se tourna vers son chaperon et lui sourit.

— Parce que j'en avais envie, tout simplement ! Et toi ?

— Moi, j'essaie de t'éviter d'avoir des problèmes.

Elle éclata de rire.

— Je n'ai pas besoin d'une nounou !

— Ici, si, dit-il, en jetant un regard circulaire autour d'eux.

Le contredire ne l'aurait menée nulle part, alors elle ne se donna pas la peine d'essayer. Elle voulait observer et comprendre le monde de Noah. C'était en fait le monde d'un tas de gens à part elle, et elle voulait que ça change, même si elle ne savait pas encore dans quelles proportions.

Carter lui donna un petit coup de genou sous la table.

— Tu cherches les ennuis, tu en es consciente ?

— Je sais ce que je fais, lui assura-t-elle avec un nouveau sourire.

Bon, peut-être qu'elle ne le savait pas si bien que ça, mais elle espérait que ce serait le cas d'ici la fin de la soirée.

Carter passa un bras autour de ses épaules et la serra affectueusement contre lui.

— Fais attention à toi, d'accord ? On fait parfois quelque chose qu'on croit vraiment vouloir faire quand, en réalité, c'est ce que l'autre veut.

Elle appuya la tête contre son épaule, réconfortée par la caresse douce et régulière de Carter sur son bras.

— Est-ce que le véritable message c'est : « Ne te soumets pas à Noah juste pour lui faire plaisir » ?

— Quelque chose comme ça, oui…

Le carré VIP, surélevé par rapport au reste de la salle, leur offrait sur elle une vue imprenable et elle se rendit compte que plusieurs personnes les regardaient avec insistance. A en juger par leur air, ils étaient loin d'être enchantés par leur présence.

— J'imagine que c'est là que s'assoient les associés d'habitude, dit-elle à voix basse.

Elle en était même certaine. Cet espace appartenait aux propriétaires du club, des personnes qui embrassaient le style de vie BDSM. Des personnes qui s'étaient exposées et en avaient assumé les conséquences, de façon à pouvoir offrir à leurs semblables un endroit où ils pouvaient se laisser aller à ce que la société jugeait répréhensible.

Un constat amer la frappa alors de plein fouet : elle n'avait rien à faire ici. Elle s'était comportée comme une gamine capricieuse qui n'en faisait qu'à sa tête, en dépit des mises en garde de Noah. Le regard des autres lui faisait comprendre que son attitude était un manque de respect. Vis-à-vis de Noah, du reste du groupe et de toutes les personnes présentes.

Elle s'écarta brusquement de Carter, l'estomac noué. Son erreur lui apparaissait dans toute son étendue et lui donnait la nausée. Qu'est-ce qu'elle avait voulu prouver ?

— Qu'est-ce qui se passe ? s'enquit Carter, en la dévisageant avec inquiétude.

Son cœur battait à toute vitesse, et elle dut faire un effort surhumain pour parvenir à respirer normalement.

— Je ne devrais pas être ici, murmura-t-elle. Pas maintenant. Pas sans Noah. C'était ce qu'il essayait de me dire.

Elle était déjà en train de glisser le long de la banquette en cuir, mais Carter la retint par le bras.

— De quoi tu parles ?

— J'ai été stupide de vouloir le défier. Je pensais qu'il me suffisait de le bousculer, de le pousser jusqu'à obtenir satisfaction, mais j'avais tort.

Elle avait été tellement blessée qu'il la repousse, tellement déterminée à obtenir des réponses, qu'elle n'avait rien compris. Elle dégagea son bras de l'étreinte de Carter et se précipita dans le couloir qui menait à l'ascenseur. Si elle se dépêchait, peut-être qu'elle parviendrait à partir avant l'arrivée de Noah.

— Liv ! Attends ! cria Carter derrière elle.

Elle se faufila parmi la foule rassemblée autour du bar et ne put ignorer tous les regards qui se posaient sur elle. Sa minijupe en coton et son haut moulant étaient ce qu'elle avait de plus sexy dans sa garde-robe. Sauf qu'ici ça lui donnait l'air d'être fagotée comme une paysanne. Elle était vraiment ridicule !

— Liv !

Carter la rattrapa alors qu'elle arrivait au bout du couloir. *La poisse !*

Elle était si proche du but.

— Attends une seconde.

Elle ralentit une fois qu'ils furent à l'abri des regards indiscrets et se retourna vers lui. Il la dévisagea, et elle eut si peur de ce qu'il allait lire sur son visage qu'elle tourna la tête.

— Qu'est-ce qu'il y a ?

— A toi de me le dire, répondit-il sans la quitter des yeux. Pourquoi tu te sauves comme ça ?

— Il faut que je m'en aille, c'est tout. Tout va bien, je t'assure. Je veux juste partir avant l'arrivée de Noah.

— Envoie-moi un texto pour me prévenir que tu es bien rentrée, d'accord ?

— D'accord, répondit-elle, alors qu'ils arrivaient devant l'ascenseur.

— On est l'équipe de soutien, toi et moi, tu te souviens ? On doit rester soudés.

Il avait raison, et ce petit rappel à l'ordre était exactement ce qu'il lui fallait. Elle était supposée soutenir Noah, pas le pousser dans ses retranchements alors qu'il n'était pas prêt. Elle sourit de bon cœur à Carter, et la tension qui habitait chacun de ses muscles un instant plus tôt parut se dissiper.

— Merci, souffla-t-elle.

— De rien. N'oublie pas de prendre soin de toi.

— Promis.

Prendre soin des autres était plus simple que s'occuper de soi.

Les portes de l'ascenseur s'ouvrirent et le soulagement l'envahit. Elle mit un pied à l'intérieur et s'immobilisa, comme enveloppée soudain par un courant d'air glacé.

Quelqu'un était adossé au mur du fond de la cabine et la regardait fixement : Noah.

Il était plus sexy que jamais et terriblement intimidant, avec son regard glacial. Sa veste en cuir laissait entrevoir sa chemise noire, ses cheveux étaient ébouriffés, et quelques boucles rebelles lui retombaient sur le front.

Elle esquissa un sourire timide et entra dans l'ascenseur, en dépit de son envie de prendre ses jambes à son cou. Noah la suivait attentivement du regard, à l'affût du moindre de ses mouvements.

— Bonsoir, Noah.

— Liv…

Il ne dit rien de plus et, pourtant, elle avait l'impression qu'il la réprimandait.

— Vous venez ? leur demanda Carter d'un ton léger qui contrastait avec son regard anxieux.

— Non, dit Noah, avant d'actionner le bouton de fermeture des portes.

Un frisson parcourut Liv de la pointe des pieds à la racine des cheveux. Elle s'efforça tout de même de sourire à Carter, qui avait le bras tendu pour bloquer les portes.

— Je t'envoie un message, dit-elle pour le rassurer.

Enfin, Carter fit un pas en arrière, et les portes se refermèrent. Agrippée à son sac à main, elle prit une grande inspiration silencieuse. Quand l'ascenseur se mit à monter, elle se maudit de ne pas avoir eu la présence d'esprit de presser le bouton du sous-sol pour aller au parking.

Elle savait que c'était physiquement impossible, mais elle aurait juré que la cabine rétrécissait à chaque seconde. L'air devenait de plus en plus dense, et elle se sentait emprisonnée dans un cocon glacé. Les vibrations qui émanaient de Noah étaient loin d'être engageantes, non qu'il fût particulièrement chaleureux d'habitude.

Elle sentit alors une violente colère monter en elle, non contre lui mais contre elle-même. Elle fit un pas en avant dans l'intention de presser le bouton du sous-sol, mais Noah se saisit de son poignet pour l'en empêcher. Son geste n'aurait pas dû l'étonner et, pourtant, elle sursauta. La chaleur de son contact lui fit l'effet d'une brûlure et une pointe de désir la transperça.

Elle le fusilla du regard, mais il ne cilla pas. Son étreinte était ferme sans toutefois lui faire mal, juste suffisante pour l'empêcher de prendre la fuite et d'échapper à une expérience qui était déjà bien assez embarrassante comme ça. Pourquoi ne pouvait-il pas la laisser sortir par la petite porte, sans faire de scandale ?

L'ascenseur s'arrêta, et les portes s'ouvrirent derrière elle. Elle allait lui demander où ils étaient, mais elle n'en eut pas besoin. Un bruit de voix étouffé leur parvint, ainsi que celui d'un claquement sonore suivi d'un cri. Le Donjon se trouvait sans doute au bout du couloir, peuplé de personnes qui utilisaient les équipements qu'elle avait découverts quelques jours plus tôt.

Sa curiosité fut aussitôt piquée au vif. Qu'est-ce qu'elle verrait si elle risquait un regard à l'intérieur ?

— C'est bien ça que tu voulais ? demanda Noah en la devançant en trombe, sans lui lâcher le poignet. Alors on y va !

Soudain, elle fut incapable de bouger. Si elle le suivait, si elle faisait ne serait-ce que jeter un coup d'œil, n'allait-elle pas le perdre définitivement ? Malheureusement, un à-coup sur son bras lui indiqua qu'il ne lui laissait pas le choix. Elle trébucha et manqua de s'étaler de tout son long, avant de reprendre l'équilibre. Un autre cri résonna dans le petit couloir qui menait à l'entrée du Donjon, et son pouls accéléra à l'idée de la catastrophe qui s'annonçait.

— Noah ?

Il se tourna vers elle, une expression de colère à peine contrôlée sur le visage.

— Quoi ? C'est bien pour ça que tu es là, Liv ? Même si je t'ai dit et répété que je n'étais pas capable de faire ça.

Elle secoua la tête et tenta de retirer sa main, sans succès.

— Non. Je suis venue sur un coup de tête, mais j'allais partir. Je suis désolée, dit-elle précipitamment.

Est-ce qu'il l'écouterait ? Et, surtout, est-ce qu'il la croirait ?

A en juger par son regard glacial, la réponse était « non ». Elle n'avait plus le choix, et elle ne pouvait pas s'en plaindre. C'était elle qui avait forcé le passage en voulant s'immiscer dans un monde qu'elle ne comprenait pas. A présent, elle devait en assumer les conséquences, quel que soit le résultat. Il lui fallait aller jusqu'au bout.

Elle s'efforça de calmer sa respiration entrecoupée et parvint à adopter une démarche un peu moins chancelante.

— Très bien, parvint-elle à dire enfin d'une voix calme. Allons-y.

Il reprit sa progression sans un mot. Chacun de ses pas semblait chargé de présages annonciateurs d'échec et de fin toute proche.

Les sons étaient de plus en plus forts. Des bruits de coups et de fessées, des grognements et des ordres… L'imagination de Liv s'emballa. Son désir de s'enfuir en courant l'assaillit de nouveau avec une telle force qu'elle faillit faire demi-tour. Elle voulait que les choses avec Noah changent, mais pas de cette façon.

Elle avait la gorge totalement desséchée lorsqu'ils entrèrent dans le Donjon. Un mélange puissant de cuir, de sueur et de sexe lui frappa les narines, faisant disparaître instantanément le parfum de Noah, sur lequel elle s'était concentrée jusque-là.

Son regard se posa partout à la fois. La plupart des machines étaient utilisées, et la nudité des soumis contrastait fortement avec les vêtements en cuir que portaient la plupart des dominateurs.

Un homme mince, vêtu d'un string minuscule, était penché sur un banc, exposant ses fesses rougies par les coups de paddle que lui assénait son maître. Il avait l'air en pleine extase et son dom, un homme aux épaules larges, vêtu d'un harnais, semblait dans le même état.

— Voilà, dit Noah avec un geste circulaire. Voilà tout ce que tu tenais tellement à voir.

Liv regarda de nouveau autour d'elle, et il ne lui fallut qu'un instant pour acquérir la certitude qu'elle ne comprendrait jamais. C'était exactement ce que V avait tenté de lui expliquer : chaque personne ici avait des motivations différentes, tout simplement. Elle avait essayé de percer un mystère qui resterait pour elle insolvable, à moins de jouer le jeu elle aussi.

Ses yeux se posèrent sur une femme attachée à une palissade. Des pinces lestées enserraient la pointe distendue de ses seins et oscillaient à chaque coup de rein de son dom, qui la prenait devant tout le monde. Là encore, un mélange d'extase et de plaisir éclairait leurs visages.

Un dernier regard lui suffit pour savoir qu'elle ne voudrait jamais ça. Le Donjon, les fouets, les paddles, le regard de tous… Ce n'était pas pour elle.

Elle pivota pour fixer son regard sur la seule chose qu'elle voulait vraiment : Noah. A l'inverse des autres personnes présentes, dont les visages reflétaient de multiples expressions, le sien était fermé, impassible.

Elle sentit des larmes de regret lui brûler les yeux. Elle avait trouvé des réponses à toutes ses questions, y compris à celles qu'elle ne se posait pas. Elle en savait trop à présent et elle avait blessé Noah plus profondément qu'elle aurait pu imaginer.

Elle déglutit péniblement et battit des paupières pour chasser les larmes qui menaçaient de jaillir.

— Ça suffit, Noah. On s'en va, dit-elle, en faisant un pas vers la sortie.

Il la suivit sans dire un mot, non qu'elle se fût attendue à une réponse de sa part. Il lui tenait toujours fermement le poignet quand ils entrèrent dans l'ascenseur. Les portes se refermèrent un instant plus tard, mais aucun des deux ne bougea pour appuyer sur un bouton.

Quand V abandonnait son costume de Reine des Glaces pour exploser, Liv choisissait toujours entre trois stratégies : partir, l'attendrir ou l'ignorer. Est-ce qu'une de ces trois techniques pouvait marcher sur Noah ?

Elle prit son courage à deux mains et pivota pour lui faire face.

— Dure journée ? demanda-t-elle.

Elle avait opté pour la légèreté et la banalité, même si c'était à mille lieues de son état d'esprit.

La tension qui rigidifiait les épaules de Noah semblait se communiquer jusqu'au bout de ses doigts. Il la lâcha enfin, et le contact brûlant de sa main lui manqua immédiatement.

— Je t'avais demandé de ne pas venir ici.

La calme froideur de sa voix était encore pire que la colère à laquelle elle s'était préparée. En face d'elle se trouvait le Noah impénétrable qui avait affronté les caméras des journalistes, à des années-lumière de l'homme tendre qui la serrait contre lui le soir, ou qui s'inquiétait pour ses amis.

— C'est vrai, reconnut-elle. Et j'allais d'ailleurs partir quand tu es arrivé.

— Pourquoi es-tu venue ?

Excellente question. Serait-elle capable d'y répondre honnêtement ?

— Pour te connaître. Tout entier.

Sa réponse, pourtant sincère, ne rencontra qu'un silence froid et buté.

— Cet endroit et tout ce qui s'y passe sont une partie de toi que je voulais découvrir. Et comprendre.

Elle brossa machinalement le pan de sa veste et posa la main sur son cœur. Les battements rapides qu'elle sentit alors contre sa paume contredisaient l'absence d'émotion qu'il lui témoignait, et cela la rassura un peu.

En une fraction de seconde, il redevint *son* Noah. Rien de fondamental n'avait changé dans son expression, mais quelque chose en lui s'était adouci, et elle se sentit fondre. Il tenait à elle. Peut-être bien plus qu'il ne l'aurait voulu, mais il tenait à elle. Enormément.

— Liv... Est-ce que tu sais vraiment ce que tu me demandes ?

— Oui et non.

— Je...

Il la dévisagea intensément, hésita, puis appuya finalement sur un bouton derrière elle.

— Je ne peux pas faire ça ici.

L'ascenseur entama sa descente, et Liv sentit son estomac se tordre. Noah évitait soigneusement de croiser son regard, fixant un point derrière elle. Elle sentait son cœur battre à tout rompre sous sa paume et elle eut mal pour lui, même si elle ignorait ce qui le tourmentait si durement.

L'ascenseur s'arrêta et, lorsque les portes s'ouvrirent, l'odeur d'essence et d'huile du garage leur parvint. Elle dut se résoudre à ôter la main de sa poitrine.

— Est-ce que c'est terminé ?

Elle ne voulait pas que leur histoire s'arrête, mais elle devait poser la question. Il soupira avec une tristesse telle qu'elle ferma les yeux pour ne plus voir son expression.

— Je suis désolée d'être venue, murmura-t-elle. J'aurais dû respecter tes souhaits. C'est ta place, pas la mienne, et je regrette infiniment de ne pas avoir compris ce que ça signifiait.

Mais c'était clair à présent. Ses discussions avec V et Carter et toutes ses recherches sur Internet ne lui avaient rien appris, à l'inverse de la leçon que sa décision stupide venait de lui donner.

— Viens ici, dit-il alors.

Un instant plus tard, elle était dans ses bras. Elle enfouit son visage dans son cou et pressa contre son corps solide.

Il leur fit faire quelques pas pour que les portes de l'ascenseur puissent se refermer, puis passa la main dans ses cheveux et lui fit relever la tête. Toute trace de colère ou de froideur avait disparu. Il la fixait avec une tendresse attentionnée.

— Je ne veux pas que ça s'arrête, Liv. Rentre à la maison. J'ai des choses à faire ici, on discutera à mon retour.

Elle hocha la tête et il l'embrassa, doucement d'abord, puis plus intensément, comme pour finir de chasser ses peurs et ses doutes. Elle lui rendit son baiser de toute son âme, espérant lui faire comprendre à quel point elle était désolée.

Lorsqu'il s'écarta et qu'il appuya son front contre le sien, ils étaient tous les deux à bout de souffle. Il retira lentement la main de ses cheveux, mais Liv ne pouvait se résoudre à lâcher les pans de sa veste, même si elle avait les mains engourdies à force de les serrer.

— Il y a des choses que tu dois savoir, dit-il à son oreille. Des choses de mon passé qui m'empêchent d'avancer.

— D'accord.

Il posa un dernier baiser sur sa joue, puis la conduisit jusqu'à la voiture. Un courant d'air froid soufflait dans le parking et, le temps de chercher ses clés dans son sac, elle se mit à grelotter.

Elle se mit en route, jetant un coup d'œil dans son rétroviseur. Les mains dans les poches, Noah la regardait partir.

Ce ne fut qu'à mi-chemin qu'elle se rendit compte qu'elle avait pris la route de chez de Noah, et ses mots lui revinrent à l'esprit. « Rentre à la maison. » La raison lui disait que les choses allaient trop vite et, cependant, elle ne voulait pas y mettre un frein, même si tout avait failli déraper ce soir. Peu importe ce qu'il lui révélerait, elle était fermement décidée à l'aider à dépasser ses craintes.

Elle allait tout lui donner, en espérant que c'était ce dont il avait besoin.

Chapitre 23

Lorsque Noah rentra, la lumière de la cuisine était allumée, tel un phare rassurant dans l'obscurité. Le 4x4 était garé dans l'allée, lui confirmant la présence de Liv. Hélas, le soulagement qu'il en éprouva se mua presque aussitôt en une inquiétude teintée de culpabilité.

Comment pouvait-il avoir quoi que ce soit à offrir à Liv alors qu'il n'était qu'une coquille vide ?

La maison était silencieuse, mais il savait que Liv était bel et bien là. Ses chaussures à talons traînaient par terre à côté de ses baskets, son sac à main était posé sur la console de l'entrée, un sac rempli de Tupperware vides abandonné sur le comptoir de la cuisine.

Une bouffée de tendresse monta soudain en lui à la vue de toutes ces traces. Elles prenaient doucement le pas sur les habitudes qu'il s'était imposées pour se donner l'illusion qu'il avait le contrôle sur sa vie.

Liv avait réussi à modifier ses habitudes le plus naturellement du monde et, ce faisant, lui avait permis de revivre. Il y avait donc quelqu'un qui avait envie d'être là, avec lui, de partager sa vie…

La lampe de son bureau était allumée et les rideaux tirés. Depuis son arrivée, elle avait fait ça tous les soirs avant d'aller se coucher. Un petit geste qui lui rendait bien plus facile de s'asseoir et de se replonger dans le travail, une fois rentré chez lui.

Quand il s'agissait de faciliter la vie aux autres, aucun détail ne semblait échapper à Liv. C'était comme un don chez elle. Toutes les petites choses auxquelles personne n'aurait songé, elle, elle y pensait, systématiquement et ça faisait une grande différence.

Il posa sur sa table de travail les dossiers qu'il avait rapportés du club. Rock avait compilé des centaines d'e-mails, dont la majorité contenait des offres de bénévolat, y compris de la part de nombreuses personnes qui n'étaient pas membres du Red Room. La générosité et le soutien inconditionnel de la communauté BDSM le laissaient sans voix. Un exemple bouleversant de solidarité que leurs détracteurs ne pouvaient concevoir, encore moins comprendre.

Heureusement, les dossiers pouvaient attendre le lendemain pour être traités. Quand bien même il l'aurait voulu, il était incapable de se concentrer. Dans l'immédiat, le travail ne l'aiderait pas à chasser les démons qui hantaient ses souvenirs.

Il se laissa tomber dans son fauteuil, en proie à la plus grande agitation intérieure. Liv essayait de comprendre, elle. Elle ne les jugeait pas. Les raisons qui poussaient les gens à se diriger vers le BDSM étaient un mystère pour elle, et elle attendait de lui qu'il les lui fasse découvrir. Qu'il l'éduque.

Comment le pourrais-je ?

Il se massa doucement les tempes, mais cela ne suffit pas à faire disparaître les fantômes qui l'obsédaient. Peu importait à quel point il essayait de se convaincre du contraire : ce qui s'était passé au club un peu plus tôt était la preuve qu'il n'avait pas encore réussi à dépasser ce qui était arrivé avec Beth.

Pas suffisamment en tout cas pour faire ce que Liv lui demandait. Il était terrifié à l'idée d'aller plus loin que les quelques marques de domination dont il avait fait preuve au lit. Chaque fois qu'il l'avait poussée un peu plus loin, il avait dévoilé un peu plus cet aspect de sa personne. Et il s'était rapproché un peu plus de ce qu'il ne voulait plus être : un dom.

Il n'était même pas capable d'en discuter avec elle alors qu'elle ne demandait rien de plus qu'une conversation ! Elle voulait juste en parler. Ce n'était pas comme si elle le suppliait de faire d'elle sa soumise ou qu'elle le forçait à changer quoi que ce soit. Elle souhaitait simplement une clarification, et il n'était même pas apte à lui donner ça.

Il était vraiment pathétique !

Il se servit un scotch en espérant que le liquide doré lui fasse oublier ses tourments. Ce verre lui offrirait peut-être un répit, même bref, loin des spectres qui le hantaient et de l'angoisse que le lendemain apporterait. Des saveurs intenses de tourbe envahirent son palais puis sa gorge, lui donnant une fausse impression d'absolution, comme si l'alcool emportait avec lui tous ses tourments.

Ce serait si facile de s'y noyer, comme il l'avait fait durant des mois, après avoir retrouvé Beth morte. Des mois de chagrin et de haine de soi qui n'avaient absolument rien résolu.

Il posa son verre et se força à quitter la pièce. Il traîna dans le couloir, à mi-chemin entre l'escalier qui menait à Liv et celui qui conduisait à la pièce qu'il exécrait.

Finalement, il prit le chemin du sous-sol, uniquement éclairé par la lumière lointaine de la cuisine. Le bois craqua aux mêmes endroits qu'autrefois. La huitième marche, puis la neuvième, enfin la quinzième, chacune retentissant d'un grincement morbide, comme pour lui souhaiter lugubrement la bienvenue dans son passé.

Les souvenirs l'assaillirent en masse, lui soulevant l'estomac. Il marqua une pause et respira profondément, jusqu'à museler suffisamment ses émotions pour pouvoir reprendre sa progression.

La salle télé était toujours là, sombre et inutilisée. Le grand écran trônait, noir et silencieux, au milieu des meubles poussiéreux. Un silence pesant l'enveloppa, tandis qu'il traversait le petit couloir qui menait à deux portes. L'une était celle de la buanderie… L'autre débouchait sur la pièce responsable de sa damnation.

La clé, polie à force d'être utilisée, entra dans la serrure avec un bruit familier. Il aurait dû la retirer de son porte-clés depuis bien longtemps, mais il n'y était jamais parvenu.

Il appuya sur l'interrupteur, et l'unique ampoule qui pendait au plafond se mit à diffuser une faible lumière. Elle n'atteignait pas les coins, mais Noah n'avait pas besoin de les voir pour savoir qu'ils n'abritaient rien.

Il avait totalement vidé les lieux. Les tables et les bancs, le lit, les rangements, les chaînes, les câbles… Il avait retiré jusqu'au dernier crochet des murs, du plafond, du sol, ne laissant que des trous béants, comme autant de blessures qui attestaient de sa souffrance.

Le seul meuble resté en place était un tabouret de bar. Positionné au centre du faisceau lumineux, il l'attirait avec le même pouvoir hypnotique que le scotch un peu plus tôt.

Il s'assit dessus, en ayant le sentiment d'être à sa place. Le dos droit, le menton relevé, les pieds posés bien à plat sur le sol, il croisa les doigts et plongea dans l'obscurité et les ombres qui le piégeaient.

Dans ce passé qui le retenait prisonnier.

La camionnette, lancée à toute vitesse, grilla le stop à l'intersection, et percuta de plein fouet le pare-chocs. Bessie partit dans une série interminable de tonneaux, avant de s'encastrer dans une autre voiture. Le bruit du métal froissé perça les tympans de Liv, les éclats de verre lui mordirent la peau, plus acérés les uns que les autres.

Des cris retentirent, qu'elle ne parvint pas à distinguer clairement au milieu du vacarme ambiant. Son cœur battait trop vite, en proie à une peur panique de l'inconnu. De son capot plié s'échappait une fumée épaisse qui lui bloquait la vue.

Un gémissement retentit dans l'habitacle, et il lui fallut quelques instants pour se rendre compte qu'il ne venait pas d'elle. Il y avait une autre personne dans la voiture.

Elle tourna la tête et vit le visage ensanglanté et sans expression de Noah. Ses yeux ouverts fixaient le vide et du sang s'échappait du coin de ses lèvres.

Un cri déforma alors sa bouche, mais aucun son n'en sortit. Elle tenta de se dégager, mais elle était coincée. Il y avait trop de sang. Elle devait faire quelque chose. Elle tenta de nouveau d'appeler à l'aide, mais ses cris restaient silencieux.

Le cœur battant à mille à l'heure, Liv se redressa dans le lit et porta instinctivement la main à sa poitrine. Sa panique se dissipa lorsqu'elle constata qu'elle n'était pas blessée, mais son rythme cardiaque ne ralentit pas pour autant.

Elle pressa sa paume contre son flanc, comme si ce

geste pouvait ralentir les battements de son cœur, tout en balayant la pièce du regard. La lampe de chevet était allumée et projetait une lumière douce dans la chambre de Noah.

Ce n'était qu'un rêve. Un horrible rêve. Elle prit une grande inspiration et expira profondément pour se débarrasser des derniers effluves de sang et d'essence.

Est-ce qu'elle finirait par oublier les images de l'accident un jour ?

Son T-shirt était trempé de sueur et ses cheveux collés à sa nuque par la transpiration. Elle distingua le coin d'un livre qui dépassait de sous les couvertures et se souvint qu'elle avait lu en attendant le retour de Noah.

Un coup d'œil sur l'horloge lui indiqua qu'il était 2 heures. Etait-il à la maison, en train de travailler dans son bureau ? L'évitait-il ? Tout était possible après son coup d'éclat de la soirée.

Elle se leva. Le contact du sol froid sous ses pieds la fit frissonner. Elle fouilla dans un tiroir à la recherche d'un nouveau pyjama improvisé. C'était presque devenu un rituel : après chaque cauchemar, elle changeait de T-shirt, s'aspergeait la figure d'eau froide, buvait un peu d'eau pour apaiser sa gorge desséchée, et se glissait hors de la chambre pour partir à la recherche de Noah.

Elle descendit les escaliers à pas de loup et s'étonna de ne pas le trouver dans son bureau. Pourtant, les dossiers qui jonchaient sa table de travail et le verre presque plein de scotch sur le minibar indiquaient qu'il était rentré et passé par là.

La cuisine aussi était vide. Rien n'avait bougé depuis qu'elle avait laissé les Tupperware vides sur le comptoir, trop fatiguée pour les laver. Elle allait quitter la pièce, quand elle remarqua que la porte qui menait au sous-sol était ouverte.

A sa connaissance, Noah n'y allait pas souvent. Pas du tout, même. Il avait recours à un service de blanchisserie, et n'avait donc pas besoin de descendre à la buanderie. Elle y était sans doute allée laver du linge davantage au cours des dernières semaines qu'il ne l'avait fait au cours de la dernière année.

Comme dans une vieille maison, les marches grincèrent quand elle descendit l'escalier et elle trouva ça réconfortant. Ça donnait une impression de vie, une chose qui manquait parfois cruellement à cet endroit.

Arrivée dans la salle télé, elle se laissa guider par la lumière vers une pièce dans laquelle elle n'était jamais entrée. Elle avait remarqué qu'il y avait une porte, bien sûr, porte qui se trouvait juste en face de la buanderie. Aussi n'avait-elle pas eu à fouiner pour la trouver. Enfin, pas vraiment. Poussée par la curiosité, surtout après avoir appris l'existence de la pièce secrète dans le sous-sol de V, elle avait bien essayé de l'ouvrir, mais elle était verrouillée.

Etait-ce la salle de jeux de Noah, comme elle le soupçonnait ?

La moquette, douce sous ses pieds, amortissait le bruit de ses pas. Le silence était presque effrayant, et elle rentra la tête dans les épaules. Elle franchit les derniers mètres qui la séparaient de la porte ouverte sur la pointe des pieds et glissa la tête à l'intérieur. Au début, elle ne distingua rien d'autre qu'un espace vide et mal éclairé.

— Noah ?

Sa petite promenade en solitaire n'était peut-être pas une si bonne idée. Elle se sentait comme ces cruches, dans les films d'horreur, qui vont bêtement se réfugier au sous-sol ou au premier étage, au lieu de se sauver dans le jardin. Elle finit par ouvrir un peu plus grand la porte.

Les gonds grincèrent de façon sinistre, et elle frissonna. Toute la pièce se révéla alors à son regard, et la confusion et l'inquiétude remplacèrent la peur.

— Noah ? Qu'est-ce que tu fais ?

Assis sur un simple tabouret de bar, il se tenait parfaitement droit, le regard plongé dans l'obscurité. Rien dans son attitude n'indiquait qu'il l'avait entendue ou qu'il avait remarqué sa présence. Elle plissa les yeux pour tenter de distinguer ce qu'il observait si fixement, mais ne vit rien. La pièce était complètement vide, à l'exception de Noah et de ce tabouret.

Elle s'approcha doucement de lui pour ne pas l'effrayer. Il était si immobile qu'on aurait pu le prendre pour une statue s'il n'avait battu des cils de temps en temps.

— Noah…

Elle posa la main sur son bras, même si elle n'était pas sûre de devoir le toucher.

— Qu'est-ce qui se passe ? demanda-t-elle.

Voyant qu'il ne réagissait pas, elle vint se placer devant lui. L'appréhension lui nouait l'estomac et lui serrait la poitrine. Noah ne bougeait toujours pas, et son regard fixait son cou sans le voir. Elle prit une grande inspiration pour se donner du courage et plaça la main sous son menton pour lui faire relever la tête. Elle s'attendait à ce qu'il oppose de la résistance, mais il se laissa faire.

Elle croisa alors son regard, et la froideur sombre qu'elle y lut la fit presque sursauter. Qu'est-ce qui avait pu le mettre dans cet état ? Ou qui ? Est-ce que c'était le fait qu'elle soit venue au club ?

— Parle-moi.

Son invitation resta sans réponse. Comme elle ne savait

vraiment plus quoi dire, elle essaya autre chose. Du bout des doigts, elle caressa la courbe de sa mâchoire et de son menton. Elle effleura ensuite la ligne de ses sourcils, ses joues, puis sa bouche, et recommença jusqu'à ce qu'il la regarde véritablement.

Il battit des paupières et parut finalement la reconnaître. Elle était si soulagée de le sentir enfin avec elle qu'elle faillit se mettre à pleurer. Elle se retint, bien décidée à rester concentrée sur lui. Tremblante, elle déposa un baiser sur la ride entre ses sourcils, réconfortée de voir naître une émotion sur son visage.

Il inspira bruyamment quand elle posa les lèvres sur sa peau, et elle resta immobile un long moment, laissant la chaleur de Noah l'envahir toute depuis ce point de contact.

Elle l'embrassa partout où elle le pouvait pour lui prouver qu'elle était là et qu'il pouvait compter sur elle. Sa tempe, sa joue, sa mâchoire, jusqu'à trouver le courage de l'embrasser sur la bouche. Tandis que leurs souffles se mêlaient, elle laissa glisser sa main sur son cœur.

— Je suis là, murmura-t-elle.

Elle pressa de nouveau sa bouche sur la sienne. Les lèvres de Noah étaient chaudes sans toutefois être accueillantes, mais elle ne se laissa pas décourager. Elle continua à l'apprivoiser, par petites touches rassurantes, pour qu'il se souvienne d'elle, d'eux, de leur histoire, jusqu'à ce qu'il entrouvre enfin les lèvres.

Pendant ce qui lui parut une éternité, elle fit tout ce qui était en son pouvoir pour le ramener à la vie. Il était si loin lorsqu'elle l'avait trouvé ! Imaginer la douleur qui avait pu le conduire jusque-là lui brisait le cœur.

Elle caressa ses lèvres du bout de la langue, traçant leur contour avec délicatesse, goûtant leur saveur. Le cœur de Noah battait à un rythme régulier sous sa paume. Chaque pulsation était comme un appel à l'aide auquel elle était déterminée à répondre. Son cœur et l'amour qu'il avait à donner étaient maintenus prisonniers dans cette pièce. Elle le comprenait à présent, et cette prise de conscience brisait tous les rêves qu'elle avait eus pour eux.

Mais ce n'était pas le moment de s'apitoyer sur elle. Elle laissa de côté ses blessures et se concentra sur leur baiser. Noah écarta un peu plus les lèvres, comme s'il acceptait petit à petit ce qu'elle avait à lui donner. Elle agrippa sa chemise, tandis que sa langue caressait sensuellement la sienne. Il poussa un grognement rauque qui la fit trembler plus encore, sans qu'elle sache vraiment quelle émotion dominait en elle : la peur, le soulagement, l'inquiétude, la tristesse…

Lorsqu'il la toucha pour la première fois, elle en sursauta de surprise. Il posa la main sur sa hanche, hésitant, et elle sentit sa langue effleurer ses lèvres, comme pour lui témoigner son affection à son tour. Un soulagement immense l'envahit, et des larmes lui montèrent aux yeux.

Leur baiser se fit de plus en plus intense, et il écarta les jambes pour l'attirer contre lui. Les genoux de Liv heurtèrent le tabouret, tandis que les battements de son propre cœur résonnaient à ses oreilles. Noah posa la main sur sa joue et la fit se pencher jusqu'à ce qu'elle repose de tout son poids sur le bras qu'il avait passé autour de sa taille.

— Beth…

Il fallut une seconde à Liv pour que le murmure de Noah lui parvienne réellement. Une autre pour saisir pleinement que le prénom qu'il venait de prononcer n'était pas le sien. Une autre encore pour que son cœur se brise en mille morceaux, tandis que le sentiment d'une perte immense la dévastait.

Les yeux pleins de larmes, elle recula brusquement, au moment même où Noah ouvrait les yeux. Le visage marqué par le choc et le remords, il s'affaissa sur le tabouret, la tête basse. Puis, comme s'il reprenait enfin tous ses esprits, il se redressa et l'attira contre lui.

— Mon Dieu, je suis tellement désolé !

Il la serrait si fort qu'elle pouvait à peine respirer. Ou peut-être était-ce parce qu'elle avait tellement mal…

— Je… Je… Merde ! Je suis désolé, Liv, murmura-t-il entre deux baisers.

Elle hocha la tête. Elle avait envie de hurler, de lui faire mal jusqu'à ce qu'il souffre autant qu'elle, et pourtant quelque chose lui disait que ce n'était pas vraiment elle, le problème.

— Liv, reprit-il dans un murmure torturé. Je n'arrive pas à croire que…

Elle n'avait jamais vu ce Noah-là. Un Noah au fond du trou, qui essayait désespérément de remonter à la surface, et qu'elle n'avait pas le cœur de laisser. Alors elle resta contre lui, pour lui montrer qu'il n'était pas seul, même si chaque instant, chaque mot lui déchirait le cœur.

— Ça ne fait rien. Ne t'en fais pas… Ce n'est pas grave.

— Bien sûr que si, c'est grave !

Il avait enfoui la tête dans son cou et, à chaque syllabe, elle sentait sur sa peau son souffle qui faisait naître un désir qu'elle ne voulait pas éprouver.

A cet instant, son amour pour lui, un amour solide et profond, lui apparut si clairement qu'elle faillit éclater en sanglots. Il avait tellement plus à offrir que le masque de froideur derrière lequel il se dissimulait ! Il cachait tellement de choses aux autres, une telle douleur l'habitait !

Et personne n'en avait conscience… Personne à part elle. Mais Noah avait suffisamment confiance en elle pour la laisser voir tout ceci, et cela voulait dire bien plus que des mots d'amour ou de grandes déclarations.

Elle essuya ses larmes et l'embrassa sur le front.

— Je t'assure, je comprends, le rassura-t-elle. Je ne sais pas quel est le problème, mais ce que je sais, c'est que tu souffres. Laisse-moi t'aider.

Elle déposa un baiser sur sa joue, puis recula pour le regarder dans les yeux.

— S'il te plaît.

S'il te plaît, ouvre-moi la porte.

Sa prière silencieuse s'adressait autant à lui qu'à elle-même. Il avait besoin de quelqu'un à qui se confier, de quelqu'un pour l'aider à porter son fardeau. Et elle pouvait être cette personne, même si elle n'était rien de plus.

— Tu es toujours là ? demanda soudain Noah d'un air incertain.

— Bien sûr. Où voudrais-tu que je sois ?

Il ne répondit pas tout de suite, et elle embrassa ses lèvres scellées. Elle ne se l'expliquait pas mais, à son contact, c'était comme si ses forces lui revenaient. Comme chaque fois qu'elle avait cru être sur le point de flancher et qu'il avait été près d'elle. Là, c'était pour lui qu'elle devait être forte.

— Loin de moi, dit-il enfin. Je vais te faire du mal.

— Non. Pas volontairement, du moins. Tu n'es pas comme ça, je le sais.

— Comment peux-tu en être aussi sûre ? Il y a tellement de choses que tu ignores à mon sujet.

— Alors parle-moi ! Je veux t'aider. Est-ce que tu sais seulement à quel point je tiens à toi ?

Elle était à deux doigts de le supplier. Il renifla et détourna le regard.

— Il vaudrait mieux que tu saches tout avant d'affirmer ça.

— D'accord.

C'était un début. Elle voulut reculer, mais il ne la lâchait pas, alors elle enroula les bras autour de lui, en espérant pouvoir lui dire tout ce qu'elle n'arrivait pas à exprimer avec des mots.

Elle l'aimait. C'était précipité, irréfléchi, incontrôlable, et jamais elle ne s'était autorisée à ressentir ça pour personne, mais il était arrivé dans sa vie au moment où elle s'y attendait le moins, et les récents événements l'avaient tellement distraite qu'elle ne s'en était pas rendu compte tout de suite. Et, à présent qu'elle était consciente de ce qu'elle ressentait pour lui, elle était presque certaine qu'elle allait le perdre, même si aucun d'eux ne le voulait.

Chapitre 24

Noah parcourut des yeux la pièce dans laquelle ils se trouvaient. Il était impossible de ne pas se sentir attiré par ce vide, cet espace qui le gardait prisonnier d'un passé dont il semblait ne pas pouvoir s'échapper.

— C'est juste une pièce vide, lâcha-t-il.

Il tentait de s'en convaincre depuis longtemps, mais en vain. Sa voix était si tendue que lui-même ne se trouvait pas crédible et, même sans ça, ses actions montraient qu'il mentait.

— Ce n'est pas vrai.

Liv le força à tourner la tête jusqu'à ce qu'il la regarde dans les yeux.

— Je suppose que c'était une salle de jeux ?

Elle avait posé la question d'une voix douce, mais chaque mot était d'une violence si inouïe qu'il crut tomber de son tabouret. Soudain, il se trouvait dans l'incapacité de respirer, le souffle coupé par la douleur et les regrets qui lui écrasaient la poitrine.

— Qu'est-ce que tu en sais ?

Son intonation sonnait presque comme une accusation. Liv ne méritait pourtant pas qu'il lui parle de la sorte :

elle n'était que compréhension et patience, alors qu'elle aurait dû être dans une colère noire.

— Simple déduction. V m'a montré la sienne.

N'était-ce pas ce qu'il avait voulu lui dire en rentrant à la maison, avant de se dégonfler ? Il s'était préparé à lui parler de Beth, à lui révéler son passé et à lui expliquer pourquoi il ne pouvait plus être un dom. Mais la voir ainsi, devant lui, avec des larmes qui lui roulaient sur les joues, c'était plus qu'il ne pouvait supporter. Elle était trop innocente pour le monde dans lequel il vivait.

De nouveau, la vision de Beth, pendue au bout d'une corde accrochée à l'un de ces satanés crochets fixés à une poutre du plafond, s'imposa à son esprit. Son teint livide, ses lèvres bleues, ses cheveux qui retombaient d'un côté de sa tête inclinée selon un angle macabre. Seuls quelques centimètres séparaient le sol de ses pieds nus et une chaise renversée gisait juste en dessous d'elle, à la fois proche et inaccessible.

Aucune marque autour de son cou n'indiquait qu'elle avait lutté. Aucune brûlure sur ses doigts montrant qu'elle avait essayé d'attraper la corde. Ces gestes avaient été rendus impossibles par les menottes qui retenaient ses mains derrière son dos. Pas un de ces simples accessoires de bondage, non : il s'agissait de véritables menottes en acier qui avaient meurtri la peau de ses poignets délicats lorsqu'elle s'était débattue. Involontairement ou non, il ne le saurait jamais.

Il repoussa Liv et se leva. La peine le submergeait avec la même puissance que pendant les semaines qui avaient suivi le suicide de Beth. Si seulement il avait été plus attentif ! S'il n'avait pas été aussi exigeant, s'il en avait su davantage sur son passé... S'il avait été un meilleur dom, peut-être qu'elle serait encore en vie.

— Noah ?

Liv était toujours près de lui, une main sur son épaule.

— Noah, je t'en supplie, dis-moi ce qui s'est passé.

Il laissa retomber les bras le long de ses flancs et leva la tête pour se forcer à affronter son regard. Se sentir aussi vide était presque rassurant. C'était ainsi que les choses devaient être. Il ne méritait pas toute la chaleur et la gentillesse que Liv avait à lui offrir.

Les mots qu'il s'apprêtait à prononcer étaient les plus difficiles qu'il ait jamais eus à dire. Liv fuirait pour de bon après les avoir entendus, mais il le fallait. Il lui devait au moins ça : la vérité.

— Elle s'est suicidée, avoua-t-il dans un souffle. J'aurais dû m'en douter, j'aurais dû l'en empêcher… C'est ma faute si elle est morte.

Liv ouvrit la bouche, puis la referma une seconde plus tard. Une ride se forma sur son front, de plus en plus prononcée à mesure qu'elle secouait la tête.

— Je ne te crois pas. Tu as beaucoup de qualités, Noah, mais malheureusement lire dans les pensées d'autrui n'en fait pas partie. Je suis certaine que tu as fait tout ce qui était en ton pouvoir pour l'aider.

Qu'est-ce qu'elle faisait encore là ? Elle aurait déjà dû prendre ses jambes à son cou et la porte par la même occasion. Au lieu de ça, elle lui faisait face, le menton relevé, comme si elle le défiait de la contredire.

Beth ne lui avait jamais tenu tête. Elle avait été soumise au-delà du raisonnable. Vulnérable, constamment en manque d'attention, et dépendante de lui à un point qu'il n'aurait jamais imaginé.

— Je ne pense pas que Beth serait de cet avis.

Sa phrase flotta dans l'air, comme le fantôme de son corps et de sa présence.

Liv laissa sa main glisser le long de son bras pour attraper ses doigts glacés. Puis elle le tira et se tourna vers la porte.

— Viens. Ce n'est pas bon pour toi d'être ici.

Toute sa vie, on avait attendu de lui qu'il soit un meneur. Ses parents lui avaient inculqué cette notion dès son plus jeune âge. Et, maintenant, c'était Liv qui éteignait la lumière et refermait la porte, Liv qui l'emmenait dans le couloir, loin de cet enfer.

Vieux de dix ans, le canapé d'angle dans la salle télé était démodé, mais il semblait encore flambant neuf. Liv l'entraîna jusqu'à lui et le força à s'asseoir. Elle s'empara ensuite d'une couverture, la secoua et s'enveloppa dedans. Puis elle replia les jambes et se blottit contre lui, comme si c'était sa place.

Incapable de résister au bien-être qu'elle lui inspirait, il passa le bras autour d'elle et se laissa envelopper par l'odeur fruitée de son shampoing.

— Raconte-moi ton histoire, Noah…

Ce n'était ni un ordre, ni une obligation. Comme toujours avec Liv, il s'agissait d'une invitation qu'il était totalement libre d'accepter ou de refuser.

La lumière qui leur parvenait depuis le premier étage projetait des ombres qui le protégeaient de son regard. Elle ne le regardait pas de toute façon, comme si elle avait compris qu'il avait besoin d'une certaine intimité pour réussir à se confier. Pour lui raconter l'histoire de Beth.

— Beth était ma soumise, commença-t-il, en se laissant aller contre les coussins. J'avais trente-quatre ans quand je l'ai rencontrée, dans un club BDSM. Elle était fragile, pâle, avec des grands yeux de biche qui auraient attiré n'importe quel dom. Je l'ai remarquée tout de suite, mais je l'ai observée pendant des semaines avant de l'approcher.

Si les premières phrases étaient hésitantes, les mots se déversèrent bientôt tel un torrent. Il n'avait jamais raconté toute l'histoire à qui que ce soit. Pas même à la police.

Liv ponctuait son récit de petits bruits qui lui indiquaient qu'elle l'écoutait attentivement, tandis qu'il se remémorait la façon dont sa relation avec Beth avait évolué. Ils avaient d'abord joué au club, puis en privé, jusqu'à ce qu'elle emménage chez lui. Tout avait commencé comme un simple rôle lors de séances, puis Beth était progressivement devenue sa soumise à plein temps, aussi bien à l'intérieur qu'à l'extérieur de la salle de jeux.

— C'était ce que tu souhaitais à l'époque ? Une soumise à plein temps ?

— Non. Sauf qu'à ce moment-là je n'avais pas le recul nécessaire pour m'en rendre compte, lui expliqua-t-il, en lui passant la main dans les cheveux. Je n'y ai pas réfléchi. C'était ce que Beth voulait. Elle avait désespérément besoin de quelqu'un capable de la mener dans la bonne direction, et elle avait besoin de se sentir en sécurité.

Il lui caressa de nouveau les cheveux, presque inconsciemment, et se rappela combien, avec Beth, il devait calculer le moindre de ses gestes.

— Son passé était sombre et chargé de bien plus de blessures que je ne l'imaginais. Elle m'avait caché tellement de choses…

Le remords l'étreignit une fois de plus, et il sentit sa respiration s'accélérer. Liv se blottit plus encore contre lui et lui caressa doucement le torse jusqu'à ce qu'il retrouve son calme.

— Je n'ai jamais su à quel point elle était dépressive. Elle se cachait derrière la soumission et tous les jeux masochistes qu'elle semblait tant aimer. Ce n'est qu'après que je me suis rendu compte qu'elle faisait ça pour se punir.

Il avait été si aveugle, si arrogant, même, dans sa manière d'être convaincu qu'il la connaissait suffisamment pour être son dom à plein temps.

— Après quoi ?

Il aurait dû se douter qu'elle poserait la question. Elle n'était pas du genre à se contenter de demi-vérités. Il se frotta les yeux, espérant que l'image de Beth au bout de cette maudite corde s'efface à jamais. Est-ce que les souvenirs n'étaient pas censés s'estomper avec le temps ?

— Après que je l'ai retrouvée pendue dans notre salle de jeux.

Liv tressaillit et il sentit son corps se raidir.

— Tu veux dire… cette salle de jeux ? demanda-t-elle, en montrant la pièce derrière eux.

— Oui.

Elle tourna la tête vers lui, l'air stupéfié.

— Ça s'est passé il y a combien de temps ?

Il connaissait le nombre de jours exacts, mais arrondir était sans doute préférable.

— Il y a quatre ans. Presque cinq.

En la voyant secouer la tête, il laissa retomber la main qu'il avait encore sur son épaule. Il crut d'abord qu'elle était en colère mais, à la regarder de plus près, elle semblait surtout perplexe.

— Tu as donc ton propre purgatoire dans ton sous-sol.

Il acquiesça d'un hochement de tête, même s'il ne s'agissait pas d'une question. Le visage de Liv s'adoucit, et il fut soulagé de ne pas y lire de pitié. Elle lui caressa doucement la cuisse, de cette manière qu'elle avait de l'apaiser sans dire un mot.

— Je ne t'apprends sûrement rien en te disant que c'est malsain de rester dans cette maison.

Il bascula la tête en arrière et fixa le plafond. Bien sûr qu'il le savait. Ce qui venait de se passer en était la preuve.

— Je n'arrive pas à me résoudre à en partir.

Liv se tortilla sur le canapé et, un instant plus tard, elle était à califourchon sur lui. Il n'eut pas le courage de protester et la laissa s'installer sur ses genoux avant de fermer les yeux.

Et maintenant ? Est-ce que c'était le moment où la pitié entrait en scène ? Ou bien le regard désolé qui lui révélerait combien il était pathétique ? A moins que ce ne soit la colère contre le salaud qui avait conduit une femme à mettre fin à ses jours ?

Refuser d'ouvrir les yeux était peut-être puéril, mais au moins, comme ça, il retardait l'instant du verdict.

— Tu es quelqu'un de bien, Noah Bakker.

Voilà qui eut le mérite de lui faire ouvrir les yeux en une fraction de seconde !

— Comment ?

— Tes actions parlent pour toi. Tout ce que tu fais montre à quel point tu tiens aux personnes qui t'entourent.

Il eut beau guetter la moindre inflexion d'ironie, il ne décela que de la sincérité dans sa voix.

— Tu devais profondément aimer Beth, et je ne peux même pas imaginer à quel point ça doit être horrible de perdre quelqu'un de la sorte.

Visiblement émue, elle déglutit péniblement et lui caressa doucement la joue.

— Je ne peux te conseiller simplement de laisser tout ça derrière toi, je ne peux te dire quoi faire, mais je sais une chose : tu as besoin de guérir.

Elle posa une main sur son cœur, et poursuivit :

— Tu as tellement d'amour à donner ! Ce qui s'est passé avec Beth t'a brisé le cœur, mais il bat encore. Tu es toujours en vie ! Seulement, tant que tu n'auras pas réussi à recoller les morceaux, tu auras toujours peur d'aimer à nouveau.

Il aurait aimé la contredire, sauf que tout ce qu'elle disait était vrai. Il sentit ses yeux se remplir de larmes. Comme ce serait bon de se laisser aller enfin, de laisser libre cours à son chagrin et à ses peurs !

Liv se pencha vers lui et posa ses lèvres chaudes et douces sur les siennes. Il aurait tellement aimé être prêt ! Il voulait tellement être avec elle ! Mais…

Indépendamment de sa volonté, ses lèvres se mirent à bouger pour lui rendre son baiser. Sa douceur apaisait tant sa tristesse qu'il aurait presque pu oublier l'existence de ses blessures.

— Tu es encore en vie, Noah, murmura-t-elle contre sa bouche.

Chacune de ses caresses faisait écho à ses mots et le faisait frémir, suscitait en lui autant d'incendies. Elle continua à l'embrasser sans relâche, à la fois patiente et entêtée. Deux traits de caractère qui la définissaient parfaitement.

A chacun de ses baisers langoureux, elle jouait interminablement avec sa langue et lui insufflait sa chaleur, alors qu'il avait cru rester emmuré dans la glace pour toujours. Il l'entoura de ses bras, sans plus prendre la peine de dissimuler ses émotions. Un cri étranglé lui échappa, qui vint mourir sur les lèvres de Liv, et des larmes se mirent à rouler sur ses joues. Il serra les poings dans son dos, mais c'était trop tard. Il avait perdu la bataille. D'ailleurs, il n'était même plus certain d'avoir envie de se battre. Son fardeau, ses croyances, les jugements et les condamnations qui l'avaient isolé du monde jusqu'à ce que Liv les balaye, tout ressortait en même temps que ses pleurs.

Elle l'embrassa une dernière fois, puis changea de position, s'asseyant de côté sur ses genoux, la tête blottie au creux de son épaule, et il pouvait sentir ses cheveux parfumés lui chatouiller le cou. Elle allongea les jambes, enroula la couverture autour d'elle, puis ne bougea plus.

Il attendit la prochaine volée de questions ou de conseils, mais rien ne vint. Même lorsqu'il cessa de pleurer, après de longues minutes, elle continua à garder le silence et il en déduisit qu'elle n'avait plus rien à dire.

Il enroula doucement les bras autour d'elle, presque effrayé à l'idée de la faire fuir s'il la serrait trop fort. Elle poussa ce qui ressembla à un soupir de satisfaction, son souffle dans son cou attestant de la confiance qu'elle lui témoignait. Il n'avait pourtant pas l'impression de la mériter, mais elle était toujours là et continuait à croire en lui.

Le silence qui régnait ne tarda pas à faire naître en lui un étrange sentiment de paix. Liv sur ses genoux, bercé par sa chaleur, sa présence et sa force, il lui sembla alors que le passé pesait moins lourd sur ses épaules. Il l'embrassa sur le front et maintint ses lèvres pressées contre sa peau jusqu'à ce que son envie de pleurer s'estompe tout à fait.

La respiration de Liv devint de plus en plus régulière, et elle finit par s'endormir. Noah ne bougea pas. Il resta assis dans ce sous-sol qui renfermait son passé, à ressasser dans l'obscurité, jusqu'à ce que la lumière du soleil levant vienne éclairer l'écran noir de la télé.

Lui serait-il vraiment possible de vivre le futur dont il rêvait ? S'il croyait en Liv, s'il avait autant confiance en elle qu'elle avait confiance en lui, peut-être. Il devait juste réussir à laisser Beth derrière lui.

Liv se réveilla dans le parfum familier de Noah et la chaleur de ses bras solides. Il lui fallut un petit moment pour reconnaître l'endroit où elle se trouvait. Et, quand elle distingua plus clairement les contours inhabituels du sous-sol, les souvenirs de la nuit précédente lui revinrent tel un uppercut en plein visage.

Les doigts de Noah lui effleurèrent la joue et dégagèrent ses cheveux de son visage si délicatement qu'elle aurait presque pu croire que rien n'avait changé. Si elle ne bougeait pas, peut-être qu'ils pourraient rester allongés là et faire comme si tout était comme avant.

— Tu es réveillée ?

Le timbre profond de sa voix brisa le silence et son rêve idiot par la même occasion.

— Quelle heure est-il ? demanda-t-elle d'une voix encore éraillée de sommeil.

— Aucune idée, mais on a intérêt à se lever si on veut être à l'hôpital à temps pour le réveil de Tyler !

— Merde ! s'exclama-t-elle, sautant d'un bond sur ses pieds.

Le soleil qui brillait à travers les abattants du sous-sol indiquait que le jour était levé depuis longtemps.

— Il faut qu'on se dépêche ! dit-elle, repliant précipitamment la couverture dans laquelle elle avait dormi.

Puis elle se dirigea au pas de course vers l'escalier. Arrivée à la première marche, elle regarda derrière elle et se rendit compte que Noah n'avait pas bougé d'un millimètre.

Même si elle mourait d'envie de sortir de ce sous-sol,

elle se força à faire demi-tour. Elle ne pouvait pas le laisser comme ça.

— Noah ?

Il tourna la tête vers elle. Il avait de nouveau cet air impénétrable, dénué de tout sentiment. Le sentir si distant lui fit affreusement mal.

— Est-ce que tout va bien ?

Il s'était totalement mis à nu la nuit précédente, et lui avait confié les détails les plus intimes, les plus inavouables de son passé. Mais quelles conséquences ses aveux allaient-ils avoir sur eux ?

— Tu peux aller te doucher en premier, si tu veux, dit-il, en lui jetant un regard inexpressif.

— Tu n'as pas répondu à ma question.

— Parce que je n'ai pas de réponse, lâcha-t-il platement.

Puis il lui tourna le dos et, passant devant elle, remonta à l'étage. Elle dut plaquer la main sur la bouche pour ne pas hurler de frustration. Elle l'avait poussé trop loin et, à présent, aucun d'eux ne savait comment se comporter. Revenir en arrière, se réfugier dans le réconfort que chacun apportait à l'autre n'était plus possible. Ce qui avait existé n'était plus là, et elle arrivait à peine à retenir les cris et les pleurs qu'une telle perte provoquait en elle.

Mais elle n'avait pas le temps de se laisser aller à sa propre souffrance. Elle serra les dents et regagna à son tour le rez-de-chaussée pour aller se doucher. Lorsqu'elle passa devant le bureau de Noah, elle entendit le cliquetis du clavier de son ordinateur. Il dut l'entendre arriver, car les touches restèrent un instant silencieuses. Elle aurait aimé entrer et lui parler, mais elle continua sa route et se rendit au premier. Elle avait tant de choses à lui dire pourtant…

Je suis désolée d'avoir insisté. Je suis désolée que tu souffres autant. Je suis désolée que Beth t'ait fait ça…

Seulement, tous les « désolée » du monde n'y auraient pas suffi. Il lui avait fait ces révélations dans l'espoir de guérir, mais elle n'avait pas de réponse magique à lui apporter. Elle ne savait pas non plus combien de temps il mettrait à faire le deuil de son passé… si toutefois il y arrivait un jour.

Elle se laissa envelopper par l'eau brûlante et tenta de laver la tristesse qui semblait lui coller à la peau depuis la nuit précédente. Elle ne pouvait pas laisser son apparence trahir ses sentiments. Sa peine, sa peur, ses doutes, rien de tout ça ne devait être exposé.

S'habiller, se brosser les dents, se coiffer, se maquiller… Elle fit tout cela au radar, se repassant les moments de la veille. Elle ne pouvait pas revenir en arrière, mais elle rêvait de tout recommencer.

Alors qu'elle empaquetait à la hâte ses affaires, elle se rendit compte qu'elle avait accumulé chez lui bien plus de choses qu'elle ne pouvait en mettre dans ses deux sacs à dos. Comment avait-elle fait son compte ?

Voyant qu'elle ne parviendrait pas à tout emballer, elle laissa les sacs en plan et retourna au rez-de-chaussée. Elle prit son courage à deux mains et glissa la tête dans le bureau de Noah.

— J'ai fini. Tu peux utiliser la salle de bains.

Il leva la tête et posa sur elle un regard d'une fixité qui la désespéra. Comment les choses avaient-elles pu empirer de la sorte pendant son sommeil ? Devait-elle aborder le sujet à nouveau et poser davantage de questions ? Devait-elle rester ? Partir une bonne fois pour toutes ?

— Très bien, merci, finit-il par lui répondre.

Il était si formel… C'était encore pire qu'avant l'accident ! N'importe qui d'autre aurait trouvé son attitude tout à fait polie et courtoise mais, à ses yeux, c'était tout sauf approprié.

Elle hésita à nouveau, à la fois tentée par l'envie d'en dire plus et incapable de trouver les mots.

— Je vais préparer à manger et quelques affaires, le prévint-elle.

Elle se sauva en direction de la cuisine, et il ne dit rien pour la retenir. Elle l'entendit quitter son bureau et monter l'escalier, puis ses pas firent craquer le plancher au-dessus de sa tête. Enfin elle distingua l'eau qui coulait dans la douche.

Les mains tremblantes, elle nettoya les Tupperwares qu'elle avait rapportés de l'hôpital la veille pour s'occuper. Les rincer, les mettre dans le lave-vaisselle, préparer à manger pour les autres… C'était ainsi qu'elle fonctionnait, en faisant les choses une par une et en s'occupant des gens autour d'elle.

Elle était heureuse d'avoir été là pour Noah durant la nuit. Penser à la confiance qu'il lui avait témoignée en se confiant à elle la réconfortait. Néanmoins, cette petite joie était bien peu de chose en regard de cette évidence : même s'il avait en avait eu terriblement besoin, sa confession avait marqué la fin de cette chose fragile qu'ils avaient commencé à construire.

Chapitre 25

— Il est réveillé !

En entendant ces trois mots, tout leur petit groupe, rassemblé dans un coin de la salle d'attente, soupira de concert. Puis ce fut une avalanche de questions.

— Est-ce qu'il les a reconnus ? demanda Cali.

— Est-ce qu'il parle ? s'enquit Eleanor.

— Est-ce que…

— Il va bien, leur assura Noah, interrompant Carter.

Liv sourit, et la tension qui s'était accumulée en elle tandis qu'ils attendaient des nouvelles de Tyler se relâcha légèrement. Les médecins avaient arrêté les médicaments qui le maintenaient dans le coma vers midi, et il avait mis quatre longues heures à reprendre conscience.

— Il est encore sous sédatifs et la rééducation va prendre du temps, mais il est réactif. Il a paniqué en voyant le bras d'Allie et la nouvelle coupe de Seth et il s'est même mis en colère parce que le lit est trop petit pour qu'ils y tiennent tous les trois !

Des rires accueillirent sa dernière phrase. Une telle réaction de la part de Tyler était très bon signe. Noah enfonça les mains dans ses poches et poussa un soupir.

— Eleanor, Thomas… Les médecins souhaitent vous voir.

La peur se lut immédiatement sur le visage d'Eleanor.

— Ils veulent vous parler. J'ignore de quoi il s'agit, mais je n'ai pas eu l'impression que c'était grave.

— Merci, dit Thomas en se levant.

— Papa ?

La sœur de Kendra se leva à son tour. Elle était arrivée de Chicago quelques heures plus tôt pour être près de ses parents.

— Viens avec nous, lui dit son père, en lui tendant la main.

Le trio quitta la pièce, et Liv commença à ranger. Elle remarqua alors que Cali avait du mal à attraper son sac.

— Attends, dit-elle, en se précipitant vers elle. Je vais t'aider.

— Je hais ce truc ! grommela Jake, la voyant le devancer.

Il semblait plus agacé que réellement en colère. Il avait refusé de rentrer chez lui après avoir reçu son autorisation de sortie. Son fauteuil roulant était manifestement inconfortable et il souffrait encore beaucoup malgré les médicaments, mais il niait farouchement chaque fois que quelqu'un le lui faisait remarquer.

— De quoi tu parles exactement ? demanda Marcus. De ta jambe cassée, du fauteuil ou de ton impuissance ?

Quinn et lui avaient insisté pour venir leur tenir compagnie à l'hôpital, une fois les journalistes enfin dispersés. C'était moins risqué à présent, et le déguisement que portait Quinn aurait de toute façon berné n'importe qui. Avec sa perruque rouge et sa tenue d'ado fan de musique grunge, elle était méconnaissable.

— Tout ça à la fois, répondit Jake, en le fusillant du regard.

— C'était juste pour être sûr, ironisa Marcus avec un clin d'œil.

— Abruti !

— Connard !

— Vous êtes vraiment débiles, tous les deux, s'esclaffa Rock.

— Venant d'un idiot, je prends ça comme un compliment, répliqua Marcus, dont le sourire prouvait définitivement qu'il n'était pas sérieux.

— Vous avez fini ? les réprimanda Cali pour la forme.

Liv ne se formalisa pas de cet échange. Les moments où l'humour et la plaisanterie reprenaient le dessus étaient si rares qu'ils étaient toujours les bienvenus.

— Au fait, est-ce que tu as envoyé un message à V ? demanda-t-elle à Noah.

Le voyant secouer la tête, elle sortit son portable de sa poche. Holden et Vanessa étaient de nouveau en déplacement, mais Liv leur envoyait régulièrement des nouvelles de tout le monde.

— On va y aller, dit Quinn, en s'emparant du sac que Liv tenait toujours à la main. Je dois retourner m'occuper de Blake.

Pendant les minutes qui suivirent, tout le monde s'embrassa, se promettant de se donner des nouvelles, au milieu des récriminations de Jake. Liv se surprit à sourire en assistant à la scène. Avec le temps et beaucoup de patience, peut-être que tout finirait par s'arranger.

Rock consulta sa montre et se tourna vers Noah.

— Je dois aller au club. Tu penses arriver vers quelle heure ?

— Vers 9 ou 10 heures, répondit Noah le plus normalement du monde.

Après ce qu'il lui avait avoué la veille, Liv trouvait tout

bonnement incroyable qu'il soit encore capable d'évoluer dans ce milieu. Accessoirement, elle se demandait pourquoi il continuait à faire partie de la communauté. Etait-ce une façon de se punir ?

— Est-ce que tu as eu le temps de regarder ce que je t'ai donné ? demanda Rock.

— On en parlera ce soir.

— Marcus a dit qu'il passerait, lui aussi.

Carter la serra brièvement dans ses bras, puis Rock et lui s'en allèrent. Il ne restait plus que Noah et elle, ainsi que le silence inconfortable qui avait régné entre eux durant toute la matinée.

Elle rangea son sac pour gagner du temps mais, en réalité, toute son attention était concentrée sur l'homme qui se tenait derrière elle. Elle sentait sa présence avec une acuité particulière et avait toutes les peines du monde à faire semblant de l'ignorer.

Quand elle n'eut vraiment plus rien à mettre en ordre, elle prit une grande inspiration et se tourna vers lui.

— Je vais filer. Tu vas au bureau ou tu restes ici ?

L'espace d'un instant, elle crut percevoir sur son visage de la déception à l'idée de la voir partir. Sans doute le fruit de son imagination débordante.

— Liv ? appela-t-il, alors qu'elle avait déjà tourné les talons.

Elle baissa la tête. Il avait cette capacité incroyable de lui communiquer tout un tas de choses rien qu'en prononçant son prénom. Là où d'autres auraient entendu simplement « Liv », elle entendait bien plus. « Tu m'évites. Quelque chose ne va pas. C'est à cause de la nuit dernière, pas vrai ? »

Sans le regarder, elle se rapprocha de lui et le prit par la taille pour le serrer contre elle. Il avait passé toute la matinée à analyser ses moindres faits et gestes ; elle avait passé son temps à réfléchir à deux fois à tout ce qu'elle disait ou faisait. Autant d'éléments qui montraient bien que leur relation ne pouvait pas fonctionner.

Pas encore. Pas maintenant.

Elle savait qu'il s'en rendait compte, lui aussi, et pourtant, il ne la repoussa pas. Il finit même par l'enlacer, et son étreinte la soulagea tout en la remplissant de tristesse.

— Tu t'en vas ?

Ce n'était pas véritablement une question. Elle ne lui en avait pas parlé, mais, il le savait. Pressée contre lui, elle inspira un grand coup pour s'imprégner une dernière fois de son odeur.

— Je n'ai plus de raison de rester chez toi, dit-elle à voix basse.

Elle n'avait pas le courage de lever la tête, trop effrayée par ce qu'elle risquait de lire ou de ne pas lire dans son regard.

— C'est vrai, fit-il.

Un mélange de sentiments contradictoires lui noua alors l'estomac. Elle aurait aimé qu'il la supplie de rester, tout en sachant que c'était une mauvaise idée.

— Je ne t'abandonne pas, Noah. Tu le sais, n'est-ce pas ?

Elle ne reçut qu'un hochement de tête en guise de réponse. Que pensait-il ? Que ressentait-il ? Le masque qui dissimulait perpétuellement ses émotions était de nouveau là. Peut-être que c'était mieux comme ça. S'il lui montrait vraiment ce qu'il éprouvait, peut-être n'aurait-elle pas le courage d'aller jusqu'au bout. Il le fallait pourtant. C'était la meilleure chose à faire pour l'aider.

Il l'embrassa sur la tempe et la serra plus fort contre lui.

— Tu ne m'abandonnes pas, mais tu fais marche arrière. Enfin, je ne peux pas t'en vouloir…

— Il ne s'agit pas d'en vouloir à qui que ce soit.

Elle se risqua à lever la tête. Si son visage était toujours aussi impavide, elle pouvait lire le désaccord dans ses yeux.

— Quand tu auras compris ça, peut-être que tu arriveras à avancer.

— Liv…

Elle lui sourit avec douceur, avant de reposer sa tête sur son cœur.

— Je tiens à toi, Noah. Enormément. Mais tu n'es pas prêt pour moi, pas prêt pour nous, et je… je ne supporterais pas que tu ne sois pas sûr de toi. Je ne supporterais pas d'être un doute. C'est peut-être égoïste de ma part, mais je veux que tu sois complètement avec moi. Et c'est impossible si tu as le cœur brisé.

Il battit des cils plusieurs fois, et elle le sentit serrer les poings, tandis que les battements de son cœur s'accéléraient.

— Je veux le réparer, murmura-t-il. Mais je ne sais pas comment.

Elle renifla, luttant de toutes ses forces pour ne pas se mettre à pleurer.

— Je pense que tu as déjà commencé. Continue comme ça. Je serai là pour t'aider du mieux que je peux, mais je ne peux pas faire les choses à ta place.

Il attira son visage près du sien, et elle s'efforça de graver chaque détail dans sa mémoire. La façon dont il la tenait contre lui, le contact de son corps, son parfum puissant aux accents subtils de bois de cèdre, sa force mais aussi sa faiblesse, sans oublier la vulnérabilité qu'il avait dissimulée pour la soutenir depuis l'accident. Elle absorba tout, jusqu'à ce qu'il relâche doucement son étreinte.

Elle avala péniblement sa salive et s'accorda encore un instant. Puis, au prix d'un effort surhumain, elle laissa retomber son bras, et ils ne furent plus au contact l'un de l'autre. Elle eut alors l'impression qu'on venait de l'amputer une partie d'elle-même, qu'on lui avait arraché le cœur de la poitrine. Elle avait beau s'y être préparée toute la journée, c'était pire que tout ce qu'elle avait imaginé. La douleur était physique et lui coupait le souffle.

Il lui prit le menton pour lui faire relever la tête et ce contact la fit frémir. Il avait les yeux brillants, emplis d'une telle tristesse qu'elle faillit revenir sur sa décision.

— Je t'aime, murmura-t-il avec une douceur et une tendresse qui lui brisèrent le cœur.

— J'attendrai que tu sois prêt, promit-elle.

Elle aurait préféré lui dire qu'elle l'aimait, elle aussi, seulement c'était impossible dans l'état actuel des choses.

Elle lui attrapa la main, déposa un rapide baiser au creux de sa paume, puis lui tourna le dos pour attraper son sac. Incapable de se retenir plus longtemps, elle se mit à pleurer. Quand elle se retourna vers lui, elle avait les joues baignées de larmes.

— Je ne m'en vais pas. Je prends juste un peu de distance pour un moment.

Il hocha lentement la tête et enfonça les mains dans ses poches.

— Je suis désolé. Si tu savais, Liv… je suis tellement désolé !

— Ne le sois pas, je t'en prie.

Elle mourait d'envie de le prendre dans ses bras pour effacer la culpabilité qu'il ressentait mais, si elle le faisait, elle n'aurait plus la force ensuite de partir.

— On se voit demain, d'accord ? Je ne vous abandonne pas. On va continuer à veiller les uns sur les autres.

— Garde la voiture.

— Ecoute, Noah, commença-t-elle, en secouant la tête. Je ne…

— Nom de Dieu, Liv ! Ne discute pas pour une fois et garde cette foutue voiture, tu veux bien ? Ça me rassure de savoir que tu n'as pas à prendre le bus. Je ne supporterais pas de…

Il détourna longuement le regard, puis reprit la parole.

— Fais-le pour moi, s'il te plaît.

Elle avait toujours été déterminée à ne jamais accepter les offres répétées de Vanessa, mais elle n'eut pas la force de refuser cette fois.

— D'accord. Je te laisse, maintenant, je retourne chez toi finir de rassembler mes affaires.

Elle essuya une larme qui venait de se former au coin de son œil et se dirigea vers le couloir.

C'était tellement difficile de partir. Difficile, cruel, douloureux, la liste était interminable.

Elle s'essuya les yeux une fois de plus et laissa l'ascenseur l'emporter loin de la seule chose qu'elle aurait voulu garder.

Combien de temps était-il resta-t-il assis là ? Il n'en avait aucune idée. Ce ne fut que lorsqu'il sentit la présence de quelqu'un à côté de lui qu'il rouvrit les yeux. Il avait plaqué les mains sur son visage et fixait le sol sans le voir, à travers ses doigts écartés.

Un petit coup contre sa cuisse le fit sursauter, lui rappelant qu'il était toujours en vie. Non qu'il eut des doutes à ce sujet : la douleur qui était apparue dans sa poitrine et s'était peu à peu étendue au reste de son corps était là pour le confirmer. Il n'était pas mort en même temps que Beth, même s'il s'était surpris à le souhaiter à l'époque.

— Qu'est-ce qui s'est passé ?

C'était Deklan. Une question brève, pour laquelle il n'avait que des réponses interminables. Il décida donc d'opter pour sa technique habituelle.

— Rien. Comment va Kendra ?

— Arrête tes conneries !

— Ah, parce que Kendra, c'est de la connerie ? dit-il, faisant semblant de ne pas comprendre.

Par de nombreux aspects, c'était comme si la Terre tournait mais que lui restait immobile. Les gens bougeaient, parlaient, travaillaient, pleuraient, riaient. Tout le monde vivait sa vie pendant que lui stagnait, exactement comme Kendra. A cette différence qu'il était debout et non pas étendu dans un lit d'hôpital.

Puis Liv était arrivée. Elle avait redonné vie à des choses qu'il avait crues mortes et, à présent, il était en train de la perdre, elle aussi. Peut-être même qu'il l'avait déjà perdue.

— Ça fait mal, finit-il par dire, sans trop savoir à quoi il faisait référence exactement.

— Qu'est-ce qui s'est passé ? répéta Deklan.

Par où commencer ? Noah se frotta le visage et se redressa sur son siège. Une douleur au bas de son dos le fit grimacer et il s'étira, avant de s'affaisser contre le dossier.

— La question serait plutôt « Qu'est-ce qui *ne s'est pas* passé ? »

Le petit reniflement compatissant de Deklan eut au moins le mérite de le réconforter un peu.

— Personne n'est mort, si ?

La voix de Dek était un mélange d'hésitation et

d'optimisme, sans doute le résultat de l'état de Kendra. Même si les médecins étaient encourageants, elle n'était toujours pas sortie d'affaire.

Noah prit un instant pour étudier le profil de Deklan. Ce dernier avait enfin remis la main sur un rasoir. Sa barbe hirsute avait laissé place à une ombre maîtrisée, et ses hématomes avaient presque disparu. Comme s'il avait fini par accepter le fait que la vie continuait, sans se résigner pour autant.

— Ils vont essayer de sortir Kendra du coma demain.

Il avait prononcé ces mots avec une telle platitude que n'importe qui ne le connaissant pas aurait cru qu'il s'en moquait. Mais Noah le connaissait bien et il savait qu'il utilisait les mêmes mécanismes de défense que lui. Il s'était reconnu dans Deklan bien des fois.

— Tu ne l'as pas dit aux autres ?

— Non.

— D'accord.

Ça aussi, il le comprenait. Moins les autres étaient au courant, moins ils risquaient d'être déçus. Deklan et la famille de Kendra étaient déjà à la limite de leur seuil de résistance. Gérer les attentes des amis et devoir, peut-être, anéantir leurs espoirs représentaient une responsabilité tout simplement impossible à porter. Ils devaient d'abord laisser les médecins la réveiller, attendre le résultat et l'accepter, avant de le partager avec quiconque.

— C'est à cause de Liv ? demanda Deklan, en levant la tête vers lui.

A la façon dont il le regardait, il était clair qu'il connaissait déjà la réponse. Nier ne servirait à rien. Se mentir à soi-même non plus.

— Oui. Et à cause de Beth aussi.

Deklan acquiesça, les lèvres serrées.

— C'est difficile à gérer, ce genre de situation.

Noah hocha la tête sans savoir s'il faisait référence à Beth ou à Liv. Tout le monde était au courant de ce qui s'était passé avec Beth. Deklan, Jake et Seth l'avaient soutenu silencieusement à l'époque, que ce soit en étant à ses côtés ou en le faisant travailler quand il avait été prêt à se remettre en selle.

Tous les trois étaient vraiment les frères qu'il n'avait jamais eus. Il ne pourrait jamais faire complètement partie de leur cercle, car il n'avait pas partagé les drames qui avaient jalonné leurs enfances difficiles. Mais ils avaient été là pour lui quand d'autres l'avaient fui comme la peste, avaient douté de lui ou l'avaient accusé, sans rien connaître de son histoire.

— Comment puis-je faire ? demanda-t-il, sans savoir s'il parlait de Liv ou de Beth.

— Est-ce que tu l'aimes ?

Ah… On parlait de Liv, donc.

— Oui.

Il aurait cru que l'admettre serait douloureux, mais ça ne l'était pas. Au contraire, ça faisait naître l'espoir en lui. Comme si le rêve pouvait encore se réaliser.

— Dans ce cas, tire un trait sur le passé et va de l'avant ! Tu dois faire le deuil de Beth pour pouvoir vivre avec Liv.

— C'est exactement ce qu'elle m'a dit, fit-il avec un petit rire sans joie.

Deklan sourit faiblement, et une fossette creusa brièvement sa joue. Ce fut en la remarquant que Noah se rendit compte qu'il ne l'avait pas vue depuis une éternité.

— Une femme intelligente.

Elle l'était. Tout comme elle était trop bien pour qu'il la laisse filer.

Deklan n'avait aucune certitude quant à son avenir

avec Kendra, alors que Liv était là à l'attendre. C'était injuste, presque indécent.

Dek s'éclaircit la gorge et parcourut la pièce du regard avant de se concentrer de nouveau sur lui.

— Je connais quelqu'un à qui tu pourrais parler. Il m'a beaucoup aidé quand j'ai quitté l'armée.

— Je veux bien que tu me donnes ses coordonnées.

Deklan s'empara de son téléphone, et celui de Noah vibra dans sa poche quelques instants plus tard.

— Dis-lui que tu viens de ma part. Il fait partie de la communauté, alors il ne te jugera pas.

— Est-ce que je le connais ?

— Peut-être. Ça pose un problème ?

— Je ne sais pas… Je pense que non. Merci, en tout cas.

Deklan se leva et s'étira en soupirant. Ses vêtements froissés, ses cernes, l'affaissement de ses épaules, tout chez lui indiquait à quel point il était fatigué.

— Je t'enverrai un SMS pour te préciser l'heure, pour demain.

— Je serai là, promit Noah.

Il était profondément honoré que son ami souhaite sa présence lors du réveil de Kendra. Deklan lui sourit faiblement avant de quitter la pièce, et Noah resta assis, à écouter le bruit de ses pas s'évanouir au fur et à mesure qu'il s'éloignait.

Chapitre 26

Liv posa le carton sur l'étagère et essuya la poussière qu'elle avait sur les mains avant de s'emparer d'un autre carton. La dernière place restante se trouvait sur la planche du haut, et elle dut se mettre en équilibre sur la pointe des pieds pour réussir à le ranger. Ce faisant, elle souleva un nuage de poussière qui la fit tousser. Il y avait bien longtemps que les étagères du centre n'avaient pas été aussi remplies.

Elle essuya de sa manche la sueur qui perlait à son front. Les dons avaient afflué toute la semaine : de la nourriture, des fournitures scolaires et même des vêtements avaient été livrés tous les jours. Elle était loin de s'en plaindre, mais le rangement commençait à poser problème. Il lui restait cinq cartons à caser, et elle n'avait pas la moindre idée de là où les mettre !

Après la rentrée d'argent générée par la kermesse, en août, cette nouvelle aubaine lui permettrait d'investir davantage dans les réparations. Elle s'était déjà occupée du toit, et il n'y avait plus de fuites. Plus personne ne se prendrait les pieds dans des seaux d'eau en traversant le couloir ou le gymnase. Avec un peu de chance, la facture de gaz allait baisser grâce au nouveau système de chauffage, installé au début du mois d'octobre. Peut-être même qu'elle pourrait embaucher du personnel et créer de nouveaux programmes ?

S'occuper des factures et des prévisions budgétaires lui avait pris un temps considérable et l'avait empêchée de trop réfléchir. Pas au point cependant de lui faire oublier ses doutes et de chasser les pensées qui lui envahissaient régulièrement l'esprit à propos de Noah.

Ils s'étaient croisés à plusieurs reprises à l'hôpital depuis qu'elle ne résidait plus chez lui. Chaque fois, l'expression du visage de Noah s'était imperceptiblement adoucie lorsqu'il s'était adressé à elle. Ce n'était qu'une maigre consolation mais, au moins, cela lui montrait qu'elle ne l'avait pas complètement perdu. Elle avait craint un rejet complet de sa part après son départ et elle était heureuse et soulagée de constater que ce n'était pas le cas.

De la même façon, alors qu'elle s'attendait à ce qu'il abandonne le bénévolat, il avait continué à venir au centre pour aider les enfants à faire leurs devoirs. Dans ces moments-là, elle devait lutter de toutes ses forces pour ne pas céder à l'envie de le toucher ou de le prendre dans ses bras. Elle réussissait alors à afficher son plus joli sourire devant les enfants, avant de s'effondrer dans la solitude de son bureau.

Elle poussa un long soupir, soudain consciente de la fatigue qui lui engourdissait les muscles. Ce n'était pas étonnant, après avoir passé un mois à courir dans tous les sens et à s'occuper de tout le monde. Si l'on ajoutait à ça ses problèmes avec Noah, les cauchemars qui continuaient à la hanter et le manque de sommeil, c'était un miracle qu'elle tienne encore debout !

— Liv ?

Elle reconnut avec plaisir la voix de sa sœur. Ravie

d'avoir une excuse pour faire une pause, elle sortit du placard exigu. Une petite distraction était la bienvenue.

— Salut, vous deux. Qu'est-ce que vous faites là ?

Vanessa et Holden lui sourirent et la serrèrent dans leurs bras.

— On est venus t'aider, répondit V.

Le jean et le pull qu'elle portait coûtaient une fortune, mais ses talons ne mesuraient que six centimètres environ, au lieu des douze habituels. Peut-être qu'elle était vraiment là pour donner un coup de main ? Liv avait tout de même du mal à le croire. Holden dut sentir qu'elle était dubitative, car il laissa fuser un petit rire et lui fit un clin d'œil.

— Je vais passer au gymnase, annonça-t-il. Qui est là, aujourd'hui ?

— Shelly. Les enfants vont être complètement surexcités de te voir.

Cela faisait presque deux mois qu'il n'avait pu venir au centre et il leur avait beaucoup manqué.

Il traversa le couloir à petites foulées et, lorsqu'il ouvrit les portes du gymnase, un concert de cris retentit. Liv s'esclaffa : elle l'avait prévenu.

— C'est vraiment génial qu'il trouve encore le temps de venir ici ! Tu as tiré le bon numéro, on dirait.

Le petit sourire de V lui indiqua qu'elle en pensait tout autant.

— Qu'est-ce que c'est que ça ? demanda V, en montrant les cartons qui traînaient dans le couloir.

— Des dons. Ça n'a pas arrêté d'arriver, cette semaine. La plupart sont anonymes, d'ailleurs.

— Vraiment ?

Liv haussa les épaules, et V souleva les battants d'un des cartons pour voir ce qu'il contenait.

— Celui-là est bourré de livres.

— Je sais, on en a reçu plein. Ça ne pouvait pas mieux tomber, la bibliothèque n'avait pas vu un nouveau livre depuis des lustres. A tout hasard, tu ne saurais pas d'où ça vient, tout ça ? Des amis à toi, peut-être ?

— Pas à ma connaissance, mais tu devrais poser la question à Noah. Je l'ai entendu dire qu'il avait étendu les offres qu'il avait reçues au club.

Liv en resta bouche bée quelques instants.

— Mais… pourquoi ? Il n'avait pas à faire ça. Quel intérêt ont ces gens à m'aider ?

Elle ne faisait pas partie de la communauté. Ils ne la connaissaient même pas.

— A quelle fréquence es-tu passée à l'hôpital depuis l'accident ? demanda alors V.

— Je ne sais pas, répondit Liv, sans savoir où elle voulait en venir.

— Moi, je sais : tous les jours. Combien d'argent as-tu dépensé en nourriture, magazines et je ne sais quoi d'autre ?

— Je n'en sais rien. Mais ça n'a pas d'importance.

— Combien de kilomètres as-tu parcourus ?

— Aucune idée… Qu'est-ce que tout ça a à voir avec les dons, Vanessa ?

Sa sœur lui caressa la joue et lui sourit affectueusement.

— Tu ne comprends vraiment pas ?

— Non…

En réalité, elle commençait à comprendre, mais imaginer que les dons soient une forme de rétribution rendait ses actions vides de sens. Elle n'avait pas fait tout ça pour obtenir quelque chose en retour.

— Je ne veux rien en échange. Ce n'est pas pour ça que je les ai aidés.

C'était donc ce qu'ils croyaient ?

— Arrête ! lui ordonna V, en la secouant doucement. Je sais à quoi tu penses mais, non, personne ne pense que tu avais une idée derrière la tête. Les gens veulent aider et faire une bonne action, rien de plus. Tu nous as soutenus et, maintenant, c'est notre tour. Ça n'a rien à voir avec la communauté, ou le club, ou quoi que ce soit. C'est de la générosité, point.

— Qui êtes-vous et qu'avez-vous fait de ma sœur la Reine des Glaces ?

— Liv, la gentille sorcière, l'a fait fondre, répondit V avec un petit rire étouffé. Allez, viens…

Elle désigna le bureau.

— Je t'ai apporté à déjeuner.

Liv se rendit compte alors qu'elle était affamée. On ne pouvait pas dire qu'elle ait fait très attention à son hygiène alimentaire ces derniers temps.

— Génial ! Je vais chercher de quoi boire dans la cuisine.

Quand elle revint, V avait aligné plusieurs Tupperware sur son bureau et des odeurs épicées de curry lui mirent l'eau à la bouche.

— Tu es la meilleure !

— Je sais, dit V en souriant.

Elle lécha ses doigts pleins de sauce et accepta la serviette que Liv lui tendait.

— J'ai de bonnes nouvelles.

— Ah oui ? A propos de qui ? Kendra ou Tyler ?

— Aucun des deux. Cela dit, on est passés à l'hôpital avant de venir ici et le niveau de stress a sensiblement diminué, maintenant que plus personne n'est en soins intensifs.

Au grand soulagement de tous, Kendra et Tyler avaient été transférés en rééducation, qui plus est dans des chambres mitoyennes. Kendra était sortie du coma avec une légère perte de mémoire et des difficultés à bouger son côté droit. Elle n'avait aucun problème pour discuter ou interagir avec les gens, mais souffrait de sérieuses migraines, et les médecins redoutaient encore la possibilité d'une attaque.

Le goût du cumin et des amandes sur ses papilles fit pousser à Liv un soupir de satisfaction.

— C'est délicieux, parvint-elle à articuler entre deux bouchées. Alors, de quelle nouvelle s'agit-il ?

V sortit une grande enveloppe de son sac et la lui tendit sans un mot. Voyant son sourire complice, Liv hésita un instant, puis elle s'essuya les doigts et s'empara de l'enveloppe. Elle l'ouvrit et en déversa le contenu sur son bureau.

Il y avait des papiers et des badges. Beaucoup de badges. « *Pass Glaciers — Accès VIP* », lut-elle sur l'un d'eux. Elle en resta bouche bée pour la seconde fois de la journée et fixa V, incapable de parler. Est-ce que c'était vraiment…

Sa sœur sourit et hocha la tête.

— Tu as bien compris, dit-elle en réponse à sa question muette. Vingt-cinq places et des pass pour les vestiaires pour le match à domicile du 4 décembre. C'est un samedi après-midi, ce qui veut dire que la majorité des enfants devrait pouvoir y assister. Les Glaciers ont aussi loué un bus qui viendra vous chercher, puis vous ramènera au centre après le match.

Liv se leva si précipitamment pour prendre sa sœur dans ses bras que son fauteuil cogna contre le mur derrière elle.

— Je n'arrive pas à le croire ! Merci beaucoup ! Attends… Qui est-ce que je dois remercier exactement ? Ce cadeau, c'est de ta part ou de celle de Holden ?

— Ni l'un ni l'autre, c'est de la part des Glaciers. Moi, je fais simplement office de messager. Heidi va te contacter pour te donner tous les détails.

— Je vais tout de suite lui envoyer un petit mot pour la remercier.

Liv se rassit dans son fauteuil et songea à quel point les enfants allaient être excités. Elle devrait faire signer une autorisation de sortie et voir si Shelly et Joan pourraient les accompagner. Oh ! et elle devait aussi écrire à Noah concernant les dons, puis…

— Liv ?

— Quoi ?

— Je t'ai demandé si tu allais chez maman pour Thanksgiving.

Le ton sévère de V lui indiquait que ce n'était pas le moment de faire sa *to do list*.

— Tu y vas, toi ? demanda-t-elle en retour.

Vanessa parut soudain passionnée par sa salade. Elle piquait les petits pois un par un avec sa fourchette, comme lorsqu'elle était petite et qu'elle ne voulait pas répondre à une question.

— Holden ne travaille pas et il veut qu'on aille chez ses parents.

— Génial… Tu vas l'accompagner ?

— Je pense. Enfin, si ça ne t'embête pas…

— Pourquoi est-ce que ça m'embêterait ?

— Parce que ça veut dire que tu vas te retrouver toute seule avec la famille.

Liv balaya ses scrupules d'un geste de la main.

— C'est marrant, on dirait que tu cherches un prétexte pour ne pas y aller… Holden vient d'une famille de cannibales qui mangent les attachées de presse, c'est ça ?

V rit et repoussa sa salade d'un air distrait.

— Ils ont l'air absolument charmants, au contraire. Et c'est bien ce qui m'inquiète. Je ne suis pas sûre d'être le genre de femme qu'ils avaient envisagée pour leur fils.

Liv faillit s'étrangler avec sa nourriture.

— Tu plaisantes, j'espère ? Tu es intelligente, accomplie, et tu aimes leur fils ! Je ne vois pas pourquoi ils ne t'aimeraient pas. Essaie juste d'être un poil moins glaciale que d'habitude, et tout se passera bien.

Vanessa sourit timidement.

— Tu as raison. Je suis bête de m'inquiéter comme ça.

— Non. Je crois surtout que ça te tient à cœur qu'ils t'apprécient.

V ne répondit pas, mais à voir la façon dont elle évitait soigneusement son regard, Liv sut qu'elle avait visé juste.

— Le plus important, ce sont les sentiments que vous éprouvez l'un pour l'autre. Holden t'aime, c'est évident. Autrement, il ne voudrait pas te présenter ses parents.

Elle prit la main de V dans la sienne et sa sœur la pressa doucement avant de la lâcher.

— En réalité, je les ai déjà rencontrés une fois, au match de Détroit. Pour les présentations, c'est déjà fait.

— Tu ne m'en as jamais parlé.

— Tu avais d'autres chats à fouetter, répondit V avec un regard lourd de sous-entendus. Enfin bref, là, ce ne serait pas la même chose. Ce serait toute une journée, avec sa famille au grand complet.

Elle frissonna, et Liv ne put s'empêcher de rire.

— Holden sera là pour veiller sur toi et te défendre si quelqu'un t'embête.

— Pour ça, je peux me débrouiller toute seule.

Son ton déterminé amusa Liv. Vanessa était en effet tout à fait capable de se débrouiller. Elle arrêta de faire semblant de manger sa salade et se laissa aller contre le dossier de sa chaise avec un soupir.

— Tu es sûre que ça ne te dérange pas ? lui demanda-t-elle.

— Absolument sûre. Va donc rencontrer ta future belle-famille l'esprit tranquille.

Vanessa écarquilla tellement les yeux qu'ils eurent l'air sur le point de sortir de leurs orbites, et Liv éclata de rire.

— C'est bon, je plaisante ! Mais ça a l'air sérieux entre vous, non ?

— Si, mais de là à penser au mariage… Je n'ai jamais imaginé que je me marierais, à vrai dire. Toi, par contre, tu es faite pour ça.

— Qu'est-ce qui te fait dire ça ?

V l'étudia longuement. Le sourire doux qui adoucissait son visage lui rappela Noah. Il faisait la même chose quand il la regardait. Cette pensée fit naître en elle une tristesse qui lui coupa l'appétit. Quoi qu'elle fasse pour ne pas penser à lui, il arrivait toujours à s'insinuer dans son esprit d'une façon ou d'une autre.

— Tu es comme ça, c'est tout, répondit V en rassemblant les restes de son déjeuner. J'ai des courses à faire, mais je repasserai chercher Holden tout à l'heure.

— Je croyais que tu étais venue pour m'aider ?

— C'est ce que je viens de faire.

— Comment ça ?

— En te disant de ne pas renoncer à Noah.

— Quoi ? Qu'est-ce que tu racontes ? Je ne renonce à rien du tout !

— Tant mieux…

V saisit son sac et en passa la lanière à l'épaule.

— … parce que vous allez bien ensemble, tous les deux. Donne-lui juste un peu de temps.

Liv n'aurait su dire ce qui dominait chez elle en cet

instant : l'étonnement, l'irritation ou le soulagement. Elle n'avait pas demandé son approbation à sa sœur, mais elle était heureuse de l'avoir. Un constat qui l'agaça prodigieusement, d'ailleurs.

— Sois prête à partir en même temps que Holden : on t'emmène dîner. On ne va pas se voir avant des semaines, après…

Vanessa quitta la pièce sans lui laisser le temps de protester, et Liv resta immobile tandis que le bruit des talons de sa sœur s'éloignait dans le couloir. Qu'est-ce qui venait de se passer ? Pour une fois qu'elles parlaient de Vanessa, la conversation avait quand même fini par dévier sur elle.

Elle ferma les yeux et sourit. C'était typique de sa sœur et si impeccablement exécuté !

Est-ce que tout le monde pensait qu'elle avait abandonné Noah ? Qu'elle l'avait quitté au moment où il commençait à faire enfin face à son passé ? Et si lui pensait qu'elle l'avait quitté pour de bon ? Peut-être que mettre de la distance n'était pas la bonne méthode, après tout.

Elle chercha son portable et finit par le trouver sous une pile de serviettes. Elle tapa rapidement un message sur son écran fendu, l'effaça, puis en tapa un autre, qu'elle supprima également. Ses mains tremblaient, et elle se sentait aussi nerveuse qu'une adolescente à son premier coup de foudre. Quelle andouille ! Elle rit de sa propre bêtise.

Elle expira lentement et retrouva un semblant de calme. Le troisième message qu'elle rédigea était simple, dans la veine de leurs échanges lors des semaines qu'ils avaient passées ensemble.

Je pensais à toi. Comment se passe ta journée ?

Elle laissa son pouce en suspens quelques instants avant d'appuyer sur « envoyer ». C'était un début. Peut-être les fondations de quelque chose de plus solide, si toutefois Noah voulait toujours construire une relation avec elle. Dans le cas contraire, elle devrait se résoudre à être seulement une amie pour lui, même si elle savait à quel point ils auraient pu être heureux tous les deux.

Déterminée à ne pas rester plantée devant son téléphone dans l'attente d'une réponse, elle finit de débarrasser son bureau et mit le reste de son déjeuner dans le réfrigérateur. Elle avait encore des cartons à trier, des cartes de remerciements à rédiger et des repas à préparer. Toutes ces choses devraient suffire à l'occuper…

Si seulement cela pouvait aussi lui changer les idées…

Chapitre 27

Noah franchit le seuil du cabinet médical et s'immobilisa. Il fit un pas en arrière pour vérifier une seconde fois le nom sur la plaque et s'assurer qu'il était au bon endroit. Dr Cass Coleman, oui, c'était bien ça…

Il entra prudemment et fut accueilli par un petit rire grave.

Le médecin se tenait debout derrière un grand bureau en bois, la main tendue vers lui.

— Bonjour. Je suis ravi de vous voir.

Noah prit sa main tendue, ébahi. Il avait du mal à croire que le thérapeute recommandé par Deklan était le dom connu sous le nom de Maître C au Red Room. Il avait des cheveux poivre et sel et un visage fin qui s'accordait à sa stature élancée. Ses lunettes noires, sa cravate et sa veste en tweed lui donnaient un air très scolaire.

— Bonjour, docteur Coleman, dit Noah, qui souhaitait maintenir un certain formalisme.

— Je vous en prie, appelez-moi Cass.

Coleman prit place dans son fauteuil en cuir et l'invita à s'asseoir sur le siège confortable qui faisait face à son bureau.

— Comment allez-vous ?

Vaste question… Une réponse simple ferait l'affaire dans un premier temps.

— Bien.

— Le dernier mois a pourtant été difficile. Chargé en émotions, en épreuves à surmonter…

Noah répondit par un simple hochement de tête.

— J'ai entendu dire que Jake était rentré chez lui. C'est une excellente nouvelle. Apparemment, l'état de santé des partenaires de Seth et de Deklan s'est également amélioré.

Noah plissa les yeux et garda le silence.

— Je pense que nous avons besoin de faire une petite mise au point. Pour nous assurer que cet arrangement vous convient.

— Que voulez-vous dire ?

Coleman se pencha en avant et croisa les bras sur son bureau.

— Vous ne me connaissez pas seulement en tant que médecin. Vous me connaissez également en tant que dom, dans le cadre du Red Room. Je ne veux pas que ça vous mette mal à l'aise ni que ça vous empêche d'aborder le sujet qui vous amène ici, quel qu'il soit. Si notre association au sein du club vous pose problème, je peux vous recommander un confrère.

Noah étudia longuement l'homme qui lui faisait face, en proie à une certaine appréhension. Etait-ce son interlocuteur qui le rendait nerveux ou la perspective de se confier à quelqu'un ? Il pouvait parfaitement utiliser leur lien comme une excuse pour se défiler, personne ne pourrait l'en blâmer. Personne à part lui-même.

— Je suppose que tout ce qui se dit dans cette pièce est confidentiel ?

— Absolument.

— Alors ça ne me pose pas de problème.

— Dans ce cas, allons nous asseoir et discuter un peu, si vous voulez bien.

Il fit un geste en direction d'une sorte de salon qui comprenait un canapé et deux fauteuils assortis. Cela semblait très confortable, mais Noah sentit ses poils se hérisser.

— Je préfère rester ici.

Le bureau entre eux lui donnait l'impression d'avoir davantage d'espace et rendait surtout à ses yeux leur entretien bien plus formel, un peu comme s'il s'agissait d'une réunion professionnelle.

— Comme vous voudrez.

Cass Coleman s'empara d'un bloc-notes et griffonna quelque chose.

— Vous pourriez éviter ça ?

Cass leva la tête, et Noah désigna le bloc-notes. Se demander sans cesse ce que Cass écrivait risquait de le rendre complètement cinglé ! Cass posa son stylo et se laissa aller contre le dossier de sa chaise.

— Dans ce cas, seriez-vous d'accord pour que j'enregistre notre séance afin de prendre des notes plus tard ?

— Je préférerais éviter. Quelqu'un pourrait en faire une copie.

— Bien… Dites-moi ce qui vous amène.

Un silence pesant s'installa entre eux, et Noah dut serrer les poings pour s'empêcher de s'agiter sur son siège. Il avait affronté de nombreux adversaires du regard et avait toujours remporté la bataille. Sauf qu'il ne s'agissait pas d'une bataille dans le cas présent.

— Je pensais que vous étiez au courant des rumeurs qui circulent sur mon passé, finit-il par lâcher d'une voix un peu sèche.

— Je n'écoute jamais les rumeurs. Généralement, elles ne se fondent que sur des mensonges et des suppositions. Qu'aurais-je appris si je les avais écoutées ?

Noah ne put s'empêcher de sourire. Cette approche ne lui déplaisait pas. S'il voulait réussir à être avec Liv, il allait devoir faire confiance à quelqu'un d'autre qu'elle pour aborder son passé torturé. Il songea au SMS qu'elle lui avait envoyé alors qu'il était en route pour son rendez-vous. Sa simplicité lui avait donné envie d'aller plus loin. Il en voulait davantage. La voir toute la semaine et ne pas être en mesure de la toucher avait été une véritable torture. Ne pas savoir comment s'était passée sa journée, qui elle avait aidé, quels étaient ses projets, lui donnait l'impression de mourir à petit feu.

Il baissa la tête et se perdit dans l'observation de la moquette à carreaux. Il se mit à regrouper mentalement certains carrés au hasard et à les compter. L'exercice lui permettait de mettre de l'ordre dans ses idées et de contrôler ses émotions. Il ne devait surtout pas se laisser submerger par elles s'il voulait réussir à se confier.

Il releva enfin la tête, et Cass Coleman le dévisagea, impassible. Il finit par hausser les sourcils, et cette manière silencieuse de le questionner faillit faire rire Noah. C'était tellement typique d'un dom !

Il croisa les bras sur la poitrine, prit une grande inspiration et raconta son histoire d'une traite. Il fit le récit de son passé sordide sans s'arrêter, d'une voix monotone qui ne trahissait pas la moindre émotion. Le visage de Coleman ne reflétait rien non plus. Il se contentait d'écouter tout ce qu'il avait à dire. Depuis la mort de ses parents, — il avait à peine plus de vingt ans — qui l'avait amené à découvrir l'univers BDSM, jusqu'à sa rencontre avec Beth, leur relation et sa mort.

Contrairement à ce qu'il avait imaginé, son cœur ne battait pas la chamade et il n'avait pas l'estomac noué. Il remarqua néanmoins qu'il transpirait lorsqu'il acheva son monologue, et son regard se fixa de nouveau sur la moquette. Les motifs étaient troubles, cette fois, et il dut cligner plusieurs fois des yeux pour les distinguer clairement à nouveau. Il avait l'impression d'être vidé, comme si ses paroles l'avaient purgé.

— Très bien, dit Cass.

Noah entendit le fauteuil grincer et sentit qu'il bougeait.

— A présent, dites-moi ce que tout ça a à voir avec ce qui vous amène aujourd'hui.

Noah releva brusquement la tête et fronça les sourcils.

— C'est tout ça qui m'amène, répondit-il, agacé.

C'était pourtant évident, non ? Apparemment non, car Coleman secoua la tête.

— Non. Ce que vous venez de me raconter est arrivé dans le passé. Ces événements se sont produits il y a des années. Il s'est donc passé autre chose récemment, quelque chose qui vous a poussé à venir me voir.

Un stress et une appréhension difficilement contrôlables se substituèrent aussitôt au vide que Noah avait ressenti quelques instants plus tôt. Il déglutit plusieurs fois avec peine, et sa voix était rauque lorsqu'il reprit la parole.

— Liv est arrivée dans ma vie.

— Liv ?

— Oui, fit-il sans pouvoir s'empêcher de sourire.

Ce ne fut que lorsqu'il sentit la tension de ses épaules se dissiper qu'il se rendit compte à quel point il avait été crispé depuis le début de la séance.

— Vivian Delcour m'a redonné envie de vivre.

Cass Coleman sourit. Les rides qui se formèrent alors sur son visage indiquaient que c'était quelque chose qu'il faisait fréquemment. C'était peut-être un dom, mais il n'était en rien aussi stoïque et impassible que lui.

— Voilà qui me semble être une excellente nouvelle.

— Oui… Enfin, à condition que je parvienne à tourner la page.

— Quelle page ?

— Celle du suicide de Beth.

Coleman acquiesça doucement.

— Voilà une chose sur laquelle nous pouvons travailler.

Le reste de la séance fut consacré à l'analyse du raisonnement de Noah et des raisons qui le poussaient à se sentir coupable. A aucun moment il n'eut l'impression d'être accusé ou jugé. Coleman comprenait le mode de vie BDSM, et Noah ne ressentait pas le besoin de justifier ses choix ou d'être sur la défensive.

— Pour notre prochaine séance, dit Coleman en se levant, j'aimerais que vous réfléchissiez à la manière dont vous pourriez dépasser cette culpabilité que vous ressentez par rapport à la mort de Beth.

— Je pensais que c'était votre rôle de me donner la solution.

Coleman contourna son bureau, un sourire aux lèvres.

— Désolé… Je suis là pour vous aider à identifier le problème, mais c'est à vous de trouver la solution.

Noah se sentit passablement irrité mais, dans le fond, il savait que Coleman avait raison. A quoi s'était-il attendu ? A une réponse toute faite ? A une solution miracle qui résoudrait en un instant ce qu'il n'était pas parvenu à régler en plusieurs années ? Quel crétin ! Ça ne marchait pas comme ça !

Sa naïveté le fit soupirer. Il se sentait soudain épuisé et l'envie le prit de se réfugier dans son lit et de ne jamais en sortir. Sauf que, là encore, la vie lui avait appris que ce n'était pas aussi simple que ça. Se cacher sous sa couette ne résolvait rien.

— Ne vous en faites pas, lui dit Coleman, en posant la main sur son épaule. Vous y arriverez. Liv fait-elle partie de la communauté ?

Noah se crispa instantanément.

— Pourquoi cette question ?

Coleman dut sentir que sa question lui déplaisait, car il lui sourit avec bienveillance.

— Le savoir m'aidera simplement à avoir une vue d'ensemble.

— Elle n'en fait pas partie, non. Est-ce que ça pose problème ?

— Uniquement si c'en est un pour vous.

— Ce n'en est pas un. Quand bien même je le voudrais, je ne pense pas être capable d'avoir de nouveau ce genre de relation un jour.

— Beaucoup de gens ont du mal à renoncer à leurs besoins aussi facilement.

Noah le fusilla du regard.

— Sans doute parce que ces gens n'ont pas retrouvé leur soumise pendue dans leur salle de jeux !

— Elle s'est pendue, effectivement. Ce n'est pas vous qui l'avez tuée.

Noah ouvrit la bouche pour répliquer et la referma aussitôt. Pour la première fois en près de cinq ans, il se concentra sur cette idée et tenta de l'accepter. Il aurait été incapable de se rappeler combien de personnes lui avaient dit la même chose. Il les avait systématiquement ignorées, préférant s'accuser et endosser l'entière responsabilité de la mort de Beth. Soit exactement le contraire de ce qu'il avait conseillé à Seth après la mort de Harcourt. Mais peut-être que le moment était enfin venu d'écouter ce que tout le monde essayait de lui dire depuis des années.

— Mardi prochain, 17 heures ? demanda Coleman.

— Parfait. A la semaine prochaine.

Dès que Noah se retrouva dehors, une bourrasque puissante l'enveloppa. Les branches presque nues ployaient sous le vent en provenance du nord. Les dernières feuilles n'allaient sans doute pas tarder à tomber. L'air froid lui ébouriffait les cheveux et gonflait sa veste, comme s'il essayait de l'emporter avec les feuilles encore accrochées aux arbres. Il en suivit une aux tons jaune et orange qui tourbillonnait dans les airs. Pourrait-il lui aussi se sentir suffisamment libre un jour pour se laisser porter au gré du vent ?

Son téléphone vibra dans sa main. C'était un nouveau message de Liv.

Tu as des projets pour Thanksgiving ?

Il fixa l'écran jusqu'à ce que celui-ci se verrouille et devienne noir. Des projets ? Pas vraiment. Ça faisait bien longtemps que son seul projet consistait à parvenir à affronter chaque jour qui passait sans perdre la face. Faire des projets signifiait envisager un avenir, or il avait cessé de le faire à la mort de Beth.

Mais à présent…

Non. Je pensais peut-être aller à l'hôpital.

Jake avait évoqué l'idée d'un dîner tous ensemble. Il était plus mobile maintenant que ses douleurs avaient diminué et il avait commencé à utiliser des béquilles. Il était fermement déterminé à s'en débarrasser aussi rapidement que possible, même si les médecins l'avaient prévenu qu'il lui faudrait entre trois et six mois avant de pouvoir marcher sans assistance.

Noah grimpa dans sa voiture et démarra, un sourire aux lèvres. C'était étrange, mais il se sentait presque joyeux. Ses amis étaient en train de se remettre de leurs blessures, le Red Room ne désemplissait pas et les médias les laissaient enfin tranquilles. Il ne savait pas trop comment, mais ils avaient survécu.

Et, pour la première fois depuis des années, il était prêt à vivre.

Chapitre 28

L'habitacle du 4x4 était empli d'une odeur de dinde qui rappelait à Liv de nombreux souvenirs de famille. Elle avait fait exprès de passer chez Noah en dernier. Elle n'y était pas revenue depuis qu'elle avait quitté la maison avec toutes ses affaires, et elle se sentait terriblement nerveuse.

Elle se gara, mais ne descendit pas tout de suite de voiture, et balaya l'allée du regard, machinalement. Un homme vêtu d'un vieux sweat et d'un jean sale attira aussitôt son attention. Il creusait un trou dans un parterre, près de la clôture. Au bout d'un moment, il posa sa binette, s'accroupit et sortit un bulbe dans le sac posé près de lui pour le mettre en terre.

Liv coupa le contact et le regarda planter un autre bulbe. Quand l'homme tourna enfin la tête, elle sentit les battements de son cœur s'accélérer. C'était Noah.

Le vent jouait avec ses boucles ; ses vêtements et ses gants étaient maculés de terre, ses bottes étaient pleines de boue. Et, malgré tout, il était plus sexy que jamais. Son aspect était si inhabituel qu'elle n'avait pas envisagé un seul instant qu'il puisse être l'homme en train de jardiner. Elle ne l'aurait jamais imaginé dans ce rôle, mais il lui allait à la perfection.

Quand est-ce qu'un tel changement s'était opéré ? Qu'avait-elle raté d'autre depuis son départ ? Avait-il changé au point de ne plus avoir envie de la voir ? Les doutes l'envahirent soudain et réveillèrent toutes les peurs qu'elle avait fait en sorte d'ignorer au cours des dernières semaines. Etait-elle réellement capable d'être simplement une amie pour lui ? Elle lui devait d'essayer en tout cas.

Il se redressa en s'appuyant sur la binette, et elle se décida à sortir de la voiture.

— Salut ! dit-elle, en lui faisait un signe de la main. Je t'ai apporté de la dinde.

Elle retrouva un peu d'assurance en constatant que sa voix ne trahissait pas son anxiété, et le sourire qui illumina le visage de Noah fit descendre sa nervosité d'un cran supplémentaire.

— Tu n'étais pas obligée.

Elle enfonça les mains dans les poches de son manteau d'hiver et lui rendit son sourire.

— J'en avais envie.

— Merci, en tout cas.

Il appuya sa binette contre la clôture et retira ses gants. Elle s'approcha de lui et ne tarda pas à distinguer une odeur de terre fraîchement remuée, qui s'ajoutait à celle de l'herbe mouillée. Il avait beaucoup plu durant les derniers jours mais, au moins, il ne neigeait pas encore.

— Qu'est-ce que tu plantes ?

— Des lys. J'ai pensé que ce serait joli, au printemps.

Effectivement, ce serait sans doute très joli. Elle adorait les lys.

— J'ai toujours pensé que tu avais un jardinier ou que c'était une société d'entretien qui s'occupait de ton jardin.

Il éclata de rire, et elle se sentit rougir.

— Désolée, je ne disais pas ça méchamment.

— Je ne le prends pas mal, ne t'en fais pas, la rassura-t-il avec un nouveau sourire. J'ai effectivement un jardinier mais, à une époque, je m'occupais seul du jardin. Je ne m'étais pas rendu compte à quel point ça me manquait.

Il se perdit un instant dans la contemplation de l'espace autour de lui avant de reporter son attention sur elle. Il avait les yeux brillants et son visage semblait rayonner. Etait-ce à cause de l'air frais de novembre, ou du soleil qui perçait à travers les nuages ? se demanda Liv. Quoi qu'il en soit, le contraste avec son air habituel était tel qu'elle ne put s'empêcher de le dévisager. Elle mourait d'envie de le serrer dans ses bras pour célébrer l'homme nouveau qu'il semblait devenu. Elle avait l'impression d'assister à une renaissance. Il paraissait libéré, et cette métamorphose avait eu lieu après son départ.

Cette pensée anéantit d'un coup sa bonne humeur, et elle enfonça plus profondément les mains dans ses poches. C'était une bonne chose, pourtant. C'était même exactement ce qu'elle avait désiré pour lui. Mais il était douloureux de se dire qu'elle n'était pas la raison de ce changement.

— Tu veux entrer ? proposa-t-il.

Elle secoua doucement la tête. Retourner dans la maison était au-dessus de ses forces. Ces murs abritaient trop de souvenirs, certains bons, d'autres mauvais. Elle remarqua une double balançoire accrochée à une branche d'arbre dans un coin du jardin et lui prit la main.

— On n'a qu'à aller s'asseoir là-bas pour profiter des derniers rayons de la saison.

La main de Noah était tiède dans la sienne. Le tenir

de la sorte semblait si naturel, si normal, qu'elle sentit tout son corps se réchauffer. Ils s'installèrent et, une fois qu'ils furent assis, elle se rendit compte que leurs corps se touchaient, comme pour lui rappeler cruellement ce qu'elle ne pouvait avoir. Elle aurait tout donné pour appuyer sa tête contre son épaule, jusqu'à perdre la mesure du temps. Peut-être même jusqu'à oublier le monde autour d'eux.

— Comment s'est passé Thanksgiving pour toi ? lui demanda-t-il, tout en donnant un petit coup de pied pour faire bouger la balançoire.

— C'était épuisant, mais très sympa.

Sa journée avait commencé par un réveil à 4 heures du matin.

— J'ai préparé une dinde à la maison avant d'aller chez ma mère pour le déjeuner, puis j'ai passé l'après-midi à apporter à manger à tout le monde.

Elle se tourna vers lui en l'entendant pouffer doucement.

— Quoi ?

— A qui est-ce que tu as apporté à manger ? A part moi, je veux dire.

— J'ai fait un saut à l'hôpital pour apporter une tarte à la citrouille au trio et une autre aux infirmières. Puis je suis allée à la copropriété pour en donner une à Jake, Cali, Kendra et Deklan. Rock et Carter étaient là aussi et j'ai pu leur donner la leur en même temps. Ils s'apprêtaient à se rendre à l'hôpital quand je suis partie. Tu aurais dû voir tout ce que Jake et Cali avaient préparé… Un vrai festin ! Ils m'ont dit que Marcus et Quinn devaient les retrouver à l'hôpital, alors j'ai opté pour la facilité et je leur ai demandé de leur donner leur tarte, puis je suis allée apporter à manger aux enfants qui passaient Thanksgiving au centre.

Elle reprit son souffle et glissa un regard dans sa direction.

— Pourquoi est-ce que tu n'es pas avec les autres à l'hôpital ? Tu m'as dit que tu irais peut-être, mais il paraît que tu as décliné l'invitation.

— Combien de tartes as-tu préparées en tout ?

— Qu'est-ce que ça peut faire ?

— Fais-moi plaisir, tu veux bien ? Réponds à ma question.

— Neuf, finit-elle par annoncer. Non, dix. J'ai oublié celle pour mon père.

— Dix, répéta Noah en hochant la tête. Dix tartes. Une dinde. Et les garnitures aussi, je présume ?

— Rien de spécial. Juste de la purée de pommes de terre, de la sauce, des petits pains et des haricots à la crème et aux champignons.

— Tu as commencé à les préparer quand, les tartes ?

— Dimanche. Elles se congèlent très bien.

— Je n'en doute pas une seconde !

Il caressait le dos de sa main avec son pouce et ce contact envoyait à Liv des petites décharges électriques qui partaient de sa main et se répandaient dans tout son corps.

— La tienne est toujours dans la voiture, d'ailleurs, parvint-elle à dire, sans que sa voix ne trahisse son trouble.

— Avec ma dinde et ma purée ?

— Tu oublies les haricots ! Tu ne peux pas manger de dinde sans haricots.

Il rit de bon cœur et elle l'imita, avant de céder à la tentation et d'appuyer la tête sur son épaule. Elle le regretterait peut-être une fois qu'elle serait de nouveau seule dans son appartement mais, pour le moment, elle n'avait plus envie de résister. Ils étaient seuls, à l'abri du monde et des gens, et elle aurait presque pu oublier les obstacles qui se dressaient entre eux.

— Kendra avait vraiment l'air en forme, dit-elle pour meubler le silence.

Kendra avait enfin été autorisée à sortir de l'hôpital et, depuis, c'était Deklan qui s'occupait d'elle.

— Elle a l'air de reprendre des forces, en effet, acquiesça Noah en lui serrant la main. Tu as eu des nouvelles de V ?

Apparemment, tout le monde était au courant de son petit voyage dans le Michigan pour rencontrer la famille de Holden.

— Non. J'ai envie de croire que c'est bon signe.

Ils se balancèrent en silence pendant un moment, et les mouvements répétitifs de la balançoire apportèrent à Liv un peu de paix et de tranquillité dans la journée marathon qu'elle venait de passer. Ou peut-être était-ce la présence de Noah qui la détendait, ou encore le bruit du vent qui soufflait dans les branches nues des arbres. Il avait débarrassé le jardin de toutes ses feuilles mortes et rangé le mobilier du patio. Les météorologues prévoyaient de la neige pour la semaine suivante, juste à temps pour le début de la saison de Noël. La lumière avait commencé à baisser sensiblement, signe que le soleil ne tarderait pas à se coucher, mais Liv n'était pas encore prête à bouger.

— Merci, dit-elle.

— Pourquoi ?

— Pour tous les dons qu'on a reçus au centre.

Elle attendit qu'il la contredise et sourit en voyant qu'il ne répondait pas.

— Je suis encore en train d'essayer de faire de la place pour tout ranger.

— Je suis ravi que tout soit bien arrivé. Dis-moi si tu as besoin d'autre chose. Les offres continuent à pleuvoir.

— Tu en as fait plus qu'assez, lui assura-t-elle. Ce dont les enfants ont vraiment besoin, c'est de davantage de gens comme toi, désireux de donner de leur temps. Ils sont en manque de modèles.

— Je vais voir ce que je peux faire.

Ce n'était pas une requête, et elle faillit refuser son aide, mais elle ne pouvait pas priver les enfants de cette chance juste par fierté. Peut-être Noah était-il vraiment en mesure de trouver des bénévoles.

Le ciel continuait à s'obscurcir. Un frisson la parcourut, qu'elle tenta de réprimer, mais Noah dut s'en rendre compte car il lui lâcha la main et passa le bras autour de ses épaules.

Elle sentit son cœur battre plus vite, tandis qu'elle luttait contre le désir qui s'éveillait en elle. Une fois encore, elle n'écouta pas sa raison : elle mit ses jambes par-dessus celles de Noah et se réfugia dans sa chaleur.

Ses bras puissants se refermèrent autour d'elle et, en quelques secondes, la tension, le stress et l'incertitude qui l'avaient habitée depuis l'accident disparurent. Blottie contre lui comme si elle était dans un cocon, elle ferma les yeux, bercée par les oscillations de la balançoire. L'odeur réconfortante de son parfum et de la terre sur ses vêtements l'enveloppa ; elle bâilla et cligna des yeux à plusieurs reprises.

— Noah ? Je peux te poser une question ?

— Bien sûr.

Elle hésita un instant, puis se jeta à l'eau en espérant qu'elle avait bien choisi son moment.

— Qu'est-ce qui t'a amené au BDSM ?

Il se raidit, puis se détendit presque aussitôt.

— Mes parents sont morts alors que j'étais sur le point de terminer mes études de droit.

— Qu'est-ce qui leur est arrivé ?

— Ils ont eu un accident de voiture.

— Tu ne m'en as jamais parlé, dit-elle, en se tournant vers lui.

Cette information apportait une lumière toute nouvelle sur les événements des dernières semaines. Rien que le fait de penser à tout ce qu'il avait dû ressentir la rendait malade.

— Je suis vraiment désolée.

— C'est gentil, dit-il, en l'embrassant sur le front.

Ce geste lui avait tellement manqué qu'elle ferma les yeux pour mieux graver le souvenir de la sensation dans sa mémoire.

— C'était il y a longtemps… J'étais en dernière année et, d'un coup, c'était comme si je ne contrôlais plus rien. J'étais seul et je n'avais plus de repère. J'ai commencé à lire des choses sur Internet à propos du BDSM, et je me suis dit que c'était peut-être de ça dont j'avais besoin. J'ai cherché un club, et j'ai eu la chance de rencontrer Jake assez rapidement. Etre un dom m'a permis de remettre de l'ordre dans ma vie.

— Et après ? Tu as obtenu ton diplôme, tu as monté ton cabinet, et tu as quand même continué ?

— Oui, car j'aimais ça. Pour moi, dominer n'était pas synonyme de pouvoir. Ça signifiait surtout permettre à ma soumise de s'élever.

— Comment ça ?

— A mes yeux, être un bon dom, c'est avant tout être là pour la soumise. Je restais volontairement au second plan pour mieux identifier les besoins de ma sub puis les satisfaire. Je voulais exaucer ses désirs de façon à ce qu'elle se sente plus forte à la fin de la séance. Ce que je désirais par-dessus tout, c'était satisfaire le besoin viscéral qui la poussait à venir au club.

Liv absorbait ses paroles tout en gardant le regard fixé sur la lumière qui brillait doucement à l'intérieur de la cuisine. Elle plaça la main sur le torse de Noah et crut qu'elle allait se mettre à pleurer en sentant sous sa paume les battements puissants et réguliers de son cœur.

— Est-ce que c'était comme ça avec Beth ?

Elle avait peur d'aller trop loin et, en même temps, elle avait besoin de comprendre cette période de sa vie. Il enfouit son visage dans ses cheveux, et elle sentit son souffle lui caresser la tempe, telle une brise tiède qui lui rappelait combien leurs lèvres étaient proches.

— Plus ou moins. Je tenais beaucoup à elle et je pensais lui apporter ce dont elle avait envie… besoin surtout. Je me suis lourdement trompé et, quand je m'en suis rendu compte, ça m'a anéanti.

La douleur dans sa voix lui brisa le cœur. Il avait dû tant souffrir ! Comment cette femme avait-elle pu lui faire une chose pareille ?

— Tu m'as dit qu'elle avait un passé sombre et tu as parlé de dépression. Elle n'a jamais été suivie ?

— Pas à ma connaissance. Elle était profondément déprimée, mais aussi très douée pour le cacher.

Il prit une grande inspiration et entortilla l'extrémité de sa queue-de-cheval autour de ses doigts, ce qui donna à Liv la chair de poule.

— Je vois un thérapeute pour en parler.

Elle retint une petite exclamation de surprise. Cette nouvelle redonnait soudainement vie à ses espoirs et à ses rêves.

— C'est une bonne initiative. J'espère que ça va t'aider.

— Moi aussi.

Ils continuèrent à se balancer jusqu'à ce que Liv ne soit plus en mesure de réprimer ses tremblements. La température avait chuté avec le coucher du soleil, et elle était glacée. Elle ne voulait pourtant pas quitter le refuge qu'elle avait trouvé auprès de Noah, terrifiée par la solitude qu'elle éprouverait à coup sûr ensuite.

Le cœur lourd, elle finit cependant par descendre de la balançoire, sans dire un mot. Elle ravala sa peine et remercia intérieurement l'obscurité, qui empêchait Noah de distinguer une tristesse qu'elle ne pouvait dissimuler. Parviendrait-elle un jour à le retrouver pour de bon ?

— Je vais chercher ce que je t'ai préparé, dit-elle pour briser le silence.

Il la suivit jusqu'à la voiture.

— Tiens…

Elle attrapa le sac qu'elle avait laissé sur le siège passager, et le lui tendit. Il s'en empara et jeta un coup d'œil à l'intérieur.

— J'en salive d'avance ! Tu es sûre que tu ne veux pas rester dîner avec moi ?

C'était si tentant de se glisser de nouveau dans leur routine… Dîner, se raconter leur semaine respective, se frôler, rire, et finir dans le même lit. Ce serait si facile, si agréable…

— Je ne peux pas, dit-elle d'une voix où perçait sans doute le regret.

Le sourire de Noah s'évanouit aussitôt.

— J'aimerais bien, reprit-elle, mais je ne me fais pas confiance. Est-ce que tu comprends ce que j'essaie de dire ?

Il baissa la tête et soupira bruyamment.

— Je comprends. Et je sais que tu as raison.

— J'ai une idée, dit-elle soudain avec un grand sourire. Si tu es libre samedi prochain, j'ai une proposition à te faire que tu ne pourras pas refuser.

— Je t'écoute.

— Qu'est-ce que tu dirais d'une place et d'un pass d'accès aux coulisses pour le prochain match des Glaciers ?

Il fit la grimace et elle l'imita… La dernière fois qu'ils avaient assisté à un match ensemble, la soirée s'était très mal terminée…

— Désolée. Ce n'est pas une si bonne idée que ça, en fait.

— Au contraire, protesta-t-il. Ça a l'air génial ! Compte sur moi.

— Est-ce que j'ai mentionné le fait qu'on s'y rendrait dans un bus plein d'enfants ? ajouta-t-elle alors avec un grand sourire.

Il haussa les sourcils, perplexe.

— Les Glaciers ont offert vingt-cinq places au centre, transport inclus, et j'aurais bien besoin d'un accompagnateur supplémentaire. Les enfants te connaissent et ça m'aiderait d'avoir un homme avec moi pour gérer les ados, mais si tu…

Un éclat de rire sonore interrompit son monologue.

— Pas de problème, je serai là !

— Vraiment ?

— Vraiment.

— Tu es le meilleur !

Elle se jeta dans ses bras, comme elle l'aurait fait avec n'importe quel ami qui lui aurait rendu un tel service. Mais Noah n'était pas n'importe quel ami : il était l'homme qu'elle aimait et qu'elle ne pouvait avoir. Peut-être avait-il encore besoin de temps, tout simplement… En tout cas, elle se refusait à lui mettre la pression. Elle ne voulait pas être une autre Beth.

Il retint son souffle sous l'effet de la surprise, avant de la serrer dans ses bras à son tour. Elle s'agrippa à lui, les yeux fermés, serrant les dents pour s'empêcher d'accepter son offre de rester dîner. Alors qu'elle allait le lâcher, il resserra son étreinte, et elle se dressa sur la pointe des pieds pour mieux se lover contre lui. Elle se délectait de son contact, intoxiquée par le désir d'être avec lui sans qu'aucun obstacle ne se dresse entre eux.

Il l'embrassa sur le front. Prise alors d'une pulsion incontrôlable, elle plaqua un baiser sonore sur ses lèvres. Ce n'était pas un baiser ardent ou langoureux et, pourtant, il contenait la même émotion, la même passion que leur baiser le plus enfiévré.

Elle avait envie de lui caresser les lèvres du bout des doigts, mais résista à la tentation. Un tel geste aurait été beaucoup trop révélateur et terriblement cliché, même si elle rêvait de retenir la sensation entre ses doigts.

Elle s'éclaircit la gorge et mit les mains dans ses poches pour résister au besoin de le toucher.

— Je ferais mieux d'y aller.

— D'accord, répondit-il, même s'il semblait penser le contraire.

Il contourna le 4x4 et lui ouvrit la portière.

— Tu es sûr que ça ne te dérange pas que j'utilise ta voiture ? demanda-t-elle, en s'installant au volant. J'essaie d'économiser autant que possible pour en racheter une, mais je peux recommencer à prendre le bus n'importe quand.

— Liv…

Il lui lança le même regard que celui qu'elle avait si souvent vu à sa sœur. Un regard qui disait : « Ne commence pas. »

— J'ai compris, répondit-elle en riant. Mais préviens-moi si tu changes d'avis.

— Sers-t'en aussi longtemps que tu en auras besoin.

Il ne voulait sans doute pas dire qu'elle pouvait s'en

servir pour toujours, sauf qu'à en juger par l'état de ses finances ça risquait bien de finir ainsi.

— Je t'enverrai toutes les infos concernant le match. Tu penses toujours venir au centre la semaine prochaine ?

— Oui.

— Parfait. On en reparlera à ce moment-là. Passe un bon week-end !

— Toi aussi. Je te croiserai sûrement à l'hôpital ou ailleurs.

Enfin… Maintenant qu'il n'y avait plus que Tyler à l'hôpital, leurs rencontres se feraient de moins en moins fréquentes.

— Sûrement.

Elle ferma la portière et lui fit un petit signe avant de se mettre en route. Elle arrivait à peine à le distinguer dans le rétroviseur, mais sa silhouette réussit à lui faire regretter de ne pas être plus faible.

Les larmes se mirent à couler sur ses joues. Elle avait beau vouloir se comporter en adulte forte et impassible, son corps la trahissait. Au moins, elle avait réussi à ne pas pleurer devant lui !

Arrivée sur le parking de son immeuble, elle resta dans la voiture une éternité. Aucune des fenêtres de son appartement n'était éclairée, et elle n'avait aucune envie de rentrer. Elle ne l'avait jamais considéré comme un foyer. Elle ne s'y était jamais sentie comme elle s'était sentie chez Noah.

Heureusement, elle devait retrouver une de ses cousines à minuit pour faire les boutiques, à l'occasion du Black Friday. Elle allait faire une petite sieste, puis elle se préparerait. Peut-être que cette sortie l'occuperait suffisamment pour l'empêcher de penser à quel point Noah lui manquait.

Chapitre 29

— Tu as vu la passe que Hauke a faite ?

— Laquelle, Jimmy ? Il en a fait un paquet.

Il avait beau n'avoir que dix ans, Jimmy était audacieux et il ne se laissa pas impressionner par le ton supérieur de l'adolescent avec lequel il discutait.

— Tu sais, celle où il a lancé le palet à Walters… Et puis, il l'a récupéré et, après, il est passé derrière la cage et il a marqué.

Exténués, la plupart des enfants dormaient ou discutaient à voix basse, mais Jimmy, lui, sautillait sur son siège.

— J'étais là, lui répondit gentiment Anton. Bien sûr que je l'ai vue.

— Et tu as vu quand…

— J'ai tout vu, l'interrompit Anton.

Il appuya sur la visière de la nouvelle casquette de Jimmy aux couleurs des Glaciers pour lui couvrir les yeux.

— Et maintenant, tais-toi et laisse-nous faire la sieste.

— Pfff. C'est nul !

Jimmy remit sa casquette en place et soupira bruyamment. Il se rassit correctement sur son siège et croisa les bras, l'air boudeur.

— T'es vraiment pas drôle !

Son ami, qui semblait le suivre partout comme son ombre, lui donna un petit coup d'épaule.

— Moi, j'ai adoré quand Grenick s'est battu.

Il n'en fallut pas plus à Jimmy pour repartir de plus belle. Noah pouffa discrètement et se laissa aller contre le dossier de son siège pour profiter d'un moment de calme relatif. Il avait couru dans tous les sens depuis qu'il était arrivé au centre, dans l'après-midi. Il avait suivi à la lettre les instructions de Liv pour s'assurer qu'aucun des enfants ne disparaisse ou ne se perde, ce qui n'avait pas été de tout repos. Heureusement, tout s'était bien passé, dans un joyeux chaos organisé, et les enfants avaient été exemplaires.

Ses yeux se posèrent sur Liv qui remontait le couloir du bus, vêtue d'un maillot des Glaciers recouvert d'autographes. Elle s'arrêta à plusieurs reprises pour discuter ou admirer une casquette dédicacée, consacrant toute son attention à chacun des enfants qui la réclamait. Enfin, elle finit par se laisser tomber sur le siège à côté du sien avec un profond soupir.

— Quelle journée ! dit-il à voix basse.

L'odeur de Liv l'enveloppa, et une pointe de désir et de nostalgie le transperça aussitôt.

— Je ne te le fais pas dire, mais c'était vraiment génial pour les enfants. Je ne sais pas si une telle opportunité se représentera pour la majorité d'entre eux. De manière générale, je ne connais pas beaucoup d'enfants qui ont la chance d'entrer dans les vestiaires et de rencontrer les joueurs avant le match.

— C'était vraiment gentil de la part des Glaciers d'avoir accepté.

— Oui, approuva-t-elle, avant d'étouffer un bâillement. Il ne nous reste plus qu'à les ramener avant qu'ils ne s'endorment tous.

— Et que tu ne t'endormes aussi, plaisanta Noah.

— C'est vrai, admit-elle en riant.

— Je raccompagnerai chez eux les enfants dont les parents n'ont pas pu venir les chercher. Comme ça, ils n'auront pas à rentrer seuls dans le noir.

Elle avait l'air totalement épuisé. La fatigue lui creusait des cernes, et il sentit son cœur se serrer, étreint par une envie irrésistible de la soutenir comme elle le faisait pour tous ceux qui l'entouraient.

— Dis-moi ce que je peux faire pour toi et je le ferai.

Elle ne répondit pas. Simplement, elle tendit la main à l'aveuglette et attrapa la sienne. Sa chaleur se répandit dans sa paume et lui rappela immédiatement tout ce qui se trouvait à portée de sa main. Mais pour combien de temps encore ? Il avait du mal à croire qu'elle était encore là. Pourquoi restait-elle ? Toutes ces questions tournaient en boucle dans son esprit et le poussaient à continuer de consulter Cass Coleman. Il voulait se reconstruire pour elle, pour être à la hauteur de ses attentes, avant de lui demander de revenir dans sa vie. Si toutefois elle le souhaitait toujours.

Heureusement que les lumières du bus étaient tamisées et que Liv avait les yeux fermés, car son visage trahissait sans doute ses émotions à cet instant. Les petits contacts comme celui-ci, ou les câlins qu'elle lui faisait encore de temps à autre étaient autant d'encouragements qui l'incitaient à poursuivre son objectif. Des gestes qui étaient délice et torture à la fois, qui lui donnaient parfois envie de tout envoyer balader. De lui dire que tout allait bien et qu'il était prêt à construire quelque chose avec elle.

Mais elle méritait mieux qu'un mensonge et il ne voulait pas se mentir à lui-même.

— Arrête de douter de moi, dit-elle soudain.

Il fronça les sourcils en une question silencieuse, même si elle ne pouvait pas le voir. Puis il secoua la tête et posa un baiser sur sa tempe.

— Tu lis dans les pensées, maintenant ?

— Ça fait partie de mon travail. Je ne te l'ai jamais dit ?

— J'aurais dû m'en douter.

— Mademoiselle Liv !

Le cri, en provenance de l'avant du bus, la fit se redresser d'un bond et, une seconde plus tard, le bruit caractéristique de quelqu'un en train de vomir leur parvint. Les enfants se mirent à crier et à se précipiter vers le fond du car. Noah eut à peine le temps de se lever que Liv remontait déjà le couloir à toute allure, tout en donnant des instructions aux autres accompagnateurs.

En un éclair, Joan lui lança le sac à dos qui ne l'avait pas quittée de la journée et qui contenait des serviettes en papier, une paire de gants de ménage et un sac en plastique.

— Beurk !

— C'est dégoûtant !

Les enfants en exode étaient entassés à l'arrière avec Noah. Il eut un haut-le-cœur quand l'odeur nauséabonde arriva jusqu'à eux et ouvrit rapidement une fenêtre pour faire entrer un peu d'air frais. Il était sur le point d'en ouvrir une seconde, quand un autre enfant se mit à vomir.

De nouveaux cris retentirent, ainsi que des jurons qu'il n'eut pas la force de réprimander, sans doute parce qu'il pensait exactement la même chose.

— Noah ?

La voix de Liv lui fit tourner la tête.

— Attrape !

Il faillit recevoir en pleine figure le sac qu'elle lui lançait et parvint à le rattraper de justesse.

— Il y a des serviettes, un sac plastique et des lingettes, là-dedans.

L'espace d'une seconde, il se demanda si l'odeur du vomi était pire que celle du sang, puis ce fut comme s'il passait en pilotage automatique. Il lui fallait s'occuper du petit garçon en pleurs au fond du bus. C'était l'ami de Jimmy et ce dernier était resté près de lui, à l'inverse du reste du groupe, à présent amassé au centre du bus.

— Jimmy, tu peux me laisser passer ? demanda-t-il, en enfilant les gants qu'il avait trouvés dans le sac.

Heureusement que Liv avait pensé à tout !

— Je ne le laisse pas tout seul, déclara Jimmy avec une méfiance qui n'avait pas sa place dans les yeux d'un enfant de son âge.

A en juger par son air de défi, il était bien décidé à ne pas bouger, et Noah n'eut pas le courage de lutter.

— D'accord. Tiens, dit-il, en lui tendant les lingettes.

Jimmy s'en empara et commença à nettoyer. Noah prit le parti de rester un peu en retrait et de lui passer tout ce dont il avait besoin au fur et à mesure.

La manière dont Jimmy s'occupait de son ami montrait bien que ce n'était pas la première fois qu'il faisait ça. Il lui essuya avec soin le visage et les mains, puis répéta l'opération. De temps à autre, Noah entendait les mots de réconfort qu'il glissait à Danny, lequel sanglotait sans faire de bruit.

Noah était en train de laver le sol du bus du mieux qu'il pouvait quand Liv les rejoignit.

— Ça va, Danny ?

— Il va bien, répondit immédiatement Jimmy. On va tout nettoyer. Désolé.

La pointe de désespoir dans sa voix envoya un nouveau signal d'alerte à Noah. Il s'écarta pour laisser passer Liv, qui s'assit à côté du petit garçon qui la regardait d'un air inquiet.

— Tout va bien, Jimmy, lui dit-elle. Personne ne va se faire gronder. Pas ici. Tu le sais.

Elle caressa la main de Danny, indifférente aux taches de vomi qui maculaient ses vêtements.

— Ne t'en fais pas, Danny, ce sont des choses qui arrivent. Personne ne va se fâcher, d'accord ?

Quand l'enfant se jeta dans les bras de Liv, Noah sentit un nœud se former dans sa gorge. La douceur avec laquelle elle les rassurait était si touchante… Elle donnait énormément d'amour aux personnes qui l'entouraient sans que ses actes ne soient jamais feints ou superficiels. Il n'avait jamais rencontré quelqu'un d'aussi sincèrement et profondément dévoué. Elle n'avait pas seulement changé sa vie : elle changeait celle de tous les gens en contact avec elle.

Cela ne fit que renforcer sa conviction qu'il devait complètement se libérer de son passé avant d'avancer avec elle. Elle méritait un homme capable de donner autant qu'elle. Il approchait doucement du but, et il espérait qu'elle serait encore là quand il l'aurait atteint.

Liv sortit les vêtements du sèche-linge et les sépara en quatre piles : une pour chacun des enfants qui s'était retrouvé couvert de vomi, et une pour elle. Le silence régnait dans la laverie, et elle prit plus de temps que nécessaire pour tout plier, afin de profiter un peu du calme ambiant. La journée avait été un succès et les enfants s'en souviendraient pendant longtemps. Elle aussi d'ailleurs, mais pour des raisons différentes.

Elle se saisit des affaires des enfants, s'imprégnant de la chaleur qui s'en dégageait, ainsi que de l'odeur de l'adoucissant. Après ce court répit, il était temps pour elle de retourner à son rôle.

— Ce n'est pas comme ça qu'on fait, monsieur Bakker, expliquait Jimmy à Noah quand elle revint dans la salle d'activités. Vous tirez une carte dans cette pile, puis vous avancez votre pion.

Elle s'appuya contre l'encadrement de la porte et sourit, le cœur gonflé par une bouffée de tendresse. En plus d'être d'une grande aide, Noah s'était montré formidable avec les enfants pendant toute la journée.

Il avait été exactement comme elle l'avait imaginé : patient, strict quand il le fallait, ravi de participer aux analyses d'après-match… Son calme avait contrebalancé la surexcitation des enfants, et être avec lui dans cet environnement lui avait montré ce à quoi ressemblerait une vie à ses côtés.

— Tu es en vraiment sûr ? demanda Noah, en se grattant la tête.

Jimmy hocha la tête, et Danny pinça les lèvres, dans un effort visible pour ne pas rire. Mackenzie, le premier enfant malade, était enroulé dans une couverture et observait la scène avec un petit sourire amusé.

— C'est bizarre, j'ai comme l'impression que je suis en train de me faire arnaquer.

— Par moi ? demanda Jimmy, en se pointant du doigt. Jamais !

Danny ne parvint pas à se contenir plus longtemps et éclata d'un rire sonore, bientôt imité par Noah.

Une fois de plus, Liv fut frappée par le changement qui s'opérait en lui. Il semblait sur la bonne voie, mais pourrait-elle patienter indéfiniment ? Leurs vies continuaient, prenant des chemins séparés qui ne se croisaient plus qu'occasionnellement. N'était-ce pas stupide de lui avoir dit qu'elle l'attendrait alors qu'elle n'avait aucune garantie qu'il lui reviendrait un jour ?

— J'ai des vêtements propres pour ceux que ça intéresse, se décida-t-elle enfin à annoncer. Allez vous changer et je vous ramène chez vous.

Les trois enfants portaient des tenues de rechange qu'elle gardait au centre en cas d'accidents comme celui-ci. Ils quittèrent la pièce pour aller s'habiller, et Noah entreprit de ranger le jeu de société auquel il avait joué avec eux.

— Merci d'être resté, lui dit Liv.

— De rien, répondit-il avec un sourire.

— Les autres enfants sont bien rentrés ?

Il avait raccompagné trois des plus âgés. Leurs parents n'étaient pas venus les chercher, et Liv les soupçonnait même de ne pas être à la maison.

— Oui. J'ai attendu que chacun soit à l'intérieur et allume la lumière avant de repartir.

— Merci beaucoup, c'est gentil.

Elle plaça le couvercle sur la boîte du jeu et la rangea sur une étagère.

— Tu peux partir si tu veux. Je vais fermer et raccompagner ces trois-là.

— Hors de question ! Je t'attends et je vous suis en voiture. Ça ne me plaît pas que tu te promènes seule dans ce quartier.

— C'est bon, je peux me débrouiller, lui assura-t-elle, agacée. J'ai appelé les parents de Mackenzie et Danny pour les prévenir, et Jimmy dort chez Danny. Ça devrait aller.

— Ça devrait aller ? répéta Noah en se rapprochant d'elle. Maintenant, tu peux être sûre que je vais te suivre !

En temps habituel, elle aurait protesté vigoureusement mais, ce soir, elle était trop fatiguée pour se battre.

— Si tu insistes… Je vais chercher mes affaires.

Elle allait quitter la pièce, mais il la retint, posant la main sur sa joue, puis il l'embrassa, la prenant totalement par surprise. Un baiser délicat et rempli de tendresse. Elle s'agrippa à ses épaules, submergée par le désir, et elle le laissa prendre ce qu'il voulait. Il n'alla cependant pas plus loin que des caresses délicates sur ses lèvres et le bout de sa langue, ce qu'elle trouva mille fois plus poignant et émouvant qu'une étreinte ardente.

— Mademoiselle Liv, je… Ah, beurk !

Liv recula brusquement et pivota sur elle-même, une main plaquée sur la bouche. Elle ne savait pas ce qui la contrariait le plus : son manque de professionnalisme ou le fait de ne plus être contre Noah. Jimmy resta un instant interdit, puis il fit volte-face et retourna dans le couloir en courant.

— Je te déconseille de rentrer là-dedans ! s'exclama-t-il.

— Pourquoi ? demanda la voix de Danny.

— Ils sont en train de s'embrasser !

— Beuuurk !

Noah pouffa.

— Il semble que, pour eux, s'embrasser soit plus dégoûtant que vomir, commenta Liv, pour cacher son malaise.

— On dirait bien.

— Je tiens à préciser que je ne suis pas de cet avis.

Il lui fit relever la tête et déposa un dernier et chaste baiser sur sa bouche.

— Moi non plus.

Elle arriva devant chez elle, une heure plus tard, totalement épuisée. Il était vraiment tentant de faire demi-tour et d'aller chez Noah, mais elle résista. Elle mit le levier de vitesse au point mort et retira la clé du contact.

Noah reviendrait vers elle quand il serait prêt. Et, si ce moment n'arrivait jamais, elle serait dévastée, mais elle ferait face. Elle n'aurait alors d'autre choix que de partir pour de bon, et elle savait déjà que ça lui ferait plus mal encore que la première fois.

Chapitre 30

Liv se redressa et poussa un grognement en reconnaissant la mélodie de *Douce Nuit*, qui retentissait quelque part dans la maison. Elle pressa ses mains sur son front, jusqu'à ce que les battements, dans ses tempes, s'atténuent un peu. Elle se risqua alors à entrouvrir les yeux et maudit la lumière qui entrait dans la pièce. Naturellement, son père déjà avait ouvert les volets et les rideaux. C'était sa façon de lui faire remarquer qu'elle s'éternisait au lit.

La fête qu'il donnait chaque année à la veille de Noël était légendaire, et ne s'essoufflait pas en dépit des années. Les amis, la famille et les connaissances, tout le monde était invité et elle-même était bien obligée d'être présente. En revanche, personne ne l'avait obligée à boire autant ! C'était à elle et à elle seule qu'elle devait sa gueule de bois monumentale.

Elle grogna de nouveau et déglutit péniblement. Sa langue était lourde et le goût acide de sa salive faillit la faire se précipiter aux toilettes. *Plus jamais !* Tous les ans, elle se faisait la même promesse au matin de Noël, qu'elle oubliait au réveillon suivant.

J'ai bien le droit de me laisser aller une fois par an, non ? Visiblement, son père n'était pas de cet avis.

Elle consulta son portable. L'heure affichée sur l'écran lui confirma qu'il était grand temps de se lever. Elle avait un repas à préparer — même si l'idée d'avoir à cuisiner lui retournait l'estomac — et un tas de personnes à qui elle devait rendre visite. Elle tituba jusqu'à la salle de bains, s'aspergea le visage d'eau froide, et utilisa son index pour se brosser sommairement les dents.

Puis elle prit deux cachets d'aspirine en se félicitant de toujours en avoir sur elle.

Les dernières semaines s'étaient écoulées dans un tourbillon. Elle avait eu tellement de choses à faire : acheter les cadeaux de Noël, décorer le centre, préparer des gâteaux, envoyer les cartes, assister aux spectacles de fin d'année des enfants du centre… Elle n'avait pas arrêté ! Elle avait également rédigé des cartes de remerciement pour l'équipe des Glaciers et les leur avait envoyées avant de commencer son shopping de Noël. Sally avait mis en place un atelier de poterie après avoir reçu de l'argile en cadeau de la part d'un magasin de poterie locale. Joan s'était chargée des ateliers dessin et peinture. Elle-même avait eu la grande idée (quoique… ça restait à prouver) d'apprendre à tout le monde à tricoter. Tout le groupe avait fini par créer des écharpes à la chaîne, des cadeaux certes pas très originaux mais qui, au moins, étaient adaptés à la météo.

Avec le froid polaire et la neige qui avait commencé à tomber plus tôt et plus abondamment que d'habitude, elle avait l'impression de fêter Noël depuis des semaines.

Soudain, une grande lassitude l'envahit. Elle avait tout accompli avec le sourire aux lèvres et, pourtant, elle n'avait qu'une hâte : que décembre s'achève.

Elle décida de prendre un café en chemin au lieu de petit-déjeuner sur place.

Elle était en train de mettre son manteau quand son père entra dans le salon.

— Joyeux Noël, ma cocotte, lui dit-il, en la serrant dans ses bras.

Elle lui répondit par un sourire forcé, mais il ne sembla pas le remarquer. Il n'y avait bien qu'avec lui qu'elle tolérait ce surnom.

— Joyeux Noël à toi aussi, papa.

— Tu t'en vas déjà ?

Il la lâcha et remonta l'élastique de son jogging autour de son ventre rebondi. Elle aurait pu parier qu'il ne s'en était jamais servi pour faire du sport.

— Oui, j'ai plein de choses à faire aujourd'hui.

Elle rassembla ses affaires et l'embrassa sur la joue.

— La fête était vraiment très réussie. Est-ce que Tante Jeanne vient t'aider à nettoyer tout à l'heure ?

Dans le cas contraire, il lui faudrait revenir le lendemain pour s'en occuper. La maison finirait sinon enterrée sous les déchets avant que son père ne lève le petit doigt pour faire un semblant de ménage.

— Elle a dit qu'elle viendrait.

— Et les autres, ils sont déjà partis ?

— Deux de tes cousins sont encore dans les chambres d'amis.

— Il y a de quoi petit déjeuner dans le frigo et j'ai mis un post-it sur chaque plat qui explique comment les réchauffer.

Bien que vivant seul depuis vingt ans, son père était toujours incapable de se faire à manger.

— Merci. Tu t'occupes vraiment bien de moi, dit-il

avec un clin d'œil assorti d'un sourire, ce qui était la signature des Delcour.

— Il faut bien que quelqu'un te surveille !

Et, clairement, ce n'était pas Vanessa, même si elle payait la femme de ménage.

Les blagues qu'ils échangeaient la faisaient toujours rire d'habitude, mais elles étaient loin de l'amuser ce matin-là. Avoir l'impression d'être responsable de tout et de tout le monde, son père y compris, l'agaçait soudain prodigieusement. La conséquence sans doute de son mal de tête et d'estomac.

Elle se sépara de son père avant de dire quelque chose qu'elle aurait pu regretter, attrapa ses sacs et quitta la maison. Le froid glacial la saisit aussitôt, lui brûlant le nez quand elle prit une grande inspiration. L'avantage, c'était que son esprit s'éclaircissait à mesure qu'elle remontait le chemin enneigé qui menait à sa voiture. Elle avait arrêté d'y songer comme étant le 4x4 de Noah. Ce n'était peut-être pas une bonne chose, mais elle s'était habituée au luxe. Pourtant, elle devrait bien le lui rendre… un jour ou l'autre.

Traverser la ville prenait normalement quarante minutes, mais les routes désertes en ce matin de Noël lui permirent d'effectuer le trajet en vingt minutes à peine. Elle se mit à imaginer des scènes de familles rassemblées autour d'un sapin. C'était une chose qui lui manquait toujours en cette période mais, cette année, le fait de ne pas être avec Noah rendait les choses encore plus difficiles.

Leur relation s'était stabilisée et ressemblait désormais à une amitié complice. Ils avaient dîné ensemble plusieurs fois, et chaque soirée s'était terminée avec des baisers ardents, sans toutefois qu'ils aillent plus loin. Noah s'était davantage confié sur son passé, ce qui avait beaucoup touché Liv, mais elle se demandait s'il parviendrait un jour à évoquer l'avenir. Surtout, un avenir avec elle.

Il ne lui avait rien promis. Ce n'était pas sa faute si elle attendait de lui plus qu'il ne pouvait lui donner. Elle devait apprendre à gérer sa frustration toute seule.

Une fois revenue chez elle, elle décida de laisser ses pensées sombres de côté et passa la matinée à cuisiner. Tout le groupe se retrouvait à l'hôpital à 15 heures pour un repas de Noël dans la chambre de Tyler. Il lui restait encore à préparer les desserts, à emballer quelques cadeaux et à tenir jusqu'à la fin de la journée avant de pouvoir s'écrouler.

En ce jour de Noël, Noah trouvait sa maison encore plus vide que d'habitude. Peut-être était-ce parce qu'il n'avait pas coutume d'être chez lui dans la journée ou que la moitié de ses affaires avait pris la direction du garde-meubles la semaine précédente. Dans tous les cas, l'endroit respirait la solitude, un sentiment dont il avait hâte de se défaire.

Il s'arrêta à la porte du salon. A une époque, un grand sapin de Noel trônait dans un coin de la pièce, en décembre. C'était avant qu'il ne cesse de fêter Noël. Avant qu'il ne cesse de vivre.

Avec l'aide de Coleman, il avait fini par se souvenir de ce qu'il espérait trouver avec Beth : un amour durable, qui les aurait accompagnés dans les bons comme dans les mauvais moments. Un amour comme ceux qui existaient dans les familles soudées, un amour qui résistait aux changements et évoluait à chaque épreuve traversée.

Il faisait partie d'une famille soudée, celle du Red Room. Il en était membre à part entière et en tirait une grande fierté, mais ça n'était pas suffisant. Il voulait aussi être avec Liv.

Cass Coleman avait tenu ses promesses : il l'avait aidé à trouver lui-même les clés de sa guérison. Leurs séances bihebdomadaires avaient été épuisantes, aussi bien sur le plan moral que physique, mais il avait insisté pour ne pas les espacer. Certains jours, pourtant, il avait bien failli abandonner. Se replonger dans le passé suscitait en lui une angoisse telle qu'il l'avait longtemps crue insurmontable. Petit à petit, au fil des séances, il avait réussi à affronter ces retours en arrière et il en était ressorti plus fort et, surtout, libre.

Il sortit de la poche de sa veste une petite boîte recouverte d'un papier rouge et argenté. Est-ce que Liv comprendrait la signification de son cadeau ? Comme chaque fois qu'il s'interrogeait sur sa réaction, son cœur se mit à battre plus fort. Il avait l'estomac tellement noué qu'il n'en avait pas mangé de la journée.

Il remit la boîte dans sa poche et enfila son manteau, puis s'empara des sacs remplis de paquets qui attendaient près de la porte. C'était son assistante qui avait commandé les cadeaux, mais il avait passé la soirée de la veille à les emballer lui-même. C'était étrange de fêter Noël après avoir arrêté pendant si longtemps… Aussi étrange que recommencer à jardiner ou à rire.

Et Liv le faisait rire. Elle lui avait aussi fait prendre conscience qu'il tenait profondément à ses amis et qu'il avait encore de l'amour à donner, même s'il avait tenté de se convaincre du contraire. La vie avait continué et l'amour avait survécu, envers et contre lui.

Il ferma la porte à clé derrière lui, aspira une grande bouffée d'air et se dirigea vers ce futur auquel il refusait de s'ouvrir depuis trop longtemps.

Chapitre 31

Le personnel de l'hôpital avait vraiment fait de son mieux pour insuffler un peu de l'esprit de Noël dans le service. Des sapins décorés ornaient le hall, la réception était garnie de guirlandes, des boules et des nœuds rouges suspendus un peu partout. Malgré tout, ces efforts ne parvenaient pas à faire oublier que tous les patients auraient préféré passer cette journée chez eux.

Noah s'arrêta un instant au bureau des infirmières pour donner des cartes de remerciements et de généreux chèques-cadeaux aux cinq soignantes qui s'étaient occupées de Kendra, Tyler et Jake. Il fut heureux de constater que le panier gourmand qu'il avait demandé à son assistante de leur faire livrer la veille était ouvert dans un coin, débordant de nourriture.

Il avait offert une semaine de vacances à Hawaï à Karen et à son mari, et lui avait octroyé une prime exceptionnelle qui l'avait laissée bouche bée. Elle l'avait plus que mérité. Il avait officiellement fermé le cabinet pour les fêtes et accordé une semaine de congés payés à tous les employés. Les vacances étaient une autre de ces choses dont il avait oublié la signification et qu'il voulait redécouvrir.

Les infirmières l'accueillirent avec des sourires chaleureux et une multitude de mercis quand elles ouvrirent leurs cartes. Il dut slalomer entre les paniers-cadeaux qui jonchaient le sol autour du bureau. Apparemment, beaucoup de gens avaient tenu à leur montrer à quel point ils appréciaient leur travail, souvent ingrat.

Ce fut la musique qui lui parvint en premier. Les notes de *Jingle Bell Rock* étaient perceptibles au milieu des conversations, et des rires qui s'échappaient de la chambre de Tyler. D'autres chambres semblaient également accueillir des réunions de famille, tandis que certaines étaient silencieuses, à l'exception du ronronnement de la télévision.

Noah resta un moment à la porte et se laissa imprégner de tout ce qu'il voyait et percevait dans la pièce : la joie, l'amour… Tyler portait un chapeau de Père Noël et se moquait de Seth et de son bonnet de lutin. Allie, le bras en écharpe mais débarrassée de son plâtre, était assise entre eux sur le lit. Elle riait de la mine dépitée de Seth, et son rire faisait tintinnabuler la clochette au bout de son bonnet.

Deklan et Kendra se tenaient près de la fenêtre en compagnie de Marcus et de Quinn, qui étaient venus avec leur fils. Les deux femmes s'extasiaient sur le bébé, et les deux hommes observaient la scène avec attendrissement.

Jake se tenait dans un coin, appuyé sur ses béquilles. Cali était près de lui et parlait à Carter de sa future exposition en faisant de grands gestes. Rock caressait avec douceur le dos de Carter, et le cœur de Noah se serra à la vue de ce geste intime et tendre. Cela faisait bien trop longtemps qu'il n'avait pas touché les fossettes secrètes de Liv.

La nourriture était disposée à la manière d'un buffet

sur plusieurs tables de chevet alignées le long du mur. Penchée sur les tables, Liv était occupée à tout arranger joliment, vérifiant les couverts et les assiettes, déplaçant les verres… Un pull rouge, dont le col en V dévoilait la naissance de ses seins, épousait ses jolies formes. C'était la première fois qu'il la voyait vêtue d'un haut aussi sexy, et il sentit sa bouche se dessécher.

Elle portait une longue jupe noire et des bottes à talons, une tenue simple mais qui lui allait à la perfection. Il sentit alors un besoin irrépressible de montrer au monde entier qu'elle était à lui, le même besoin que celui qu'il avait éprouvé au club, des semaines auparavant.

— Qu'est-ce que tu regardes ?

La question de Holden le fit sursauter. Vanessa lui sourit, désignant la pièce.

— Charmant spectacle, n'est-ce pas ?

— Je trouve aussi.

— Il était temps que vous arriviez !

C'était Liv, qui les rejoignit et les serra dans ses bras.

— Joyeux Noël !

Le rituel des étreintes et des embrassades se répéta avec toutes les personnes présentes, puis Noah alla déposer ses paquets sous le faux sapin qu'on avait placé sur une autre table, près du placard. La pile de cadeaux était impressionnante et témoignait du lien fort qui les unissait tous.

Ils avaient toujours été proches, mais l'accident et la tempête médiatique qui s'en était suivie avaient renforcé leurs relations. Ils avaient eu de la chance… Les choses ne se passaient pas toujours comme ça. Des fossés se creusaient parfois entre les gens dans des situations similaires. Dans leur cas, ce qui aurait pu les tuer les avait rendus plus forts.

— Le dîner est prêt ! annonça Liv. Je pense qu'on en a assez pour tout le service !

Des rires fusèrent, et plusieurs personnes la remercièrent. Noah resta dans son coin sans esquisser le moindre mouvement. Il n'avait absolument pas faim.

— Qu'est-ce qui t'arrive ?

Vanessa s'était glissée à côté de lui sans qu'il la voie. Il sentit un nœud d'appréhension se former dans sa poitrine.

— Rien, pourquoi ?

Vanessa le scruta un moment, entre ses yeux plissés.

— Pour rien… J'ai l'impression que quelque chose te perturbe, c'est tout. Est-ce que la presse a recommencé à faire des siennes ? Non, reprit-elle sans attendre sa réponse. J'en aurais entendu parler. Alors de quoi s'agit-il ?

Il sourit, touché par sa sollicitude.

— Je vais bien, V, je t'assure. Mais merci de t'en inquiéter.

— Tu en es sûr ?

— Certain !

Son regard se posa sur Liv. Elle avait rejoint Kendra et était en train de jouer avec Blake. Les rayons du soleil qui entraient dans la pièce donnaient des reflets blonds à ses cheveux châtains. Si elle avait été vêtue de blanc, elle aurait vraiment eu l'air d'un ange.

— On dirait que quelqu'un est tombé sous le charme, dit Vanessa à mi-voix.

— Complètement, avoua-t-il.

— Tant mieux.

— J'espère que tu as raison, répondit-il avec un petit rire.

— Moi aussi, souffla-t-elle, en regardant sa sœur.

Il y avait presque une note d'espoir dans sa voix, et il la dévisagea, surpris.

— C'est quoi, l'embrouille ?

— Quelle embrouille ? Il n'y en a aucune. Traite-la correctement, et tout ira bien entre nous.

Il surprit Liv qui les observait, manifestement mal à l'aise.

— C'est bien ce que je compte faire, répondit-il, sans quitter Liv des yeux.

Deklan les rejoignit, et Vanessa les laissa en tête à tête.

— Comment va Kendra ? s'enquit-il, sans laisser à son ami le temps de le cuisiner.

— Bien. Très bien même.

Le soulagement, sur le visage de Deklan, lui fit l'effet d'une bouffée d'air frais. L'homme hagard qui avait refusé de quitter le chevet de sa partenaire pendant des jours et des jours avait disparu. Néanmoins, il n'avait plus tout à fait devant lui le Deklan d'avant. Ce dernier était plus mince et quelques cheveux gris parsemaient ses tempes mais, dans le même temps, il semblait plus fort.

— Elle a encore beaucoup de chemin à faire et elle continue à avoir des migraines, mais comparé à ce qui aurait pu…

Trop ému, Deklan ne finit pas sa phrase. Ils se tournèrent tous les deux vers Kendra. Elle avait les cheveux courts à présent, et sa nouvelle coupe pleine d'allure mettait en valeur sa silhouette athlétique. Une ligne rose courait le long de sa tempe. Visible depuis là où ils se trouvaient, elle leur rappelait à tous à quel point elle avait frôlé la mort. Elle releva la tête et leur sourit quand elle vit qu'ils la couvaient du regard.

— Comment prend-elle le fait d'avoir perdu son travail ?

— A vrai dire, pas très bien, répondit Deklan d'une voix plus dure. La raison médicale donnée par le rectorat est valable : on n'a aucune idée du temps que va prendre sa rééducation. C'est davantage l'accusation implicite qui accompagnait son renvoi qui me fout en boule.

— C'est à cause de ce qu'ont dit les médias ?

— Oui. Comme pour Allie.

Toutes deux avaient perdu leur emploi à cause de leur lien avec le Red Room. Noah baissa la tête, écrasé par le remords.

— Je suis désolé.

— Ce n'est pas ta faute.

— Je sais… N'empêche… C'est injuste.

— Oui… mais on s'en sortira.

— J'en suis sûr.

Il avait confiance, pour la première fois peut-être depuis des années.

L'après-midi se déroula au milieu des discussions animées et des sourires. Noah n'avait aucun lien de sang avec les personnes présentes dans la chambre, cependant ce qu'il ressentait pour eux était aussi fort que s'ils avaient été de la même famille. Une famille qu'il s'était construite par choix.

— Allez, tout le monde !

La voix de Cali résonna par-dessus le brouhaha des conversations.

— C'est l'heure des cadeaux !

— Est-ce que je vais trouver un fauteuil roulant à réaction sous le sapin ? demanda Tyler, en se faisant presque un torticolis pour regarder sous l'arbre.

— Quel fauteuil roulant ? rétorqua Seth, en lui donnant une petite bourrade. Tu vas ressortir d'ici sur tes deux pieds.

Tyler haussa des sourcils provocateurs, puis un sourire diabolique illumina son visage.

— Oui, maître !

Tout le monde éclata de rire.

L'admiration de Noah pour Tyler grandissait un peu plus chaque jour. Il avait subi trois opérations pour réparer les nombreux dommages au niveau de sa hanche et de sa jambe, et son optimisme était inébranlable. Les broches de sa clavicule lui avaient été retirées la semaine précédente, et le plâtre de son bras avait été remplacé par une attelle qui lui donnait une plus grande liberté de mouvement.

— J'espère avoir la même volonté si quelque chose comme ça m'arrive un jour ! déclara Liv.

Sa voix ne le surprit pas. Il l'avait sentie approcher sans la voir. Pour tout dire, il avait été conscient du moindre de ses mouvements depuis son arrivée et il avait l'impression que tout son corps vibrait quand elle était à côté de lui.

— J'espère que ça n'arrivera jamais.

— Moi aussi.

Sans doute groggy par ses anti-inflammatoires, Tyler avait la tête appuyée contre l'épaule d'Allie à présent, et ses yeux étaient mi-clos.

Noah se pencha vers Liv, et l'odeur subtile de son shampoing l'enveloppa, amenant avec elle un flot de souvenirs et de désir.

— Joyeux Noël, Vivian.

Elle leva la tête et lui sourit. Leurs visages étaient si proches qu'il aurait pu l'embrasser.

— Joyeux Noël, Noah.

Ils furent interrompus par Marcus, qui s'était porté volontaire pour la distribution des cadeaux et tendait à Liv un tas de paquets.

— C'est pour toi.

— Tout ça ? s'écria-t-elle avec un air surpris absolument adorable. Merci. Je ne m'y attendais pas.

— Ne sois pas bête, dit Marcus.

Il s'éloigna sans remarquer le petit soupir de Liv, qui n'échappa cependant pas à Noah.

Le cadeau, dans sa poche, pesait soudain une tonne. Il ne voulait pas le lui donner tout de suite. Il attendait de pouvoir la prendre à part, dans un coin tranquille, afin de le lui offrir en privé.

— Tu fais partie de la famille, à présent, lui dit-il. C'est normal que tu aies des cadeaux, toi aussi.

Elle hocha la tête, mais son absence de vraie réponse le mit mal à l'aise. Est-ce qu'elle en doutait ?

Cali lui apporta ses cadeaux, et le bruit du papier qu'on déchirait envahit bientôt la pièce. Puis ce fut un concert d'exclamations, de remerciements et de plaisanteries, si bien qu'il n'eut pas la possibilité de questionner Liv plus avant ou de se perdre dans ses propres conjectures. Il ne pouvait qu'espérer qu'elle comprendrait qu'elle était partie intégrante du groupe à présent. Et partie intégrante de sa vie.

— C'est magnifique, Liv !

Allie sourit en enroulant l'écharpe angora autour de son cou. La couleur sombre de la laine mettait son teint en valeur, exactement comme Liv l'avait espéré.

— Je n'arrive pas à croire que tu aies fait ça toi-même. C'est superbe !

— Merci. Je suis ravie qu'elle te plaise.

Une bouffée de fierté monta en elle. Elle avait craint que ses cadeaux faits main ne leur plaisent pas.

— Je l'adore.

— Moi aussi, j'adore la mienne, déclara Quinn, en caressant son écharpe bleu royal.

Elle se tenait à l'autre bout de la pièce mais, de là où elle se trouvait, Liv pouvait voir que le bleu s'accordait à merveille à celui des yeux de Quinn. Elle lui sourit, heureuse d'avoir si bien choisi, et parcourut le groupe du regard. Ils étaient tous à moitié ensevelis sous des monceaux de papier, de sacs et de boîtes multicolores.

Chacun à son tour, ils ouvraient leurs cadeaux et les montraient aux autres. Une vision parfaite du bonheur.

Les duos — et le trio — s'étaient rassemblés, partageant ce moment de joie, et Liv se retrouva à côté de Noah sans le vouloir. Tout le monde semblait trouver ça naturel. Au cours des derniers mois, ils avaient fini par constituer un couple aux yeux du groupe. Sauf qu'ils n'en formaient pas vraiment un.

Elle sentit son sourire l'abandonner à cette pensée, mais elle se reprit presque aussitôt. Le fait que Noah ne lui ait rien offert n'aurait pas dû la blesser autant. Elle ne s'était attendue à aucun cadeau de la part de personne. Ce n'était pas ça, l'esprit de Noël : ce qui importait, c'était qu'ils soient ensemble. Voir les autres se réjouir des cadeaux qu'elle leur avait faits aurait dû lui suffire.

Aurait dû…

— C'est splendide, Noah ! s'exclama Cali.

Elle leur montra à tous son cadeau : un châle dont le vert profond s'accordait à son pull, à croire que Noah l'avait fait exprès.

Liv avait senti sa présence à la seconde où il était entré dans la pièce. L'espace restreint rendait impossible d'ignorer où il se trouvait. Elle avait discuté avec tout le monde, plaisanté et écouté les histoires de chacun, en suivant Noah à la trace.

— Merci, Liv.

Les deux mots prononcés à voix basse la forcèrent à tourner la tête vers l'homme qu'elle essayait par-dessus tout d'oublier. Il avait entre les mains un pull bleu marine qui n'allait avec absolument rien de sa garde-robe. Les mots *La vie est belle* étaient brodés sur le devant.

— Elle commence à le devenir, non ? demanda-t-il, en effleurant la maxime du bout des doigts.

Son demi-sourire le rendait plus irrésistible que jamais, et Liv sentit son cœur s'emballer.

— C'est bien de ne pas l'oublier, répondit-elle, espérant qu'il comprendrait ce qu'elle voulait dire.

Il replia le pull soigneusement et le posa à côté de l'écharpe rouge qu'elle lui avait également confectionnée.

— C'est vrai.

Etre assise près de lui et faire comme si tout allait bien, alors que rien n'allait, était plus qu'elle n'en pouvait supporter. Elle n'avait plus de forces, plus de réserves, et elle ne voyait pas comment elle allait tenir toute la soirée. Son supplice s'annonçait interminable.

Elle s'occupa alors en remplissant un sac-poubelle avec tous les emballages. Les cadeaux qu'elle avait reçus étaient déjà rangés dans un sac. Tout le monde s'était montré si généreux pour elle ! Elle avait eu des boucles d'oreilles en or qu'elle pouvait porter au travail, des chèques-cadeaux et même un nouveau smartphone ! Des cadeaux dont la valeur était très supérieure à ses propres présents, et elle en était gênée.

— Tu n'es pas obligée de faire le ménage, Liv, lui glissa Carter.

— Je sais, mais on va finir ensevelis sous le papier, si ça continue.

Il rit et entreprit de l'aider. Très vite, plusieurs sacs furent alignés dans le couloir. La nuit commençait à tomber, et ils allumèrent les lumières de Noël, qui rendirent l'atmosphère plus intime. Certains étaient occupés à admirer leurs cadeaux, tandis que d'autres discutaient tranquillement. Ils étaient répartis en plusieurs petits groupes et, pourtant, ils formaient un tout inséparable.

Son regard se posa sur Noah. Appuyé contre le lit de Tyler, il faisait tinter la clochette du bonnet d'Allie tout en riant de bon cœur. Il semblait d'humeur légère et joyeuse, des qualificatifs qu'elle n'aurait jamais imaginé employer à son propos un mois plus tôt.

Certaines choses la frappaient particulièrement, comme son goût retrouvé pour le jardinage ou le jean et la veste de sport qu'il portait au lieu de son traditionnel costume. D'autres petits détails attiraient aussi son attention : il souriait plus souvent, ses épaules étaient relâchées, et ses cheveux plus longs.

Elle attrapa son sac, articula silencieusement « toilettes » à l'attention de sa sœur, puis se précipita dans le couloir. Son sourire, quand elle passa devant le bureau des infirmières, était si forcé qu'il lui faisait mal.

Elle prit l'ascenseur et descendit au rez-de-chaussée. Un coup d'œil en direction de la sortie lui indiqua que la neige avait commencé à tomber. Un temps parfait pour une soirée de Noël.

Elle croisa les bras pour chasser le frisson soudain qui la secouait, et emprunta un couloir au hasard. Des gens passaient à côté d'elle — des médecins, des infirmières, des visiteurs —, mais elle les remarquait à peine.

Quand elle finit par arrêter de marcher et qu'elle releva la tête, elle fut surprise de constater qu'elle se trouvait dans le hall des urgences. Après tant de semaines passées là, le plan de l'hôpital s'était imprimé dans sa mémoire.

Son regard se posa sur les chaises sur lesquelles Noah et elle avaient attendu des nouvelles de leurs amis. Ce souvenir apporta avec lui une vague de tristesse, de peur et d'inquiétude. Quelle ironie de se trouver là, songea-t-elle en soupirant. Etait-ce son subconscient qui l'avait guidée jusqu'ici ? A l'endroit même où ses sentiments pour Noah avaient vu le jour ?

Sa gorge se serra. Même s'il ne lui en avait pas parlé, elle voyait bien qu'il était en train de laisser progressivement son passé derrière lui. Elle s'en réjouissait sincèrement, mais cette évolution n'avait pas l'air pour autant de le ramener à elle.

Elle secoua la tête, agacée par sa propre bêtise. Quelques discussions légères, quelques baisers et le fait de troquer un pantalon de costume contre un jean ne voulaient pas dire qu'un homme était prêt à entreprendre une relation durable. Elle le savait, elle avait passé les dernières semaines à se le répéter. Mais c'était toujours aussi difficile à accepter.

— L'infirmière a dit qu'elle avait appelé un taxi, maman.

La voix, familière, lui fit brusquement tourner la tête. Mme Johnson, la mère de Jimmy, était assise sur une chaise, et son fils se tenait debout près d'elle, la main posée sur son épaule. Le pantalon de pyjama du petit garçon, orné de crosses et de palets de hockey, était incongru en regard de ses chaussures d'hiver et de son manteau.

— Jimmy ? appela Liv, en s'approchant.

Il se retourna et resta bouche bée en la reconnaissant. Inexpressive, sa mère se redressa et ramena rapidement son bras sous son manteau gris fatigué. Pas assez vite néanmoins pour empêcher Liv de voir qu'il était en écharpe.

— Est-ce que tout va bien ?

Une tension émanait d'eux, si palpable qu'elle n'osa pas franchir les derniers mètres qui les séparaient.

— Il y a un problème, madame Johnson ?

— Tout va bien, répondit Jimmy à sa place.

Il lui sourit de toutes ses dents, mais Liv savait mieux que personne reconnaître un sourire de façade quand elle en voyait un.

— C'était un accident, expliqua-t-il.

L'excuse, qu'elle sentit fausse, lui brisa le cœur.

— Est-ce que je peux faire quelque chose ? Vous ramener chez vous, peut-être ?

— Ça va aller, lui assura Jimmy.

Il agrippa l'épaule de sa mère, qui acquiesça.

— Madame Johnson ? insista Liv.

Cette dernière ne prit même pas la peine d'essayer de sourire. La peur et la résignation que Liv lisait dans ses yeux étaient bien trop familières.

— Je vais bien, je vous remercie.

Les années passées à endurer ce qui se passait chez elle avaient creusé des rides profondes autour de ses yeux et de sa bouche. Ses cheveux courts étaient en désordre et ne parvenaient pas à dissimuler le bleu qui commençait à apparaître sur sa joue et sa mâchoire.

Jimmy vint se placer devant sa mère, le menton levé.

— Notre taxi va bientôt arriver.

D'autres qu'elle auraient cru que la bravade du petit garçon dissimulait un appel à l'aide, mais Liv savait que ce n'était pas le cas. De toute évidence, ce n'était pas la première fois qu'un tel accident se produisait, et Jimmy comptait bien gérer la situation sans l'aide de personne. Ce n'était pas elle qui allait y changer quelque chose, peu importe à quel point elle l'aurait voulu.

Elle hocha la tête, et Jimmy poussa un soupir qu'elle

interpréta comme du soulagement. Il recula et passa d'un air protecteur un bras autour des épaules de sa mère.

Liv plongea la main dans son sac et en sortit une des cartes du foyer pour femmes battues qu'elle avait toujours sur elle. Quand Jimmy voulut s'en emparer, elle recula la main, puis tendit ostensiblement la carte à sa mère, jusqu'à ce qu'elle la prenne.

— Mon numéro est au dos. Vous pouvez m'appeler n'importe quand.

La femme acquiesça et empocha la carte sans la regarder. Il y avait peu de chances que cette carte atteigne leur appartement. Elle finirait plus probablement abandonnée sur la banquette du taxi ou dans une poubelle, pour que le mari ne la trouve pas.

— Vous avez de l'argent pour le taxi ?

Jimmy sortit un billet de vingt dollars de sa poche.

— Est-ce que ça suffira ? Maman a oublié son sac. C'est le docteur qui nous l'a donné.

Ils étaient surtout partis trop vite pour avoir le temps d'emporter quoi que ce soit avec eux, songea Liv. Elle trouva un autre billet de vingt dollars dans son portefeuille et le lui tendit.

— Tiens, c'est plus prudent…

Il s'en empara et le glissa dans sa poche.

Un coup de klaxon leur fit tourner la tête. Un taxi jaune attendait devant l'entrée des urgences.

— Ça doit être pour nous, dit Jimmy, en aidant sa mère à se lever. Merci pour l'argent, mademoiselle Liv. Je vous le rendrai dès que je pourrai.

— C'est inutile. Tu n'as qu'à le considérer comme un cadeau.

Il se décomposa, se rappelant sans doute que c'était le jour de Noël, et Liv se maudit pour sa maladresse.

— Est-ce que tu vas être en sécurité jusqu'à la réouverture du centre, lundi ?

Mme Johnson chancela, et Jimmy passa un bras autour de sa taille pour la soutenir. Sa mère était à peine plus grande que lui, et Liv dut lutter contre une envie féroce de régler son compte à l'homme qui l'avait mise dans cet état.

— Nous allons chez ma sœur demain matin, dit Mme Johnson.

Liv espérait que c'était la vérité.

— Tant mieux. J'espère que vous allez vite vous remettre.

La façon dont la mère de Jimmy boitilla jusqu'au taxi indiquait clairement qu'elle souffrait d'autres blessures que d'une entorse au bras.

Liv serra les poings et cligna des yeux pour chasser ses larmes. Les lois qui obligeaient à signaler une victime de maltraitante ou de violence ne valaient que pour les enfants et jusqu'à maintenant elle n'avait jamais vu de trace d'abus sur Jimmy. Mais Dieu seul savait de quelles violences verbales il devait être victime !

Malheureusement, elle avait aussi appris que signaler systématiquement ce genre de problème n'était pas toujours la meilleure chose à faire. Le plus souvent, ça ne faisait qu'empirer la situation au lieu de l'arranger.

Elle attendit que le taxi s'éloigne et retourna dans l'autre aile. Chaque pas lui donnait l'impression de peser une tonne et la vidait de ses dernières forces. Elle n'avait même plus l'énergie de sourire. Parviendrait-elle à feindre l'enthousiasme, une fois qu'elle serait de nouveau dans une pièce remplie de couples heureux ?

L'air froid la frappa en plein visage à la seconde où elle se retrouva dehors. Elle frissonna violemment mais le choc l'aida à oublier sa mélancolie. Elle se précipita vers sa voiture. A l'exception de son sac à main, toutes ses affaires étaient restées dans la chambre de Tyler, mais il y avait bien quelqu'un qui les prendrait. Au pire, elle les récupérerait lors de sa prochaine visite. Pour le moment, tout ce qu'elle voulait, c'était partir loin d'ici.

Chapitre 32

Noah jeta un coup d'œil dans le couloir pour vérifier une fois de plus si Liv s'y trouvait. Elle avait quitté la chambre depuis plus d'une demi-heure, et il ne l'avait pas vue quand il était descendu dans le hall d'accueil, un peu plus tôt. Il était peut-être ridicule de s'inquiéter de la sorte, mais ça ne lui ressemblait pas de disparaître comme ça.

— Est-ce que tu sais où est Liv ? demanda-t-il à V.

Vanessa regarda l'heure et fronça les sourcils.

— Elle m'a dit qu'elle allait aux toilettes, mais c'était il y a un moment déjà.

Elle sortit son portable de sa poche et envoya à Liv un message. Il en avait fait autant quinze minutes plus tôt, mais n'avait encore obtenu aucune réponse. L'anxiété lui faisait dresser les cheveux sur la nuque, comme chaque fois qu'il avait un mauvais pressentiment.

— Son sac n'est plus là, mais le reste de ses affaires, si, fit remarquer V.

Noah ouvrit la porte du placard, même s'il savait déjà que ce qu'il cherchait s'y trouvait.

— Son manteau est là aussi.

— Ce n'est pas son genre de disparaître sans prévenir, marmonna V.

Ce qui confirmait ce qu'il pensait. Vanessa sortit dans le couloir, son portable collé à l'oreille.

— Liv, c'est moi. Où est-ce que tu es partie ? Je suis inquiète, rappelle-moi.

Il consulta son propre portable au cas où il aurait raté un message, mais il n'y avait rien. Il tenta de se convaincre que rien ne lui était arrivé. Des dizaines de raisons pouvaient expliquer son absence, même si aucune ne lui venait en tête.

Quand elle revint dans la chambre, V avait le front barré d'une ride profonde.

— Est-ce que quelqu'un sait où est partie Liv ?

Noah ne l'avait jamais vue aussi préoccupée. Un concert de « non » transforma son malaise en une inquiétude incontrôlable. Il appela Liv à son tour et jura quand il tomba sur le répondeur.

— Salut, Liv, dit-il, en essayant de dissimuler la frustration dans sa voix. Appelle-moi quand tu auras ce message. Tu as disparu et on est inquiets. *Je* suis inquiet.

Le téléphone de V sonna, mais les espoirs de Noah s'évanouirent dès qu'elle consulta son écran et secoua la tête.

— Allô, maman ? Non, je n'en ai aucune idée.

Holden s'approcha et lui passa le bras autour des épaules. Elle ferma un instant les yeux.

— D'accord, je t'appelle dès que j'ai de ses nouvelles.

Elle coupa la communication et soupira.

— Liv a appelé notre mère pour savoir si quelqu'un était au chalet ce week-end.

— Il se trouve où, ce chalet ?

Noah était déjà en train de réfléchir aux itinéraires possibles en fonction de ce que V lui répondrait.

— Elle a dit qu'elle avait besoin d'être un peu seule.

Cette réponse ne le satisfaisait pas du tout ! Des visions de Beth pendue au bout d'une corde se mélangeaient avec des images de Liv dans la même position. Aucun signe chez elle n'avait laissé supposer qu'elle était suicidaire, mais il était déjà passé à côté de signes.

Il dut faire un effort pour ne pas brusquer Vanessa.

— Noah…

— Quoi ?

V quitta les bras de Holden et vint se planter devant lui.

— Liv n'est pas Beth. Alors, arrête !

— Va te faire foutre !

Il aurait voulu lui parler autrement qu'il n'y serait pas arrivé.

— Tu lui parles autrement, connard ! aboya Holden.

Noah crut qu'il allait se jeter sur lui, mais V leva la main et Holden s'immobilisa aussitôt.

— Liv est complètement à bout. Ces dernières semaines l'ont épuisée. Même moi, je m'en suis rendu compte. Mais ça ne veut en aucun cas dire qu'elle va se suicider.

Il ravala les paroles qu'il tenait toutes prêtes et recula jusqu'à se retrouver le dos au mur. Son angoisse monta en flèche et sa respiration était si saccadée qu'il se pencha en avant, les mains sur les genoux, le temps que son souffle reprenne un rythme normal.

— Peut-être que je peux la rattraper si elle est encore à son appartement, dit-il, en se redressant.

— Tu ne voudrais pas m'écouter, pour une fois ? Laisse-la tranquille pour ce soir, lui conseilla V d'un ton où perçait la compassion.

— Et s'il s'agissait de Holden ? Qu'est-ce que tu ferais ?

Holden secoua la tête, un sourire aux lèvres. Vanessa se tourna vers lui et lui donna une tape sur le bras, mais il sourit de plus belle et elle soupira, les yeux au ciel.

— Je pense qu'elle ne sait pas trop où elle en est et qu'elle est malheureuse. Mais elle ne me parle pas souvent de ses sentiments.

Noah était bien placé pour savoir que Vanessa disait vrai. Pas une seule fois au cours de leurs conversations, Liv ne lui avait dit comment elle se sentait. Elle était maîtresse dans l'art de détourner l'attention d'elle pour se concentrer sur les autres. Et, lui, il avait été si absorbé par ses problèmes qu'il avait fait l'impasse sur les émotions de Liv, même s'il voyait bien à quel point elle semblait fatiguée.

— Pas la peine de t'en vouloir, reprit V. Elle est tellement ouverte aux autres et sociable en apparence que personne ne peut imaginer à quel point elle est renfermée en réalité. C'est son mécanisme de défense, et il semble que ce soit bien plus efficace que les armures qu'on essaie de revêtir, toi et moi.

— Parce que les gens voient rarement la tristesse quand elle se cache derrière un sourire, commenta-t-il.

V répondit par un hochement de tête penaud.

Pourquoi Liv était-elle triste ? A cause de qui ? De quoi ? Il n'en avait pas la moindre idée, et son ignorance le blessait. Il voulait avoir la réponse à ces questions. Il voulait être là pour elle comme elle avait été là pour lui, pour tout le monde.

V tapa quelque chose sur son téléphone, et son propre portable vibra quelques instants plus tard. Elle lui donnait l'adresse d'une ville en bordure de lac, un peu plus au nord.

— Merci.

— Prends du bois et des provisions. Notre mère oublie toujours de couvrir le bois pour la cheminée quand elle ferme le chalet pour l'hiver.

Il imagina une cabane rudimentaire, sans le moindre confort moderne.

— Est-ce qu'il y a l'électricité ?

— Naturellement ! Mais un feu de bois, c'est tellement plus romantique !

Elle assortit sa remarque d'un clin d'œil complice.

Evidemment que c'était plus romantique. Quel crétin il faisait !

— J'en ai à la maison, dit-il.

Rock passa la tête dans le couloir. Lui aussi semblait soucieux.

— Des nouvelles de Liv ? demanda-t-il.

— Elle ne se sentait pas très bien et ne voulait pas nous donner ses microbes, prétexta V.

— Est-ce qu'elle a besoin de quelque chose ? s'enquit Carter, tandis que V, Holden et Noah rentraient dans la chambre.

— Je m'en occupe, répondit aussitôt Noah.

Il se trouva le ton un peu sec, mais ça lui était égal. Il se moquait bien de ce qu'ils pouvaient penser, tous. Carter tenta de retenir un sourire, mais échoua lamentablement.

— Tu vois, Rock ? Je te l'avais dit.

— Tu délires ! C'est moi qui te l'ai dit, protesta Rock.

— Non, c'est moi qui l'ai dit en premier !

— Alors ça, ça m'étonnerait, les interrompit Marcus. C'est moi qui en ai parlé avant tout le monde.

— Vous racontez tous n'importe quoi ! s'écria Seth. Je le savais depuis longtemps.

— Oui, parce que je t'en ai parlé, répondit Deklan, en lui donnant une bourrade.

Holden s'y mit aussi.

— C'est moi qui l'ai deviné avant vous tous !

— Si c'est bien de Noah et Liv dont on parle, c'est tellement énorme que même un aveugle s'en serait rendu compte, trancha Tyler.

— Quoi ? Qu'est-ce que c'est que cette histoire ? voulut savoir Jake. Pourquoi tout le monde a l'air d'être au courant sauf moi ?

Tous éclatèrent de rire, à l'exception de Jake, qui les fusilla du regard.

— Allez tous vous faire foutre !

Noah baissa les yeux. Avec un peu de chance, les autres croiraient que c'était la chaleur dans la pièce qui le rendait aussi rouge. Il ramassa tous ses cadeaux et ouvrit le placard pour prendre son manteau et celui de Liv. Elle en aurait besoin au chalet.

— Prends bien soin d'elle, lui recommanda Allie, une fois le tumulte calmé. Elle s'est tant occupée de nous tous !

— Promis, répondit-il, agacé par le picotement soudain dans les yeux.

— Si elle ne va pas mieux demain, je pourrai lui préparer de la soupe, proposa Cali.

— Je te tiendrai au courant. C'est gentil, en tout cas.

Carter attrapa un Tupperware sur une table, en referma le couvercle et le tendit à Noah.

— Tiens. Les cookies aux pépites de chocolat guérissent tout.

Des murmures approbateurs parcoururent la chambre, et Noah tenta tant bien que mal de prendre la boîte en plastique, en plus de tout ce qu'il avait déjà dans les bras.

En voyant qu'il n'y arrivait pas, Holden prit le Tupperware et le sac qui contenait les cadeaux de Liv.

— Je vais descendre avec toi.

— Dis à Liv que je m'occupe de sa vaisselle, dit Kendra. Je vais tout laver et je la lui rendrai la prochaine fois que je la verrai.

Deklan lui jeta un regard désapprobateur, et elle haussa les épaules.

— Quoi ? J'ai bien le droit de faire la vaisselle. C'est bon pour ma rééducation, dit-elle, en levant la main.

Noah sortit de la pièce avant d'être questionné davantage, même s'il se doutait que Holden ne manquerait pas de le soumettre à un interrogatoire en règle avant son départ.

En effet, ce dernier attaqua dès qu'ils furent dans l'ascenseur.

— Tu n'as pas intérêt à…

— Ne t'en fais pas, Holden !

— Mais…

— Fais-moi confiance, je te dis, coupa Noah d'une voix cassante accompagnée d'un regard assassin.

— Tu n'es pas mon dom, alors ne te fatigue pas.

Noah soupira.

— Je ne vais pas lui faire du mal et je ne la forcerai jamais à faire quoi que ce soit qu'elle ne veut pas faire.

Les portes de l'ascenseur s'ouvrirent à cet instant, et il en sortit sans attendre la réponse de Holden. Liv imaginait-elle seulement à quel point tout le monde se faisait du souci pour elle ?

Il rangea toutes les affaires dans le coffre, puis attendit. Holden n'allait sûrement pas se contenter de ça.

— Est-ce à toi que je dois le fait que V soit revenue vers moi ?

Noah s'était préparé à une attaque, et la question le déconcerta.

— Je ne vois pas de quoi tu parles.

— Après la fameuse après-midi passée au commissariat…

Durant le mois d'août, le cousin de V l'avait frappée lors d'une kermesse, et Holden s'était interposé pour la défendre.

— Non. Je lui ai peut-être ouvert les yeux sur ce qu'elle ne voulait pas voir, mais c'est tout.

Holden se gratta la tête et se débarrassa des flocons de neige qui s'amoncelaient dans ses cheveux.

— D'accord. Merci.

Là-dessus, il tourna les talons et commença à s'éloigner.

— C'est tout ? s'exclama Noah.

Il s'était attendu à quelque chose d'un peu plus démonstratif.

— C'est tout, répondit Holden, en lui jetant un regard par-dessus son épaule. Mais je peux t'ouvrir les yeux, moi aussi, si tu veux… En te disant par exemple que tu es amoureux de Liv et que ça te fait complètement flipper, pour une raison que j'ignore.

Holden avait peut-être dix ans de moins que lui, mais il venait de cerner le problème en une seule phrase.

— Abruti ! fit Noah en riant.

Holden s'inclina en une petite révérence, un sourire malicieux sur les lèvres.

— Uniquement quand c'est nécessaire.

Noah l'observa, tandis qu'il regagnait l'hôpital avec cette démarche qui donnait toujours l'impression qu'il glissait sur le sol plus qu'il ne marchait. Holden avait raison : il avait peur, et c'était cette peur qui le retenait, bien plus que la douleur ou la culpabilité. La peur de perdre Liv, de tout gâcher ou de se mettre à nu et de souffrir à nouveau. La peur de tout ce qui pourrait se passer s'il laissait éclore son amour pour elle.

Sauf qu'à présent cette peur était supplantée par une autre, celle de passer à côté de tout ce que la vie avait à lui offrir avec elle. Il songea soudain qu'il avait peut-être déjà laissé passer sa chance, et la panique le poussa à se lancer à sa poursuite.

Chapitre 33

Liv fixait sans véritablement le voir le feu de cheminée rachitique qu'elle avait réussi à allumer avec le bois qu'elle avait trouvé dans l'âtre. Dans sa hâte de venir se réfugier au chalet, elle avait oublié le penchant de sa mère de ne jamais couvrir les bûches avant l'hiver.

Elle contint un bâillement et remonta jusque sur son nez la couverture pour lutter contre le froid. Avec ses murs fins et ses vieilles fenêtres mal isolées, le chalet était plus adapté à une vie estivale qu'à une survie hivernale. Mais les chances de croiser âme qui vive en cette saison étaient proches de zéro, ce qui en faisait l'endroit idéal pour sa petite escapade. Si seulement le vieux chauffage avait mieux fonctionné ou si elle s'était souvenue d'acheter du bois ! Enfin, elle pourrait toujours y aller le lendemain.

Elle s'était s'entêtée à vouloir y arriver absolument dans la soirée, ce qui était idiot, surtout compte tenu de son état de fatigue. Le trajet lui prenait habituellement deux heures mais, avec les routes enneigées, il lui en avait fallu quatre pour arriver à bon port. Pourtant, elle n'arrivait toujours pas à trouver le sommeil.

Elle avait répondu aux messages de V et de Noah

quand elle s'était arrêtée dans une station-service, puis elle avait éteint son portable. La seule personne à savoir où elle se trouvait était sa mère. Elle avait bien été obligée de l'appeler pour la prévenir, car ses cousins utilisaient parfois le chalet l'hiver pour venir pêcher sur la glace.

Des pensées décousues défilaient dans sa tête. Cela lui était déjà arrivé par le passé, et elle savait ce que ça signifiait : elle était totalement épuisée. Elle avait trop tiré sur la corde, et son corps lui faisait comprendre qu'il n'en pouvait plus. Abandonner la course et fuir le stress du quotidien était la seule solution. Elle devait absolument se reposer.

Un sifflement retentit dans la cheminée, et des étincelles jaillirent dans l'âtre. Le vent faisait trembler les fenêtres, soufflant en bourrasques de plus en plus fortes. Si elle avait attendu pour venir, elle n'aurait peut-être pas réussi à emprunter la petite route qui serpentait autour du lac. Enfin, peut-être que si, avec le 4x4 de Noah, mais certainement pas avec sa bonne vieille Bessie.

Et voilà… Elle était de nouveau en train de penser à Noah ! A croire que tout la ramenait vers lui.

Elle aurait dû aller au lit, mais elle n'avait pas le courage de se lever. Blottie sous les couvertures dans le vieux canapé, enveloppée dans son pyjama en flanelle, elle était bien au chaud et les forces lui manquaient.

Noah se serait sûrement moqué de son pyjama de grand-mère. Cela dit, elle n'avait jamais porté de lingerie sexy pour lui. Ce n'était pas son style. Peut-être qu'elle aurait dû ? Mais qu'est-ce qu'elle allait chercher ? Elle se comportait comme une idiote. Une idiote fatiguée.

Et seule.

Elle avait fui loin de tout et de tous et, maintenant, elle le regrettait. Elle avait surtout besoin de dormir. Après une bonne nuit de douze heures, elle verrait sans doute les choses sous un nouveau jour… Si seulement elle avait eu un sommeil réparateur. Mais les cauchemars continuaient à la réveiller deux à trois fois par semaine et, ensuite, elle mettait des heures à se rendormir.

Et puis, le lit de Noah lui manquait. Ou plutôt, Noah lui manquait.

En fait, elle n'était qu'une petite pleurnicharde ! Elle avait bien de venir ici ! Ce devait être insupportable de voir quelqu'un s'apitoyer sur son sort comme elle était en train de le faire. En plus du bois pour la cheminée, elle s'achèterait un gros pot de glace et beaucoup de chocolat. Des cookies, des chips aussi, et… allez, au point où elle en était, peut-être qu'elle achèterait l'intégralité du rayon sucreries !

Elle était en train de regarder le feu, qui n'était plus qu'un tas de braises luisantes, quand une lumière de phares éclaira le salon. Elle se redressa brusquement et fixa les deux ronds blancs qui brillaient derrière les rideaux.

Qui pouvait bien…

Il ne serait pas venu jusqu'ici. Si ? Comment l'avait-il retrouvée ? Peut-être que ce n'était pas Noah, mais un tueur en série ou un psychopathe.

Bien joué, Liv. Bravo, vraiment ! Si tu crois que c'est comme ça que tu vas arrêter de faire des cauchemars !

Peut-être que c'était V ? Leur mère l'aurait donc prévenue ?

Elle s'enroula dans la couverture et avança à pas de loup jusqu'à l'entrée pour épier ce qui se passait à l'extérieur. Le 4x4 lui bloquait la vue, l'empêchant de voir quelle voiture venait d'arriver.

Son cœur se mit à battre la chamade quand la lumière

des phares s'éteignit, replongeant le porche dans l'obscurité. Elle alluma alors précipitamment la lumière, quasiment certaine que c'était Noah.

Elle en eut la confirmation quand il s'avança dans la lumière. Les cheveux parsemés de flocons de neige, il avait remonté le col de son manteau et portait l'écharpe rouge qu'elle lui avait tricotée autour du menton et du nez. Il tenait d'une main plusieurs sacs de courses, un fagot de bois de l'autre, et elle remarqua qu'il avait oublié de mettre des gants.

Elle déverrouilla rapidement la porte et l'ouvrit, alors qu'il n'était même pas encore sous le porche.

— Bonsoir !

Il releva la tête et, même si elle ne pouvait pas voir sa bouche, elle comprit à son regard qu'il souriait.

— Bonsoir, Liv.

Il grimpa rapidement les trois marches du perron et s'arrêta sur le seuil, les yeux rivés sur elle. Ses pupilles sombres brillaient dans la lumière douce de l'entrée. Ensorcelée par son regard intense, elle en aurait presque oublié la neige et le vent qui la faisaient frissonner.

— Qu'est-ce que tu fais ici ? finit-elle par lui demander.

Il posa son chargement à terre, découvrit son visage et lui sourit timidement.

— Je suis venu pour toi.

Les cheveux ramenés en un chignon hâtif et désordonné, enroulée dans une couverture hors d'âge dont dépassait le col rouge d'un pyjama en flanelle, Liv ne lui avait jamais paru aussi belle. Les battements de son cœur s'accélérèrent, nourris par un mélange d'espoir et d'impatience. Si elle avait posé la main sur son torse à cet instant, elle n'aurait eu aucun mal à deviner à quel point il était nerveux.

— Je peux entrer ? demanda-t-il, voyant qu'elle ne répondait pas.

Il était hors de question qu'il reparte sans lui avoir parlé, même s'il devait le faire ici même, sous ce porche battu par les vents, au milieu d'une tempête de neige.

— Oh…

Elle battit rapidement des paupières et recula pour le laisser passer.

— Désolée. Bien sûr, entre.

Aussitôt, ce fut comme si quelqu'un avait remonté un mécanisme en elle. Elle rentra dans la maison, se débarrassa de la couverture et la posa sur le dossier du canapé. En plus de son pyjama, des chaussettes en laine grise complétaient son allure de fille des bois, dans un style qu'il trouvait extrêmement sexy.

Elle se tourna vers lui avec un sourire digne d'une publicité pour dentifrice, mais il savait que ce n'était qu'une façade.

— Je vais t'aider.

Sans lui laisser le temps de réagir, elle s'empara des sacs qui contenaient les courses et les cadeaux qu'elle avait laissés à l'hôpital, et les posa sur le comptoir de la cuisine. L'instant d'après, elle le débarrassa du sac qu'il portait à l'épaule et ramassa le fagot.

— Attends, Liv, je m'en…

— Non, ça va.

Elle passa à côté de lui en trombe et se dirigea vers la cheminée.

— Enlève ton manteau, je vais te faire un chocolat chaud. A moins que tu ne préfères un café ? J'en ai aussi, si tu veux.

— Liv…

— Je n'arrive pas à croire que tu aies pris la route dans une tempête pareille ! Même avec ton 4x4, j'ai eu du mal à avancer avec la neige, dit-elle par-dessus son épaule, tandis qu'elle rangeait le bois. Comment tu as réussi, avec ta voiture ? Il faut vraiment que je te rende le 4x4. Dès que les fêtes seront terminées, je me rachète une voiture. Tu as d'autres fagots dans ton coffre ? Sinon, on ira en ville demain pour en acheter.

Il accrocha son manteau et son écharpe à un crochet et s'épousseta les cheveux.

— Liv…, tenta-t-il de nouveau.

— Laisse-moi le temps de ranimer le feu et, dès que c'est fait, je mets à bouillir de l'eau.

Elle s'agenouilla et plaça deux bûches dans la cheminée, avant de retourner les braises avec le tisonnier.

Il retira ses chaussures et franchit la courte distance qui le séparait d'elle.

— Liv, répéta-t-il.

Il posa la main sur son épaule, et elle s'immobilisa.

— Pourquoi est-ce que tu t'es sauvée comme ça ?

Elle se releva et fit volte-face, visiblement indignée.

— Je ne me suis pas sauvée !

— D'accord…

Il lui prit le tisonnier des mains et le posa à côté de la cheminée. Une tension palpable émanait d'elle.

— Je reformule alors : pourquoi es-tu partie sans prévenir personne ?

Elle l'observa d'un air étrangement inexpressif. Pour une fois, elle n'avait pas son éternel sourire aux lèvres, sourire qui répondait à sa place. Une bûche craqua, une rafale de vent fit trembler les fenêtres, mais aucun son ne sortait de sa bouche. Son silence rendait Noah terriblement nerveux, bien plus que l'hyperactivité dont Liv avait fait preuve depuis son arrivée.

Tout doucement, il l'entoura de ses bras et l'attira contre sa poitrine. Après ce qui lui sembla une éternité, elle se laissa enfin aller, se blottit contre lui, et il ferma les yeux.

Ils restèrent ainsi un moment, puis Liv se mit à trembler. La chaleur du feu de bois n'était pas suffisante pour lutter contre le froid qui s'infiltrait dans le chalet. Sans dire un mot, il alla retourner les bûches, verrouiller la porte et éteindre la lumière du porche. Il rangea les courses et rejoignit Liv, qui se tenait toujours debout près du feu.

Après un instant d'hésitation, elle attrapa la main qu'il lui tendait, et il poussa un soupir silencieux mais profondément libérateur.

Il la guida jusqu'au bout d'un petit couloir. Une des portes était entrouverte. Il la poussa. Il y avait juste assez de lumière pour qu'il distingue le sac de Liv ouvert sur une chaise. Des vêtements étaient posés sur le dossier, et il sourit en voyant que quelques affaires traînaient par terre.

Il déposa un baiser sur le front de Liv, pressa sa main, puis la lâcha pour retirer son pull. Il le jeta sur les vêtements de Liv et en fit autant avec son jean et ses chaussettes.

Elle n'esquissa pas un geste, ne dit pas un mot tandis qu'il se déshabillait. Il ne savait pas si c'était bon signe. Le silence pouvait vouloir dire beaucoup de choses, mais les mots pouvaient être pires…

Quand il ne fut plus vêtu que de son T-shirt et son boxer, il se glissa dans le lit et tapota le matelas près de lui.

— Viens. Il faut que tu dormes.

Il ne pouvait discerner l'expression de son visage ; à peine vit-il son petit hochement de tête. Elle le rejoignit, et il rabattit les couvertures sur eux, tandis qu'elle se nichait contre lui. A sa place.

Il la serra fort, et son parfum dissipa un peu la panique qu'il ressentait encore. Elle posa la main sur son cœur, et il sentit ses battements ralentir, maintenant qu'elle était de nouveau dans ses bras.

Il ferma les yeux et s'imprégna de toutes les sensations qui lui avaient tant manqué depuis qu'elle était partie de chez lui. La douce pression de sa poitrine contre ses côtes, la courbe délicate de sa hanche sous sa main, ses jambes emmêlées aux siennes… Il laissa ses doigts vagabonder dans son dos, sur ses fesses, puis sur les fossettes qu'il aimait tant.

Le souffle de Liv s'accéléra légèrement, et il la sentit frissonner.

— Pourquoi es-tu venu ? demanda-t-elle d'une voix à peine audible.

— Je te l'ai dit. Pour toi.

— Mais pourquoi ? insista-t-elle.

— Parce que je t'aime.

Elle retint son souffle, et il la serra plus fort. Il posa un nouveau baiser sur son front, pressant longuement ses lèvres sur sa peau avant de relâcher son étreinte.

— Endors-toi. On discutera demain.

Elle ne protesta pas, n'ajouta rien, mais de longues minutes passèrent avant que sa respiration ne ralentisse et que ses muscles se relaxent. Il écouta le vent qui faisait rage au dehors, perdu dans ses pensées. Liv était un peu comme la tempête : elle donnait sans cesse, jusqu'à ce qu'elle finisse par s'épuiser. Il avait vu des signes au cours des dernières semaines mais elle avait toujours éludé ses remarques et il avait fini par arrêter d'insister.

Mais c'était terminé. Il n'allait plus la laisser s'en tirer avec des réponses vagues et des changements de sujet. Elle devait accepter qu'il soit là pour elle, lui aussi. Elle devait se persuader qu'elle pouvait compter sur lui lorsqu'elle aurait besoin de quelqu'un sur qui se reposer.

Et de quelqu'un à aimer.

Chapitre 34

La première chose que Liv perçut en se réveillant fut l'odeur du café et du bacon. Elle prit une grande inspiration et resta blottie dans le cocon des couvertures quelques instants. Elle ouvrit les yeux, regarda autour d'elle et se redressa brusquement. Il lui fallut quelques instants avant de se rappeler qu'elle n'était pas chez elle, mais dans la chambre du chalet. Elle se laissa retomber sur le matelas, et les événements des dernières vingt-quatre heures lui revinrent à l'esprit.

Petit à petit, elle oublia les détails et se concentra sur la raison que Noah lui avait donnée quand elle lui avait demandé pourquoi il l'avait suivie jusqu'ici.

« Parce que je t'aime. »

Elle aurait voulu se réjouir pleinement, mais comment être sûre qu'il pensait vraiment ce qu'il disait ? La possibilité était trop mince pour qu'elle s'y raccroche. Il lui avait aussi dit qu'il l'aimait lorsqu'elle était partie la première fois. Alors qu'est-ce qui avait changé ? La réponse n'était peut-être pas celle qu'elle espérait… Cependant, c'était le genre de risques auquel on s'exposait quand on tombait amoureux. C'était peut-être pour ça qu'elle avait évité de se retrouver dans cette situation depuis si longtemps.

Elle sortit du lit, enfila ses chaussettes et regarda par la fenêtre. Le ciel était gris, mais la neige ne tombait plus. Elle soupira longuement, puis se rendit dans la salle de bains. L'eau froide dont elle s'aspergea le visage l'aida à se réveiller, sans pour autant lui ôter l'envie de retourner se coucher. Elle se démêla les cheveux avec les doigts, et marqua une pause au bout du couloir, ponctuée par un énorme bâillement.

La pièce principale du chalet aurait pu être qualifiée de confortable. La cuisine était nichée dans un coin près de la porte d'entrée, et un bar la séparait de la salle à manger. Le salon occupait le reste de l'espace, et des portes-fenêtres donnaient sur une grande véranda.

Noah se tenait devant la gazinière et semblait prendre toute la place dans la petite cuisine. Liv fut émue de constater qu'il portait le pull qu'elle lui avait offert, puis elle se trouva idiote de s'émouvoir pour si peu.

Il avait l'air à sa place dans l'espace confiné de la cuisine. Il avait les cheveux en bataille et fredonnait une chanson qu'elle ne parvint pas à reconnaître. La tentation de se glisser derrière lui et de passer les bras autour de lui était forte, mais elle se rappela soudain que rien n'avait encore été établi entre eux. La joie qu'elle avait ressentie durant quelques instants s'évanouit, et la réalité froide la rattrapa. Certes, la présence de Noah paraissait la chose la plus naturelle du monde. Certes, il était venu la rejoindre et l'avait tenue dans ses bras toute la nuit. Certes, il était en train de lui préparer le petit déjeuner. Mais qu'est-ce que ça prouvait ?

— Je ne savais pas que tu cuisinais.

Il tourna la tête vers elle et lui sourit, tout en faisant claquer les pinces qu'il utilisait pour retourner le bacon dans la poêle.

— Je suis le roi du petit déjeuner !

Elle sourit et prit place sur un tabouret près du bar. Elle sentait ses défenses flancher, en dépit des efforts qu'elle faisait pour rester sur ses gardes.

Il lui servit une tasse de café et ajouta un nuage de lait avant de poser la tasse devant elle. C'était exactement comme ça qu'elle l'aimait… et le fait qu'il s'en souvienne perça une nouvelle faille dans son armure.

— Merci.

L'odeur du café lui faisait presque autant d'effet que la caféine elle-même. Elle faillit gémir de satisfaction quand elle but la première gorgée tant il était bon.

— Ce n'est pas le café que j'ai apporté.

— Je me suis souvenu que tu aimais bien cette marque-là, alors j'en ai acheté, expliqua-t-il, en lui jetant un coup d'œil par-dessus son épaule.

Un nouveau rempart s'effondra… Avec un peu de chance, il ne l'avait pas regardée assez longtemps pour s'en apercevoir.

— Est-ce que tu as bien dormi ? demanda-t-il.

— Comme une souche !

Elle n'avait pas le souvenir d'avoir fait le moindre cauchemar…

— Quelle heure est-il ?

— Presque 13 heures, répondit-il après avoir consulté son portable.

— Vraiment ? Désolée, je ne pensais pas qu'il était si tard.

— Tu avais besoin de dormir.

Un nouveau bâillement lui indiqua que quelques heures de sommeil supplémentaires ne seraient pas du luxe. Elle gagna le canapé et s'installa dans un coin, sans manquer de s'enrouler dans la couverture qu'elle y avait laissée la veille. Noah avait fait du feu, et elle admira le spectacle des flammes rouges, dorées et bleues qui dansaient pour elle. Elle remarqua la présence d'un nouveau fagot près de la cheminée, ainsi que celle d'une tablette qui ne lui appartenait pas sur la table, à côté du canapé.

— Tu es levé depuis longtemps ?

— Ça fait un moment, oui…

Et il l'avait laissée faire la grasse matinée. Il avait allumé le feu. Il était allé chercher du bois… Elle avait tellement envie d'espérer, de croire que les signes étaient le reflet de la réalité et non pas un mirage sans lendemain.

— Quand vas-tu me dire la vraie raison de ta venue, Noah ?

Ce n'était pas très subtil comme approche, mais elle n'avait pas l'énergie suffisante pour tourner autour du pot.

— Je te l'ai déjà dit.

Ah oui, c'est vrai. Il m'aime.

— Ce n'est pas si simple.

Il la rejoignit, une assiette à la main.

— Ça pourrait l'être, pourtant.

Elle posa sa tasse et accepta l'assiette qu'il lui tendait. Des œufs brouillés, du bacon, des toasts. Son petit déjeuner préféré.

— Sauf que ça ne l'est pas, insista-t-elle.

Il haussa les épaules et retourna chercher son assiette dans la cuisine.

— Je te ressers du café ?

— Non merci, ça va.

Il s'assit à l'autre bout du canapé, et ils mangèrent sans un mot. Une fois ses œufs terminés, elle n'y tint plus et céda à l'envie de dire quelque chose pour meubler le silence.

— Le pull te va bien.

Il sourit.

— Je l'aime beaucoup.

— Et maintenant, tu veux bien me dire la raison pas si simple de ta présence ici ?

Il posa son assiette encore à moitié pleine et se tourna vers elle.

— Et, toi, tu veux bien me dire la raison pas si simple pour laquelle tu as pris la fuite ?

— Je croyais qu'on s'était mis d'accord sur le fait que je ne m'étais pas enfuie.

Il ne la quittait pas des yeux, et elle se tortilla, mal à l'aise.

— Appelle ça comme tu veux, mais le fait est que tu as disparu sans prévenir personne. Tu m'as fait peur. Tout le monde s'est fait du souci.

L'appétit soudain coupé, elle posa son assiette à son tour et reprit sa tasse pour se donner contenance.

— Je ne voulais pas vous inquiéter. J'avais juste besoin d'air.

— Est-ce qu'il s'est passé quelque chose de particulier ?

Elle aurait pu lui parler de Jimmy et de sa mère, mais sa rencontre avec eux n'avait été que le détonateur. Ce n'était pas la véritable raison qui l'avait soudainement poussée à partir.

— Pas vraiment. Je suis juste fatiguée.

Ce n'était pas entièrement vrai, mais comment pouvait-elle lui avouer que c'était trop dur d'être avec le groupe et près dc lui, sans être *avec* lui ?

— Tu me crois quand je te dis que je t'aime, Liv ?

Elle scruta son visage. Il semblait si doux… Et sincère…

— Oui, je te crois. Mais ça ne veut pas dire que tu es prêt à m'aimer.

Il se leva et elle le vit fouiller dans son sac. Puis il revint vers elle avec un petit paquet rectangulaire dans la main.

— Tu es partie avant que j'aie eu le temps de te le donner.

Son cœur se mit à battre plus vite, et ses mains auraient sûrement commencé à trembler si elle n'avait pas tenu sa tasse. Il lui avait fait un cadeau ! C'était bête d'y attacher autant d'importance, mais elle était abasourdie, même si elle ne savait pas encore ce que c'était. Il avait les yeux fixés sur le présent et en suivait les contours du bout de l'index.

— Je veux te prouver que je suis prêt pour toi.

Il leva les yeux sur elle, et elle retint son souffle, en proie à un mélange de crainte et d'impatience.

— Tu as dit que tu m'attendrais. Tu n'imagines pas à quel point je te suis reconnaissant de m'avoir laissé le temps de tourner la page. Alors j'espère que tu vas comprendre ce que ce cadeau veut dire.

Il lui tendit la boîte, qu'elle prit d'une main tremblante. Elle était de la largeur d'une carte postale, faisait à peine trois centimètres d'épaisseur et était légère comme une plume. Un chèque-cadeau, peut-être ? Hum... peu probable. A en juger par l'attitude de Noah, c'était plus important que ça.

Soudain, elle eut peur de l'ouvrir.

— Qu'est-ce que c'est ? demanda-t-elle pour gagner du temps.

Il prit place à côté d'elle et lui caressa la joue.

— Ouvre et tu verras.

— J'ai peur de l'ouvrir.

— Pourquoi ?

Elle prit un instant pour l'observer et dégagea une boucle de cheveux qui lui tombait sur le front.

— Peut-être que ce n'est pas ce que je veux.

L'inverse était vrai aussi : peut-être que c'était exactement ce qu'elle voulait...

— Alors dis-moi ce que tu veux, fit-il avec dans la voix la même émotion que celle qu'elle pouvait lire dans ses yeux.

Au lieu de lui répondre, elle décolla le scotch et défit lentement le papier, pour découvrir une simple boîte blanche. Elle prit une grande inspiration, l'ouvrit et reposa rapidement le couvercle pour qu'il ne voie pas qu'elle tremblait.

C'était une photo. La façade avant de sa maison, avec un grand panneau « A vendre ». Pendant quelques instants, elle fixa le cliché sans comprendre. Puis elle ouvrit la bouche, hébétée et habitée par un fol espoir.

— Est-ce que...

Incapable de trouver les mots, elle ne finit pas sa phrase, et Noah sourit en sortant la photographie de sa boîte.

— J'ai mis ma maison en vente. Il était plus que temps ! Je ne peux pas oublier le passé, mais je suis prêt à regarder vers l'avenir à présent.

Il posa la photo et prit sa main dans la sienne.

— J'espérais que tu accepterais de m'aider à en choisir une nouvelle.

Elle ouvrit et referma plusieurs fois la bouche avant de parvenir à demander :

— Pourquoi ?

— Je me disais que tu aimerais peut-être y vivre, toi aussi... avec moi. Tu me manques, Liv. Ça me manque de ne pas t'embrasser en rentrant à la maison, de ne pas trébucher sur tes chaussures dans l'entrée et de pas voir tes vêtements éparpillés partout dans la chambre. Ça me manque de ne pas savoir ce que tu as fait de ta journée et combien de personnes tu as aidées. Ton rire me manque, l'inquiétude dans ta voix quand tu parles des enfants du centre me manque… Tout chez toi me manque, tout ce que tu es, tout ce que tu fais. Je veux être avec toi, je veux partager ta vie et que tu partages la mienne.

Elle avait l'impression d'avoir le tournis.

— Je t'aime tellement, Liv ! Je n'étais pas prêt, mais les choses ont changé. Tu m'as dit que tu m'attendrais, alors j'espère que tu veux toujours de moi, mais je comprendrais si ce n'était plus le cas.

Les larmes lui montèrent aux yeux. C'était ce qu'elle avait rêvé d'entendre depuis qu'elle était partie de chez lui. Elle ne doutait pas de ses sentiments, son regard montrait bien qu'il était sincère, et pourtant…

— Qu'est-ce que tu veux, Liv ?

Elle se mordit la lèvre, et les larmes coulèrent sur ses joues. Elle tenait sa main serrée dans la sienne car elle ne voulait pas qu'il s'en aille. Néanmoins, elle était incapable de lui fournir une réponse.

— Je suis vraiment ravie pour…

— Arrête ! l'interrompit-il. N'élude pas ma question, s'il te plaît. J'aimerais juste que tu me dises ce que tu veux. De quoi as-tu peur ? De quoi as-tu besoin ? Qu'est-ce que je peux faire ?

Il s'interrompit pour déposer un baiser à peine perceptible sur ses lèvres.

— Je suis là pour toi, Liv. Ça marche dans les deux sens.

Ça marche dans les deux sens. Elle ne tenta même plus d'étouffer ses sanglots et se hissa sur ses genoux. Le visage enfoui dans son cou, elle se cramponna à lui et sentit un peu de la force qu'il dégageait passer en elle.

Il la garda serrée contre lui et la laissa pleurer jusqu'à ce que ses larmes se tarissent. Elle rit en se rendant compte qu'elle avait attrapé le hoquet, et il ne tarda pas à rire avec elle. Leurs rires finirent par s'arrêter, mais elle resta là où elle était, trop bien installée et trop contente pour bouger.

Elle serait restée là pour toujours si elle l'avait pu.

Noah lui caressait le dos, et elle sourit quand il passa la main sous son pyjama.

— Elles aussi m'ont manqué, murmura-t-il.

— De quoi tu parles ?

— Des fossettes au bas de ton dos.

Elle aurait pu se contorsionner pour les voir, mais elle n'en avait pas le courage.

— J'ai des fossettes au bas du dos ?

— Oui. Là et là, dit-il, en pressant une zone de chaque côté de sa colonne vertébrale.

Elle sourit. Personne, avant lui, ne les avait remarquées.

— Pourquoi as-tu pleuré ?

— Parce que tu es là.

— Et c'est une bonne ou une mauvaise chose ?

— Une bonne chose.

Elle se redressa et s'essuya les joues mais, quand elle voulut se lever, il la retint sur ses genoux.

— Tu te sauves à nouveau.

Il l'attira gentiment à lui jusqu'à ce que sa tête soit de nouveau nichée dans son cou. Il se remit à lui caresser le dos, et elle se laissa aller contre lui avec un petit soupir. Il n'insista pas, n'essaya pas de la forcer à parler. Il se contenta d'être là pour elle, comme il l'avait toujours été, à sa manière.

— Les gens me demandent souvent si j'ai besoin d'aide au centre, finit-elle par dire. La plupart d'entre eux disent que j'en fais trop, qu'il faut que je ralentisse ou que je prenne des vacances mais, ensuite, ils profitent de la disponibilité qu'ils me reprochaient cinq minutes plus tôt. Tu n'as jamais fait ça, toi.

— Pourquoi ferais-je une chose pareille ? Jamais je ne te reprocherais ce qui te rend si spéciale !

De nouvelles larmes perlèrent au coin de ses yeux, qu'elle ne parvint pas plus à retenir.

— Tu me comprends, murmura-t-elle. Et c'est ce qui te rend si spécial. Tu ne me crois peut-être pas à cause de l'horrible expérience que tu as eue avec Beth, mais tu fais partie des rares personnes qui prennent le temps d'aller plus loin que les apparences. Plus loin que le masque qu'on met parfois pour se protéger.

Il avait les yeux brillants à présent. Il prit son visage dans ses mains, et sécha délicatement les larmes qui roulaient sur ses joues.

— Dis-moi ce que tu veux, Liv.

Son obstination finit par avoir raison de sa réticence, et elle se décida enfin à lui avouer ce qu'elle avait gardé enfoui en elle.

— Toi, chuchota-t-elle en s'en remettant à la confiance qu'elle lisait dans son regard. C'est toi que je veux.

Chapitre 35

Elle l'embrassa sans lui laisser le temps de réagir à son aveu. Son baiser contenait tout l'amour qu'elle avait craint de lui laisser voir. Chaque mouvement de ses lèvres ou de sa langue était une déclaration, et elle continua ainsi jusqu'à en être essoufflée. Front contre front, elle reprit sa respiration, tandis que le souffle tiède de Noah lui caressait la joue.

— Je t'aime… Je t'aime, répéta-t-elle, espérant qu'il sentait à quel point elle était sincère.

— Merci de m'avoir attendu.

— Je te l'avais dit.

— Je sais, mais ce n'était pas une garantie pour autant.

— J'étais prête à attendre encore, tu sais.

— Ce n'est plus la peine maintenant.

Elle prit quelques instants pour l'observer. Il semblait si détendu, si calme…

— Qu'est-ce qui a changé ?

Il baissa la tête et respira profondément.

— Je me suis pardonné.

— Oh…

Elle aurait aimé trouver quelque chose de plus fort à répondre, mais ce n'était pas évident, face à un aveu pareil.

— J'ai fait des erreurs. Je suis passé à côté de signes que j'aurais dû remarquer. Mais je ne suis pas parfait et je l'accepte à présent.

Elle pressa ses lèvres contre les siennes et maintint cette connexion pendant un long moment. Soudain, elle identifia ce qui avait changé chez lui : pour la première fois, il semblait enfin content et à l'aise avec lui-même.

— J'en suis vraiment heureuse pour toi.

— Et, moi, je suis heureux que tu sois encore là.

— Moi aussi.

— Et pour ce qui est du Donjon ?

Une des raisons de leur séparation… Elle redoutait plus que tout cette conversation, mais ils devaient absolument l'avoir s'ils voulaient construire quelque chose ensemble.

— On n'a jamais parlé de ce qui passait entre nous dans l'intimité, mais on aurait dû. Je suis désolé de ne pas avoir abordé le sujet.

— On n'a jamais rien fait d'extrême.

Rien qui lui avait semblé dépasser les limites ou mériter une longue conversation, en tout cas.

— On est quand même loin du missionnaire.

— Encore heureux ! dit-elle avec un sourire. Mais tu étais un dom. Est-ce que tu veux l'être à nouveau ?

A cette idée, un malaise s'empara d'elle, et elle s'écarta de lui. Après toutes les recherches qu'elle avait effectuées et toutes les discussions qu'elle avait eues sur le sujet, elle avait fini par comprendre l'essentiel. Peu importait ce qu'elle faisait, tant que ça lui semblait naturel. Ça ne devait pas exiger des heures de dissection, d'analyse ou de questionnement.

— J'en ai fini avec le Donjon, Liv. Je ne pense pas que je pourrais… Je n'ai aucune envie de refaire une séance. Plus jamais.

Le soulagement l'envahit, et elle appuya la tête contre son épaule.

— Tant mieux. Parce que je n'ai aucune envie d'être attachée à un banc pour me faire fesser, et surtout pas en public !

— Ça me va, dit-il avec un petit rire. Mais je reste très dominant… au cas où tu ne l'aurais pas remarqué.

Ce fut au tour de Liv de rire. Il aurait fallu être aveugle pour ne pas s'en rendre compte.

— Je suis comme ça au lit et dans la vie, et je ne pense pas que ça va changer.

— Encore heureux ! répéta-t-elle.

Il rit et glissa les mains sous son pyjama pour lui pincer la pointe des seins.

— Eh ! protesta-t-elle, en reculant. C'est déloyal comme attaque !

— J'aime bien prendre les gens par surprise, dit-il avec un clin d'œil qui la fit rire à nouveau.

Une légèreté nouvelle flottait dans la pièce. Tout le stress accumulé en elle depuis qu'elle avait vu la voiture qui transportait ses amis entrer en collision avec une autre semblait enfin se dissiper.

Elle était si soulagée que le plan machiavélique de Harcourt ait échoué. Ils avaient tous survécu et ils étaient plus forts que jamais. Sans compter que toute cette histoire avait permis à Noah d'entrer dans sa vie.

Elle avait envie de sauter sur place, de courir dans la neige, de crier de joie… Ou, dans un autre style, de passer des heures à traîner au lit et à y faire l'amour, jusqu'à l'arrivée du printemps.

— Je ne veux pas d'une soumise, reprit Noah.

— Et je ne veux pas en être une, répondit-elle.

— Mais j'aime quand tu es soumise pendant l'amour.

— Moi aussi. On n'a qu'à se dire qu'on verra comment ça se passe au fur et à mesure, comme le reste. Qu'est-ce que tu en penses ? Je te l'ai déjà dit et je te le répète : tu peux me faire confiance. Si j'ai l'impression que ça va trop loin, ou si quelque chose me déplaît, je te le dirai et je sais que tu m'écouteras.

— Je t'écouterai toujours. N'aie aucun doute là-dessus.

La sincérité dans sa voix la fit fondre. Elle n'avait aucun doute là-dessus. Il avait toujours été si attentif… Elle savait que ça ne changerait pas.

— Alors tout va bien.

Elle lui prit la main et se leva, incapable de se départir de son sourire.

— Et si on allait mettre la théorie en pratique ? Juste pour vérifier qu'on arrive à communiquer l'un avec l'autre.

Il se leva également, et elle poussa un petit cri de surprise quand il la souleva de terre.

— Repose-moi ! protesta-t-elle, entre deux éclats de rire.

Au lieu de ça, il la chargea sur son épaule et lui donna une tape sur les fesses.

— Je te reposerai dès que j'aurai trouvé un lit.

— Au fond du couloir, à droite, indiqua-t-elle, même s'il connaissait déjà la route.

Il ne lui fallut que quelques secondes pour arriver dans la chambre. Elle reçut une autre tape sur les fesses, puis Noah la posa sur le lit. Elle eut à peine le temps de rebondir sur le matelas qu'il était déjà au-dessus d'elle, les yeux brillant d'un éclat sombre. Le baiser dont il la gratifia coupa court à ses rires et emplit son cœur d'une chaleur qui augmentait à chaque fois qu'il la touchait.

Elle enroula les bras autour de lui et lui rendit son baiser avec toute la ferveur dont elle était capable. Elle se donnait à lui sans retenue, lui offrait son cœur, sa confiance et son amour sans condition. Car désormais, elle savait qu'elle pouvait exiger la même chose de lui.

C'était comme si leur baiser achevait de recoller les morceaux de son cœur brisé. Jamais il n'aurait imaginé aimer à ce point et être aimé en retour, encore moins par quelqu'un comme Liv. Et pourtant, elle était là, dans ses bras, prête à accepter tout ce qu'il avait à lui offrir, sans peur ni hésitation.

Il lui retira son pyjama avec des gestes tendres et savoura la vue de sa peau dénudée et douce. Il l'embrassa dans le cou et sur les épaules, puis descendit doucement jusqu'à sa poitrine. Guidé par ses gémissements, il prit chacun de ses tétons dans sa bouche, les titilla et les lécha en alternance, jusqu'à ce qu'elle se tortille sous lui, les doigts agrippés à ses cheveux.

En ressentant de nouveau cette connexion, il crut que sa poitrine allait exploser. Tout ça lui avait tellement manqué… Elle lui avait tellement manqué !

Il descendit au niveau de son ventre, puis entreprit de couvrir ses longues jambes de baisers. Il marqua une pause pour respirer son odeur, le parfum musqué de désir qui faisait écho au sien. Elle poussa un gémissement de protestation en voyant qu'il ne l'embrassait pas à cet endroit, mais il la fit taire en lui mordant l'intérieur de la cuisse.

Son érection était telle qu'il avait l'impression que son jean allait exploser. Il se déshabilla en quelques gestes rapides et attrapa un préservatif dans son sac. Le regard brûlant de Liv était resté fixé sur lui pendant tout ce temps, lui donnant à la fois envie d'aller plus vite et de faire durer le plaisir.

— Est-ce que tu as apporté des jouets ?

Sa voix rauque fit frémir son sexe ; il brûlait du désir d'être en elle. Il observa longuement son corps enfilant le préservatif sans la quitter des yeux.

— Pas besoin. Tout ce qu'il me faut est ici, dit-il, en se positionnant au-dessus d'elle.

Il avait tout le temps pour utiliser des jouets ou des menottes. Pour le moment, il ne voulait rien d'autre qu'elle et lui. Elle s'accrocha à lui de cette façon qui le faisait toujours se sentir en sécurité, les jambes enroulées autour de ses hanches.

— Moi non plus, je n'ai besoin de rien d'autre. Rien d'autre que toi, murmura-t-elle contre ses lèvres.

Il glissa en elle sans plus attendre, dans un soupir qui se transforma en gémissement. Sentir sa chaleur autour de lui, ça aussi, ça lui avait terriblement manqué.

— Je t'aime, Liv. Je n'arrêterai jamais de t'aimer, dit-il, se retirant légèrement avant de la pénétrer à nouveau.

Elle bascula la tête en arrière et ferma les yeux.

— Et, moi, j'espère que tu n'arrêteras jamais de faire ça. Je t'aime, Noah.

Entre ses mots d'amour et le plaisir qu'il éprouvait d'être en elle, il avait de plus en plus de mal à se contrôler. Elle l'embrassa avec fougue, et sa langue brûlante qui se pressait contre la sienne n'arrangea rien.

— Je pensais y aller doucement, fit-il, quand elle s'écarta pour reprendre son souffle.

— La prochaine fois. On a tout le week-end pour ça.

Elle avait raison… Il ne s'en était pas rendu compte jusqu'à cet instant. Ils avaient tout leur temps pour recommencer et en prendre conscience fit naître en lui une vague de chaleur qui s'étendit à tout son corps. Il voulait savourer chaque instant, mais Liv ne tarda pas à avoir raison de sa volonté. Après un autre baiser passionné, il céda à son envie de la prendre plus fort.

Il imprima alors à leurs ébats un rythme qui rendait les baisers impossibles et les mots inutiles. Leurs corps parlaient pour eux, chaque contact, chaque son renforçant leurs sentiments et le lien qui les unissait. Il lui releva les jambes et lui inclina les hanches de façon à entrer en elle aussi profondément que possible, et elle agrippa les draps dans un cri. Il l'attira à lui dans un grognement et ralentit la cadence, juste assez pour l'empêcher d'atteindre le point de non-retour.

Elle ouvrit les yeux entre deux gémissements suppliants et posa sur lui un regard brûlant. Il plongea dans son regard, tout en continuant à aller et venir en elle, jusqu'à ce qu'elle le supplie :

— S'il te plaît, fais-moi jouir !

Sa prière lui fit l'effet d'un déclic. Il lui attrapa les poignets et les souleva au-dessus sa tête, avant d'accélérer le rythme de ses coups de reins. Il sentit les muscles de Liv se tendre, et il enfonça son visage dans son cou, puis ses dents dans sa chair tendre.

Elle poussa un cri tandis que tout son corps se contractait autour de lui, et il jouit en même temps qu'elle, aveuglé par le plaisir, l'amour, leur parfaite osmose. Liv lui appartenait.

Il relâcha son étreinte et s'allongea à côté d'elle, à bout de souffle. Un sourire flottait sur ses lèvres et elle semblait heureuse et comblée. Exactement comme lui.

Elle ouvrit les yeux, et son sourire s'agrandit quand son regard croisa le sien. Elle s'humecta les lèvres et déposa un tendre baiser sur les siennes.

— Est-ce que ça veut dire que je peux garder la voiture ?

Il laissa échapper un petit rire et l'embrassa à son tour.

— Oui. Je t'ai dit que la voiture était à toi.

— Dans ce cas, je pense qu'elle a besoin d'un prénom.

— Ah bon ? On peut savoir pourquoi ? demanda-t-il, faisant de son mieux pour ne pas rire à nouveau.

— Parce que ce n'est pas simplement une voiture. C'est la voiture que tu m'as donnée. Et je compte bien la cajoler, l'aimer et la garder toujours. Comme toi.

Elle avait les yeux brillants tandis qu'elle lui caressait les lèvres du bout des doigts. Il l'embrassa doucement, tremblant d'émotion.

— Et je promets d'en faire autant… mon lapin.

— Quoi ? Je ne suis pas un lapin ! protesta-t-elle, en lui donnant une petite tape sur le sommet de la tête.

Il pouffa et l'attira contre lui sous les couvertures. D'abord réticente, elle finit par se laisser faire et se blottit contre sa poitrine.

— Ma chérie, alors ? suggéra-t-il, le visage enfoui dans ses cheveux.

Elle le pinça, et une pointe de douleur le transperça. Apparemment, ça voulait dire non.

— Mon bébé ?

Elle soupira à fendre l'âme et le scruta longuement, boudeuse.

— Qu'est-ce qui cloche avec Liv ?

— Rien, lui assura-t-il. Il n'y a absolument rien qui cloche avec Liv. Je dirais même qu'elle est parfaite.

— Je préfère ça ! marmonna-t-elle.

Il la serra contre lui en souriant. Il avait enfin trouvé quelqu'un qui le complétait à la perfection. Liv ne serait pas sa soumise : elle serait sa partenaire. C'était ce qu'il avait toujours voulu, en dépit de ce qu'il avait cru jusque-là.

Il avait juste eu besoin d'une femme comme elle pour le comprendre.

Epilogue

— Deklan Winters, voulez-vous prendre Kendra Morgan, ici présente, pour épouse ?

— Oui, je le veux.

La voix de Deklan, assurée, résonna dans la clairière. A en juger par la façon dont il regardait celle qui était sur le point de devenir sa femme, son amour pour elle ne faisait aucun doute.

Liv renifla et se tapota les yeux pour essuyer les larmes qui s'entêtaient à couler. C'était une journée absolument magnifique. Du soleil de juin aux fleurs qui bordaient le lac, en passant par les douces vagues qui venaient caresser la rive, tout était parfait. Mais le plus beau était le sourire qui illuminait le visage de toutes les personnes présentes. Il était impossible de ne pas pleurer en voyant la joie qui irradiait du petit groupe entourant les mariés.

Noah l'embrassa sur la tempe, et elle sentit une vague d'amour et de bonheur la submerger. Elle n'était pas la seule à être émue : même les hommes clignaient des yeux pour chasser les larmes qui menaçaient de rouler sur leurs joues.

— Et vous, Kendra Morgan, voulez-vous prendre Deklan Winters, ici présent, pour époux ?

Kendra plongea son regard dans celui de Deklan.

— Oui, je le veux, répondit-elle avec force et conviction.

Les mots revêtaient une signification profonde pour eux tous. Cette cérémonie était comme un nouveau départ, la preuve qu'ils avaient tous survécu. Harcourt avait perdu la bataille. Ils fêtaient la victoire de l'amour et la promesse que les sentiments seraient toujours plus forts que les obstacles que la vie mettrait sur leur route.

— Par les pouvoirs qui me sont conférés, je vous déclare mari et femme. Vous pouvez embrasser la mariée.

Des exclamations de joie retentirent quand Deklan fit basculer Kendra en arrière pour lui donner un baiser digne d'un film hollywoodien.

Jake poussa un cri et Tyler siffla à leur en percer les tympans. Deklan releva enfin Kendra, et elle s'empara du bouquet qu'elle avait confié à sa sœur pour le lancer par-dessus son épaule. Les yeux de l'assistance suivirent la courbe qu'il effectua dans les airs avant de tomber entre les mains de Vanessa.

Ils se mirent tous à rire en voyant qu'elle restait immobile, la bouche grande ouverte sous le coup de la surprise. Une actrice n'aurait pas fait mieux.

— C'est ton tour, V ! claironna Kendra en souriant.

Liv et elle étaient devenues de bonnes amies depuis que Kendra avait commencé à travailler à plein temps au centre, trois mois plus tôt. Elle se portait comme un charme à présent. Les seules séquelles de l'accident étaient les migraines qu'elle avait encore lorsqu'elle était très fatiguée.

Alors que tout le monde plaisantait, Holden posa un genou à terre devant V.

— Qu'est-ce que tu fais ? bafouilla-t-elle.

Le silence gagna l'assemblée. Liv plaqua une main

sur sa bouche, tandis que de l'autre, elle agrippait le poignet de Noah.

Holden prit la main tremblante de Vanessa dans la sienne. Il avait l'air si ému que les larmes de Liv se mirent à couler.

— Je pense que Kendra a raison, dit-il. Je t'aime, Vanessa. Tu es ma vie, ma force, ma partenaire. Je ne peux pas imaginer un seul jour sans t'avoir à mes côtés et je veux passer le reste de ma vie avec toi. Veux-tu m'épouser ?

Tout le monde retint son souffle. Vanessa déglutit et tendit sa main libre pour caresser la joue de Holden.

— Oui.

Holden se releva et la serra dans ses bras. Des exclamations de joie retentirent une nouvelle fois. Il la souleva dans les airs pour l'embrasser, et le cœur de Liv bondit dans sa poitrine en voyant sa sœur si heureuse. Leur relation était vraiment faite pour durer !

Elle se blottit contre Noah et se mit à rire quand il lui tendit un autre mouchoir. Elle s'essuya les joues, sans même se préoccuper de son maquillage. Il ne devait pas en rester grand-chose, de toute façon. Heureusement, elle avait été prévoyante et avait pris soin d'emporter dans son sac de quoi faire des retouches.

Holden avait à peine reposé Vanessa qu'elle se précipita vers Kendra. Elle était étonnamment gracieuse pour quelqu'un qui courait avec des talons de douze centimètres. Elle serra son amie dans ses bras, puis lança le bouquet à son tour.

Les fleurs atterrirent entre les mains de Quinn, dans un bruissement. Son visage s'illumina, tandis qu'elle brandissait le bouquet dans les airs, au milieu des applaudissements. Marcus passa un bras autour de ses épaules, et lui planta un baiser sur les lèvres. Leur fils, qu'il tenait dans son autre bras, tapa dans les mains de concert avec les autres.

Quinn jeta alors un regard en coin à Marcus et ouvrit son sac. Un instant plus tard, elle tendit sa main gauche vers eux en agitant les doigts, resplendissante. Une exclamation de surprise parcourut le groupe à la vue du solitaire qui brillait à son annulaire.

— Surprise !

— Nooon ! s'exclama Allie. Quand ?

— On s'est mariés en novembre, leur apprit Marcus.

— Vous quoi ?

— Pourquoi vous ne nous avez rien dit ?

— Qu'est-ce que c'est que cette histoire ?

Les questions jaillissaient de toutes parts et Marcus et Quinn attendirent qu'un semblant de calme revienne avant de prendre la parole.

— Après l'accident, on s'est dit que Blake serait très vulnérable s'il nous arrivait quelque chose, expliqua Marcus en déposant un baiser sur le front de son fils. Mais, avec tout ce qui se passait à ce moment-là, on a préféré garder ça pour nous.

— Je comprends, dit Seth. Mais c'était il y a huit mois.

— Huit mois avec des hauts et des bas, huit mois d'inquiétudes et d'incertitudes…, répondit Marcus avec un haussement d'épaules.

— On ne trouvait jamais le bon moment, ajouta Quinn. Ensuite, plus le temps passait, plus ça devenait délicat de vous l'annoncer. Mais ça n'était pas pour vous exclure, je vous assure.

Comme les autres, Liv était un peu blessée qu'ils n'aient rien dit, mais elle comprenait tout à fait les raisons de leur silence. Entre l'accident, la rééducation des blessés et le

Red Room, les six derniers mois avaient été compliqués pour tout le monde.

Ce fut Tyler qui rompit le silence gêné qui régnait dans le groupe.

— Félicitations, dit-il à Marcus, en lui donnant une tape sur l'épaule. Je suis très heureux pour vous.

Marcus confia Blake à Quinn et serra Tyler dans ses bras, sous le regard inquiet d'Allie.

— Attention, l'avertit Tyler en souriant. Je suis fragile, tu sais.

Il avait passé quatre mois à l'hôpital, suivi de trois mois d'une rééducation douloureuse pour retrouver l'usage de ses jambes. Il ne savait pas encore s'il parviendrait un jour à marcher sans boitiller, mais il était déterminé à se débarrasser de sa canne avant le mariage et il y était parvenu.

— Mais bien sûr ! plaisanta Marcus, essuyant les larmes qui perlaient au coin de ses yeux d'un revers de main.

Liv se remit à pleurer et à rire en même temps, et Noah lui tendit un autre mouchoir sans même qu'elle le lui demande. Il était toujours là quand elle en avait besoin, et aussi quand elle n'en avait pas besoin, d'ailleurs. Ils avaient eu des hauts et des bas, bien sûr, et quelques grosses disputes, souvent déclenchées par la tendance de Noah à lui acheter des cadeaux hors de prix et à son obstination à ne pas les accepter. Mais tout ça n'était rien comparé au bonheur qu'elle ressentait en vivant avec lui. Elle adorait leur maison, et son cœur se remplissait de joie chaque fois qu'elle entrait dans une des pièces qu'ils avaient peintes ou décorées ensemble.

— Attention, je le lance, prévint soudain Quinn.

Elle rejoignit Kendra et Deklan et sourit à Liv. Puis

elle pivota avec une lenteur théâtrale de façon à tourner le dos aux autres.

— Un, deux, trois.

Liv recula contre Noah, qui ne bougea pas d'un millimètre, et son cœur se mit à battre à tout rompre, tandis que tous les regards se fixaient sur eux. Elle aurait dû le voir venir, mais elle sentit quand même une onde de choc la traverser quand Quinn lui jeta le bouquet.

La panique l'envahit, et elle n'eut pas le réflexe de saisir les fleurs quand elles atterrirent sur son épaule. Noah les sauva à la dernière seconde, les rattrapant juste avant qu'elles ne touchent le sol.

Tout le monde l'applaudit à part Liv, incapable de bouger. Ce n'était pas… Il ne s'apprêtait tout de même pas…

— J'allais attendre encore un peu, commença Noah, en mettant un genou à terre. Mais…

Elle rêvait. Ce n'était pas possible autrement.

— Liv, dit-il simplement.

Soudain, un grand calme l'envahit. Elle n'entendait pas seulement son prénom : elle entendait « Je t'aime », « Tu es magnifique », « Tu es à moi ».

Elle tendit la main que Noah ne tenait pas dans les siennes pour écarter une boucle qui lui tombait sur le front.

— Noah, l'imita-t-elle, tentant de lui communiquer tout ce qu'elle ressentait.

— Est-ce que j'ai besoin de dire autre chose ?

Elle lui caressa la joue et secoua doucement la tête, le sourire aux lèvres.

— Non.

— Je vais quand même ajouter quelques mots. Tu es arrivée dans ma vie et tu m'as redonné envie de vivre.

Tu m'as réappris à rire et à apprécier les petits bonheurs du quotidien. Ta générosité, ta gentillesse illuminent ma vie, comme celle de toutes les personnes qui t'entourent. Mais ce que je chéris par-dessus tout, c'est l'amour que tu me portes.

Il mit la main dans sa poche et en sortit un petit écrin en velours. En le voyant, Liv fut incapable de contrôler le violent tremblement qui la saisit. Il ouvrit la boîte, découvrant un superbe solitaire. Il était constitué d'un diamant princesse monté sur un fin anneau de platine.

— Veux-tu m'épouser ?

A cet instant, elle comprit qu'il avait tout prévu. Ce n'était pas une demande en mariage motivée par l'excitation du moment, ou par la pression de leurs amis. Il y avait réfléchi et avait prévu de faire sa demande avant même que l'idée n'effleure les autres.

Elle sourit, si fort que ses joues lui en firent mal.

— Oui. Bien sûr que je veux t'épouser !

Noah se releva, et elle se jeta à son cou. Elle le serra dans ses bras de toutes ses forces et aurait aimé ne jamais avoir à le lâcher. Le baiser qu'il lui donna était aussi émouvant que la déclaration qu'il venait de lui faire et elle le lui rendit avec tout l'amour dont elle était capable.

Il glissa la bague à son doigt. Son poids était là pour lui rappeler en permanence l'amour qu'il lui portait, cet amour dont elle avait tant douté au début.

— Et, naturellement, il avait une bague dans la poche !

Elle éclata de rire à la remarque de Holden, et Noah lui fit un clin d'œil.

— Naturellement !

S'ensuivit un festival d'étreintes et de félicitations de la part de cette famille qu'ils avaient construite, fondée sur un amour solide et durable. Les difficultés les avaient rendus plus forts, les avaient rapprochés et leur avaient montré que, peu importe de quoi le futur serait fait, ils seraient toujours là les uns pour les autres.

Toujours.

Remerciements

Comme chaque fois, je tiens à remercier mes amis, mes collègues, mes lecteurs, ma famille et mon éditeur. Merci de m'avoir accompagnée tout au long de cette série et de m'avoir encouragée du début à la fin.

Je souhaite tout particulièrement remercier Rhonda Helms, Angela James et toute l'équipe de Carina Press : merci d'avoir cru en mes histoires et de m'avoir soutenue comme vous l'avez fait. Ce voyage avec vous a été extraordinaire.

Si vous avez aimé ce roman
découvrez sans attendre les précédents romans
de la série « Red Room » :

Tu apprendras la confiance, Lynda AICHER
Tu dépasseras tes limites, Lynda AICHER
Tu apprivoiseras l'inconnu, Lynda AICHER
Tu *assumeras tes désirs,* Lynda AICHER
Tu chercheras ton plaisir, Lynda AICHER

Disponibles dès à présent sur www.harlequin.fr

A l'épreuve du désir, de Sarah Mayberry - N°28

Vingt minutes top chrono. C'est le temps que Poppy a octroyé à Jack Stevens pour lui procurer l'orgasme le plus éblouissant de sa vie. Un pari stupide, qu'elle regrette à la seconde où il fait passer son t-shirt par-dessus sa tête pour dévoiler ses abdominaux parfaits. Certes, elle voulait le remettre à sa place, lui prouver qu'elle n'avait pas besoin d'un homme dans sa vie, mais de là à finir au lit avec un collègue… Pire, un homme qu'elle hait profondément… dans quoi s'est-elle lancée ? Car la dernière chose dont elle a besoin, c'est bien d'avoir la tête pleine des souvenirs du corps brûlant de Jack contre le sien, de son regard acier chargé de désir, et du plaisir – à n'en pas douter inoubliable – qu'il va lui donner, à chaque fois qu'elle se retrouvera face à lui en réunion…

Affolante obsession, de Sarah McCarty - N°29

HELL'S HEIGHT - TOME 7

Son démon tentateur. Voilà ce que représente Petunia Wayfield pour Ace Parker. C'est bien simple : depuis que cette femme a mis un pied à Simple, Texas, il est incapable de se la sortir de la tête. Pourtant, avec ses robes boutonnées jusqu'au menton, son petit air moralisateur et son tempérament frondeur, elle n'est pas une femme pour lui. Sa vie à lui, c'est la violence, les saloons et les filles faciles. Que ferait-il de cette petite institutrice bien proprette ? Pourtant, quand il plonge son regard dans le sien, il y lit un défi, une provocation contre lesquels il est incapable de lutter. Cette lueur au fond de ses yeux, cette façon de redresser subtilement le menton lorsqu'il s'approche d'elle… Tout en elle lui crie qu'elle est celle qui acceptera la noirceur de son âme, qui lui offrira son corps pour y exorciser ses démons, celle dont il ne pourra jamais se lasser, et qu'il pourrait peut-être même aimer…

Sexy

HARLEQUIN